Le Messager du feu

Marina et Sergueï Diatchenko

Le Messager du feu

Traduit du russe
par Christine Zeytounian-Beloüs

Première partie

Chapitre 1

Le petit monsieur arriva par la barque postale. Ce passager semblait particulièrement déplacé parmi les sacs et les caisses du vieux Mouilleur, avec sa courte cape ridicule et son élégant costume de tissu clair. Il brandissait au-dessus de sa tête un drôle de truc palmé qui ressemblait à une ombrelle. (Lorsque la barque se rapprocha, Varan constata que c'en était une, pas une ombrelle contre le soleil, mais contre la pluie. Seuls les gens du haut se baladent avec ce genre d'objet ; le réceptionnaire du port de montagne faisait rire tout le village dans l'entre-saison avec son parapluie à carreaux garni de dentelle.)

C'était un doux matin gris. Chaque goutte de pluie en heurtant l'eau rebondissait dans un hérissement sonore, comme si elle voulait retourner au ciel ; on aurait dit que la mer était poilue. La large barque presque carrée la battait de ses aubes. Mouilleur actionnait les pédales ;

les grognements du postier s'entendaient de loin. Le passager était assis en poupe à se tourner les pouces.

– C'est le courrrr-ier! cria Mouilleur d'une voix solennelle, bien que Varan soit seul présent sur l'embarcadère. Braves gens, recevez le salut de vos proches et de vos moins proches, bénissez l'Empereur pour les bonnes nouvelles et maudissez Shouou pour les mauvaises! Le courrr-ier!

Sa voix n'était pas particulièrement agréable, mais elle portait loin. Varan remarqua que l'étranger faisait la grimace, réprimant l'envie de se boucher les oreilles. Il pensait peut-être que Mouilleur s'égosillait pour la frime.

Varan se sentit vexé pour le postier. Mouilleur ne courbait le dos devant personne, mais il respectait les habitudes et se peignait toujours la barbe en laissant une raie au milieu même s'il restait plusieurs semaines en mer. Même face à un quai désert, Mouilleur aurait effectué le salut protocolaire de la guilde des postes, mais à quoi bon l'expliquer à ce jeune gandin qui se prélassait en poupe avec un sourire condescendant?

La barque accosta.

– Salut, oncle Mouilleur.

– Salut, petit Varan. Euh.

Avec une toux factice, le postier se tourna vers son passager.

– Nous sommes arrivés, Votre Grâce!

10

La grâce replia son ombrelle avec un sourire maussade et se leva en chancelant dans l'embarcation instable.

À première vue, il avait dix-huit ans. Des cheveux souples, incolores et incroyablement longs émergeaient de son capuchon rabattu sur le front. Ils devaient bien lui arriver aux épaules. Ses lèvres minces étaient presque aussi blêmes que ses joues. La partie la plus colorée de son visage, c'était son nez : rouge et enflé. Ses narines frémissaient nerveusement.

– Vous avez de la visite, annonça Mouilleur en regardant Varan. Euh... de la haute visite.

Le postier paraissait quelque peu perplexe. Son passager était vêtu comme un type important, mais ne semblait rien de plus qu'un gamin enrhumé, dépourvu de la dignité qui sied à un vrai montard. Il sauta sur le quai de pierre sans même attendre que Mouilleur sorte la passerelle. S'il était montard, pourquoi voyageait-il en passant par les terres des fondus ?

Dès qu'il eut posé pied sur le quai, l'étranger dérapa et évita la chute de justesse.

– Oh... Bonjour. Je vous apporte un message de l'Empereur.

Ce fut dit d'un ton très banal. Varan faillit s'étrangler.

– À moi ?

– À votre prince, précisa l'autre en dérapant une nouvelle fois.

Il agita maladroitement les mains pour garder l'équilibre.

– Là-bas, ajouta-t-il en indiquant du doigt l'envers de son ombrelle.

Mouilleur jeta sur le quai les deux sacs postaux – pour les gens du village et pour les habitants des hautes terres –, adressa un signe de main à Varan et regagna son pédalier. Il partit si brusquement en arrière que l'eau bouillonna. La barque s'éloigna, laissant un sillage bien visible.

– Il faut sans doute que je présente mes lettres de créance ? demanda l'étranger en éternuant timidement.

La barque de Mouilleur disparut lentement derrière le promontoire, en direction de Petiote, chez les mineurs. Varan jeta les deux sacs sur ses épaules ; ils étaient légers : aux approches de la saison, les gens ont mieux à faire que griffonner des mots doux sur des coquillages, mais Varan se voûta sous leur poids et grogna en feignant l'effort ; le nouveau venu devait comprendre qu'il était déjà surchargé et ne pas compter sur lui pour traîner son petit coffre en bois.

Après un instant d'hésitation, l'étranger prit son coffre par la poignée en cuir et le souleva sans effort. *Mais c'est qu'il est vide*, se dit Varan avec une irritation inexplicable. *Il a pris un coffre en bois pour faire croire à tout le monde qu'il est important. Ou alors, il a l'intention de le vendre. Peut-être même qu'il l'a volé. Et que son message de l'Empereur est un gros mensonge. Ou pire : un lèse-majesté.*

– Il vaut sans doute mieux que je montre mes papiers ? demanda l'étranger avec insistance.

– Suivez-moi, montard, dit Varan. Vous les montrerez à qui de droit.

Sans se retourner, il se dirigea vers la rive en sautant de pierre en pierre. Les sacs postaux tintaient doucement et lui piquaient le dos.

Varan dut attendre l'étranger sous l'auvent après avoir posé les sacs. Il avait pris du retard et n'arrêtait pas de déraper, s'enfonçant dans l'eau jusqu'aux genoux. Il avait fini par replier son ombrelle et la ranger sous son bras, comprenant enfin qu'un poisson n'a que faire d'un parapluie. Ou simplement fatigué de porter à la fois son coffre et cet ustensile superflu.

Varan s'attendait à un flot de pleurnicheries et d'invectives et s'étonna grandement en constatant qu'il souriait. Ce qui ne l'empêchait pas de renifler et d'éternuer sans discontinuer en se tamponnant le nez avec un mouchoir en dentelle devenu spongieux.

– C'est mouillé chez vous, déclara joyeusement l'étranger. Vous devez attendre la saison ?

– C'est sûr...

– Mais où sont les gens ? Je n'ai vu personne sur l'embarcadère ni sur la rive.

Varan faillit dire que Sa Grâce aurait dû les prévenir de son arrivée pour qu'ils invitent les trompes et les cornemuses. Mais il préféra tenir sa langue. On ne sait jamais.

– On ensemence les basses terres. On rafistole l'arche... Vous l'avez bien dit, tout le monde attend la saison ; hier les pifres ont quitté le rivage, ça va bientôt glouglouter.

Mais qu'est-ce qui me prend de parler autant ? se demanda Varan avec agacement. *Je ne suis pas le doyen, je n'ai pas de comptes à lui rendre. À propos, va savoir si le doyen est chez lui, s'il n'est pas parti de bon matin poser les filets dans son champ. Le père a dit que ce salaud avait raflé les meilleurs filets.*

– C'est... bien, lâcha le petit monsieur, essoufflé.

– Qu'est-ce que ça a de bien ? répliqua Varan d'un ton qui n'avait rien de respectueux.

Ils marchaient sur la terrasse sèche, sous l'auvent de pierre. Varan devant et la grâce collant à ses talons. La terrasse remontait en spirale le long de la falaise. Les sacs lui piquaient le dos : ces fumiers auraient pu songer à mettre quelque chose de mou à l'intérieur.

– C'est bien que la saison approche, dit le monsieur, invisible derrière lui. Je n'imagine pas comment vous arrivez à vivre ici...

Varan fit une horrible grimace, ce qui lui valait généralement une réprimande de son père. Mais là, personne ne pouvait le voir.

– On vit bien. On bouffe des navottes et du poisson. On fabrique des bibelots en coquillages... On évoque la saison. En attendant la saison suivante.

– Pas si vite, demanda le nouveau venu. J'ai du mal à respirer.

C'est vraiment un montard, pensa Varan. *Il ne fait pas*

semblant, il est né en haut. C'est pour ça qu'il trouve que
c'est mouillé chez nous, que c'est moche et que ça manque
d'air.

– On est bientôt arrivés, assura-t-il, radouci. On voit déjà la fumée.

De loin, le village ressemblait à un nuage posé au sol. La vapeur s'étendait partout, surmontait les toits de pierres plates. Traînant derrière lui le petit monsieur affaibli, Varan se dirigea vers la maison du doyen.

– Carpeau, hé, Carpeau ! Le courrier est arrivé, et il y a aussi autre chose...

– Laisse le courrier devant la porte, et pour le reste, ça attendra, répondit une voix rauque. Surtout, n'entre pas : c'est sec chez moi. Je te verrai plus tard.

Mais avant que Varan ait eu le temps de répliquer, l'étranger l'écarta et poussa la porte imperméabilisée à la résine.

– Je t'ai pourtant dit de ne pas entrer, rugit le doyen. Attends un peu que je te frotte les oreilles, petit salopard !

Varan ne trouva rien de mieux que suivre l'étranger à l'intérieur.

C'est vrai qu'il faisait sec chez le doyen. Des sachets de sel pendaient au plafond pour absorber l'humidité. Et le sol était couvert d'une couche craquante de sel rose et bleu ; Carpeau, en vêtements d'intérieur tissés, était assis devant l'âtre avec une gamelle de bonne

15

nourriture sur les genoux. Pas du poisson apparemment. Ni des navottes.

Varan ravala sa salive.

– Veuillez m'excuser, dit le petit monsieur en se redressant et en se mettant soudain à ressembler à un vrai monsieur. Je viens d'arriver à Croc Rond avec un message de l'Empereur pour votre prince. Je suis prêt à vous présenter mes lettres de créance.

Carpeau, à son honneur, ne s'étouffa pas avec son ragoût – un authentique ragoût aux légumes ! Toisant le nouveau venu, avec un coup d'œil en biais à Varan (qui avait eu la présence d'esprit de bien refermer la porte), le doyen posa précautionneusement sa gamelle sur la table basse en pierre. Inclinant la tête, ce qui le faisait ressembler à une poiscaille à bosse, il répondit :

– Je vous en prie.

Varan sautilla maladroitement d'un pied sur l'autre. Le sel émit un craquement grave, humide et mécontent. Pire : autour des souliers mouillés du petit monsieur, le précieux tapis commençait de fondre.

L'étranger alla ouvrir son coffre (en pur bois ouvragé, Varan intercepta le regard appréciateur du doyen posé sur l'objet). Il n'était pas vide, mais rempli de rouleaux de papier fin : le contenu, si léger soit-il, était encore plus précieux que le contenant. Étonnant qu'on ne l'ait pas dévalisé en chemin !

– Mes lettres de créance...

Il déplia quelque chose sur sa paume.

Varan recula d'un pas. Au-dessus de la feuille jaillit une lueur multicolore, des étincelles se mirent à danser dans un léger crépitement. Les yeux du doyen faillirent lui sortir des orbites ; d'un geste machinal il porta deux doigts à ses lèvres pour chasser Shouou et ses sbires.

– Étudiez-les attentivement, dit l'étranger, et Varan crut percevoir une nuance de moquerie dans sa voix.

Forcément, il venait d'épater deux péquenots en leur mettant sous le nez un vrai sceau impérial.

Mais le doyen se reprit tout de suite.

Il se leva sans hâte, se fendit d'une révérence officielle, ni plus haut ni plus bas que prévu, tendit le cou pour étudier le document, puis hocha la tête d'une mine solennelle.

– Bienvenue à Croc Rond, montard Léréala... ru... ruun. Quels services souhaitez-vous obtenir de... euh... des pouvoirs locaux ?

Varan se dressa sur la pointe des pieds pour mieux voir et distingua une surface multicolore et le visage du petit monsieur, en relief, comme vivant, sans capuche, les cheveux secs, avec un nez qui n'était pas enflé de rhume, un teint bronzé et une mine sévère à faire peur. Il n'eut pas le temps de lire les inscriptions.

L'étranger au nom long et ridicule replia le papier, et la lueur disparut.

– Un seul service. Conduisez-moi en haut. Immédiatement si possible.

Le doyen s'éclaircit la gorge.

17

– Ah, montard... Je ne sais pas s'il y a un transport prévu tantôt.

Il se tourna brusquement vers Varan.

– Hé, toi! Ton père doit livrer de l'eau aujourd'hui?

– Il en a monté hier, répliqua Varan, en évitant de se montrer ouvertement insolent. Aujourd'hui, le ressort n'est pas remonté à fond.

– Qu'il le remonte donc. Tu vois bien que le montard est pressé et qu'il n'a aucune envie de rester là à tremper avec nous autres, pauvres harengs. Cours chez ton père, qu'il fasse tourner le ressort et prépare l'hélice pour monter notre hôte. Tu as vu le sceau de l'Empereur! Je suppose que ton père n'est pas fatigué de vivre?

Varan faillit s'étouffer d'indignation. Le doyen venait de se décharger avec aisance de ses problèmes sur le dos des autres, en y mêlant l'Empereur pour faire bonne mesure. Que Shouou l'emporte...

– C'est que... Nous avons volé hier... et le ressort, il faut du temps pour le remonter. On ne peut pas lancer l'hélice comme ça, si jamais on n'arrivait pas jusqu'en haut...

– Tu veux dire que ton père méprise les ordres de l'Empereur? demanda le doyen d'un ton doucereux.

Varan jeta un regard désemparé au montard.

Debout dans une mare de sel fondu, capuchon rejeté, ses très longs cheveux collés à la tête, il tenait toujours dans sa main les lettres de créance au sceau arc-en-ciel.

– Voyez comment est le peuple, par ici, conclut le

18

doyen avec un soupir. Paresseux et rusé comme un perce-oreille ; quand il s'agit de s'occuper de son champ, ils sont prêts à se crever à la tâche, mais si c'est pour la communauté, ou pour l'État, ils trouvent mille raisons. Zagor le borgne, le père de ce petit bon à rien, est notre hélicier. Je vais vous faire un mot, montard, ils vous donneront à manger, quelque chose de chaud à boire et des vêtements secs, on voit bien que vous n'avez pas l'habitude du fond...

Avec un petit rire aimable, le doyen sortit un grand coquillage mat de la niche de sa table, prit son stylet qu'il gardait derrière l'oreille, saliva dessus on ne sait pourquoi et se mit à écrire. Le grattement était à peine audible mais particulièrement déplaisant.

Varan ravala sa rage. Inutile de discuter, cette grosse brute de Carpeau avait toujours raison, le meilleur filet était pour lui, il bouffait du vrai ragoût de légumes et était toujours prêt à te traiter de bon à rien, de morveux et de salopard, sans que tu puisses même lui adresser un regard de reproche.

– Qu'est-ce que tu as à me zieuter ? s'exclama le doyen, comme s'il avait senti le regard de Varan dans sa nuque. Je vais t'apprendre, moi... Prends ce mot, pour ton père. Qu'il fasse tout comme j'ai écrit. La communauté lui versera une compensation. Allez, file. Vous m'en répondrez sur votre vie, ton père et toi. Tu peux débarrasser le plancher.

Et de faire la courbette devant ce Léréala... machin.

Une courbette bien basse, cette fois, ostensiblement respectueuse.

La porte ouverte, des volutes de vapeur... Varan eut le temps de s'écarter pour éviter un coup de pied au derrière. Heureusement pour Carpeau. Varan l'aurait payé ensuite, bien entendu. Mais le doyen aurait été obligé de laver sa belle chemise. Pour enlever le sang qui aurait coulé de son nez tuméfié.

– Tu as méchant caractère, remarqua le montard entre deux éternuements. Tes yeux lancent des étincelles... Prends donc mon coffre.

Varan saisit à contrecœur la poignée du coffre au trésor. Il n'était pas si léger qu'il l'aurait cru, plus lourd que les deux sacs postaux laissés devant l'entrée.

– Où allons-nous ? demanda le montard.

Varan lui souhaita silencieusement de rester coincé dans le cul de Shouou et lui indiqua la direction d'un signe de tête.

Trois saisons plus tôt, à quatorze ans, Varan avait failli partir avec les radeliers.

Ils arrivaient généralement au premier mois de l'automne, quand le dernier des loqueteux du fond est riche comme un roi et que tout le monde a besoin de nouveaux montants de portes, de nouvelles barques, de filets, de résine et de planches. On pouvait les apercevoir à l'horizon dès la veille : au centre de l'immense radeau tourne une roue avec des hommes qui courent à l'intérieur, les pales gigantesques s'élèvent et s'abaissent, faisant mousser l'eau, mais le radeau avance comme une tortue ivre, tant il est lourd et massif, montant très haut au-dessus de l'eau puis s'y enfonçant très profond, et toute sa masse est composée de bois, en provenance de contrées éloignées, bois blanc et jaune, tendre et dur, pratiquement imputrescible, frais et odorant.

S'il y avait eu du vent dans l'entre-saison, ils auraient sans doute dressé une voile. Mais les vents s'étaient tus, les voiliers bariolés, jouets légers des riches montards, avaient trouvé un abri dans les grottes du monde d'en haut. Les radeliers marchandaient ferme, avec des gestes lents ; ils étaient tous bien râblés, leurs visages pâles ou hâlés hérissés de verrues pareilles à des nœuds semblaient grossièrement taillés à coups de serpe. Chacun arborait une dague courbe à sa ceinture, et certains portaient un sabre ou une arbalète dans le dos : un radelier sait ce qu'il a à perdre. Il parcourt les mers en chevauchant une vraie fortune, pas étonnant que les voleurs de radeaux soient plus nombreux que les bûcherons. Beaucoup rêvent de s'emparer d'un chargement de bois et de naviguer à une allure d'escargot d'île en île jusqu'à ce que le radeau fonde et que la bourse enfle comme une outre.

Parfois, le bois à vendre était taché de sang. Certains, par superstition, refusaient de l'acheter ; les radeliers souriaient : si tu n'en veux pas, d'autres en voudront. Que t'importent ces traînées de rouille ? Elles sécheront et s'effriteront, brûleront sans laisser de traces, la pluie les lavera.

Un jour, un gigantesque radeau qui avait changé de propriétaire accosta à Croc Rond. Une bande de coupeurs de gorges plus affreux les uns que les autres, parmi lesquels on pouvait encore reconnaître des montards déchus, des fondus et des étrangers blancs comme la glace, aux faciès effrayants, couturés de cicatrices. Il n'y avait pratiquement pas un tronc d'arbre propre dans le radeau, et pas un seul radelier survivant ; chacun sait qu'ils ne se laissent pas capturer vivants. Ils n'ont rien de bon à attendre de la captivité.

Le premier jour, les villageois, choqués, ne vinrent pas négocier. Ils postèrent des gardes, armèrent l'unique canon dont ils disposaient et adressèrent en haut une demande d'aide au prince. La réponse arriva sans tarder : éclaircir les intentions des arrivants. S'ils étaient venus uniquement pour vendre du bois, à quoi bon faire du grabuge ? La garnison de l'île était réduite, quant à déranger l'Empereur en réclamant l'envoi d'une patrouille, les fondus étaient-ils prêts à en assumer la responsabilité si jamais c'était une fausse alerte ?

Certains exprimèrent des doutes. D'aucuns criaient : « ne prenez pas de bois sanglant ! Il ne vous apportera rien de bon. Si vous donnez votre argent à des assassins, vous deviendrez leurs complices, les radeliers morts ne vous le pardonneront pas, et puis c'est immoral d'acheter ce bois, réfléchissez un peu ! »

Le père de Varan se tenait au centre de la place carrée, immobile, les mains sur les hanches, tandis que son voisin, Salé, sautillait autour de lui en s'égosillant :

– Et s'il n'y a pas d'autre arrivage cette année ? Que fera-t-on ? Comment nous chaufferons-nous ? En brûlant nos cheveux ? Ou nos barbes ?

Le père de Varan serrait les mâchoires, immobile et silencieux. Au troisième jour, les fondus, en douce, l'un après l'autre, se rendirent sur la rive pour négocier. Le regard fuyant. Le bois était étonnamment bon marché, ils en achetèrent beaucoup. Des pyramides de rondins s'élevaient sur le rivage. Le père de Varan n'en acheta pas un seul.

Une semaine plus tard, les pirates partirent sur leur radeau considérablement allégé.

Il n'y en eut pas d'autre. Vers le milieu de l'automne, il ne resta plus de bois de chauffage dans la maison de Zagor. Il achetait en haut des algues sèches, dont on se sert d'habitude pour faire prendre le bois trop humide. Les algues coûtaient cher et brûlaient rapidement.

La maison était froide et humide. Les petites pleuraient. Le père brûla la barque dans l'âtre. Tout ce qu'il y avait de bois dans la maison y passa.

Au début de l'hiver, quelqu'un déposa un tas de bûches devant la porte. Elles semblaient propres, claires, chaudes ; Varan, qui avait alors treize ans, resta longtemps assis à bercer l'une des bûches entre ses bras, admirant ses nervures, respirant son odeur étonnante..

Alors, la mère, qui n'avait pas dit un seul mot au père depuis le départ du radeau, ouvrit enfin la bouche.

– Prends-le.

Et il le prit. Il ne laissa pas le bois tremper sous la pluie comme il en avait eu d'abord l'intention.

L'hiver durant, les voisins les aidèrent en secret, qui d'une bûche, qui de dix, qui d'un tas entier. Et tout l'hiver, sans mot dire, Zagor accepta leur charité.

Mais cette histoire le changea profondément. Il se mit à boire beaucoup. Passant parfois sa rage sur Varan, alors qu'il ne l'avait jamais battu auparavant.

Encore heureux qu'il ne s'en prenne pas aux petites.

Et Varan décida de partir. La nuit, il rêvait des nervures du bois. Imaginant des terres où les arbres poussent bien plus haut que la taille humaine, jusqu'au ciel, si haut qu'on peut sans doute se réfugier sous leurs branches pour s'abriter de la pluie. Il rêvait d'une forêt, telle que la lui avaient décrite de vrais radeliers il y a longtemps ; ils lui avaient expliqué que les cercles concentriques permettent de déterminer l'âge d'un arbre, et Varan était resté bouche bée en apprenant que cet arbre était trois fois plus vieux que lui et cet autre dix fois plus âgé !

Son rêve sentait la résine et les feuilles. Alors qu'à la maison ça puait la fumée et le poisson cru ; son père était assis sur le banc de pierre, ivre et renfrogné, et ses petites sœurs s'agrippaient à son pantalon, réclamant des friandises. Comment aurait-il pu leur en acheter ?

Ce qu'ils avaient gagné durant la saison avait été dépensé en algues sèches.

À l'arrivée de la saison, la résolution de Varan, loin de faiblir, se renforça au contraire : il recherchait la compagnie des étrangers et, tout en leur vendant des bibelots en coquillages vernis, leur posait des questions sur les contrées lointaines. Ils ne se faisaient pas prier pour lui parler des forêts, de la steppe inondée d'herbes et des déserts de neige. De pays où l'on peut errer toute sa vie sur les routes sans se mouiller les pieds une seule fois ; de pays où il n'y a pas de montagnes, uniquement des ravins profonds. De pays peuplés de gens à la peau dorée. De pays où les pierres sont vivantes et où les rivières peuvent parler.

Les radeliers arrivèrent tard, à la fin du premier mois de l'automne. Varan se fit embaucher pour aider à décharger : il était encore très jeune, mais déjà fort et habile. On lui confia la tâche de couper les rameaux : il travaillait proprement, avec entrain, comme un barbier qui rase des montards. Quelques jours avant le départ du radeau, Varan aborda le capitaine et lui demanda de l'engager.

– Bah, jeta le capitaine avec une moue de dédain, combien pèses-tu donc ? Tu vas ramper dans la roue comme une mouche au plafond !

Et voyant la surprise de Varan, il ajouta :

– Je n'ai pas besoin de mousses ni de coupeurs de branches, mais de gars solides pour tourner la roue, capables de marcher des semaines sans jérémiades. Tu es trop léger, tu serais une bouche inutile.

Varan jura qu'il mettrait un sac à dos rempli de pierres et qu'ainsi il pourrait tourner la roue aussi bien qu'un autre, songeant en son for intérieur que dès qu'ils atteindraient des rives couvertes de forêts, il pourrait prendre la clé des champs. Le capitaine sourit, se disant qu'il serait facile de tromper ce gamin et de le vendre avec profit dans les eaux libres, à la périphérie de l'Empire.

Varan monta discrètement à bord durant la nuit et le radeau appareilla dès l'aube pour écouler ce qui restait de bois et ensuite (bientôt, imaginait Varan) partir au bout du monde, au pays des arbres.

Au deuxième matin de navigation, Varan n'était plus aussi enthousiaste. Après le quart de nuit, ses bras et ses épaules lui faisaient mal et sa poitrine semblait prête à éclater ; la portion d'eau était si chiche qu'il en était réduit à lécher les gouttes de pluie qui coulaient sur son visage. Varan n'eut même pas peur quand, quelques heures plus tard, une barque à rames apparut à l'horizon, bien plus rapide que le radeau. S'y trouvaient le père de Varan, le doyen du village et un montard au teint halé et aux cheveux noirs, envoyé par le prince de Croc Rond en personne.

Varan n'assista pas à la discussion qui s'engagea avec le capitaine. Et n'en sut jamais la teneur. Son père lui ordonna de descendre dans la barque ; il obéit et se mit aussitôt aux rames.

Durant le chemin du retour – presque un jour entier – ils n'échangèrent pas un mot. Varan s'attendait au pire : coups de ceinturon, coups de bâton, être enfermé dans une cave de pierre remplie d'eau et de méduses brûlantes...

Mais il ne fut même pas puni. Sa mère sanglota sans lui adresser une parole de reproche. Et curieusement, à dater de ce jour, son père sembla revivre : on aurait dit qu'il venait de se réveiller. Il cessa de boire, s'occupa des petites, leur apprit à lire et à écrire, se remit à chanter aux mariages. Tout redevint comme avant.

Mais parfois Varan rêvait encore de forêts dont les ramures voilent le ciel et de routes lointaines pareilles aux nervures du bois, surtout à l'automne, quand l'odeur des radeaux caressait la rive mouillée et que l'écorce brillante paraissait encore pleine de vie, comme sur le point de frémir au contact de la paume.

Le père n'était pas là. Ni les petites : la mère les avait emmenées aux champs. Dans la basse maisonnette de pierre l'humidité régnait. Mais au moins ça ne gouttait pas, l'Empereur en soit loué...

Varan glana un peu d'algues sèches dans la réserve (les derniers restes avant le début de la saison) et alluma du feu. Les bûches humides se mirent à fumer.

Cette lueur arc-en-ciel sur le papier. Les grosses

coupures de monnaie émettent la même, mais en beaucoup moins vif. Les mages impériaux apposent un sceau dessus, que personne sur terre ni sur mer ne saurait contrefaire. Varan l'avait maintes fois entendu dire par son père, par les radeliers, les marchands et les mineurs de Petiote : l'Empire ne repose pas sur la pointe des épées ni sur les ailes de la garde volante ni sur la volonté des mages chenus, mais sur les plaques légères de monnaie impériale. Des billets qui résistent au feu et à l'eau, qui inspirent confiance à chacun, qu'il soit simple fondu ou noble montard.

Dans les souterrains de la capitale impériale, les mages aux cheveux blancs sont assis à une longue table ; aux pieds de leurs fauteuils sculptés sont roulées leurs queues écailleuses. On raconte que la queue d'un mage tombe tous les sept ans, comme celle d'un lézard, alors il peut brièvement remonter à la surface, rencontrer des gens et se rendre aux réceptions de l'Empereur. Quant à la queue, on la fait bouillir dans une marmite de bronze pour préparer une potion qui prolonge la vie de sept ans, sept ans pile, à la seconde près...

L'étranger enrhumé avait dû descendre récemment dans le souterrain des mages. À moins qu'on ne lui ait donné ce papier tout préparé ? Qui était-il donc ? Et pourquoi voyageait-il par les basses terres ?

– Asseyez-vous, montard, marmonna Varan, faisant mine d'être très occupé à allumer le feu.

N'entendant pas de réponse, il se retourna. Le montard se tenait au centre de la pièce et regardait autour de lui avec stupeur et dégoût. « M'asseoir ? » lut Varan dans son regard. « Mais où ça ? » Des murs rongés de moisissures, un banc de pierre humide, des tas de sel dans les coins ; le portrait de l'Empereur n'était qu'une planche sombre où l'on distinguait vaguement le contour d'une tête humaine et quelques lettres : Sa Grand riale Lu (l'inscription était aussi usée que le portrait et personne n'aurait été capable de la lire en entier).

Varan regarda le feu. Il n'avait pas envie de parler. D'ailleurs, qu'aurait-il pu dire ? À cause de ce noble morveux, son père serait obligé de lancer son hélice avec une demi-charge et perdrait deux jours de travail à la veille de la saison. Ceux d'en haut criaient : « de l'eau, il nous faut plus d'eau, les réservoirs ne sont pas remplis ! » Ceux d'en bas criaient : « paye la taxe, l'hélice appartient à la communauté et l'eau appartient à l'Empereur, comme tout ce qui tombe du ciel... » Les petites auraient la nausée à force de manger du poisson et réclameraient du chou de mer. Mais la saison viendrait et tous oublieraient leurs plaintes. En pleine saison, personne ne tombe malade, personne ne gémit sur son sort ; en pleine saison, c'est tout juste si les gens s'embrassent, faute de temps. Vivement que la saison arrive.

– À Nez de Guêpe, dit le montard, on propose toujours au visiteur d'allumer le feu.

– Pourquoi ? demanda Varan, uniquement pour ne pas paraître impoli.

– Tu ne sais pas ? s'étonna sincèrement l'autre, pour ajouter aussitôt : Ah, mais oui, comme se souvenant à qui il avait affaire.

Mais oui, bien sûr, pensa Varan, *comment pourrais-je savoir quoi que ce soit ? Nous autres, on bouffe du poisson cru, on se lave avec nos crachats et on s'essuie les fesses avec la manche. Des provinciaux. Des sauvages.*

– À Nez de Guêpe, poursuivit le montard après une pause, on a gardé beaucoup de traditions du continent. Et sur le continent, les gens continuent de croire à l'Âtrier... Ce vagabond qu'on appelle aussi le Feu errant. Quand il allume la cheminée dans une maison, sais-tu ce qui arrive ? Tu ne sais pas... Pousse-toi.

Il écarta Varan sans façon pour s'accroupir à côté de lui et tendre les mains vers les flammes.

– Eh bien... Comment faites-vous pour sécher vos vêtements ?

– Ils sont imperméables.

Le montard toucha la manche de sa veste.

– Tiens, mais c'est vrai, l'eau reste à la surface comme sur le plumage d'un ailama.

Et il se mit à rire, Shouou sait pourquoi.

– C'est du pifre, je l'ai pris moi-même, précisa Varan.

Ce rire lui semblait blessant.

– Tu n'en aurais pas une autre en réserve ?

– Une autre quoi ?

– Le doyen a parlé d'une boisson chaude et de vêtements secs...

– C'est facile de parler, il n'avait qu'à y pourvoir lui-même ! s'exclama Varan.

Regrettant aussitôt son manque de retenue, il ajouta d'un ton plus bas :

– Je n'ai pas de veste de rechange. Nous n'avons rien du tout. La saison arrive. Nous avons tout dépensé et tout vendu. J'ai deux petites sœurs. Le champ n'est pas grand. Nous avons du poisson salé et je peux faire bouillir de l'eau. Rien d'autre.

– Donne-moi de l'eau, réclama avidement le montard. Et du poisson. Et du pain, tu en as ?

– Seulement des navottes.

– Ça m'ira aussi. Et vous avez bien une couverture ? Juste une couverture sèche en duvet ou en laine...

Et sans attendre la réponse de Varan, il entreprit de se déshabiller. Jetant par terre avec plaisir sa courte cape, sa veste mouillée, sa chemise d'une coupe inhabituelle, large, avec des attaches. Varan pensait que la séance de déshabillage s'arrêterait là, mais le montard, pas gêné le moins du monde, enleva aussi son pantalon et dénoua son caleçon. Varan, détournant les yeux, se hâta de lui tendre une couverture tissée.

Le montard remarqua enfin que le visage de Varan avait viré au rouge.

– Qu'est-ce que tu as ? Oh... Désolé si je t'ai choqué. Chacun ses coutumes... J'avais l'impression que j'allais me liquéfier dans ces vêtements mouillés.

31

Avec une moue d'écœurement, il poussa du pied son costume de luxe roulé en boule.

– Donne-moi vite de l'eau chaude, sinon, je vais tomber malade pour de bon, je ne crois pas que le prince en serait ravi.

Est-ce à moi de répondre de ton nez qui coule devant le prince ? pensa tristement Varan.

– Tu as peut-être quelque chose à poser sur le banc ?

– Quoi donc ?

– Je ne sais pas, une peau ou une autre couverture... Tu sais, s'asseoir sur la pierre, ça fait froid aux cuisses, et il y a plein de moisissures.

Personne ne t'a invité, songea Varan en grinçant des dents. *Tu aurais dû rester chez le doyen. Chez lui, il fait sec. Le doyen vit au sec sur le dos du village. Sur notre dos...*

– Alors, ça t'intéresse ? De connaître l'histoire du vagabond qui allume du feu ? Tu veux que je te raconte ?

– Pourquoi ne pas vagabonder quand il y a des routes ? jeta Varan. Chez nous, messire le montard, il n'y a pas de routes. On ne peut venir chez nous que par la mer ou en passant par en haut... Et nous n'avons pas de vagabonds. On vit entre nous.

Le montard s'assit enfin, pas sur le banc mais sur son coffre.

– Décidément, tu n'es pas très communicatif. Quand allez-vous me monter ? Tu te souviens de ce qu'a dit le doyen ?

La porte claqua. Lilka, la plus jeune des petites, entra

en courant et s'arrêta au centre de la pièce, le regard fixé sur le nouveau venu, emmitouflé jusqu'au cou dans une couverture.

– Oh...

– Où est maman ? demanda sévèrement Varan.

– Au champ, glapit Lilka. Elle pose les filets avec les voisines. Elle m'a dit d'apporter une fixation pour les ancres, et un autre couteau, et aussi...

– Et Toska ?

– Elle aide maman...

– Et papa ?

– Il remonte l'hélice. Il l'a déjà remontée à moitié, il a dit que tu devais tout laisser tomber et courir l'aider parce que...

– Va lui dire de rentrer à la maison. On a de la visite. Dis-lui que c'est urgent.

Le père de Varan comprit immédiatement de quoi il retournait. Il parcourut la missive du doyen, lorgna la lueur arc-en-ciel jaillie du laissez-passer, esquissa la révérence maladroite d'un homme qui n'a pas l'habitude de courber l'échine.

– Qu'il en soit comme vous voulez, montard. Il faudra que vous preniez l'hélice avec les marchandises, si ça ne vous gêne pas trop. Ramassez vos affaires.

Et il se tourna vers Varan pour lui indiquer :

– On part à demi-charge. Ils ont commandé trois sacs de poisson pour les soldats... Ce qui fait six outres d'eau moins trois sacs de poisson et moins le montard. On emportera quatre outres seulement. Remue-toi.

Varan, content d'échapper à ce pot de colle de montard, alla prendre ses lunettes dans la niche de la table – deux verres fumés sur une monture grossière en métal. Il resserra sa veste et sortit sans prendre congé.

Le poisson du matin, encore vivant, nageait dans le bassin de pierre. Avec l'épuisette, Varan en attrapa assez pour remplir trois sacs ; la pluie s'intensifia et le débarrassa des écailles avant même qu'il ait fini de transporter les sacs l'un après l'autre jusqu'à la plateforme de chargement.

Le ressort de l'hélice, remonté à moitié, paraissait bien maigre. Deux outres pendaient déjà aux crochets de la nacelle ; Varan chargea le poisson puis, manœuvrant avec peine le chariot, transporta encore deux grandes et lourdes outres du réservoir d'eau. Il eut le temps de souffler un peu et de mastiquer de la résine sucrée avant que la tête du montard n'émerge au-dessus du bord de la plateforme. L'étranger était pâle et essoufflé. *Eh bien*, pensa Varan avec une joie maligne, *cent petites marches à gravir sur la falaise, et le voilà déjà prêt à défaillir.*

– Je n'arrive pas à respirer, gémit le montard, et il s'assit sur la pierre mouillée.

Le père de Varan arriva à sa suite. Il avait beau être deux fois plus âgé, il portait le coffre de bois sur une épaule et sur l'autre le sac postal destiné aux gens d'en haut sans que le rythme de sa respiration en soit affecté.

– C'est bien, dit le père en inspectant l'hélice et le travail de Varan. Vous pouvez monter.

Varan grimpa le premier dans la nacelle et s'installa près des sacs remplis de poissons encore frétillants. Le père tourna longtemps autour pour vérifier les câbles et les crochets, caressa la spirale en murmurant la prière des héliciers et cracha plusieurs fois par-dessus son épaule. Puis il tendit à Varan le câble d'arrimage à triple grappin :

– Qui est de garde aujourd'hui ?

– Le Pelé.

– Transmets-lui mon bonjour et vérifie qu'il note bien le détail : le poisson, l'eau, la poste, et...

Il regarda le montard immobile au bord de la plate-forme, comme hypnotisé par le spectacle de l'horizon gris à perte de vue.

– Et remets-lui le montard en mains propres. C'est tout. Gloire à l'Empereur. Vas-y, mon fils.

Il lui tapota brièvement l'épaule et se dirigea vers le lanceur. D'une voix changée, très neutre, il appela l'étranger :

– Montard, il est temps de partir.

Varan ne lui tendit pas la main pour l'aider. Éternuant et dérapant, le petit monsieur monta péniblement, chercha une place libre et, avec une mine de

35

martyr, s'installa sur son coffre en agrippant le bord de la nacelle :

– Elle ne risque pas de se renverser ?

Varan ne put se retenir de lui faire peur.

– Le ressort n'est remonté qu'à moitié. On peut faire la culbute si on manque de chance. Shouou ne dort jamais.

Et il adressa un clin d'œil à son père qui objecta sévèrement :

– Tiens ta langue. À la grâce de l'Empereur... Un, deux... trois !

Le lanceur gémit, libérant le ressort qui, rageusement, telle une bête des profondeurs, tira la chaîne, aussitôt dévidée de son treuil.

Au-dessus de Varan et du montard s'ouvrit la fleur grandiose de la grande hélice qui demeura visible quelques brèves secondes avant de se fondre en un cercle flou. Une force invisible pressa Varan contre les sacs frétillants, et la plateforme plongea, emportant la minuscule silhouette de son père ; le vent rugit à ses oreilles, un vent tel qu'on n'en connaît jamais sous les nuages dans l'entre-saison.

Puis il ne vit plus rien, même pas le montard assis à côté de lui. L'air devint gris et mouillé comme une méduse. Varan retint sa respiration.

– On est dans les nuages ? cria le montard, et Varan devina sa question plus qu'il ne l'entendit.

Traverser les nuages était la partie la plus déplaisante

de l'ascension. On raconte que l'intérieur des nuages rappelle le royaume de Shouou et Varan était enclin à le croire. Pâteux, gluant, impénétrable au regard.

La brume grise se disloqua. L'azur apparut au-dessus de leurs têtes. Les nuages soudain s'illuminèrent de blancheur et, plissant les paupières, Varan sortit ses lunettes de sa poche de poitrine.

Le montard cria quelque chose d'inaudible d'une voix joyeusement excitée. L'hélice transperça la couche nuageuse. L'amas floconneux brillait, comme en fête, doux, immaculé, sec et inoffensif. En haut, du bleu à n'en plus finir, au centre duquel brûlait un terrible soleil blanc. Varan évitait de tourner la tête dans sa direction.

Le grondement de l'hélice changea en ralentissant.

– Hé, où est le quai? demanda nerveusement le montard.

Tu commences vraiment à me fatiguer, pensa Varan.

Les rotors changèrent de contour. La nacelle monta encore et s'immobilisa presque; à quelque distance, on apercevait un mur de pierres blanches d'où partaient, tels des rayons, les fines planches des embarcadères couvertes de câbles comme les mains d'un vieillard sont nouées de veines. Varan pesa de tout son poids sur le levier pour changer l'inclinaison de l'hélice principale, la nacelle plongea légèrement, se rapprochant de la rampe; alors, Varan prit son élan et lança le grappin sur la borne d'arrimage.

– Mais où sont-ils passés? Ils dorment, ou quoi?

Un homme chauve en chemise blanche courait dans leur direction sur le bord de la falaise en agitant les bras et en criant, au risque de tomber dans le précipice. Les rotors tournaient encore, mais la nacelle redescendait déjà. Jurant et évoquant Shouou, le ressort à moitié remonté et la bande d'endormis censés monter la garde sur l'embarcadère, Varan essaya de poser lui-même l'hélice sur le crampon, mais la nacelle était déjà trop basse.

– Tenez-vous bien ! On risque de basculer, cria-t-il joyeusement à son passager.

Le petit homme au crâne d'œuf arriva en courant au dernier moment et parvint à accrocher la nacelle.

– Ça ne va pas ? lui cria Varan. C'est comme ça que tu montes la garde ?

– Mais quelle mouche à viande t'a piqué de monter aujourd'hui ? Tu es déjà monté hier. Tu avais bien dit à Tracasse que tu remonterais dans deux jours ! À part toi, on n'attend personne.

– Tu appelles ça attendre...

Varan rectifia ses lunettes, reprit son souffle et regarda son passager.

– Nous avons... ou plutôt vous avez de la visite. Un noble montard avec un message de l'Empereur. Il faut l'emmener directement chez le prince.

Et il indiqua d'un geste le petit monsieur pâle et étrangement silencieux.

Le frêle embarcadère frémissait, comme vivant. Les

nuages s'étendaient au-dessous, pareils à une mer. Sauf que la mer est grise et lisse, alors que les nuages, quand on les regarde d'en haut, ressemblent à un jardin magique, à l'ombre blanche d'un palais impérial.

La planche d'accostage n'était qu'un fétu de paille à l'extrémité du grand port. Plus haut s'étendaient de larges quais où s'agitaient des gens pareils à des alevins au fond de l'eau, occupés à réparer et à repeindre avant l'ouverture de la saison. Dans deux semaines, des navires aux voiles multicolores jetteraient l'ancre au port longtemps désert. Les galeries supérieures accueilleraient les ailamas avec leurs cavaliers, les ballons bariolés gonflés de feu, et toute autre merveille arrivant par les airs ou les eaux, pourvu que ses occupants soient prêts à payer en belle monnaie impériale.

Le passager escalada maladroitement le bord de la nacelle. Ploya machinalement les jambes en sentant la fragilité de la planche. Puis se redressa et se dirigea vers l'entrée de la grotte du port, sans se retourner ni regarder sous ses pieds, marchant comme un vrai montard au-dessus du précipice. Et sans lunettes, soit dit en passant, visage nu sous le soleil ; son ombre noire nettement découpée s'attarda un instant sur le bois jaune, puis glissa dans l'abîme, vers les nuages.

– Qu'as-tu apporté ? demanda Le Pelé d'une voix acariâtre. Mieux vaut vérifier tout de suite, sinon je vous connais...

Varan avala l'allusion blessante. Ce n'était pas la

première offense du jour. Il croisa les bras en attendant que l'arrimeur finisse son inspection.

– Quatre outres d'eau... Elles sont bien pleines, au moins? Du poisson. Trois sacs... Je ne manquerai pas de le repeser sur ma balance. Ah, le courrier, très bien... Et ça, qu'est-ce que c'est?

– Le bagage du visiteur.

– Il est riche, on dirait, constata Le Pelé en grattant sa barbe rare. Eh bien, prends-le.

– Mon père te transmet son bonjour. Il m'a dit de vérifier que tu inscrives bien le détail dans le registre.

– Ne t'en fais pas, je n'oublierai rien.

Varan ne savait pas marcher à la façon des montards. Il remonta la planche étroite, le cœur figé, vacillant sous le vent. Ils auraient au moins pu prévoir une rampe... Le soleil brûlait sa veste chaude et ses yeux étaient aveuglés, même à travers les verres fumés de ses lunettes. Il avait hâte de redescendre.

Le montard attendait devant l'entrée. Sous le soleil, ses épaules s'étaient redressées, ses cheveux avaient séché; il se tenait, une jambe en avant, le menton relevé, comme un prince sur son portrait officiel. Quand Le Pelé arriva à sa hauteur, il s'inclina légèrement et, sans élan, sans un mot, il le frappa à la mâchoire. Le Pelé poussa une exclamation et tomba assis sur le sol de pierre à deux pas du précipice.

– C'est bien toi qui devais monter la garde? demanda

le montard, reprenant sa pose, et même la morve sous son nez enflé ne pouvait affecter son air majestueux.

– Je... bredouilla Le Pelé, comprenant immédiatement qui était le chef.

– Tu en répondras, promit sèchement le montard.

Il fit volte-face et entra dans la falaise, comme s'il était déjà venu en ces lieux et connaissait parfaitement le chemin à suivre.

Le Pelé se releva en gémissant. Il tenta d'essuyer le sang qui coulait sur son menton, l'étalant davantage ; puis il s'approcha de Varan, l'évalua d'un regard froid et gluant et, avec un grognement, lui expédia son poing en plein visage, sans que le garçon puisse éviter le coup. Des étincelles jaillirent, pareilles à des gouttes de pluie illuminées par le soleil. Varan découvrit qu'il était assis par terre, comme Le Pelé avant lui, et que le sol oscillait, telle une barque surchargée.

– Tu en répondras, jeta l'arrimeur d'une voix mauvaise. Je te compte une outre de moins, en compensation... des dommages. Et que je ne te revoie plus ici, sale blanc-bec.

S'emparant du coffre, il se hâta de rattraper le montard en criant :

– À droite, messire ! Vous mangerez bien quelque chose, il faut vous laver et changer de vêtements. Ces fondus, vous savez, on ne peut pas compter sur eux, ils ont un mauvais fond si j'ose dire...

Varan ramassa ses lunettes et essuya le sang sur son

visage. *Attends un peu,* pensa-t-il, *si je te croise pendant la saison...*

Comme toujours, il manquait une journée. Ou ne serait-ce qu'une heure. En tout cas, une demi-heure supplémentaire aurait été indispensable pour clore les préparatifs.

Chacun s'activait, empaquetait ses affaires, les rangeait dans les caches étanches. Il fallait démonter les portes, enduire de graisse les instruments inutiles durant la saison, les coudre dans des sacs et les ancrer dans les hangars. Les fondus montaient les provisions sur l'arche, inspectaient les champs pour vérifier si les filets étaient bien en place et si le courant ne risquait pas d'emporter la première récolte de navottes.

La pluie faiblissait. Puis elle cessa de tomber. Pour la première fois de l'entre-saison.

Les enfants criaient d'excitation, couraient à travers le village et se congratulaient mutuellement :

– Soleil, joli soleil, montre-toi bientôt au-dessus de l'eau !

Le ciel s'éclaircissait. Des vaguelettes fronçaient la mer.

– Vite, dépêchez-vous !

Varan aida sa mère à grimper dans la barque, fit monter ses petites sœurs. S'installa à son tour à côté de son père et prit les rames.

– Eh bien, que l'Empereur nous aide, dit le père. Allons-y.

La rive s'éloigna. La haute arche de plus en plus proche était comme un village surmontant les eaux, de guingois, harnaché d'échelles de corde, hérissé de minces filets de fumée s'échappant de cheminées multiples.

La barque tanguait. Les petites avaient le mal de mer.

– Dis, maman, c'est Shouou qui rote sous l'eau ?

– Ne raconte pas de bêtises. C'est l'Empereur qui a ouvert le barrage et l'eau est en train de monter.

– Mais pourquoi ça balance si fort ?

– Tais-toi.

La barque fut hissée à bord de l'arche. La famille s'installa tant bien que mal dans une cabine minuscule. Le bébé des voisins pleurait derrière la cloison de cuir. Tous s'étendirent sur les couchettes dures et demeurèrent immobiles, à écouter l'eau qui montait.

– Ma-a-man... pleurnicha Lilka.

– Quoi encore ?

– Je pourrai m'acheter un collier en perles de verre ?

– Mais oui.

– Moi, dit Toska d'une voix grave, je ne m'achèterai rien. J'économiserai pour me promener sur le dos de la tortue géante. Ça coûte une minute la pièce, je veux dire une pièce la minute...

– Économise d'abord.

L'arche tangua. Encore et encore. Toska s'assit sur sa couchette, les mains contre la bouche :

– Oh, je vais vomir...

– Eh bien, sors.

– J'ai peur d'être emportée par une vague.

– Petit Varan, sors avec elle.

Varan prit sa sœur par les épaules, la mena sur l'étroite corniche surplombant la mer bouillonnante ; le ciel s'était éclairci, une brume flottait au-dessus des eaux et le village à demi inondé paraissait irréel, fantomatique. Près de la berge n'émergeaient plus que des toits. Dans la maison de Varan, l'eau arrivait déjà à hauteur de table.

Des retardataires dirigeaient en jurant leur barque vers l'arche. L'embarcation virevoltait comme plume au vent.

– Regarde, Varan, c'est tout bleu là-bas !

Toska pointa un petit doigt sale à l'ongle rongé.

– Regarde, il y a déjà un trou ! Avec du bleu ! C'est le ciel. On voit le ciel !

Un nouvel accès de nausée interrompit ses cris excités.

Varan regardait de tous ses yeux, mais pas le bout de ciel qu'à la différence de sa sœur il avait souvent contemplé dans l'entre-saison. Très haut dans la percée, des oiseaux décrivaient de larges cercles. Pas des pamuettes à lait ni des pifres sauvages, de vrais oiseaux de haut vol, des planans ou même des ailamas.

Un premier rayon de soleil tomba sur la mer grise et houleuse. Pour se noyer aussitôt dans le brouillard. L'arche tanguait sur les eaux, passablement hideuse mais insubmersible. Une odeur de poisson grillé flottait dans l'air. Mêlée au parfum du vent. Le brouillard se dissipait ; lorsqu'il s'évapora totalement, le village avait disparu. Ainsi que les nuées. Devant les fondus ébaudis et à moitié aveuglés, la mer apparut bleue sous le ciel d'azur. Plus de grisaille. La falaise blanche se dressait, tachée par la verdure naissante : le monde des montards, île entourée d'eau et non plus de nuages, contemplant étonnée son reflet méconnaissable.

Chapitre 2

– Tu es du coin ? Un fondu ?

– Oui.

– Où sont donc tes lunettes ?

– Mes yeux s'habituent à la lumière.

– Vraiment ? C'est bien...

L'homme le considéra avec un petit sourire. Ce n'était pas le seul client. D'autres s'impatientaient déjà, frappant leur chope contre la table, et Varan sentait la moutarde monter au nez de sa mère qui s'affairait au comptoir. Mais il ne pouvait interrompre la conversation. L'homme avait parlé d'un travail, et depuis un mois que la saison avait commencé, Varan rêvait de changer d'emploi.

C'était l'heure du déjeuner. Marins et artisans, couturières et lavandières, marchands et serviteurs, tout le petit monde qui gravitait autour des riches voyageurs avait faim et soif, et Varan devait se démener.

Pas le moindre répit depuis un mois.

Chacun le sait, qui ne travaille pas durant la saison se retrouve mouillé et le ventre creux quand les eaux descendent. Mais comment rester le même lorsque le monde se métamorphose autour de toi ? Surtout si tu es jeune. Le dernier des avares se découvre une âme dépensière et le plus inépuisable des trimeurs rêve de paresser un peu. La seule vue des assiettes et des plateaux donnait la nausée à Varan, il avait envie de se promener sur les falaises, de plonger dans la mer bleue du haut des rochers blancs, de jouer avec les poissons et, la nuit, de compter les étoiles...

Ses parents avaient ouvert une taverne à proximité du port. Ils avaient construit un four, tendu une bâche, loué des tables et des chaises à crédit à quelqu'un « d'en haut ». Les montards aussi, surtout ceux qui n'étaient pas riches, profitaient de la saison pour gagner de l'argent : ils louaient leurs maisons et leurs grottes d'habitation et s'installaient dans leurs « résidences d'été », c'est-à-dire dans des tentes. L'endroit était bien choisi : les tables n'étaient presque jamais vides. Chaque jour, les prix augmentaient légèrement, sans que cela n'effarouche personne : de nouvelles bourses débarquaient régulièrement à Croc Rond, prêtes à déverser une pluie d'or. Le père faisait la cuisine, la mère et Varan servaient les clients. Les petites vendaient des bibelots en coquillages au petit bazar attenant. Qui travaille durant la saison peut devenir aussi riche qu'un prince.

– Quel âge as-tu ?

– Dix-sept ans.

– Tu sais nager ?

– Comme un poisson.

– Tu n'as pas peur des animaux ?

– Non. De quels animaux ?

– Des serpentaires. Tu en as déjà vu ?

– Ah, les serpents de mer... J'en ai vu. La saison dernière un garçon m'a laissé monter dessus.

Sa mère le regardait d'un air menaçant et lui adressait des signes discrets. Le visiteur sortit un fin mouchoir de sa poche de poitrine et se tamponna les coins de la bouche.

– Varan, fils de Zagor le borgne... Au fait, pourquoi l'appelle-t-on « le borgne » ? Alors qu'il a ses deux yeux ?

– C'est juste un surnom.

– Ah... Eh bien, Varan, j'aurai peut-être un bon travail à te proposer. Qui implique certaines responsabilités. Je ne peux pas engager n'importe qui. Il faut d'abord que je me renseigne un peu sur toi auprès des autres fondus... Bon, file. Nous en reparlerons.

Pendant que Varan servait les affamés sous une pluie de jurons, apportait de la bière aux nouveaux venus et desservait les tables, le mystérieux visiteur s'éclipsa. Son père le coinça dans la cuisine et lui asséna une taloche qui lui fit voir trente-six chandelles.

Dans l'entre-saison, il n'y a rien en haut à part des pierres incandescentes. Tous se cachent dans des trous, bêtes, oiseaux et humains. Même les plantes rusées, coquetus et piquefeuilles, se tapissent dans des fentes étroites où une goutte d'eau peine à s'infiltrer. La rive est nue ; mais dès le début de la saison, des pousses vertes et grasses jaillissent comme des flèches, s'ouvrent en ombrelles, se couvrent de feuilles, de piquants et de fleurs rose pâle, ombragent la rive ; fondus et montards ne reconnaissent plus leur Croc Rond. Des papillons grands comme des poêles à frire tournoient au-dessus des fleurs et de l'eau ; des piscines aux décors multicolores collées les unes aux autres couvrent la falaise ; des marches en bois ou en marbre, des échelles de corde ou des escaliers d'argile, parfois parsemés de sable, de gravier ou de coquillages ronds, mènent en bas, à la frange d'écume du ressac.

Que ferait le prince de Croc Rond s'il n'y avait pas la saison ? Si, par la grâce de la nature, son île inhospitalière ne se métamorphosait pas pour trois mois en havre doré de lumière et de chaleur, de douceur et d'abondance ? Grâces en soient rendues à l'Empereur et à sa lumineuse monnaie, la mer est calme, des patrouilles ailées la survolent et la riche aristocratie des quatre coins du monde se presse à Croc Rond pour y goûter au bonheur et y laisser son argent.

Varan était assis sur la planche d'accostage. Cette même planche familière où il avait si souvent posé l'hélice paternelle. La mer ondulait, caressant presque la plante durcie de ses pieds nus. Les étoiles se reflétaient dans l'eau.

Ce soir, son père avait crié après lui. Son père avait peur que ce client souriant ne veuille entraîner Varan dans l'une des nombreuses maisons de joie qui s'ouvraient durant la saison.

– Tu sais comment il t'a appelé ? « Ce joli garçon » ! Je t'interdis de t'éloigner de plus d'un pas de la taverne !

– Il n'a pas de mauvaises intentions ! Il s'occupe de serpentaires !

– Pourquoi pas d'ailamas, pendant que tu y es ? C'est une couverture. Il essaye de t'appâter avec ses serpents de mer... Si tu oses encore lui adresser la parole, je t'écorcherai vif ! Et arrête de discuter !

Varan comprenait la réaction de son père et ne lui en voulait presque pas. Les maisons de joie représentaient une vraie menace pour les enfants des fondus. La saison dernière, la fille de Couseur s'était laissée attirer et on ne l'avait plus revue au village. On racontait qu'elle était restée au service d'un montard, ou peut-être distrayait-elle les soldats dans l'entre-saison.

Varan n'aurait pas d'autre travail. Il pouvait faire une croix sur ses espérances. Toujours la même chose : tu attends la saison de longs mois durant et lorsqu'elle arrive tu es impatient qu'elle prenne fin. Il n'en pouvait plus. Ses oreilles résonnaient de cris, de bruits de vaisselle, de chansons d'ivrognes ; ses yeux lui faisaient mal. Il aurait aimé passer la nuit à se promener, à plonger, à se baigner, mais demain, il devrait se lever à l'aube.

Même dans l'obscurité, le port s'agitait, grinçait, jurait à voix étouffée ; les bateaux à l'amarre effleuraient les astres de leurs mâts nus. Varan dénombra onze grands navires, et il y en avait d'autres derrière le promontoire... Et sur chacun, outre les nobles, voyageait une ribambelle de serviteurs et d'employés, tous aux poches bien remplies, tous avides de se distraire et pas avares de leur argent.

Ce couple par exemple. Des étrangers sans nul doute : le garçon avait les bras nus et la fille était vêtue de manière indécente : sa jupe lui arrivait presque au ras du genou. Ils s'embrassaient sans voir Varan. Se décollant enfin l'un de l'autre, ils jetèrent des pièces dans la mer. D'abord la fille, puis le garçon.

Varan sourit dans le noir. À l'automne, les rues et les toits du village sont parsemés de pièces. Les pièces impériales constituent un revenu supplémentaire. Quant aux pièces étrangères, on en fait des bijoux, des jouets, des poids et des leurres pour la pêche.

Et que d'objets perdus on découvre dans les caniveaux ! Des bagues, des barrettes, des peignes, des sandales de cuir, des chaînes, des chiffons...

On trouve aussi des noyés. Pas de saison sans que quelqu'un ne se noie, après avoir trop bu, ou volontairement, par désespoir d'amour. Jusqu'à l'automne, le malheureux traîne sous l'eau dans un champ, en attendant qu'on le couse dans un sac et qu'on l'envoie par le fond, cette fois définitivement.

Varan poussa un soupir et, sans se dévêtir, glissa silencieusement dans l'eau.

La mer l'enlaça jusqu'au sommet du crâne. Chaude, comme s'il se baignait dans du lait de pamuette. D'une profondeur extrême : tout en bas se trouvait la maison paternelle et la plateforme à hélice. En plongeant le visage et en agitant les bras, on voyait jaillir des étincelles, des étoiles flottantes, les âmes des poissons disparus...

La mer respirait. On entendait les grincements et les martèlements du port tout proche. Aucun son inquiétant. Pourtant, Varan frémit soudain et leva la tête.

Sur la rive, près de la piscine où un instant plus tôt s'embrassait le jeune couple, des silhouettes se déplaçaient silencieusement. On bâillonnait quelqu'un, on lui mettait un sac sur la tête. Plus la saison battait son plein, plus la patrouille impériale avait du pain sur la planche. Le sort des deux tourtereaux était réglé : on les retrouverait à l'automne sur un toit couvert d'algues... Ou peut-être pas. Si le courant les emportait...

– À la garde ! Venez par ici ! hurla Varan de toutes ses forces.

Son cri couvrit les bruits du port, survola l'eau et se brisa contre les falaises. Mais l'avait-on entendu ?

– À la garde ! Au meurtre ! Au vol ! Vite ! Au secours !

En haut, dans les fourrés de coquetus, il entendit

battre un gong métallique. Le grincement du port se tut et, une seconde plus tard, la cloche retentit.

L'agitation cessa sur le rivage. Sans chercher à savoir qui avait gagné ni si les victimes étaient encore vivantes, Varan inspira une bonne goulée d'air et plongea si profond que son oreille droite se mit à siffler.

Heureusement qu'il n'avait pas laissé ses vêtements sur le rivage. Ils l'auraient facilement repéré.

Varan ne raconta rien à personne, même pas à son père. Il allait de table en table avec la vivacité d'une méduse, servait des crevettes au lieu de fromage blanc et apportait des cure-dents en guise de bière. L'homme souriant qui s'était renseigné sur lui apparut sur le seuil.

Le père de Varan surgit aussitôt au comptoir, balançant ses poings comme des haltères d'acier. L'homme souriant croisa sans crainte son regard méfiant.

– C'est vous que je viens voir, personnellement... Il faut que je vous parle. Vous avez bien une minute ?

La lumière remontait du fond des eaux. À l'extérieur, le soleil brillait, coulant dans la large caverne comme une bière douce dans une bouche ouverte. Une grille profondément immergée barrait le passage. Le propriétaire ne voulait pas que les vieilles serpentaires décident d'aller faire un tour et se fassent dévorer par quelque prédateur avide.

Elles étaient vraiment très vieilles. Mais peu le remarquaient, car elles étaient bien nourries et bien soignées. Leurs écailles ternies par l'âge étaient dissimulées sous des plaques d'argent ou des pierres semi-précieuses ; de plus, c'étaient des bêtes de race qui gardaient un port fier : leurs yeux étincelaient et elles enflaient les naseaux, au point que Varan dut surmonter une certaine appréhension quand il les approcha la première fois.

– Voici l'étable, dit Nila. Dans la niche, tu trouveras des grattoirs, des brosses et tout ce qu'il faut ; c'est très bien rangé soit dit en passant. Quand tu prends quelque chose, n'oublie pas de le remettre en place. Il faut les nettoyer avant chaque sortie et le soir avant la fermeture. Et les nourrir deux fois par jour, matin et soir, en les surveillant pour qu'elles n'attrapent pas une indigestion. Dès que l'une d'elles fait ses besoins, tu prends une épuisette, tu ramasses la crotte et tu la jettes dans la corbeille pour que l'eau de l'étable reste propre. Et ensuite, il faut remonter la corbeille. Tu as tout compris ?

Nila avait un an de plus que Varan et se comportait avec autorité. Il l'avait déjà croisée à la foire d'automne. Elle venait de Petiote, c'était la fille d'un mineur et d'une suivante de la princesse, une fille illégitime, mais riche et sûre d'elle-même. Sa mère, sous le poids de la honte, l'avait expédiée dans les basses terres, mais ne l'avait pas abandonnée pour autant, lui envoyant

régulièrement de l'argent, des sacs d'algues et des vêtements. Nila se considérait comme une montarde et portait en saison une chemise sans manches et un pantalon
roulé jusqu'aux genoux orné de ces petits cailloux multicolores qui abondent à Petiote. Elle travaillait comme
écuyère, accompagnant les riches clients qui visitaient
le labyrinthe des grottes sous-marines à dos de serpentaire.

Varan s'imaginait naïvement qu'il allait faire des
promenades en mer et non attraper des crottes avec
une épuisette. Nila dissipa habilement et cruellement
ses illusions.

– N'essaye pas de les seller, si tu rayes leurs écailles,
ça risque de te coûter très cher. Et l'Empereur te garde
de les monter. Tu dormiras sur place, dans le hamac. La
nuit, elles se mettent parfois à siffler, il faut leur parler
à voix haute pour les calmer. La plus verte s'appelle
Tribulation et la plus noiraude Affliction.

– Pourquoi des noms aussi tristes ?

– Parce qu'on les a appelées ainsi, trancha Nila. Tiens
regarde, Affliction vient de faire caca, prends l'épuisette
et montre-moi de quoi tu es capable.

Les cheveux sombres de Nila retombaient sur ses
épaules. Les cailloux cousus sur son pantalon brillaient
au soleil comme des gouttelettes d'eau. Ses yeux clignaient et elle plissait les paupières ; la lumière dans
la grotte n'était pourtant pas si vive. Cette arrogante
aurait dû porter des lunettes à verres fumés mais, fière

56

de son sang montard, elle préférait souffrir et essuyer ses larmes.

Les serpentaires regardaient Varan avec un dédain royal, à croire que c'était lui qui avait fait ses besoins dans l'eau transparente et elles, nobles créatures, qui se voyaient contraintes à les ramasser.

– Elles ne mordent pas ?

– Elles ne mangent que du poisson, mais si tu les mets en colère, elles peuvent te donner un coup de dents, juste pour t'apprendre. Surtout Affliction, elle est perfide. Ne t'approche pas de sa queue, elle risque de t'assommer et tu te noierais. Elle a servi toute sa vie dans la garde. Elle faisait le tour de Petiote avec la patrouille et attaquait les contrebandiers, elle a noyé une centaine de pirates. Un coup de queue sur la tête, et couic. Les serpentaires apprennent à le faire quand ils sont encore dans l'œuf.

Varan s'inclina en agrippant la rampe pour poursuivre la crotte à coups d'épuisette.

– Même en cent ans, on n'a pas vu cent pirates à Petiote.

– Chez vous, sur la rive, il n'y a pratiquement pas de pirates. Ils ne vont tout de même pas voler des navottes. Mais chez nous, il y a des mines. C'est pour ça qu'il faut des patrouilles.

Varan parvint enfin à attraper la crotte. Il vida l'épuisette dans la corbeille et la referma. Puis il alla s'asseoir sur le rebord de pierre, les pieds dans l'eau lumineuse.

– Et Tribulation, elle a tué combien de pirates ? Un millier ?

– Tribulation a travaillé toute sa vie dans les mines, à traîner un chariot. Elle transportait des pierres et du sel... Maintenant, elle se repose.

Tribulation tendit son cou couleur émeraude en agitant sa tête cornue et siffla doucement, comme pour confirmer que ce repos était bien mérité. Affliction donna un coup de queue si violent qu'une vague d'eau déferla dans la grotte. Varan s'écarta malgré lui.

– Ben dis donc...

– Si ça ne te plaît pas, tu peux retourner dans ta taverne.

– Comment sais-tu où je travaillais ?

– Ce n'est pas un grand secret... Je t'ai remarqué en passant. L'endroit est bien en vue.

– Et le garçon non plus ne passe pas inaperçu, ajouta une voix.

Le patron, en tenue de cavalier, descendait l'escalier en colimaçon creusé dans la falaise. Affliction et Tribulation commencèrent à s'agiter, frappant l'eau de la queue, tournant au point de former un petit tourbillon au centre de la grotte.

– Selle-les, Nila, nous avons des clients.

Varan, sans lâcher son épuisette, observa Nila qui fixait rapidement une selle sur le dos d'Affliction puis sur celui de Tribulation qui se laissèrent faire bien volontiers. Sans regarder Varan, Nila sauta lestement sur le dos d'Affliction, tandis que le patron enfourchait Tribulation.

– Eh bien, mon petit Varan, nous serons absents jusqu'au soir. Fais le ménage, sors la corbeille et ensuite repose-toi un peu. N'oublie pas que tu passes la nuit ici !

Varan acquiesça.

– Va, cria Nila, et sa voix résonna dans la grotte.

La serpentaire frappa l'eau de sa queue, Nila s'aplatit sur le dos noir de sa monture qui plongea et disparut dans le tunnel sous la falaise. Varan reprit son souffle.

– Va, dit le patron d'un ton plus mesuré, et Tribulation plongea à son tour.

Varan resta seul. L'eau éclairée par le soleil s'agitait, transparente à la surface et épaisse en profondeur, comme tassée en un concentré de ténèbres.

– Des serpentaires. Des serpents de mer, quoi. Deux monstres gigantesques, l'un tout vert et l'autre presque noir. Avec des cornes comme ça et des dents comme ça. Ils sont dressés à donner des coups de queue dans la nuque. C'est un travail très dangereux. C'est pour ça que c'est bien payé.

Varan était assis dans la taverne ; Kecha, le garçon de quatorze ans que ses parents avaient engagé pour le remplacer, se tenait devant lui avec un plateau et le considérait avec envie et admiration.

– Des aristocrates viennent les regarder et les plus téméraires les montent pour des promenades. Il y a

59

Shouou sait combien de tunnels dans la falaise. Sous l'eau et au-dessus de l'eau. Il y en a même qui sont à sec.

– Mais comment les serpents de mer peuvent-ils marcher dedans s'ils sont à sec?

– Les serpents de mer ne marchent pas, dit sévèrement Varan, ils nagent... Mais je n'ai plus le temps, je suis de garde cette nuit.

Et il fit sonner les pièces dans sa bourse de cuir.

Il restait encore plusieurs heures avant la tombée du soir, mais Varan était fatigué de se vanter. Il dit au revoir à sa mère, ébouriffa les cheveux des petites et se dirigea vers la rive du pas pressé d'un homme accablé de travail. Il avait l'intention de se baigner.

– Hé toi, le garçon!

Varan continua son chemin. Beaucoup de garçons parcourent les rues durant la saison. Il ne s'arrêta que lorsque deux individus lui barrèrent la route. L'un avait à peu près son âge, petit, le visage bronzé, mais on voyait que ce n'était pas un montard. L'autre était adulte et avait une tête à faire peur.

– Tu ne réagis pas quand on t'appelle? demanda le plus jeune.

– Comment pouvais-je savoir que c'était moi qu'on appelait?

– Viens avec nous, on veut te parler.

– Je suis pressé.

– Ne sois pas trop pressé de couler par le fond, remarqua le plus âgé du coin de la bouche. Allez, suis-nous.

Il avait des sourcils décolorés par le soleil et un regard d'assassin, indifférent comme la corde d'un étrangleur.

La taverne était loin. Un endroit bien en vue... Un garçon qui ne passe pas inaperçu... Il y avait beaucoup de monde dans les rues, mais pas moyen de fuir. Aucune patrouille à proximité ; d'ailleurs, ces deux-là ne lui auraient pas laissé le temps de lancer l'alerte. Et puis, la vie d'un jeune fondu n'est pas assez précieuse pour déranger les touristes...

– Que me voulez-vous ?

– On t'expliquera ça ailleurs, dit l'homme aux sourcils clairs d'une voix irritée. Eh bien, tu nous suis volontairement, ou faudra-t-il te coudre tout de suite dans un sac ?

Sur le continent si lointain dont les radeliers lui avaient parlé, on peut fuir et se perdre. Mais à Croc Rond, on ne saurait se cacher nulle part.

Ils emmenèrent Varan dans une baie parsemée de piscines, aussi nombreuses que des verres sur la table d'un banquet, piscines ordinaires, bassins tournants ou ornés de fontaines. Des touristes étrangers aux corps bien soignés y prenaient du bon temps sans rien remarquer. Ils nageaient presque nus, exposaient courageusement leur peau au soleil, sautaient des plongeoirs et dévalaient des toboggans en bois sur des tapis glissants. Ils mangeaient et buvaient sur place, dans des tavernes flottantes. Varan éprouva un accès aigu d'apitoiement sur son propre sort. Tous ces gens vivaient et aimaient la vie, et lui, Varan, voyait peut-être le ciel pour la dernière fois. C'était trop injuste.

– Monte dans la barque, dit l'aîné des brigands, toujours du bout des lèvres.

Car c'était un brigand, nul doute n'était plus possible.

Dans la barque se trouvait déjà un type chauve aux larges épaules. Et à côté de lui, plié en deux et se tenant le ventre, était assis Gueli, un jeune pêcheur que Varan connaissait et qui, durant la saison, vendait des escargots grillés aux baigneurs.

L'adolescent bronzé resta sur la rive. Il poussa la barque, puis s'éloigna d'un pas rapide.

– Vous deux, prenez les rames, dit le chauve, et n'essayez pas de faire les malins.

Ils ramèrent en silence. Le chauve tenait la barre et l'homme aux sourcils clairs était posté à la proue. Varan, assis face à la poupe, regardait la rive s'éloigner. Le chauve était en train de rouler des feuilles de tabac, qui coûtaient si cher. Il les alluma et se mit à fumer avec délice... Ils dépassèrent une arche, laide et biscornue comparée aux vrais bateaux de mer. Puis une équipe de pêcheurs : trois barques à pédales tirant un filet. Personne ne leur prêta la moindre attention. Deux hommes et deux adolescents qui partent pêcher, quoi de plus banal.

L'homme assis à la proue se mit à siffloter.

– La ferme, dit le chauve. Ça porte malheur.

– Va chez Shouou avec tes superstitions.

– Vas-y toi-même. Je t'aurai prévenu...

Silence.

Lorsque rive, navires et arches, pêcheurs et baigneurs restèrent loin derrière, le chauve ordonna de déposer les rames. Varan et Gueli, terrorisé à en avoir des crampes d'estomac, se retrouvèrent assis côte à côte, face au chauve. L'homme aux sourcils se tenait derrière leur dos. Varan avait tout le temps envie de se retourner.

– Arrête de te tortiller, dit le chauve. Qui de vous, petits saligauds, aime se baigner la nuit ?

– La nuit, je travaille, dit doucement Varan après un silence. Je garde des serpents de mer.

– Et toi ?

Gueli claquait des dents.

– Bon, fit le chauve en indiquant Gueli du doigt. Toi, crie le plus fort possible : « À la garde, au meurtre, au vol ! Au secours ! »

Varan regarda autour de lui. Pas la moindre chance de se faire entendre de qui que ce soit.

– Si tu tournes encore la tête, menaça le chauve, je te coupe l'oreille !

– Pourquoi v-voulez-vous que je crie ? bredouilla Gueli.

Le chauve sortit un long poignard de sa botte.

– Crie, sinon, tu iras nourrir les poissons morceau par morceau.

– A-a-ah, hurla Gueli avec un effroi très naturel. Au meurtre ! À la garde ! Au secours ! Au viol !

63

L'homme aux sourcils éclata de rire derrière eux.

– Au viol ? Ne rêve pas...

– C'est lui ? demanda le chauve d'un air de doute.

– Ce n'est pas moi ! protesta Gueli d'un ton suppliant.

– À ton tour maintenant, dit le chauve en pointant son couteau vers Varan. Crie bien fort, aussi fort que tu peux.

– À la garde ! vociféra Varan d'une voix de basse. Au meurtre ! Au vol !

Le regard de l'homme aux sourcils lui vrillait le dos.

– Ce n'est pas lui, marmonna le chauve pour lui-même plutôt que pour son complice. On s'est trompés.

– Moi, je crois qu'il fait semblant.

– Lequel ?

– Le beau gosse. Il maquille sa voix. Coupe-le un peu pour qu'il crie de manière naturelle.

– Eh bien, mon garçon, dit gentiment le chauve, tu vas crier avec ta propre voix, ou faut-il que je t'enlève quelques morceaux superflus ?

– À la garde ! hurla Varan à pleins poumons. Au vol !

Il se sentit aussitôt enroué.

– Ce n'est pas lui, constata le chauve à regret. Tu as raté ce coup-là.

– C'est toi qui l'as raté, pas moi.

– La ferme... J'ai un mauvais pressentiment.

– Va chez Shouou avec tes pressentiments.

– Ce n'est aucun de ces deux-là ni le garçon d'hier. C'est donc un quatrième...

Le soleil déclinait. La barque oscillait sur la mer déserte. Croc Rond paraissait lointain, inaccessible, aussi irréel qu'une empreinte sur l'eau. Varan avait déjà bondi plusieurs fois en avant puis en arrière, désarmé le chauve, expédié son complice par-dessus bord, saisi la rame et assommé le chauve, plongé dans l'eau et fui à la nage en pensée, parfaitement conscient de vivre ses derniers instants... *Mieux vaut mourir en essayant de se défendre... Et Nila a de très beaux yeux, même s'ils larmoient.*

– La garde, râla Gueli.

– Ferme-la, jeta le chauve.

Gueli indiqua le ciel du doigt.

– Une patrouille arrive...

Le chauve se retourna brusquement.

Au-dessus de la mer, une patrouille impériale montée sur des ailamas d'un blanc de pierre descendait en triangle dans leur direction.

Nila dormait dans le hamac. Ses cheveux noirs emmêlés tombaient entre les mailles. Une coupelle de graisse brûlait au-dessus de l'eau, éclairant faiblement les corps énormes des serpentaires endormies. Les gemmes luisaient sur leurs vieilles écailles.

Varan s'assit sur la pierre, se prit les épaules pour essayer de maîtriser son tremblement nerveux. Il resta assis une demi-heure, sans bruit, avant que Nila ne se réveille, sans raison apparente.

– Qui est là ?

L'eau bouillonna. Les têtes cornues se dressèrent, inquiètes.

— C'est moi, dit Varan d'une voix faible.

Nila resta longtemps silencieuse. Les serpentaires, rassurées, plongèrent à nouveau sous l'eau.

— J'ai dit au patron que je te remplaçais.

— Merci.

Nila se mordit la lèvre.

— Je les ai nettoyées et nourries... J'ai fait le ménage.

— Désolé.

— Où étais-tu ? s'exclama Nila à mi-voix.

Varan croisa les jambes, posa ses coudes sur ses genoux et commença son récit.

— Ils ont donc été exécutés, dit Nila lorsqu'il eut fini de parler.

— On les a seulement emmenés en prison.

— Ils seront exécutés avant l'aube. C'est la loi durant la saison, il suffit d'être soupçonné de brigandage. D'être pris dans un endroit suspect en train de faire quelque chose de suspect pour être pendu sans jugement.

— Moi aussi, j'étais avec eux...

— Toi, c'est différent, tu es un fondu. Ton père peut se porter garant de toi. Tes voisins te connaissent. Tout le monde sait qui tu es. Et c'est pareil pour ton copain Gueli. Mais ces deux-là... Ils ne sont pas d'ici ?

— Non.

— Ils seront pendus avant l'aube.

Silence. La graisse grésillait dans la coupelle.

– Pourquoi n'es-tu pas allé voir le chef de la garde immédiatement ? Pour raconter ce que tu avais vu ?

– Mais je n'ai rien vu du tout... Seulement des gens qui se faisaient attaquer.

– Tu aurais dû aller le raconter.

Varan frappa nerveusement ses genoux du poing.

– J'aurais dû... Mais qu'est-ce que ça peut te faire ?

– Et s'ils avaient encore des complices ? objecta Nila sans prêter attention à son ton offensant. Tu as parlé d'un garçon. Où est-il passé ?

– Je n'en sais rien.

Nouveau silence.

– Il vaut mieux que tu restes là, dit Nila. Ne quitte pas la grotte. Affliction est vicieuse, mais elle est capable de te défendre. Et moi, je vais aller me renseigner.

Elle s'extirpa maladroitement du hamac. Elle portait toujours la même chemise et le même pantalon orné de cailloux. Pas très commode pour dormir.

– Où veux-tu aller ?

Nila sourit avec une certaine amertume.

– Je ne suis tout de même pas orpheline, grâce à l'Empereur. Je vais aller voir qui il faut... Et toi, pas un pas dehors !

Elle arrangea rapidement ses cheveux et monta l'escalier en colimaçon.

Varan s'endormit à l'aube et rêva d'ailamas ; il sentait les plumes blanches et rêches contre son visage. À son réveil, les mailles du hamac s'étaient incrustées sur sa joue. Tribulation et Affliction nageaient en rond dans la grotte, impatientes de déjeuner.

Il nourrit les serpentaires et les nettoya pour la première fois ; puis, mouillé et crotté, il prit l'épuisette. Comme par un fait exprès, Nila revint alors qu'il s'adonnait à cette tâche peu reluisante.

Elle portait une jupe longue et un chemisier aux manches courtes à la mode montarde. Sa coiffure haute et lisse la faisait paraître plus âgée et sévère. Face à tant de prestance, Varan se demanda s'il pouvait continuer à la tutoyer.

– Bon, dit Nila en s'asseyant sur une saillie en pierre. Le couple qui a été attaqué est toujours en vie, et c'est toi qui les as sauvés. Ils ont adressé une plainte au prince, le chef de la garde a renforcé les rondes et organisé des patrouilles volantes. Après l'appréhension de deux individus louches et armés dans une barque, ils ont passé l'île au peigne fin et arrêté cinquante-six suspects. Quinze seront relâchés aujourd'hui. Les autres ont déjà été pendus.

– Comment ça ?

Nila passa la main sur son visage, comme pour enlever une toile d'araignée.

– C'est la loi de la saison. Si le prince ne met pas fin au brigandage, tout le monde connaîtra la disette dans l'entre-saison, aussi bien les fondus que les montards. Il existe deux crimes particulièrement graves : le brigandage et la fabrication de fausse monnaie impériale. L'escroquerie arrive en troisième position, mais les escrocs ont au moins la chance d'être jugés... Pourquoi es-tu aussi pâle ? La meilleure nouvelle, c'est que le garçon qui a aidé les brigands à te retrouver a été arrêté et exécuté avec le reste de la bande. Tu ne risques plus rien, tu peux rester ou partir.

Elle détourna les yeux. Et soudain, Varan constata qu'elle était sur le point de fondre en larmes. Qu'elle faisait des efforts surhumains pour garder son calme, qu'elle était terriblement fatiguée et vexée sans raison apparente.

Il se rapprocha.

– Nila... Merci.

– Tu peux t'en aller. Personne ne te retient.

– Pourquoi me chasses-tu ? Ou alors... Le patron m'a mis à la porte à cause de ce qui s'est passé ?

– Non.

– Où est donc le problème ?

Elle fondit en sanglots. Il se tenait devant elle, brûlant d'envie de l'enlacer sans se décider à le faire. Il était tout sale et mouillé. Alors que Nila était propre et gardait un air sévère malgré ses larmes.

Une vraie montarde.

La grotte se prolongeait en tunnel, s'élargissait par endroits, se dédoublait, étirant parfois des dizaines de tentacules étroits et en partie impraticables. Certaines cavernes étaient claires car les rayons du soleil se frayaient un passage à travers l'eau. D'autres étaient plongées dans la pénombre, ou tellement obscures qu'on devait compter sur les serpentaires pour s'orienter.

– Elles voient dans le noir ?

– Elles connaissent le chemin...

Varan montait Tribulation. Elle était docile comme un jouet en bois, avançant quand on lui disait « Va », s'arrêtant dès qu'on lui disait « Stop » et plongeant lorsqu'on lui disait « Plonge. »

– C'est parce qu'elle a travaillé dans les mines. Là-bas, les passages sont encore plus compliqués et il faut s'insinuer dans des fentes. Alors qu'Affliction se baladait en pleine mer. Elle n'aime pas les grottes. Et puis elle a vraiment un sale caractère.

– Et toi, tu es allée dans les mines ?

– Pardi ! On peut même dire que j'y ai grandi... Tu sais, il y a des poches d'air dans les mines où l'on peut vivre même pendant la saison. Il fait sombre et froid, mais on peut respirer, trouver de la nourriture et lécher de l'eau douce sur les stalactites. Il y a un type qui pillait les stocks de fer pour le revendre en cachette aux marchands. On voulait le juger, mais il s'est enfui et s'est caché dans les mines. C'est un vrai labyrinthe, on aurait pu le chercher cent ans sans le retrouver. Alors on s'est dit qu'il sortirait lui-même quand viendrait la saison. Mais il n'est pas sorti, il avait trop peur. Ou peut-être qu'il s'était perdu. Il n'est apparu qu'à l'entre-saison suivante, toujours vivant, mais un peu cinglé sur les bords. On ne l'a même pas jugé, il s'était puni lui-même. Tu imagines, vivre des mois avec des tonnes de pierre et des masses d'eau au-dessus de la tête, dans le noir complet, sans oser faire du feu pour qu'il ne bouffe pas ton air... Au-dessus, c'est la saison, et toi tu es comme dans les entrailles de Shouou... À propos, après cette aventure, il n'arrêtait pas d'évoquer Shouou. Peut-être même qu'il l'a vue... Ou alors c'était du délire. Qu'est-ce que tu en penses ?

– Je pense qu'on ne peut pas voir Shouou avant d'être mort.

– Tu as sans doute raison. Mais tu sais, les mines, ce n'est pas si mal. En fait c'est très amusant. Ça résonne de partout, les roues tournent pour pomper l'eau, les serpentaires nagent de-ci de-là. Et il fait clair parce qu'on allume des feux. Les murs étincellent comme dans un palais, les gouttes d'eau brillent autant que des gemmes. Et c'est un endroit génial pour chanter. Tout le monde chante. Il suffit qu'une gamine se mette à chanter d'une toute petite voix, on a l'impression d'entendre un chœur, et l'écho reprend le refrain. Viens donc nous voir dans l'entre-saison.

– Mais c'est que je travaille...

– Viens en automne. Juste après la saison, presque personne ne travaille, tout le monde vend et achète... Regarde, on va passer un tunnel très profond, avant

d'arriver à une vaste grotte. C'est là qu'on offre généralement des coquillages aux clients. Va, Affliction !

Affliction plongea presque verticalement. Varan la vit
filer sous l'eau, entourée d'une myriade de bulles minuscules qui l'auréolaient comme une flamme blanche. Il
eut à peine le temps d'aspirer une bouffée d'air avant
que Tribulation ne plonge à son tour.

Une méduse s'étala presque sur son visage ; un gros
poisson rayé s'écarta brusquement. L'eau s'assombrit ;
la serpentaire sinua longtemps à travers une obscurité
dense, au point que Varan ressentit des picotements
désagréables dans la poitrine. Enfin, une lumière apparut devant lui, la pellicule irisée de la surface vacilla et
Tribulation, arquant majestueusement le cou, la transperça d'un coup de tête, faisant dévaler des cascades sur
sa peau écailleuse et lorgnant avec un mépris indulgent
en direction de Varan d'un air de dire : « Alors, qu'est-ce
que tu en penses, petit ver de terre ? »

Varan regarda autour de lui.

C'était la plus grande caverne qu'il ait jamais vue et
de loin la plus belle. Le soleil y pénétrait non seulement à travers les eaux, mais par des fentes de la coupole. Les stalactites tendues vers leurs reflets créaient
des rangées de colonnes, les coulées de chaux évoquaient d'immenses draperies.

Nila montait déjà des marches ; Affliction, accoutumée à se reposer en ce lieu, étendit le cou sur l'eau et
poussa un soupir somnolent.

– Viens par ici, appela Nila.

Varan sauta dans l'eau, se hissa sur une pierre plate et s'ébroua comme un pifre. Les gouttes volèrent dans tous les sens.

– Par ici ! Monte !

La voix de Nila lui parvint d'en haut.

Sur une plateforme surélevée étaient disséminés des coussins de cuir ; il y avait un gril avec des restes de charbon et un gros tas de brisures de nacre. Une cruche de vin cassée gisait dans une petite flaque rouge. Nila sortit un balai et une pelle.

– Tu diras au patron qu'on a nettoyé la grotte. Les clients laissent parfois tellement de saletés que les serpentaires en font la grimace.

Varan tendit le bras pour prendre le balai. Mais Nila ne le lâcha pas immédiatement. Ils se retrouvèrent face à face, tenant le manche à quatre mains. Nila se taisait, sans rien expliquer.

Ses yeux, toujours mi-clos, s'étaient enfin ouverts dans la pénombre et chaque pupille semblait l'entrée d'une mine profonde.

– C'est l'itinéraire qu'on fait prendre aux clients, dit enfin Nila d'une voix sourde, comme si elle retenait ses larmes. Il longe la rive, c'est pour ça qu'il fait toujours clair. Mais si on emprunte les tunnels plus profonds, il y a de ces passages... de ces labyrinthes... et il fait très sombre.

– Tu aimes l'obscurité ? demanda Varan qui sentait le

manche de ce maudit balai se réchauffer entre ses paumes.

Nila hocha la tête d'un mouvement brusque.

– Le soleil me fait mal aux yeux.

Pourquoi n'as-tu pas de lunettes ? faillit demander Varan, mais il se mordit la langue à temps. Les montards n'en portent pas, ils sont accoutumés à la lumière vive. Quant aux étrangers, ils considèrent que les verres fumés des fondus dissimulent des regards fourbes et avides et Shouou sait quels autres vices. C'est pourquoi le patron s'était réjoui de constater que les yeux de Varan s'habituaient à la lumière.

Nila attendait on ne sait quoi, le fixant d'un regard attentif.

– On va dans les tunnels profonds ? proposa prudemment Varan.

Elle acquiesça.

– Et le patron ?

– Il nous a dit de nettoyer la grotte et de promener les filles. Pas de risque qu'il nous cherche avant ce soir.

Elle lâcha enfin le balai.

Varan se détourna et, vite vite, se mit à balayer, dans un tintement de bris de coquillages et un entrechoc d'éclats d'argile. Nila rangea les coussins et nettoya le gril. En silence, sans se regarder, ils mirent les détritus dans un sac, y attachèrent une lourde pierre et le poussèrent dans l'eau ; des vagues surgirent et quelques bulles remontèrent à la surface. *L'un de nous trouvera un beau cadeau à l'automne*, se dit Varan. Mais après tout, à l'automne, même les détritus peuvent servir, par exemple pour renforcer les barrages.

Nila siffla doucement. Les serpentaires dressèrent leurs têtes cornues. Leurs yeux globuleux lançaient de pâles lueurs vertes.

Sans se donner la peine de descendre l'escalier, Nila plongea du bord de la falaise. Elle s'enfonça dans l'eau presque sans bruit, avec élégance, et jaillit juste devant Affliction qu'elle saisit par la bride :

– Fini de pioncer, ma vieille ! On y va.

Varan ferma les yeux et sauta à son tour. L'eau lui parut dure et tendue comme une peau de tambour. Il remonta, à moitié assommé. Tribulation lui adressa un regard de mépris.

– Attends, je vais faire du feu.

Varan entendit le battement d'un briquet.

On ne voyait rien. Yeux fermés ou yeux ouverts, aucune différence. Les ténèbres absolues. Les gemmes fixées aux écailles des serpentaires, leurs yeux d'émeraude, le visage blanc de Nila, l'obscurité avait tout englouti. Les gemmes auraient pu être des cailloux gris, les serpentaires auraient pu être aveugles et Nila aurait pu être une hideuse sorcière...

Varan éprouva un sentiment de peur. Pour la première fois, il regretta d'avoir suivi Nila dans les

75

profondeurs de la montagne. Après tout, il la connaissait à peine.

Une flamme. Du néant émergèrent le visage de Nila, sa main tenant une bougie longue et fine, la surface de l'eau, des ombres de têtes cornues montées sur de longs cous.

– Tu as eu peur ?

– Quelle idée !

– Je suis déjà venue ici. Pas un seul endroit sec. À droite, il y a un tunnel ouvert ; le patron y promène parfois les touristes les plus courageux, avec des torches... Et tout droit se trouve une poche très profonde. J'ai essayé trois fois de plonger au travers et j'ai failli me noyer. Impossible de la franchir.

– Et par là ?

Varan fit un geste vers la gauche.

– Un autre tunnel, qui traverse deux grottes avant de se diviser en deux. Si tu tournes à gauche, il y a une caverne intéressante où j'ai trouvé différents objets. Un foulard en soie nageant à la surface ; vieux et troué, mais avec un dessin. Des morceaux de liège... Et une statuette en bois, avec deux têtes. Je l'ai rapportée au patron en me disant qu'on pourrait peut-être la vendre. Mais il m'a dit de la brûler. J'ai brûlé un autre bout de bois, et j'ai caché la statuette. Elle est trop belle pour qu'on la détruise. Je te la montrerai à l'occasion.

– Belle, avec deux têtes ?

– Oui, tu verras... Il y a des trésors dans ces tunnels.

Sûr et certain. Le courant les fait parfois remonter... Et aussi des caches. Dans l'entre-saison, les montards les aménagent de telle manière qu'on ne puisse pas les atteindre quand la mer est haute. Il paraît que le trésor du prince est quelque part par ici.

– Comme si le prince n'avait pas d'autre endroit pour garder ses richesses.

– Comment savoir ? Et puis il y a les escrocs qui s'enrichissent durant la saison mais qui ne peuvent pas emporter leur argent, vu que la garde effectue des contrôles. Alors, ils dissimulent leurs gains. Et dans l'entre-saison, dès que la garde n'est plus là, ils viennent les récupérer.

– Tu as déjà cherché ?

– Forcément. J'ai trouvé cette statuette bicéphale et une chaussure, seulement le pied droit, mais ferré d'or. Elle était restée coincée dans une fente. J'ai gardé l'or, et à la maison, je me suis fait forger une bague...

Tenant toujours la bougie, elle talonna Affliction. À peine visible, la serpentaire traversa la grotte ; deux vagues s'écartèrent, pareilles à une raie dans une chevelure noire. Tribulation la suivit sans même que Varan ne lui en donne l'ordre.

Nila arrêta sa monture près d'une brèche profonde envahie par les algues. Varan frémit, mais ce qui lui avait d'abord paru être un corps vivant et hideux n'était qu'une énorme chaîne accrochée plus haut. Elle avait verdi, s'était couverte de coquillages ; chaque anneau avait la taille d'une grande assiette.

Nila se retourna.

– C'est un grenier.

– Comment ça ?

– On appelle ça un grenier. Une grotte en hauteur. Sèche. Tu veux la voir ?

– Qui a pendu cette chaîne ?

– Peut-être des marins. Ou des bandits. Ou peut-être les gardes... Ça fait longtemps qu'elle est là.

– Elle n'est pas rouillée ?

– Mais non, elle peut rester encore cent ans sans amasser de rouille. Tu as peur, ou quoi ?

Sans attendre la réponse, Nila prit la bougie entre ses dents et se laissa glisser de la selle. La chaîne oscilla, grinça, un écho chuintant se répandit sous la voûte. Des ombres se mirent à danser, on aurait pu croire que c'était un monstre aux bras multiples qui escaladait les maillons.

Les serpentaires ne parurent nullement inquiètes. Affliction tendit le cou et ferma les paupières. *Ce n'est pas dangereux*, se dit Varan. *Et je n'ai pas peur du tout.*

Des gouttes tombaient. Les ténèbres régnaient à nouveau : Nila avait disparu derrière le flanc proéminent de la grotte, et seuls de faibles reflets indiquaient que sa bougie brûlait encore. Varan attendit que la chaîne se stabilise avant de s'y agripper ; elle était froide et

78

gluante. Un coquillage pointu lui égratigna le petit doigt.

– Je suis là ! Il fait sec en haut !

Varan vit une lumière au-dessus de sa tête.

Une main fine le saisit par l'épaule et l'aida à se hisser.

Varan s'accroupit sur ses talons, s'essuya les mains contre son pantalon mouillé et regarda autour de lui.

Une niche sèche, au plafond bas. Impossible de s'y tenir debout. Les pierres étaient très lisses, certainement taillées à dessein il y a longtemps. Une odeur singulière, pas des relents d'humidité ni d'algues, mais plutôt un arôme de résine de bois. Fort agréable.

Au plafond, lisse également, des dessins à la suie. Difficile de déterminer si c'étaient les gribouillis d'un enfant ou des symboles secrets.

– C'est peut-être une carte ? Qui indique les trésors cachés ?

Nila souriait, contente d'on ne sait quoi.

– J'ai déjà cherché. Ça ne correspond à rien... Si c'est une carte, pas moyen de la déchiffrer.

– Quel est cet endroit ?

– Un abri. Un repaire de contrebandiers. La tanière d'un mage clandestin... Je n'en sais rien. Ça existe depuis très longtemps. Depuis que j'ai trouvé cette caverne il y a trois ans, personne n'y est jamais venu à part moi.

Dans un coin, il y avait un tas d'algues sèches. Vraiment sèches. De celles qu'on utilise pour rembourrer les matelas ; il fait bon dormir dessus dans l'entre-saison, en écoutant le marmonnement de la pluie derrière la fenêtre.

Dans le coin opposé, dans une niche, était posé un livre aux pages collées. Un vrai livre en papier, ou plutôt ce qui en restait : la couverture ne contenait plus qu'une masse gluante d'un gris jaunâtre.

– C'était peut-être un livre d'incantations, dit Nila d'une voix rêveuse. Nous aurions pu les lire et devenir des mages. Ou peut-être était-ce simplement le registre d'un marchand.

– Ou le journal de bord d'un capitaine au long cours.

– Ou un recueil de recettes de cuisine.

Varan partit d'un petit rire hésitant.

– En fait, on ne devient pas mage en lisant des incantations. Tout ce que nous aurions récolté, c'est une langue bifide ou un troisième œil aveugle sur la nuque ou un autre truc du même genre. Quand on est mage, c'est de naissance.

– Je sais.

Nila posa la bougie sur la reliure ridée. Varan constata qu'elle était déjà à moitié consumée.

– Hé, on ne risque pas de se retrouver dans le noir ?

– J'en ai d'autres... D'ailleurs... On n'a pas besoin de lumière.

Varan leva les yeux vers elle. Nila le regardait sans sourire.

Ils retrouvèrent les serpentaires grâce au bruit. Affliction siffla doucement en réponse à l'appel de Nila. Tribulation piaffa. Dans le noir complet, à tâtons, Varan monta en selle.

Il tremblait de tout son corps. Tribulation, qui n'aimait pas les gens nerveux, tenta de le désarçonner sans trop de conviction.

Affliction nageait en tête. Le bruissement de l'eau se reflétait contre les parois et les arcades du tunnel ; Varan avait l'impression de flotter dans un nuage tiède. Les serpentaires connaissaient le chemin ; lorsqu'Affliction plongea, Varan entendit un clapotis étouffé et eut le temps de remplir ses poumons.

Tribulation l'emporta à travers une masse dense d'eau noire. *Que va-t-il se passer maintenant ?* pensait Varan en fermant les yeux très fort. *Comment pourrai-je vivre... sans Nila ? Je ne peux plus vivre sans elle. Il faut que je l'épouse.* Varan était encore un peu jeune, mais il avait déjà le droit de se marier. Son père comprendrait.

Tribulation émergea. Varan secoua l'eau de ses cheveux et ouvrit les paupières.

La pénombre remplaça l'obscurité. Une lumière lointaine filtrait au travers de l'eau. Nila, montée sur Affliction, regardait Varan par-dessus son épaule. Et il la vit pour la première fois. Pour la première fois de sa vie.

– Veux-tu m'épouser ? cria-t-il très vite, comme s'il craignait qu'elle ne disparaisse.

Nila se taisait. Ses cheveux mouillés collaient à sa tête comme un casque étincelant.

– C'est moi qui ai demandé au patron de t'engager, avoua-t-elle en le regardant dans les yeux.

– Veux-tu m'épouser?

– Si le patron apprend ce qui s'est passé entre nous, il te mettra à la porte...

– Tu veux bien?

Nila ferma les yeux. Et acquiesça sans les ouvrir.

La saison battait son plein.

De nouveaux navires accostaient quotidiennement. Par la voie des airs arrivaient des cavaliers, des équipages volants et des ballons. Des ailamas, immenses et blancs, déambulaient majestueusement sur les quais comme de banales pamuettes. Tous les logements disponibles, du palais à la simple masure, étaient occupés par les touristes et leurs serviteurs. Les prix augmentaient de jour en jour. Les quais de chargement accueillaient de nombreux marchands, essentiellement des fournisseurs de produits alimentaires destinés aux estivants et de fourrage pour leurs bêtes.

Sur la place principale, on procédait à des exécutions pratiquement un jour sur deux. Le plus souvent pour banditisme ou soupçon de banditisme; ce qui n'empêchait pas les amateurs de biens mal acquis de débarquer journellement à Croc Rond, dissimulés dans la foule.

Aussi le nombre de voleurs restait-il stable dans les ruelles sombres.

Parfois, on exécutait quelqu'un pour avoir écoulé de la fausse monnaie. Un jour, un client refila un billet avec un arc-en-ciel dessiné au père de Varan, qui appela la garde aussitôt. Mais l'escroc parvint à leur échapper.

– Que Shouou le crache! fulminait le père. Si je ne m'en étais pas aperçu et si j'avais acheté quelque chose avec? On m'aurait arrêté!

La mère essayait de le calmer.

– Un demi-réal, c'est fâcheux, mais ce n'est tout de même pas la fin de la saison!

Varan voyait peu ses parents et ne trouvait jamais le temps de parler à son père. Comment aborder la question? «Salut, papa, je vais me marier»?

Entre Nila et lui, il n'était jamais question d'amour, de mariage ni d'avenir. Ils parlaient des serpentaires, de la vie dans les mines, des mages, des étoiles qu'on peut voir uniquement durant la saison, des inscriptions mystérieuses, de l'Empereur, des grottes sous-marines et de pierres précieuses.

Lorsque les amateurs d'excursions à dos de serpentaire ne se succédaient pas à un rythme soutenu, ce qui était rare, Varan et Nila se promenaient au bazar. Nila, en vraie montarde, était toujours attirée par les boutiques de joaillerie. La plupart des propriétaires la connaissaient, ils la laissaient examiner leur marchandise et parfois essayer quelques bijoux. Au début, Varan restait timidement sur le seuil sans oser s'approcher des présentoirs de velours. Puis il finit par s'enhardir.

Ces boutiques valaient le détour. Sur de hautes tables étaient exposées des gemmes taillées et enchâssées dans l'or ou l'argent, pas ces cailloux multicolores qui abondent à Petiote et dont était orné le pantalon de Nila. Mais de vraies pierres précieuses, presque vivantes, de celles qu'un mineur ne trouve qu'une fois dans sa vie.

Ces gemmes-là protègent celui qui les possède, soignent les migraines, prêtent force et prolongent la vie. Chacune a son nom. On racontait même qu'elles étaient capables de s'accoupler et de se reproduire, mais ça, bien sûr, ni Varan ni Nila n'y croyaient. En revanche, on pouvait facilement constater qu'à l'intérieur de chacune vivait une flamme, blanche, bleue ou jaune. Varan et Nila étaient capables de passer des heures à regarder palpiter le cœur des joyaux.

Des gens entraient et achetaient des bijoux à cinquante, cent ou mille réals ; Varan voyait bien la façon dont Nila regardait les aristocrates, jeunes ou vieilles, qui acquéraient ces trésors.

– De toute façon, elles sont moins belles que toi, assurait-il avec conviction.

– Bien sûr, répondait-elle sans l'ombre d'une gêne. D'ailleurs, où pourrais-je porter de tels bijoux ? Dans les mines ?

Ils partaient et Varan se jurait qu'ils ne remettraient

84

plus les pieds chez les joailliers ; mais quelques jours passaient, Nila et lui se rendaient au bazar et après avoir dépassé les marchands de soieries, de fruits, de souvenirs, d'objets en fer et en bois, ils se retrouvaient à nouveau devant les bijoux, presque malgré eux.

Nila avait un jouet favori : un collier de pierres blanches et bleues. Varan savait que toute promenade au bazar s'achèverait immanquablement devant ce bijou ; le propriétaire, qui habitait l'île, connaissait la mère de Nila et permettait à la jeune fille de le tenir dans sa main. Nila observait, fascinée, le miroitement des gemmes et leurs lueurs pâles se reflétaient sur son visage attentif.

Le collier était d'un prix relativement accessible : cent réals. Pour Varan, cette somme représentait tous ses gains de la saison, à condition de ne pas acheter de friandises et de dépenser uniquement le strict nécessaire. Intérieurement, il était depuis longtemps prêt à ce sacrifice, mais que dirait son père ? Ce ne serait pas un début très heureux pour parler mariage ; il risquait de se fâcher et de lui opposer un refus sans même l'écouter jusqu'au bout. Au contraire, si Varan rapportait à la maison l'argent qu'il avait honnêtement gagné, son père accepterait l'idée qu'il était devenu adulte, qu'il était désormais un homme, en droit de ramener une épouse sous le toit familial...

La nuit, Varan voyait ce maudit collier en songe. Il

rêvait qu'il l'offrait à Nila. Et regardait l'expression de ses yeux...

Lorsqu'ils parvenaient à s'échapper pour se réfugier dans le grenier et s'enlacer sur le tas d'algues sèches, Varan à qui le bonheur faisait perdre la tête jurait de lui procurer le collier. De le voler même au besoin. Nila pressait sa paume contre sa bouche.

– Idiot... Il ne manquerait plus que ça ! Je ne te conseille pas d'essayer !

Il se taisait, mais sans renoncer à ses projets.

Avec le temps, les obligations de Varan s'étaient élargies. Il ne se contentait plus de prendre soin des serpentaires et de ramasser leurs crottes ; il parcourait le bazar avec une pancarte : « Promenades à dos de serpentaire à prix économique », accompagnait les clients jusqu'à l'entrée des grottes souterraines et, ce qui était le plus intéressant, les escortait parfois.

Pour une simple promenade de surface sans plongée, on faisait monter deux clients en selle et Varan les accompagnait dans une petite barque à rame, donnant les ordres aux serpentaires :

– Tribulation, va ! Affliction, holà. Stop, toutes les deux !

Il ne tarda pas à apprendre par cœur tous les récits qui plaisaient aux clients et leur racontait d'un ton inspiré l'histoire de chaque grotte, les nombreux trésors cachés, les secrets terrifiants, dont la plupart ne seraient jamais révélés. Et aussi le travail des serpentaires dans les mines et pour les patrouilles, sans oublier de préciser que le serpentaire sauvage est presque aussi dangereux que le dragon des profondeurs qu'on surnomme communément le Ventre. Les visiteurs l'écoutaient avec curiosité et à la fin de la promenade remerciaient souvent Varan d'une pièce. Il constitua sa propre cache au trésor dans une faille, mais cet argent n'aurait pas suffi pour acheter une seule petite gemme, sans même parler du fameux collier.

Si le client exigeait un trajet plus difficile et plus intéressant, Varan lui faisait monter la docile Tribulation et enfourchait Affliction pour le faire passer par des tunnels sinueux, racontait l'histoire du «centre de la falaise», indiquait au besoin le temps à passer sous l'eau avant les plongées. Paradoxalement, les riches amateurs de tunnels obscurs n'étaient pas aussi généreux que les promeneurs moins téméraires. Mais malgré tout, Varan récupérait parfois un peu de monnaie.

Nila conduisait les clients plus souvent que lui. Les serpentaires lui obéissaient plus volontiers et Varan lui cédait toujours la priorité.

En ce jour mémorable, c'était encore à Nila de conduire le client, ou plutôt la cliente. Mais celle-ci se révéla être une arrogante petite pimbêche, fille d'un aristocrate étranger. Dès son arrivée, elle jaugea Nila d'un regard dédaigneux.

– Tu es drôlement fagotée, déclara-t-elle en regardant le pantalon brodé de la jeune fille. Tu as cousu toute ta fortune sur ta culotte ? Où sont les pièces de plomb en ce cas ?

Le patron s'empressa de lui parler avec égards pour distraire son attention ; Nila demeura immobile, fixant le vide d'un regard blanc de rage.

– Ne fais pas attention, lui souffla Varan à l'oreille. Que Shouou l'emporte.

– Je n'irai pas avec elle, répondit Nila à voix basse. Varan, s'il te plaît...

Il n'éprouvait guère plus de sympathie que sa bien-aimée pour cette riche morveuse, mais ne pouvait lui refuser ce service.

– Je suis prêt, dit-il au patron qui saisit aussitôt de quoi il retournait.

– La promenade éclairée. À petite allure. Tu as compris ?

Le serviteur de l'aristocrate, un type joufflu aux yeux mangés de graisse, la fit monter si adroitement sur Tribulation que la mijaurée ne mouilla même pas sa robe. Une fois en selle, elle donna un coup de talon si violent à la serpentaire que l'animal, d'ordinaire si calme, tourna la tête et se mit à siffler.

– Votre Grâce, remarqua doucement le patron, les serpentaires sont des animaux vicieux et agressifs. En réponse à vos coups de talon, Tribulation peut vous jeter à l'eau... Ou vous entraîner dans les profondeurs... Ou vous mordre... Je vous en prie, contentez-vous de rester en selle, votre guide se chargera du reste.

– Si cette bête ose mouiller ma robe, répliqua la donzelle d'un ton hautain, mon père la rachètera pour ses abattoirs. C'est clair?

Varan se sentait d'humeur chagrine à la perspective d'une promenade désagréable. Affliction partageait ses craintes. Elle frappait nerveusement l'eau de sa queue, agitait la tête et faisait jaillir sa langue bifide.

– Va, commanda Varan en s'efforçant de garder un ton calme.

– Mon père a cinq cents esclaves qui portent des colliers en or avec une clochette en or, et quand toutes les clochettes tintent en même temps, ça résonne comme un accord... J'ai trois chevaux, une marmotte et mon propre ailama. Et dans ma chambre, il y a cinq buissons de roses qui fleurissent toute l'année. Tu as déjà vu des roses?

– Oui, dit Varan pour répondre quelque chose.

– Ce n'est pas vrai, tu n'as pas pu en voir. Ici, vous vivez parmi l'eau et les pierres, vous mangez du poisson et vous ne voyez rien du tout. Alors que le monde est très grand. L'été dernier, mon père et moi nous avons visité le pays des Volcans. Tu sais ce qu'est un volcan?

– Non.

– Et tu ne le sauras jamais, pour sûr... Oh, j'ai de l'eau dans ma chaussure gauche.

– Mais c'est une promenade aquatique, Votre Grâce. Et puis... Essayez de vous tenir plus droite en selle.

– Plus droite en selle ? Sais-tu, valet, que je vole à dos d'ailama, et c'est tout de même un peu plus difficile que de monter ces reptiles... On m'a promis les merveilles des grottes sous-marines. Où sont les merveilles ?

La jeune aristocrate – qui devait avoir quinze ans – lâcha cette réplique dans le « jardin de pierres », une grotte où les visiteurs restaient généralement muets d'admiration. La grotte était éclairée d'en bas par le soleil ; des « branches » et des « fleurs » de calcaire blanc pendaient de la voûte. L'eau s'y reflétait en chatoiements dansants et il semblait que le « jardin » était vivant, qu'il frémissait, animé d'un souffle.

Varan leva le bras.

– Regardez donc. Là, au-dessus de nous...

La petite harpie haussa les épaules.

– Et alors ? Mon garçon, si la promenade déçoit mes attentes, mon père rachètera pour ses abattoirs non seulement ce serpentaire, mais toi, ton patron et cette fille au pantalon brodé.

Elle talonna à nouveau Tribulation, qui frappa l'eau de sa queue.

– Tu as déjà visité quelque chose à part ta petite île ? demanda l'horrible peste, sans remarquer l'indignation de sa monture ni le regard figé de Varan.

– Non.

– Et tu n'auras jamais l'occasion de la quitter, bien évidemment. Mais au moins, tu vis en haut ? Ou en bas, dans l'humidité, là où se trouve en ce moment le fond de la mer?

– Je suis un fondu, lâcha Varan entre ses dents.

– Ça alors, laissa tomber l'aristocrate. Et si je jette une pièce dans l'eau, tu pourras la repêcher?

Sans attendre la réponse, elle ouvrit la bourse accrochée à sa ceinture et jeta une pièce dans l'eau. Varan eut le temps de remarquer que c'était un sixième de réal. La pièce demeura presque invisible jusqu'au moment où elle traversa un rayon, miroitante comme un poisson qui frétille.

– Pourquoi n'as-tu pas plongé?

– Elle descend trop vite, avoua Varan.

– Et où est-elle, maintenant? C'est vrai qu'il y a un abîme en dessous?

– Non, il y a un fond, mais il est très très loin. La pièce va descendre jusqu'aux basses terres, et à l'automne quelqu'un la retrouvera.

L'aristocrate l'observa avec plus d'attention.

– Écoute, valet, votre bande de filous m'a refilé une promenade ennuyeuse... Je suis prête à vous pardonner si tu me distrais un peu.

– Et de quelle manière?

– J'aime beaucoup regarder les gens plonger et remonter des objets. Des pièces de monnaie par exemple. Regarde, j'ai là un tiers de réal... Attrape!

Elle lança la pièce, et Varan plongea avant d'avoir eu le temps de réfléchir.

Un tiers de réal, c'est une grosse pièce claire. Varan la vit descendre en balançant ses flancs ronds. Il plongea, la tête la première, atteignit la pièce en quelques brassées, mais elle glissa hors de sa paume. Un élan supplémentaire et il la saisit enfin ; la serrant entre ses doigts, il comprit avec retard que ce n'était qu'une somme dérisoire. Un tiers de réal : pour acheter le collier, il aurait fallu plonger trois cents fois !

Il faillit desserrer le poing, mais se retint.

Sous l'eau, il faisait plus clair. Varan voyait la surface étincelante, le flanc de la falaise taché de vert par les algues et l'intérieur de la grotte, glauque comme une vessie de poisson gonflée. Il n'avait aucune envie de rejoindre cette affreuse gamine gâtée qui le tiendrait en son pouvoir pendant encore une heure au minimum. Si seulement il avait été un poisson !

Il tourna la tête et le vit.

Un petit arc-en-ciel dans l'eau. Un rectangle de papier clair. Qui n'était pas un papier mais...

Ils ne se noient pas et ne surnagent pas. Si on les plonge dans la mer, ils flottent entre deux eaux en suivant les courants. Et dans l'eau dormante, ils demeurent immobiles, comme une feuille de verdure dans de la gelée de poisson.

Des trésors, dit la voix de Nila dans sa tête. Il y a plein de trésors dissimulés par ici, des caches secrètes... Les coffres du prince... Le magot des contrebandiers...

Varan s'élança, craignant que l'illusion ne se dissipe

et que le billet flottant ne soit qu'un reflet de soleil. Il tendit le bras et le saisit...

Ses doigts sentirent le contact dense, doux et agréable de la coupure. Il la déplia...

Cent réals ! Cent réals ! Cent !

Il comprit que le souffle lui manquait. Qu'il lui faudrait nager très longtemps avant de parvenir à la surface et que sa poitrine était déjà prête à éclater. Il allait se noyer en serrant l'argent dans son poing...

Quand sa tête jaillit à l'air libre, il fut pris d'une quinte de toux, tandis que le sang affluait à ses joues.

– Tu l'as ? demanda l'aristocrate d'une voix impatiente. J'ai cru que tu t'étais noyé... Alors, tu l'as ?

Varan, incapable de prononcer un mot, secoua la tête.

Elle ne cacha pas sa déception.

– Et on ose vanter les prouesses des plongeurs locaux ! Tu as failli te noyer, mais tu ne l'as pas rattrapée...

Varan toussait toujours. Les cent réals brûlaient ses doigts spasmodiquement serrés. Il craignait qu'elle ne le remarque et ne demande : « Qu'est-ce que tu tiens là ? »

Il saisit la bride d'Affliction et transféra discrètement l'argent dans la poche de son pantalon.

Le reste du voyage se déroula comme s'ils nageaient en eau trouble. L'aristocrate formulait exigence sur exigence, plainte sur plainte et donnait des coups de talons à la pauvre Tribulation. Les serpentaires s'énervaient de plus en plus. Varan, figé en selle, ne voyait qu'une chose :

lui-même tendant l'argent au joaillier. Pas le regard de Nila lorsqu'elle verrait le cadeau ni les feux dansants des pierres blanches et bleues, mais le joaillier regardant le billet de cent réals dans la main de Varan. Un montard bronzé et grisonnant aux sourcils décolorés et au front dégarni.

La pénible promenade prit fin. L'aristocrate entama une dispute avec le patron, refusant de payer la somme convenue. Varan gagna discrètement la grotte au hamac. Il voulait retirer ses vêtements trempés pour les essorer, mais au dernier moment, il craignit de perdre ou d'abîmer le billet. Il tremblait des pieds à la tête ; après s'être séché tant bien que mal avec des chiffons, il monta l'escalier étroit et, sans prévenir personne, courut au bazar.

– Mais où étais-tu passé ? s'écria le patron lorsqu'il revint, tout essoufflé, serrant contre son cœur un petit sachet en tissu. Je voulais t'envoyer en excursion avec des clients, mais Nila a dû y aller à ta place... Où étais-tu ?

– Nila est avec des clients ? demanda Varan. Et quand... Quand reviendra-t-elle ?

Varan n'avait jamais fait preuve d'insolence ni de négligence auparavant.

– Mais que t'arrive-t-il, mon garçon ? demanda le patron en le dévisageant. Tu n'as pas l'air dans ton assiette.

– Je vais... l'attendre, dit Varan avec un sourire bienheureux. Je peux ?

– Bien sûr, répondit le patron, de plus en plus perplexe. Pourquoi pas ?

Varan gagna la grotte qui servait d'étable aux serpentaires et se coucha dans le hamac sans lâcher le précieux sachet.

Il lui dirait : « C'est pour toi. » Non, il lui dirait : « C'est mon cadeau de noces. » Non, il ne dirait rien... Il dénouerait le lacet de l'emballage et alors, elle verrait.

Peut-être faisait-il trop sombre dans la grotte ? Peut-être fallait-il d'abord l'inviter à sortir à la lumière ? Non, elle n'aime pas le soleil. Ici, dans les grottes, elle voit beaucoup mieux... Et les étincelles à l'intérieur des gemmes sont si vives qu'elles brillent même dans l'obscurité... C'est ce qu'a dit le joaillier.

Varan ferma les yeux une minute. Aussitôt, Nila apparut devant le hamac. Il serra le sachet plus fort et s'apprêta à prononcer les mots qu'il venait de préparer, mais dans son rêve, ses lèvres refusèrent de s'ouvrir. Nila, ne voulant pas attendre, le prit par les épaules et le secoua vigoureusement.

Varan ouvrit les yeux.

La clarté vespérale montant des eaux était sur le point de s'éteindre. Des flambeaux éclairaient la grotte. Un inconnu portant la veste noir et argent des gardes secouait Varan par les épaules. Le patron tout blême et le joaillier se tenaient derrière lui.

– Lève-toi, dit le garde presque gentiment.

Varan clignait des yeux, se demandant si son rêve était fini ou s'il venait seulement de commencer.

– Je ne...

Le garde se tourna vers le joaillier :

– C'est bien lui ?

– C'est lui, répondit le joaillier, avec un mouvement évoquant un oiseau qui picore une graine.

– Suis-moi chez le juge, dit le garde.

– Pourquoi ?

– Tu ne le sais pas ?

L'eau bouillonna dans la grotte. La tête cornue d'Affliction émergea et Nila apparut. Ses cheveux dénoués couvraient ses épaules.

Elle regarda sans comprendre. Puis elle pâlit : ça se voyait même à la lueur des flambeaux. Elle serra plus fort la bride et voulut dire quelque chose, mais le patron lui fit rapidement signe de se taire, et les mots restèrent coincés dans sa gorge.

– Tu ne sais pas ? répéta le garde, et il prit le sachet des mains rigides de Varan.

Il dénoua le lacet, fit tomber le collier dans sa paume ; les gemmes bleues et blanches brillèrent dans la pénombre.

Affliction soupira profondément. Nila n'émit pas le moindre son, immobile sur sa selle, son regard allant de Varan au collier puis au garde. L'eau coulait sur ses épaules.

– Je l'ai acheté, déclara Varan, retrouvant un peu d'assurance. Je ne l'ai pas volé. J'ai payé pour l'avoir.

– En fausse monnaie, mon garçon, dit le joaillier d'une voix sourde. Ton billet était faux.

La Grotte de Justice, autrement appelée le Boyau carcéral, n'a qu'une seule issue. Juges et prévenus, brigands condamnés à mort et le prince lui-même, s'il désire s'y rendre pour quelque raison, longent obligatoirement des gardes armés, passent un portail hérissé de pointes et une porte de pierre si basse qu'on doit presque ramper à quatre pattes.

Jour et nuit, le Boyau avale et recrache un flot continu de gens. Les uns viennent déposer une plainte, les autres une dénonciation, les troisièmes sont traînés sur le lieu de leur exécution. La saison bat son plein.

Varan, escorté par le garde, dut traverser toute la ville. À proximité immédiate du Boyau, il fut rattrapé par son père, essoufflé d'avoir couru mais étrangement pâle :

– Garde, attends ! Attends, je viens avec vous. C'est encore un gamin...

Le garde le toisa d'un regard indifférent.

– C'est ton fils ?

– Oui...

– Va à la chancellerie, rédige une requête.

– Il faut que je voie le juge.

Le garde, comme par jeu, saisit la pique à pointe

dentelée qu'il portait sur l'épaule et la dirigea vers la poitrine de Zagor.

– Va à la chancellerie.

Zagor regarda son fils dans les yeux.

Varan avait sans doute encore une chance de fuir. Le soir, les rues étaient inondées de monde, il aurait pu se perdre dans la foule. Se dissimuler dans une boutique, se faufiler de nuit jusqu'au port, s'engager comme rameur sur un navire en partance et ne plus revenir. Ne plus jamais revoir les rives de Croc Rond, ne plus revoir Nila...

Varan était debout derrière le garde, personne ne le surveillait. Il piétinait sur place, comme si les pavés tièdes avaient brûlé la semelle de ses pieds nus.

– Allons.

Le garde remit sa pique sur l'épaule. Varan l'accompagna docilement.

Des lampes à huile éclairaient le Boyau carcéral. Un courant d'air soufflait d'on ne sait où. On racontait qu'il était possible de s'évader par les trous de ventilation. Varan avait entendu une conversation à ce sujet à l'époque où il aidait ses parents à la taverne. Deux marins ventrus et bronzés qui parlaient à voix basse sous la terrasse pendant que Varan essuyait les tables...

Le courant d'air promenait une haleine glacée sur son visage.

Le garde le remit à un fonctionnaire de justice en surtout noir usé qui le conduisit dans une grotte basse en demi-cercle où, assis sur des nattes pourries, une quinzaine d'individus plus patibulaires les uns que les autres attendaient que leur sort se décide. Des anneaux se balançaient à leurs grandes oreilles brun sombre, des yeux méchants au regard trouble lorgnaient vers lui ; les uns juraient, les autres ronflaient, les troisièmes contemplaient le plafond crasseux. Un type maigre au crâne dégarni qui avait l'air d'un étranger gémissait dans un coin, essuyant son visage ridé maculé de larmes sales : il n'avait rien fait, il était une victime, juste une victime, c'était pourtant évident.

On l'emmena le premier.

Les suivants furent appelés l'un après l'autre, parfois rapidement, parfois après un intervalle d'une demi-heure. Personne ne revenait de la salle du jugement.

– Je voudrais boire une bière, dit rêveusement un barbu au ventre rond, nu jusqu'à la ceinture, assis non loin de Varan. Mais ils ne m'en donneront pas. Les salauds, ils économisent sur les dernières volontés. Je serai pendu avant l'aube. Et toi aussi, mon petit gars, ils vont te pendre... J'aimerais au moins une gorgée de bière. Avant de finir.

Varan se détourna.

On emmena le barbu en avant-dernier, et Varan resta seul dans la grotte. Quelques vieux vêtements, des dés à jouer, des fragments de coquillages avec des filles nues gravées dessus, du tabac répandu sur le sol : tous ces menus objets abandonnés évoquaient ceux qui étaient

99

récemment en vie, qui n'étaient pas encore morts, mais demeuraient sur le seuil de l'inexistence pour quelques heures, dans l'attente de l'aube.

– Eh toi, cria le garde. Viens, c'est ton tour.

Varan se leva.

Un fonctionnaire était assis devant une table basse aux pieds tordus. Mais incontestablement en bois véritable. Il avait l'air fatigué ; ses yeux injectés de sang brillaient d'un éclat maladif. Les bougies dans les candélabres étaient plus qu'à moitié consumées.

– Brigandage ? s'enquit le fonctionnaire d'une voix lasse.

Varan ne répondit pas.

– Ton nom ? demanda le fonctionnaire d'un ton irrité.

– Varan.

Le fonctionnaire consulta les coquillages posés devant lui, en choisit un et mit ses lunettes ; pas des lunettes sombres comme celles des fondus, mais transparentes. Il fit la moue en déchiffrant l'inscription.

– Mais c'est Shouou sait quoi, cette histoire, s'écria-t-il, oubliant d'un coup sa fatigue.

Il se tourna vers le garde debout sur le seuil, si brusquement qu'il faillit renverser un candélabre.

– Appelle Limace, et vite !

– Mais Son Honneur doit dormir à cette heure, supposa le garde d'une voix mal assurée.

– Eh bien, réveille-le ! s'exclama le fonctionnaire en

100

haussant le ton. Il s'imagine sans doute que cette affaire peut attendre jusqu'à l'aube ?

Jusqu'à l'aube, pensa Varan et ses genoux faiblirent.

« Je communique par la présente à Son Excellence le prince de Croc Rond qu'au cinquante-deuxième jour de la trois cent quinzième saison depuis la fondation de l'Empire, le dénommé Tyrk, montard de modeste lignage, membre de la guilde des joailliers de l'île de Croc Rond, a reçu un billet de cent réals pour la vente d'un collier de cinq gemmes bleues et cinq gemmes blanches, le paiement ayant été effectué par un fondu, habitant également Croc Rond. Une heure et quinze minutes après cette transaction, le joaillier, souhaitant procéder à quelques menus paiements, a porté le billet pour l'échanger à la Maison de la Monnaie. Le fonctionnaire de service Rebrik, montard de modeste lignage, ayant conçu des soupçons suite à sa longue expérience, s'est hâté de présenter le billet à messire le mage impérial de Croc Rond pour vérification. Messire le mage impérial a confirmé par écrit que le billet de cent réals était un faux, fabriqué avec un art consommé et impossible à différencier d'un vrai au simple regard et représentait donc un danger pour tous les honnêtes négociants de Croc Rond, menaçant le bien-être de l'Empire, ce dont lui, messire le mage impérial, s'est empressé d'avertir personnellement le trésorier impérial en chef. Alertés, les services de sûreté de Votre

Excellence ont procédé à une enquête et n'ont pas tardé à retrouver le nom du jeune fondu qui avait acheté le collier. Peu de temps auparavant il avait déjà été appréhendé dans le cadre d'une affaire de brigandage, puis libéré après que son père et la communauté s'étaient portés garants de lui. Eu égard à la gravité exceptionnelle de cette affaire, je prie Votre Excellence d'intervenir personnellement.

Avec mes plus humbles respects, le juge enquêteur Véron Blanchemoule (dit Limace). »

— Je vais faire venir le bourreau, menaça le fonctionnaire en se frottant les mains, et alors tu parleras d'une autre manière, petit morveux. Qui t'a donné le billet ?

— Je l'ai trouvé dans la mer, répéta Varan en regardant droit devant lui. Je promène les gens à dos de serpentaire...

— Nous savons parfaitement qui tu promènes ! Qui t'a donné le billet ? C'est ta dernière chance d'éviter l'estrapade. Eh bien ?

Varan avait la gorge si sèche que les mots restaient en travers.

— J'ai un témoin. Une jeune... dame. Hier, elle s'est promenée à dos de... elle a jeté une monnaie, j'ai plongé...

— Elle a jeté cent réals ?

— Non... une pièce d'un tiers de réal. J'ai plongé et j'ai vu ce billet qui nageait...

– Un billet qui nage, s'exclama le fonctionnaire avec un rire acariâtre. Et quoi encore ? Ça suffit, j'en ai assez entendu. Vasco, cours chercher l'Écorcheur...

– Il y a des trésors sous les grottes, poursuivit Varan avec obstination. J'ai pensé que l'eau avait fait remonter le contenu d'une cache à la surface.

– Ah, une cache ? Et tu n'as montré le billet à personne, tu n'as pas cherché à te renseigner, tu as immédiatement couru acheter ce bijou ?

Varan avait l'impression de couler, la surface de l'eau s'éloignait de plus en plus, et sa poitrine était sur le point d'éclater.

– Oui. Je voulais acheter ce collier depuis longtemps. Pour l'offrir à ma fiancée. J'ai une fiancée...

– Comment s'appelle cette jeune dame ? demanda l'homme assis dans un coin derrière une simple table de pierre. Celle qui était là lorsque tu as trouvé le billet ?

Varan plissa le front.

– Je... je ne sais pas. Mais mon patron... il doit le savoir. Demandez-lui, il peut vous aider à la retrouver.

– Nous perdons notre temps, Limace, murmura le fonctionnaire en passant la main sur ses yeux fiévreux.

Le dénommé Limace haussa les épaules. Il se leva lourdement et se dirigea vers les sombres arcades du corridor au fond duquel miroitaient des lueurs bleu pâle. Varan se souvint des gemmes étincelantes : cinq blanches et cinq bleues.

Une porte grinça derrière son dos. Varan se retourna.

Près de lui se tenait un vieil homme dont la chevelure retombait sur les épaules. Varan n'avait jamais vu un homme porter des cheveux aussi longs. *L'Écorcheur*, pensa-t-il en frémissant. Au même instant, les gardes se mirent au garde-à-vous et le fonctionnaire se leva hâtivement.

– Votre Excellence...

Le nouveau venu lui imposa silence d'un geste. Il fit le tour de la salle et vint agiter sous le nez du fonctionnaire le billet familier avec son arc-en-ciel.

– Pour un demi-réal ! Pour un simple demi-réal des barbouilleurs ont perdu la vie. Il suffit de dessiner un arc-en-ciel sur un bout de papier, de le couvrir d'une couche de cire et la nuit de le refiler au bazar à un pauvre naïf... De jour, à moins d'être aveugle, on comprend tout de suite que le billet est faux. Mais pour celui-ci, même moi, je ne vois pas la différence. Même maintenant que je le tiens entre mes doigts, je n'arrive pas à y croire... Assieds-toi, Marmotte.

Comme incapable de tenir en place, Son Excellence le prince de Croc Rond fit encore deux fois le tour de la salle d'un pas rapide.

Varan ne l'avait vu qu'une ou deux fois, et seulement de loin, affublé d'un couvre-chef de parade et d'un col haut brodé d'or. Il n'avait jamais pensé ni d'ailleurs désiré l'observer de si près.

Le billet de cent réals était resté sur la table. Varan

avait peur de bouger. Le prince semblait ne lui prêter aucune attention.

– Dès demain, des rumeurs vont se répandre... Les marchands refuseront les billets de cent réals. On risque des troubles, les gens vont céder à la panique. Et les escrocs qui affluent chez nous de tous les coins du monde ne manqueront pas d'en profiter. Aujourd'hui, nous n'avons pas un seul faux billet dans les caisses du trésor... mais demain ? Demain, mes chers amis, la Maison de la Monnaie risque de s'effondrer sous les assauts d'une foule déchaînée.

Soudain, il se tourna vers Varan pour le dévisager attentivement, et il devint évident que son indifférence n'avait été qu'une feinte. Son Excellence savait parfaitement qui était responsable de tous les malheurs de Croc Rond. Ses cheveux longs semblaient prêts à se dresser sur sa tête.

– Qui t'a donné ce billet ?

– Je l'ai trouvé dans la mer !

– Vous voyez.

Le prince se détourna à nouveau.

– Messire le mage a déjà dû prévenir ses collègues de la capitale. Et cette seule tête – il indiqua Varan d'un geste – ne suffira pas à satisfaire le Trésor impérial. Il voudra y ajouter la vôtre, enquêteur Marmotte. Et celle du juge Blanchemoule... Au fait, où est passé Limace ?

Varan perdit tout intérêt pour la suite des événements.

Sa peau était déjà vendue et sa vie ne valait plus un clou. Il ne reverrait jamais l'étendue des nuages illuminée d'en haut par le soleil, il ne reverrait jamais Nila... Ne plongerait plus jamais dans la mer tiède. Ne compterait jamais toutes les étoiles du ciel.

Une sorte d'indifférence s'empara de lui.

Ils ne l'exécutèrent pas immédiatement. Ils cessèrent même de l'interroger et l'emmenèrent dans une pièce minuscule avec une natte d'algues sèches. Varan se laissa choir sur cette couche rêche et se souvint aussitôt du « grenier » et de Nila. L'indifférence fit place au désespoir.

Un jour passa ou peut-être deux. Il n'y avait pas de soleil sous terre, uniquement une lampe à huile à l'éclairage chiche. Varan demeurait étendu, le regard fixé au plafond, se remémorant chaque tournant, chaque renfoncement, chaque reflet des grottes sous-marines.

La nourriture était correcte. Mais Varan n'avait pas faim. Au troisième jour – ou n'était-ce que le deuxième ? – il fut à nouveau conduit dans la salle du jugement. Pas pour entendre sa condamnation, mais pour être confronté à cette jeune aristocrate qui, à l'en croire, avait cinq buissons de roses qui fleurissaient toute l'année dans sa chambre.

Cette fois, elle affichait un air nettement moins assuré. Elle était accompagnée de son père, un barbu bien râblé vêtu d'une cape dont le col et l'ourlet étaient brodés d'or.

– Je lui ai jeté des pièces de monnaie, dit la gamine, le regard collé au sol. Pour qu'il plonge. Je lui ai jeté un sixième de réal, puis un tiers de réal. Il a plongé pour prendre le tiers de réal, mais il n'a pas pu le rattraper.

– Avez-vous vu ses mains quand il est remonté à la surface ? demanda le juge qu'on surnommait Limace.

La jeune fille regarda son père d'un air désemparé.

– Il a dit qu'il ne l'avait pas rattrapé. Je ne pouvais tout de même pas vérifier.

– Avait-il quelque chose dans ses mains ?

– Je n'ai pas vu.

– Et vous n'avez rien remarqué d'inhabituel dans son comportement ?

La gamine releva la tête et des notes hautaines réapparurent dans sa voix.

– Je ne sais pas quel est le comportement habituel des fondus... Je ne le regardais pas. Je n'ai pas l'habitude de dévisager les serviteurs.

– J'avais caché mes mains derrière la serpentaire, dit Varan. J'ai tout de suite nagé vers Affliction et...

– Ferme-la, lâcha Limace, et Varan se tut.

– Votre Honneur, dit le père de la jeune donzelle, d'une voix aussi profonde que le Boyau carcéral, je pense que ma fille a suffisamment aidé la justice de Croc Rond. Permettez-nous de poursuivre nos vacances qui sont d'ailleurs définitivement gâchées...

107

– Je vous présente mes excuses, répondit Limace en s'inclinant légèrement. Et je ne doute pas que le prince de Croc Rond compensera généreusement le dommage subi... Vous êtes libres de partir.

Le garde s'écarta de la porte, dégageant le passage. En partant la gamine se retourna brièvement pour jeter à Varan un regard intéressé, mais son père la prit par l'épaule et l'entraîna, la porte se referma derrière eux et le garde se remit en faction.

– Il y a un mois, remarqua Limace sans regarder Varan, tu as été pris en compagnie de brigands. Ils ont été pendus et tu as été relâché. Pour quelle raison ?

– Parce que je ne suis pas un brigand. La communauté de Croc Rond s'est portée garante pour moi. Au contraire, j'ai crié « À la garde » et c'est pour ça que...

Limace releva la tête et Varan se tut sous son regard.

– La communauté, prononça le juge avec une nuance de mépris. En ce moment aussi, elle te soutient avec énergie. Ils ont déjà envoyé trois requêtes au prince... À les en croire, un honnête fondu ne saurait trahir les siens, il respecte l'Empereur et les lois de la saison ; tous les brigands et les faux-monnayeurs se recrutent parmi les étrangers... Ils ont tout à fait raison. Si je fabriquais de la fausse monnaie, je ne manquerais pas de l'écouler par le biais d'honnêtes fondus dans ton genre pour éviter les soupçons. L'argent est toujours bon à prendre. Avec de l'argent, on peut acheter du bois et des algues sèches, avoir un bon toit dans l'entre-saison... Pas vrai ?

– J'ai trouvé cet argent dans la mer, répéta Varan.

– Il y est apparu tout seul ? En se formant naturellement, comme une perle ?

Varan ne dit rien.

– Le plus simple serait de te pendre dès aujourd'hui, poursuivit Limace d'un air songeur. Pour toi aussi, ce serait peut-être la meilleure issue. Mais il s'agit d'une affaire impériale. Impossible d'arrêter l'enquête et de clore le dossier. Tu n'as pas de témoin... Si tu as vraiment trouvé ce billet dans l'eau, tu es un sacré imbécile : pourquoi ne pas l'avoir montré à ton père ? Ou à ta mère ? Ou à ta fiancée ?

Varan demeura silencieux.

– De toute façon, tu es coupable. Peut-être travailles-tu pour des faux-monnayeurs qui écoulent leur production par ton biais et par le biais de gens comme toi, apparemment au-dessus de tout soupçon... Pourtant, un adolescent qui présente un billet de cent réals dans une joaillerie, ça ne se rencontre pas tous les jours... Peut-être étais-tu censé remettre ce billet à ton père ? On t'avait chargé de le remettre à ton père, pas vrai ?

– Personne ne m'a chargé de rien du tout...

– Mais tu es coupable. Même si tu l'as trouvé, tu es coupable de t'être approprié cet argent sans hésiter... D'après les lois de Croc Rond, un objet trouvé continue d'appartenir à celui qui l'a égaré tant qu'on n'a pas prouvé qu'il est mort, parti de l'île ou qu'il ne veut plus de l'objet en question. Quant à l'argent perdu dont on ne retrouve pas le propriétaire, il est considéré comme appartenant à la communauté s'il est trouvé en bas et appartenant au prince s'il est trouvé en haut...

– Je l'ai trouvé dans la mer. Pas en bas. Ni en haut.

Limace dévisagea Varan avec curiosité, puis soupira.

– Si le billet avait été authentique... Mais il est faux. Et maintenant, ce n'est plus à moi de décider de ton sort, ni même au prince. Mais au mage impérial. Peut-être exigera-t-il qu'on t'envoie dans la capitale pour interrogatoire. Ou peut-être va-t-il t'interroger lui-même. Je te conseille de prier l'Empereur et d'appeler toute ta chance à la rescousse.

Couché sur les algues sèches, Varan essayait de se souvenir de tout ce qu'il savait sur les mages.

Ils sont assis derrière une longue table dans un souterrain. Ils fabriquent l'argent impérial, les sceaux et les lettres de créance. Enroulées autour des pieds sculptés de leurs fauteuils en bois, leurs queues demeurent à l'abri des regards. Une fois tous les sept ans, la queue tombe, comme celle d'un lézard...

Se peut-il que sept ans durant, les mages ne se lèvent jamais de leurs fauteuils ? Qu'ils ne dorment pas ? Et n'aillent jamais aux toilettes ?

Varan secoua la tête dans un demi-sommeil. Quelles questions stupides... Les mages n'ont pas besoin d'aller aux toilettes, c'est évident. Et sans doute ne mangent-ils pas non plus. Ils ne couchent pas avec des femmes...

Mais d'où sortent-ils donc ? Il paraît que si on est mage, c'est de naissance. Comment les mages naissent-ils ? Où ? Et pourquoi ?

Varan n'avait jamais vu le mage impérial de Croc Rond. Bien des fois, se protégeant les yeux de la paume, il avait contemplé la tour, l'endroit le plus élevé de l'île, qui se dressait comme un index de pierre au-dessus du palais du prince. Un mage, envoyé personnellement par l'Empereur, était censé y vivre. Il avait entendu dire qu'il était très vieux et ne descendait jamais. Que la nuit, il sortait sur le balcon pour renifler l'air ; rien qu'à l'odeur, il sentait immédiatement les regrets et les fautes de chaque habitant de l'île. Mais récemment, son père avait dit que la tour était sans doute vide. Croc Rond n'était pas une province assez importante pour qu'un mage y réside ; dans l'entre-saison, l'île ne représentait rien ; à franchement parler, c'était juste un trou perdu...

Mais les paroles du juge Limace confirmaient la présence d'un mage. Et Varan était enclin à le croire.

Demain, on le conduirait à la tour. Puis sans doute à la capitale, à dos d'ailama. Toute sa vie, Varan avait rêvé de deux choses : voler sur un ailama et visiter la capitale. Ses rêves étaient sur le point de se réaliser. Mais Shouou la maudite avait fait en sorte qu'il n'en tire aucune satisfaction. Shouou qui lui avait fourré cet argent sous le nez, une tentation irrésistible à laquelle il avait eu la stupidité de céder...

111

Était-ce le matin ou le soir ? Nila se souvenait-elle encore de lui ou l'avait-elle déjà oublié ? Varan dormait, et en rêve il voyait un filet, ce filet aux mailles serrées qu'on tend au printemps sur les semailles du fond pour qu'elles ne soient pas emportées par le courant.

La tour, fine et fragile vue de loin, était grise et sinistre à l'intérieur. Et totalement vide : elle ne contenait rien à part un escalier qui s'enroulait en spirale le long des murs, montant toujours plus haut, et le vent se promenait entre les marches. Il bruissait et gémissait, tirait les basques des vêtements, ébouriffait les cheveux.

Ils montaient en silence : Son Excellence le prince, suivi du juge Limace, puis de Varan. Il n'était pas attaché et personne ne le surveillait, mais il n'avait nul moyen de fuir, à moins de plonger au bas de l'escalier la tête la première.

Après une centaine de marches, Son Excellence était déjà essoufflé, aussi montaient-ils lentement, avec de nombreux arrêts. Le prince inhalait une décoction d'herbes, soupirait bruyamment et marmonnait entre ses dents. Limace demeurait immobile, telle une statue dans son habit gonflé de courants d'air. Varan s'efforçait honnêtement de s'imprégner de la solennité du moment : un modeste petit fondu qui se retrouve dans un tel lieu, avec de si hauts personnages. Mais il ne se sentait nullement impressionné. Le prince n'était qu'un vieil homme, encombré par ses cheveux trop longs, à la respiration oppressée et à la santé chancelante. Le juge Limace était un instrument remplissant ses fonctions, une espèce de machine pareille à l'hélice de son père. Varan n'éprouvait aucune émotion particulière, même pas de la peur, uniquement de la fatigue.

Ils repartirent. Montèrent encore une spire de l'escalier. Le prince se mit à tousser et s'arrêta. La tour respirait ; on entendait chanter le vent, un courant d'air tiède soulevait des feuilles, des plumes, des cadavres d'insectes.

– Je n'en peux plus, avoua le prince. Continuez sans moi. Messire le mage n'en mourra pas si je suis absent.

Son Excellence retint d'un doigt un tic nerveux qui lui déformait la joue.

– Mes pouvoirs.

Il retira de sa main couverte de bagues un petit anneau jaune.

– Tu lui montreras ça... Qu'il décide lui-même. Qu'il décide de tout sans moi.

Le prince se serra contre le mur de pierre, Limace le dépassa dans l'escalier étroit, suivi de Varan. En passant devant le prince, Varan sentit l'odeur aigre de son souffle.

La montée s'accéléra. Le prince observait leur ascension, puis il cessa d'être visible dans la pénombre.

À l'approche du sommet, la tour s'effilait. Le puits au centre de l'escalier devenait plus étroit, le vent y gémissait de plus en plus fort, et les fenêtres se faisaient plus rares. Enfin, Limace s'arrêta devant une porte sombre.

– L'Empereur nous ait en sa garde, marmonna-t-il.

Le reste de ses paroles fut couvert par le bruit du vent. L'anneau jaune tinta contre la poignée de cuivre. Encore et encore, par trois fois.

Limace attendait. Varan se souvint brusquement de la raison de sa présence et du fait qu'on allait bientôt l'emmener dans la capitale pour le traîner au Tribunal impérial. Le déjeuner de la prison s'agita dans son ventre, comme un oiseau avide de liberté.

La porte s'entrouvrit, juste assez pour laisser passer un homme pas très gros. Limace s'écarta pour que Varan entre le premier. Varan secoua la tête. Alors, le juge le prit par le col et le poussa à l'intérieur, à la rencontre du destin. Varan fit machinalement quelques pas et s'arrêta.

Le luxe de l'appartement aurait sans doute pu convenir à l'Empereur lui-même. Le sol, les murs et même le plafond étaient entièrement tapissés de bois, de larges planches claires et sombres, jaunes, brunes et presque noires. Les nervures qui, durant des décennies et même des siècles avaient drainé la sève des arbres, quelque part très loin, dans de fabuleuses forêts, formaient désormais un dessin étrange mais qui avait certainement un sens. Varan demeura perché sur un pied, craignant de poser le second sur la mosaïque de différentes espèces de bois, polie jusqu'à l'éclat, et tiède. S'il avait pu, Varan serait demeuré suspendu en l'air pour ne pas souiller ce parquet précieux de ses pieds nus et sales.

– Le prince de Croc Rond, par mon modeste intermédiaire, salue Sa Puissance le mage impérial, annonça Limace en s'inclinant poliment mais sans flagornerie. Voici le criminel dont on vous a parlé.

Varan regardait autour de lui en souriant faiblement et essayait de rassembler ses pensées. Son séjour dans le Boyau l'avait accoutumé au statut de criminel et après sa longue montée au sommet de la tour il s'était fait à l'idée d'être déjà mort. Il s'attendait à l'horreur de cet instant (regarder un vrai mage en face, entendre sa condamnation, apprendre le détail des épreuves qui l'attendaient), mais – c'était plutôt frustrant – il n'éprouvait que de l'étonnement et une extase timide. Combien d'années doit donc vivre un arbre pour avoir un tronc aussi épais ? Où se trouvait la terre capable de nourrir de telles racines ? et le feuillage ? Plusieurs dizaines d'hommes pouvaient sans doute se tenir sous son ombre !

On le poussa dans le dos de manière assez brutale.

– Incline-toi, imbécile.

Il s'inclina assez bas pour pouvoir effleurer le sol. Mais retira aussitôt sa main. Non, il était certainement interdit de toucher une telle splendeur. S'il avait été mage, Varan aurait sans doute fait couper ces doigts trop curieux...

– Des troubles ont éclaté, bien entendu, dit Limace, comme pour répondre à une question informulée. Mais on n'a pas vu d'autres fausses coupures... Et Son Excellence le prince a habilement expliqué à son peuple que les rumeurs concernant des billets de cent réals falsifiés n'étaient que des inventions d'escrocs étrangers. Vous pouvez donc faire savoir à l'Empereur que Croc Rond n'écoule pas de fausse monnaie.

– Mais peut-être en produit-il, objecta une autre voix, détachée et froide comme les eaux profondes.

Varan frémit au son de cette voix. Il tourna à nouveau la tête, essayant de découvrir parmi les meubles de bois – chaises à dossiers hauts, tables ouvragées, fins paravents sculptés – le fameux mage appelé à décider de son sort.

– La seule personne, dit Limace avec un regret évident, capable de jeter la lumière sur cette question, est ce jeune fondu. Interrogez-le, et que l'Empereur nous vienne en aide.

Limace bredouilla la seconde partie de la phrase d'une voix à peine audible.

Et c'est là que Varan distingua enfin le mage impérial. Il était assis, à demi tourné vers ses visiteurs, et regardait par la fenêtre ouverte. Il avait bien meilleure mine que le jour où Varan l'avait accueilli sur l'embarcadère, avec son parapluie inutile.

Et bien sûr, il se souvint de tout. La mine dégoûtée du nouveau venu qui avait aussitôt éveillé chez lui un sentiment d'hostilité, son propre refus de lui donner à boire et à manger, la montée sur l'hélice de son père, l'accident évité de justesse à l'accostage, ce maudit Pelé...

– Eh bien, mon ami, dit le mage toujours aussi froidement, tu t'es fourré dans de beaux draps ?

Ses longs cheveux cachaient ses oreilles et touchaient ses épaules. *Comme ceux du prince*, pensa tristement Varan. Seul un vrai montard peut se permettre une telle coiffure.

Il paraissait plus âgé qu'à leur première rencontre, dans les basses terres. Non seulement il respirait la dignité, mais il semblait l'incarnation de la grandeur. Même ses yeux, incolores sous le ciel gris de l'entre-saison, étaient aujourd'hui d'un bleu glacé. En accord avec sa voix.

– Croc Rond est vraiment un lieu étonnant, déclara le mage d'une voix songeuse. Même les morveux illettrés savent fabriquer de la fausse monnaie impériale.

– Je ne suis pas un morveux, protesta Varan. Et je sais lire et écrire.

Il s'étonna aussitôt de sa propre insolence. On a raison de dire que le Boyau vous rend différent.

Le mage sourit en croisant les mains sur sa poitrine. Les plis de la tunique claire qui le couvrait du cou jusqu'aux talons changèrent de dessin. La pierre rouge d'une bague qu'il portait à l'index droit lança une lueur.

– Votre Puissance, dit lentement Limace, parfaitement conscient de la moquerie, ce fondu n'est qu'un complice. Il est le seul fil entre la justice et les criminels.

Le mage hocha la tête. *Quel âge a-t-il donc?* se demanda Varan. *La première fois, je lui aurais donné dix-huit ans... Et maintenant, il paraît en avoir pas loin de trente. Peut-être même que ce n'est pas lui?*

À cet instant, le mage adressa à Varan un regard acéré qui ne lui laissa plus le moindre doute. Peut-être avait-il cent ans, ou même deux cents. Après tout, c'était un mage. Comment savoir...

Le mage regardait Varan. Mieux vaut passer toute la saison au Boyau que supporter un tel regard durant une minute.

Soudain, il lui adressa un clin d'œil.

– Si tu m'avais accueilli un peu plus gentiment, si tu ne m'avais pas jeté des regards mauvais en me souhaitant de rester coincé dans le cul de Shouou... Qui sait comment les choses auraient pu tourner?

Je suis perdu, se dit Varan. Et il ferma les yeux pour les rouvrir aussitôt, de crainte qu'on ne le prenne pour un lâche.

– Eh bien...

Le mage se leva. Sa tunique retomba le long de son corps et l'ourlet frôla la mosaïque du sol.

– Que suis-je censé faire? Ramener un complice à l'Empereur...

Il regarda Limace qui détourna les yeux.

– Si telle est la volonté de Votre Puissance.

– L'Empereur verra un gamin terrorisé, qui à toutes les questions répondra : «Je l'ai trouvé dans la mer.»

118

– Je ne suis pas terrorisé, objecta Varan d'une voix rauque.

– Bon, d'accord, rectifia le mage, l'Empereur verra un fondu très courageux qui en sait autant sur l'origine de ce faux billet que vous-même, juge enquêteur Blanchemoule surnommé Limace... Ou que Son Excellence le prince. Ou que n'importe quel petit vendeur de coquillages laqués.

– Nous ne savons pas ce qu'il sait, répliqua Limace.

Le mage se rapprocha du juge. Les narines de Varan frémirent : en passant à côté de lui, le maître de la tour laissa une parcelle de son odeur, un parfum de fumée de bois, léger, à peine perceptible.

– Nous le savons.

Le mage transperça son interlocuteur du regard comme une aiguille s'enfonce dans un coussin.

– Nous savons qu'il a ramassé dans la mer ce qu'il a cru être un trésor... Avez-vous au moins envoyé une équipe de recherche pour explorer les grottes sous-marines à l'endroit où il a plongé ?

– Bien entendu, répondit Limace d'un ton sourd. Mais certaines grottes ne sont accessibles que dans l'entre-saison. Quand l'eau descend.

– C'est bien là-dessus que comptaient ceux qui ont ménagé cette cache, remarqua le mage d'une voix lasse. Que suis-je censé dire à l'Empereur ?

– Croc Rond ne menace en rien le système monétaire de l'Empire, répéta Limace.

– Pas plus qu'un tonneau de poudre, tant que l'étincelle n'est pas tombée, marmonna le mage.

– La saison touche bientôt à sa fin. Lorsque les eaux descendront, nous tendrons une embuscade à celui ou ceux qui essayeront d'ouvrir la cache.

– Sauf que vous ignorez où elle se trouve. Shouou sait combien de trous et de tunnels il y a dans ce rocher.

– Les services de sécurité ont des cartes précises, insista Limace. Et d'ailleurs, cette tâche nous incombe, Son Excellence le prince s'est toujours montré satisfait du travail de ses gardes...

– Vous avez laissé passer le moment.

– Comment ?

– Il aurait fallu interdire à quiconque de quitter l'île dès la découverte du faux billet...

Ils avaient oublié Varan. Il se tenait près du mur et luttait contre la tentation de caresser les nervures du doigt.

Toutes ces conversations sur l'Empereur, l'argent et le destin de Croc Rond glissaient sur lui, comme l'eau de pluie sur une peau de pifre.

– Une telle interdiction ruinerait la saison, dit Limace après un bref silence. J'ai peur de songer aux conséquences...

– Imaginez les conséquences d'une caisse de billets de cent réals qui peuvent surgir à n'importe quel endroit de l'Empire.

– L'Empire est vaste.

– Oui, bien sûr, pourvu que notre saison se déroule sans anicroche, après nous, la mer peut bien s'assécher... Mais vas-y, touche donc ce mur, mon garçon. Pauvres enfants de l'eau et des pierres, le moindre bout de planche les met en transe...

Alors Varan, avec toute la force du désespoir, pressa ses paumes contre le bois tiède.

– Ils nous ont dit qu'on t'avait exécuté.

Nila était assise dans le hamac. Varan se tenait dans l'ouverture ovale. Ils parlaient sans bouger de place.

Nila avait changé. Elle semblait plus âgée. Au lieu de son pantalon clair brodé de petits cailloux multicolores, elle portait une longue jupe noire. Varan avait l'impression que des années s'étaient écoulées depuis leur dernière rencontre.

– Ils nous ont dit qu'on t'avait exécuté, répéta Nila en l'observant. Dis-moi... tu n'es pas mort ?

– Non. Ils m'ont relâché. Sur ordre du mage impérial.

– Nous avons déposé trois cents requêtes, dit Nila après une longue pause. À la trois cent unième, ils nous ont dit...

– Je suis bien vivant ! Ils vous ont dit ça pour se débarrasser de vous !

Varan était furieux contre on ne sait qui. Il avait imaginé cette rencontre de manière bien différente, avec des embrassades, des larmes, peut-être réciproques...

Nila était assise dans le hamac, adulte et étrangère.

– Alors, je peux rester? demanda Varan. Ou faut-il que je parte, parce qu'on ne m'a pas exécuté?

– Non, dit Nila d'une voix faible. Puisque tu es vivant... entre.

Chapitre 3

Cette nuit, Varan rêva que l'Empereur avait édité un décret interdisant à quiconque de quitter Croc Rond tant qu'on n'aurait pas découvert la cache de fausse monnaie.

Dans son rêve, la flotte de guerre les encerclait, et des cavaliers patrouillaient le ciel à dos d'ailamas. La saison touchait à sa fin et l'île était remplie d'étrangers furieux, déprimés et apeurés. L'entre-saison se rapprochait, le doux soleil devenait blanc et cruel, il brûlait les pierres. Les abris étaient trop peu nombreux, les vacanciers mouraient sous les rayons incandescents et leurs cadavres étaient brûlés sur l'embarcadère.

Varan criait et se réveillait, puis il se rendormait pour refaire le même rêve. Sa mère monta la garde à son chevet toute la nuit. Elle pleurait, pensant que son fils faisait des cauchemars à cause de la prison.

Le jour suivant, il alla se promener dans l'île. Scrutant les visages. Tous paraissaient paisibles, insouciants et joyeux. *L'Empereur ne peut pas leur faire ça*, pensait Varan. *Le mage impérial dans sa tour n'est tout de même pas dépourvu de cœur au point de commettre un tel acte.*

La saison s'achevait. Les touristes sur le départ dévalisaient les étals, achetant en vrac coquillages laqués, bijoux sculptés en sel et en pierre, tableaux de nacre, porte-monnaie et sacs en cuir de pifre, bibelots forgés par les mineurs de Petiote...

Varan passa devant la joaillerie familière sans s'arrêter. La dernière chose qu'il souhaitait, c'était revoir le joaillier aux sourcils brûlés de soleil et au front de bronze dégarni...

Si seulement je pouvais trouver cette cache, pensa Varan. Et aussitôt, il songea tristement que ce serait une erreur fatale. *Si c'est moi qui la retrouve, personne ne voudra plus croire à mon innocence.*

Vivement la fin de la saison. La vie va changer et tout s'oubliera. Et cette maudite menace – un ordre de l'Empereur transformant Croc Rond en une prison immense – sera écartée.

Il arriva à la grotte des serpentaires alors que le soleil descendait déjà. La veille, il n'avait pas réussi à obtenir une réponse claire du patron lorsqu'il lui avait demandé s'il avait encore besoin de ses services. Bien évidemment, personne n'avait l'intention de le payer pour la période passée en prison ; mais pourquoi lui refuser l'occasion de gagner un demi-réal en accompagnant encore quelques clients ?

Il arriva d'humeur décidée et agressive. Mais le patron l'accueillit très gentiment.

– Ne fais pas la tête, mon garçon, tu auras du travail dès demain... Nila est partie en excursion avec un riche montard. Un jeune étranger qui paye bien – le patron lui adressa un clin d'œil – et même plus que bien, à franchement parler : nos jolies serpentaires ne valent pas autant... Et j'ai bien vu que Nila appréciait sa compagnie. Alors, une excursion d'une journée entière, pourquoi pas ? Je n'ai pris aucune autre commande pour aujourd'hui. Ils ne vont pas rentrer de sitôt. Il reste encore deux heures avant la tombée du soir... Demain, je pense laisser Nila se reposer, et tu pourras travailler à sa place.

Varan prit congé, promettant de revenir le lendemain à l'aube.

Des piquefeuilles poussaient le long de la route, plantes banales et nobles à la fois, puisqu'elles ont l'insigne honneur d'être représentées sur le blason princier de Croc Rond. Dans l'entre-saison, les piquefeuilles ressemblent à des arêtes de poisson carbonisées, mais en saison, ils explosent en feuilles gigantesques et en énormes fleurs mauve pâle dépourvues de parfum. Ces fleurs ont les dimensions d'un chapeau à large bord et une fois cueillies, se conservent trois jours sans faner. Les feuilles servent à confectionner des tentes et surtout des haies de protection, car, ainsi que le nom de la plante l'indique, elles sont couvertes de piquants et de crochets capables de vous blesser jusqu'au sang.

On était en fin de saison et les fleurs s'étaient muées en fruits, lourdes boules hérissées d'aiguilles. Chaque année, les mères interdisaient à leurs enfants de jeter des «p1queboules» et chaque année, les enfants déso-béissaient, défigurant parfois leurs camarades de manière définitive.

Un fruit suspendu au-dessus de la route accrocha les cheveux ras de Varan. Très légèrement, sans même l'égratigner.

Varan sursauta.

Il écarta les feuilles à mains nues et vit le tronc sque-lettique hérissé de branches à la minceur trompeuse.

Il prit celle qui surplombait la route et tira de toutes ses forces. La branche craqua, mais refusa de céder.

Varan insista, l'étirant et la tordant, sans prêter attention aux feuilles acérées qui lui frappaient les épaules ni au sang qui coulait de son oreille écorchée. Le piquefeuille est une plante particulièrement coriace : il pousse parmi les pierres et lutte pour sa survie depuis le jour où il jaillit de sa graine. Varan le secouait impi-toyablement, à l'aveuglette, et finalement, la branche fut arrachée. Les feuilles tombèrent au sol en chuintant et le fruit heurta la route avec un bruit sourd.

Varan demeura immobile, contemplant l'œuvre de ses mains écorchées.

Pourquoi s'en soucier ?

Nila pouvait bien inviter toute la population de Croc Rond dans cette grotte aux herbes sèches et au vieux livre effacé... Aujourd'hui, elle y avait conduit un riche montard. Qui d'autre y avait-elle emmené pendant que Varan était enfermé dans le Boyau ? Il y a tant d'hommes riches et généreux, l'un d'eux lui ferait peut-être un cadeau de prix. En lui achetant ce collier qu'elle pourra alors porter sans se cacher. Sans risque que les gardes le confisquent et l'accusent d'escroquerie ou de vol...

Qu'en avait-il à faire ?

Elle était en droit de lui dire : « Je ne t'ai rien demandé. Je ne t'ai jamais réclamé de présents. Ce n'est pas ma faute si tu as eu des ennuis. Tu as souffert suite à ta propre stupidité et à ton propre orgueil. Tu n'es qu'un fondu, et moi, je suis à moitié montarde. Il faut savoir rester à sa place. »

Le sang coulait de son oreille sur le col de sa fine chemise de fil, fort chère soit dit en passant ; sa mère l'avait achetée pour fêter son retour... Varan se rendit compte qu'il avait rebroussé chemin. Lentement, en trébuchant, il se dirigeait vers les grottes.

Il se força à faire demi-tour, comme on manœuvre une brouette. *À la maison. Ma mère m'attend, et mon père aussi.*

Le soleil toucha la mer. Varan vit le reflet former un sentier sur l'eau, qu'il aurait tant aimé emprunter pour marcher vers le pays où les arbres poussent jusqu'au ciel.

Il faut que je me lave, pensa-t-il avec détachement. *Je suis un imbécile. Que va penser maman en me voyant rentrer barbouillé de sang ? Je vais me baigner et laver ma chemise...*

Il fit à nouveau demi-tour et au bout de quelques pas se mit à courir.

Il n'emprunta pas l'allée menant aux grottes ; arrivé au bord de la falaise, il prit son élan et plongea.

Je risque de me tuer en tombant sur une pierre, songea-t-il en vol.

La mer et le ciel renversés, le couchant s'éteignit. Varan transperça la surface lisse de la mer. Tendue comme la peau d'un tambour.

L'eau se troubla légèrement devant ses yeux en lavant les traces de sang.

Il se laissa porter par le tourbillon des bulles, se reposant un peu. Puis il battit énergiquement des jambes pour remonter à la surface. Reprenant souffle, il regarda autour de lui ; la falaise se dressait telle une muraille. Très haut dans le ciel frémissait le feuillage des pique-feuilles.

D'ici, on ne pouvait regagner la terre ferme qu'en passant par une petite grotte qu'il fallait connaître pour la retrouver. Varan regarda une dernière fois le reflet du soleil et plongea dans l'obscurité.

... Il allait les guetter ! Ils ne manqueraient pas d'emprunter ce chemin pour le retour. Il se cacherait dans l'eau, et dans l'ombre entendrait leur conversation...

... Quelle honte. C'était lâche. Indigne de lui.

Rester assis sur un rocher, comme une statue de l'Empereur, à attendre les tourtereaux ?

Il n'eut le temps de rien décider. Il entendit la voix de Nila dans la grotte profonde : le son était déformé en se répercutant contre les parois, mais au bout de quelques minutes, Varan put distinguer ses paroles.

– Affliction ! Holà, tout beau ! Va Tribulation, va donc ma jolie !

Il avait encore le temps de se cacher.

L'eau pénétrait par vagues à l'intérieur de la grotte. Tribulation apparut dans le passage sombre et étroit, dressant sa tête cornue ; une vapeur humide montait de ses larges narines noires. Varan n'aurait jamais cru éprouver une telle joie à revoir cette créature écailleuse.

Un montard la montait, vêtu d'une veste et d'un pantalon de pifre comme on en vend au bazar pour les touristes. Ses longs cheveux mouillés étaient collés à sa tête. Ce n'était autre que Sa Puissance le mage impérial de Croc Rond Léréalaruun, s'il se souvenait bien de son nom impossible... Sans manifester le moindre étonnement, le mage posa un doigt sur ses lèvres. Affliction émergea à son tour avec sa cavalière. Varan était assis sur son rocher mouillé, recroquevillé comme un crapaud malade.

– Oh, s'exclama Nila. Comment es-tu arrivé là ?

Varan ne la regardait pas. Il regardait le mage, qui à

nouveau paraissait à peine plus âgé que lui : dix-neuf ans tout au plus. Pas un mage, un apprenti...

En voyant Varan, les serpentaires se mirent à agiter la queue. Tribulation se rapprocha tout près.

– C'est mon assistant, dit Nila en souriant. Varan. Mais je ne sais pas comment tu as fait pour...

– J'ai sauté de la falaise, dit Varan, et j'ai plongé.

Puis il ajouta après une courte pause :

– Je pensais que vous étiez rentrés depuis longtemps.

Nila le regarda d'un air soupçonneux.

– Eh bien, monte.

Elle lui tendit la main.

Une vague brûlante le traversa au contact de sa paume. Il monta en selle derrière Nila. Affliction piaffa. Le mage était à la distance d'un bras tendu et Varan avait l'impression qu'il remarquait tout : le changement de couleur de sa peau, la température de ses joues, la réaction de ses pupilles...

– Tu es couvert d'égratignures, s'exclama Nila. Tu t'es battu, ou quoi ?

– Avec un piquefeuille.

Nila le regarda par-dessus l'épaule.

– Tu veux rire ?

– Je n'ai pas fait exprès, mentit-il.

– Tribulation, va ! ordonna Nila.

La serpentaire partit en avant, laissant derrière elle un sillage de vagues. Le mage ne se retourna pas.

Les longs cheveux de Nila ondoyaient devant le visage

de Varan. Sans bien comprendre ce qu'il faisait, il les enroula autour de son poing.

– Qu'est-ce qui te prend ? murmura Nila.

– Où étiez-vous ? demanda Varan.

Il tira sur les cheveux, renversant la tête de la jeune fille en arrière.

– Sais-tu seulement qui il est ?

– Qu'est-ce que ça peut me faire ? Lâche-moi, abruti !

Affliction, énervée, se mit à battre l'eau de sa queue.

– Arrête, cria Nila en élevant la voix.

– Tu étais avec lui ? Pas vrai ?

Nila lui donna un violent coup de coude sous les côtes. Il tomba de la selle et faillit entraîner la jeune fille avec lui, mais elle s'agrippa à la bride et Varan fut obligé de lâcher ses cheveux. Lorsqu'il refit surface, Affliction était déjà loin devant. Varan resta seul dans le noir. La lumière qui filtrait d'en bas devenait plus faible de minute en minute.

Il se mit à nager et en eut pour au moins une demi-heure. La nuit était tombée ; heureusement, il était difficile de se perdre sur cette partie du trajet. Varan nageait le long du mur, touchant de temps à autre la roche de sa main droite.

Puis la mer s'éclaira.

Les étincelles jaillissaient de tous côtés sous ses doigts, tourbillonnaient dans l'eau, mais ne donnaient pas de lumière. Varan nageait.

Une lueur se dispersa devant lui et, auréolée de rayons

verdâtres, une masse gigantesque surgit. Dans l'obscurité tout paraît plus grand.

– Hé, dit Nila, invisible, tu es là ?

– Oui.

– J'ai cru que tu t'étais noyé.

Varan ne répondit pas.

– Tu es un imbécile, précisa Nila.

Varan acquiesça en silence. Peut-être...

– Donne-moi la main, dit Nila.

– Je ne te vois pas.

– Par ici.

Il remonta en selle derrière elle.

– Comme tu es froid, remarqua Nila. Brrr.

Et, se retournant, elle lui enlaça le cou.

Depuis ce matin, elle avait montré au « petit richard » toutes les grottes sous-marines qu'on pouvait atteindre à dos de serpentaire. Ils avaient déjeuné rapidement de mollusques grillés. Ils n'avaient presque pas parlé, et uniquement de choses ayant rapport avec l'excursion. Tout seul, le richard plongeait comme un ballon gonflé d'air, la tête en bas, et le reste flottant à la surface. Mais il avait assez vite appris à plonger avec Tribulation et avait sympathisé avec sa monture. Ils étaient même allés dans ce fameux puits – tu te souviens, celui au passage étroit et si dangereux... Le petit richard n'avait pas eu peur. Il avait tenu à le visiter. Il semblait chercher quelque chose mais n'avait trouvé qu'un serpent crevé.

Comment était-il arrivé là ? Mystère. Peut-être porté par le courant...

Varan écoutait Nila, assis près du feu où il séchait sa chemise.

... Ils étaient complètement épuisés à la fin, lui parce que c'était une mauviette de montard déliquescent et elle parce qu'elle répondait de lui et qu'ils avaient emprunté des passages dangereux pour les visiteurs. Et quand Varan avait soudain surgi devant leur nez avec ses soupçons stupides et ridicules...

– Tu sais, j'ai eu envie de te noyer. D'ordonner à Affliction de te donner un ou deux coups de queue sur le crâne... Je l'aurais peut-être regretté ensuite.

– Affliction m'aime plus que toi.

– Idiot.

Nila se détourna.

– Sais-tu au moins tout ce qui s'est passé ici... à cause de toi ?

– C'est encore ma faute.

Le feu éclairait les parois de pierre avec leurs ornements de mousse et de fissures. Varan aurait voulu lui parler de la chambre tapissée de bois, des nervures qui furent jadis celles de troncs centenaires parcourus de sève, mais le moment était sans doute mal choisi, et il craignit que Nila ne le comprenne pas.

La fumée montait, cherchant une issue, et filtrait à travers l'entrée de la grotte.

– La saison s'achève bientôt, dit Nila.

– Tu vas rentrer à Petiote ? demanda Varan, heureux de changer de conversation.

Nila secoua la tête.

– Ma mère... Elle s'est arrangée pour qu'on me prenne en haut. La fille du prince voudrait agrandir sa suite.

Varan demeura silencieux, frappé de cette nouvelle infortune.

– Je pensais... que tu... qu'ils t'avaient déjà... Alors j'ai dit que j'étais d'accord. Et maintenant, il est trop tard pour changer d'avis... Écoute, tu pourrais peut-être aussi... te faire engager quelque part. Pour travailler sur le quai, par exemple.

Varan se souvint du Pelé.

– Non. Il y a la maison, le champ, mes parents et mes sœurs... Et puis nous voulions nous marier, tu n'as pas oublié ?

Nila détourna les yeux.

– Je m'en souviens.

– Mais qu'allons-nous faire ?

– Je ne sais pas.

– Tu as rencontré quelqu'un d'autre ? demanda Varan d'un ton inquisiteur.

Nila sourit.

– Mais non. Tu es si drôle quand tu es jaloux.

– Vas-y, ris donc. Sais-tu que...

Il se souvint brusquement qu'il n'avait pas encore appris à Nila la véritable identité du « petit richard ». Il ouvrit la bouche pour le lui dire, pour voir l'étonnement, l'incrédulité et la peur sur son visage et comprit aussitôt que c'était la dernière chose à faire. S'il ne disait rien, elle l'oublierait dès le lendemain, mais si elle savait, elle repenserait forcément à lui, aujourd'hui et aussi le jour suivant, analyserait les détails de leur excursion, leur prêterait un sens nouveau, et l'image du jeune montard, d'abord presque insignifiante, grandirait, nourrie de curiosité.

– Quoi donc?

– Non, rien... Dormons.

Le lendemain, il fit faire le petit circuit à un domestique gonflé d'importance, insolent et sûr de lui, qui se prenait pour un monsieur en l'absence de son maître. Mais Varan avait l'habitude, il ne perdit pas patience une seule fois. En partant, le client lui lança un modeste pourboire qu'il attrapa au vol.

Il n'y eut plus d'autres visites.

Varan enfourcha Tribulation (Affliction devenait de plus en plus agressive) et partit seul pour les grottes. Arrivé au «jardin de pierres» où il avait trouvé le faux billet, il tira sur les rênes.

Dans le creux d'un rocher, il trouva une pierre qui convenait, ni trop petite ni trop grande, couverte de coquillages. Il plongea en la serrant contre son cœur.

Le ventre de Tribulation était jaune entre ses pattes écartées. Varan descendait de plus en plus bas, presque sans effort. Ici, la mer n'avait pas de fond, la pierre tomberait dans un potager.

L'eau faisait pression sur ses oreilles. Varan avalait nerveusement sa salive et faisait jaillir des bulles d'air de ses narines ; dans l'épaisseur de l'eau, il voyait un arc-en-ciel. Depuis son séjour en prison, il voyait des arcs-en-ciel partout : dans la fosse d'aisances, dans son assiette de soupe, dans la profondeur de la mer.

L'air qui remplissait ses poumons s'était consumé, se muant en résine brûlante. Varan l'expulsa, bulle après bulle, en remontant à la surface. Il respira goulûment. Reprit son souffle. Et grimpa dans la faille, à la recherche d'une nouvelle pierre.

Tribulation l'observait avec un étonnement ironique.

– Repose-toi, lui dit Varan.

La serpentaire posa la tête sur l'eau ; seuls ses narines, ses yeux et ses cornes demeurèrent à la surface.

Il plongea encore et encore. Ses oreilles bourdonnaient, il éprouvait une sensation de piqûre dans les poumons. Certaines pierres étaient plus légères, d'autres plus lourdes. Une fois, il plongea si profond qu'il eut grand peine à remonter.

Le soir approchait. La lumière qui filtrait à travers l'eau prenait une couleur chaude, opalescente.

– C'est mon dernier plongeon, annonça Varan à Tribulation. Attends-moi calmement.

Il plongea.

Et presque aussitôt, il vit l'arc-en-ciel.

Lâchant sa pierre, il demeura suspendu entre deux eaux, bras et jambes écartés, comme la serpentaire. À dix pas de lui – si tant est qu'on puisse mesurer les distances en pas dans la mer – un petit prisme multicolore luisait faiblement.

Varan n'en croyait pas ses yeux. Des bulles jaillissaient de ses narines pour éclater à la surface où personne ne l'attendait, à part Tribulation.

Et si c'était un vrai ? Peut-être ce billet était-il tombé de la poche du domestique qu'il avait promené récemment ?

Il s'en empara. Regarda fiévreusement autour de lui, mais il n'y avait rien, à part l'étendue liquide, sombre en bas et claire au-dessus de sa tête, parcourue de reflets. Serrant l'argent dans son poing, il se hâta de remonter.

Son nez se mit à saigner, fort mal à propos. Essuyant ses lèvres du revers de la main, il ordonna à Tribulation de rentrer.

Heureusement, Nila ne se trouvait pas dans la grotte. Peut-être n'était-elle pas encore revenue du bazar, ou s'était-elle absentée pour quelques instants. Varan trouva un endroit bien éclairé et examina plus attentivement le billet. Il était absolument identique à celui qu'il avait trouvé précédemment.

Le mieux était de s'asseoir et de réfléchir.

Et si jamais c'était un vrai ? murmurait une petite

voix intérieure. *Je pourrais acheter une barque et quitter Croc Rond aujourd'hui même. Suivre le sillage de quelque grand navire jusqu'aux terres où les forêts poussent jusqu'au ciel...*

« Ce jeune fondu », déclarerait le prince, « a découvert la cache de fausse monnaie et a sauvé notre île d'une menace de quarantaine. Il mérite une récompense. Qu'il soit désormais considéré comme un montard et vive sous le soleil avec sa femme... »

Varan se leva, pour se rasseoir aussitôt.

Mieux vaut cacher ce billet sous les rochers, de façon que personne ne puisse le découvrir. Et oublier son existence... Le Boyau carcéral te manque donc à ce point?

S'il avait trouvé deux billets, il devait y en avoir beaucoup plus. Qu'arriverait-il s'ils remontaient à la surface? Qui les ramasserait?

Si jamais le prince l'apprenait... Ou plutôt si le mage l'apprenait, l'île serait aussitôt isolée du reste du monde, les vacanciers ne pourraient pas rentrer chez eux, les radeliers ne viendraient pas. Les habitants n'auraient pas de quoi se chauffer durant l'hiver. Ils manqueraient de nourriture pour les étrangers victimes de la quarantaine. Et à la saison prochaine, ainsi qu'à la saison suivante et longtemps encore, les riches montards emmèneraient leurs familles n'importe où, sauf « dans cette maudite île de Croc Rond ».

Varan rangea la coupure sous sa chemise. Il allait

tout raconter à son père. Ces temps derniers, il avait trop souvent misé sur son seul jugement et commis trop de bêtises. Varan se sentit soulagé. Il sortit de la grotte et, s'essuyant régulièrement les lèvres (le sang s'obstinait à couler), il sautilla de pierre en pierre jusqu'à la route.

– Tu vas loin, comme ça?

Varan trébucha. Un homme surgi de nulle part lui barrait le chemin. Il avait des yeux gris-bleu et de longs cheveux. Son chapeau à large bord jetait une ombre sur son visage trop pâle pour la saison.

– Pourquoi saignes-tu? demanda le mage impérial en se rapprochant. Tu as plongé trop profond?

Varan recula d'un pas, écarta la main de son visage. Ses lèvres devinrent aussitôt humides et poisseuses.

– Arrête-toi, ordonna le mage en tendant le bras, et Varan demeura figé.

– Ce n'est pas à toi que je parlais, précisa le mage avec un sourire en coin. Suis-moi.

– Où ça?

– Quelque part où tu pourras te laver la figure.

Le sang séchait, tendant sa peau. Varan se dit qu'il pourrait jeter discrètement le billet pour que le mage ne le voie pas. Ou était-il déjà trop tard?

Sans le quitter des yeux, le mage prit la gourde qu'il portait à la ceinture, la déboucha avant de la lui tendre.

– Lave-toi.

Varan versa un peu d'eau sur sa paume. Elle était

glacée et pure. Varan la lécha prudemment : c'était bien de l'eau douce, sans doute en provenance directe des réserves du prince. Il était stupide et même malhonnête d'utiliser de l'eau douce pour se laver. Il passa la main sur son visage et rendit la gourde.

– Ici, on ne gaspille pas l'eau douce.

– Vous avez des lois bien sévères. Tu n'as pas soif ?

Varan hésita avant de secouer la tête. Le billet arc-en-ciel lui brûlait la peau sous sa chemise humide. Maudite Shouou, on risquait de le voir au travers !

– Tu as beaucoup plongé, dit le mage. Je n'arrive pas à comprendre comment vous faites pour plonger. Aussi bien les hommes que les bêtes. J'aurais aimé passer mon enfance à Croc Rond.

Varan porta la main à son nez. Le sang ne coulait plus. Sa Puissance – ce gamin coiffé d'un grand chapeau – lui avait ordonné de s'arrêter et il lui avait obéi. Le propre sang de Varan.

– Admire le spectacle, dit le mage, en regardant par-dessus l'épaule du jeune fondu.

Si c'est un piège, je ne m'en sortirai pas quoi qu'il advienne, se dit Varan en se retournant.

Les bateaux quittaient Croc Rond en éventail, comme un vol d'oiseaux. Les voiles multicolores paraissaient encore plus vives à la lumière du soleil descendant. De temps à autre, des volutes de fumée montaient au-dessus des bastingages, suivies au bout de quelques secondes d'une rafale. Les hôtes de Croc Rond disaient adieu à l'île.

Au-dessus des navires flottait un ballon bariolé aux flancs gonflés de feu. Plus beau que le soleil.

– Ils partent avec le dernier vent, remarqua le mage derrière lui. Ils vont là où il n'y a pas de saisons.

Une note d'envie non dissimulée passa dans sa voix. *Si tu détestes tant les saisons,* pensa Varan, *pourquoi ne pas partir avec eux? On ne te retient pas.*

Le mage respira un bon coup, ses narines frémirent et il sourit faiblement.

– Les marins sur le pont parlent sans doute des cyclones. Ils craignent les tourbillons, l'eau commence justement à tourner... Votre « jardin de pierres » est si beau. Dommage qu'il soit inaccessible hors saison.

Il joue avec moi comme un pifre avec un ver, songea tristement Varan. *Il a ordonné qu'on me relâche pour que je le conduise à la cache. Et moi, comme un imbécile, j'ai fait ce qu'il attendait de moi.*

– Les galères partiront les dernières, dit le mage sans quitter la mer des yeux. C'est un spectacle rare, trois cents rames brandies en même temps... Pour vous, habitants de l'île, ce n'est qu'une fin de saison comme les autres. Pour moi, tout est nouveau.

Un ailama de patrouille s'envola du quai supérieur. Il décrivit son premier cercle très bas ; en survolant Varan et le mage, il répandit une odeur tiède de plumes propres. Puis il monta en flèche, s'immobilisa au zénith

et se remit à tournoyer, cette fois lentement, paresseusement, se laissant porter par les courants d'air.

Les voiliers s'éloignaient, laissant sur la mer un dessin complexe fait de sillages entrecroisés.

– Ces mâts, murmura Varan, combien d'arbres faut-
il pour en fabriquer un ? Dix... ou plus...

– Un seul. Chaque mât est fait d'un seul arbre. Tu
n'as jamais vu la grande forêt ?

– Et je ne la verrai jamais, conclut Varan d'une voix
lasse.

Le mage le regarda étrangement.

– Pourquoi donc ?

C'était de l'hypocrisie pure et simple. Varan haussa
les épaules.

– Nous naissons ici. Et nous y mourons. Nous sommes
à Croc Rond.

– Les gens vont et viennent. Il y a des navires, des
barques, des équipages volants...

Il était là, à côté de lui, parlait d'autre chose, regardait ailleurs, et c'était pire que tout. L'attente était
insupportable. Varan sortit de sous sa chemise le billet
déjà sec et le tendit au mage avec une sorte de soulagement.

– Voilà ce que j'ai trouvé. Je voulais le porter à mon
père... C'est tout.

Le mage rabattit son chapeau sur sa nuque. Il prit
le billet d'un geste négligent, comme un changeur, et

le posa sur sa paume. Il plissa les yeux pour examiner l'arc-en-ciel, plus blême à la lueur du jour.

– Je me disais que celui-ci était peut-être authentique, ajouta Varan.

Le mage secoua la tête.

– Il est aussi faux que le premier. Ils sont de la même main. Mais nous ne le dirons à personne, pas vrai ?

– Nous ? marmonna Varan.

Le mage leva la tête.

– Chut, elle arrive. À elle non plus, il ne faut rien dire.

Varan se retourna. La route était déserte. Il ouvrit la bouche pour poser une question, mais à cet instant, Nila apparut ; elle marchait lentement, portant deux corbeilles pleines de provisions pour le patron et de friandises pour les serpentaires. Affliction et Tribulation se nourrissaient exclusivement de poisson, mais recevaient parfois des biscuits de navottes sucrés en guise de récompense.

– J'ai cru que vous alliez vous battre.

– Quelle idée !

Nila nettoyait la grosse marmite. Ses bras fins étaient souillés de suie jusqu'aux coudes.

Varan vidait le poisson.

– En vous apercevant tous les deux sur la route, j'ai failli tomber sur le derrière. Shouou m'en est témoin. Qui est ce garçon ? Que vient-il chercher par ici ?

– C'est juste un montard comme les autres, mentit Varan.

– Non, répliqua Nila après un silence. Ce n'est pas un simple montard... Il y a quelque chose en lui. Je ne sais pas quoi au juste.

– Et pour notre mariage? demanda Varan d'un ton brusque qui le surprit lui-même.

Nila soupira.

– Tu resteras en haut?

Il jeta le poisson dans la petite auge pleine d'eau rougie.

– Personne ne m'a invité. Et qu'y ferais-je? À moins de me mettre au service de quelqu'un...

– Ça ne te tuera pas, dit doucement Nila.

Varan lâcha son couteau.

– Si tu ne veux pas m'épouser, dis-le franchement.

– Tu n'en as pas encore discuté avec ton père, remarqua Nila. Peut-être qu'il te refusera sa permission et que tu es en train de parler pour rien.

Varan se leva et sortit de la grotte.

Le ciel – le dernier ciel de la saison – était blanc d'étoiles. Un ailama de patrouille y nageait en cercles.

« Je t'aime et je me battrai pour toi. »

Non, ce n'est pas ce qu'il devait lui dire.

« Je t'aime et je me battrai pour toi, même si tu ne m'aimes plus. Je me battrai pour mon amour, même si je dois te tuer dans cette lutte. »

Varan cracha par terre.

Quel délire.

Les barques à rames furent les dernières à partir. Montées par les habitants des îles voisines qui venaient à Croc Rond non tant pour s'y reposer que pour y gagner de l'argent.

Des tourbillons parcouraient la mer dans un chatoiement d'eaux grises. Le ciel était sillonné de cyclones ; en regardant l'horizon le matin, Varan pouvait en compter cinq ou sept ou même parfois neuf d'un coup.

Le ciel était blême, comme fatigué.

Le patron ferma les «promenades à dos de serpentaire» au public. Affliction était nerveuse ; pressentant la fin de la saison, elle devenait incontrôlable. Même Tribulation, toujours mélancolique et docile, se permettait de montrer les dents et un jour mordit Varan au bras. D'ailleurs, depuis plusieurs jours, il n'y avait plus personne pour visiter les « splendeurs des grottes sous-marines». La saison s'achevait.

Le patron paya honnêtement son dû à Varan : pas une pièce de moins, mais pas une de plus. Varan porta l'argent à son père.

– Je veux me marier, dit-il, les yeux fixés au sol.

– À la saison prochaine, répondit Zagor.

Sans demander qui son fils voulait épouser. Peut-être le savait-il depuis longtemps. Il ne parut pas étonné ni fâché et ne posa pas de questions. Il dit simplement, calmement : « À la saison prochaine. »

Varan partit sans un mot.

Chaque jour, il plongeait dans le jardin de pierres. Il supportait l'humeur de plus en plus acariâtre de Tribulation, emportait des biscuits dans sa manche, la suppliait de ne pas le jeter de sa selle, de ne pas battre de la queue et de ne pas mordre. Il n'y avait aucun moyen de parvenir jusqu'au jardin de pierres en barque.

De jour en jour, l'eau devenait plus trouble.

Une fois, Varan fut pris par le courant. Par sa propre faute : il s'était accoutumé à une eau aussi lisse que du verre, au point de perdre toute méfiance.

Une énorme main s'empara de lui et le tira brutalement sous les rochers. La lumière s'éteignit ; ce qui le sauva, pauvre imbécile, c'est la longue rêne de Tribulation enroulée autour de son poignet : ces derniers temps elle essayait souvent de fuguer. Les serpentaires sentent les courants comme personne ; Tribulation se mit à nager, choisissant la seule direction pouvant les sauver. Une fois hors de danger, Varan toussa et cracha longuement, puis, dans un élan de gratitude, embrassa le museau froid et écailleux de Tribulation qui lui cingla aussitôt la jambe d'un coup de queue pour qu'il garde ses distances.

Varan n'osa plus plonger.

La saison touchait à sa fin. Bientôt les courants, les tourbillons et le changement des vents, avec leur cortège de bouleversements en tous genres.

Chapitre 4

L'arche était secouée dans tous les sens. Une fois de plus, la mer essayait de noyer l'encombrante embarcation si disgracieuse et si maladroite en apparence. Les fondus s'agrippaient aux parois et les uns aux autres. Certains avaient la nausée. Quelques-uns dormaient paisiblement.

La mer était brun et blanc, parsemée de lambeaux d'écume, une mer malade, qui faisait mal à voir et s'essoufflait de minute en minute. Elle perdait ses forces et les nuages s'agglutinaient au-dessus d'elle comme des poissons autour d'une charogne.

Lilka et Toska s'accrochaient à leur frère, chacune d'un côté. Elles n'étaient plus si légères et ne tarderaient sans doute pas à être aussi grandes que lui.

– Varan... Dis, c'est vrai que tu veux te marier ?

– Qui vous a dit ça ?

– Dolka, notre voisine. Alors ?

Les nuages se concentraient. Le sommet de l'île

cessa d'être visible ; le monde de pierre des montards demeura là où il devait être : en haut.

Les toits luisants du village, couverts de vase et d'algues, surgirent progressivement au-dessus de l'eau.

Et la pluie commença de tomber.

On ramassa moins de noyés qu'à la saison dernière : onze seulement. Trois furent identifiés grâce aux avis de recherche diffusés sur ordre du prince, enveloppés dans des peaux enduites de résine et expédiés en haut. Les autres furent livrés à la mer, comme il se doit.

On retira les filets des champs. Les pousses levaient mieux que d'ordinaire.

– Nous ne resterons pas sans navottes, constata le père avec satisfaction.

Varan aida sa mère à remettre la maison en ordre. Parfois, on trouvait des objets de valeur dans la boue : un bijou de métal ou une pièce de monnaie. Les petites sautaient de joie ; Varan sursautait chaque fois qu'il apercevait un chiffon coloré parmi les détritus.

Il avait encore des mirages d'arcs-en-ciel.

Le père répara et nettoya les collecteurs d'eau. La mer se calmait, retrouvant sa couleur grise habituelle. Le vieux Mouilleur reprit sa vieille barque à pédales pour livrer la poste. La tante maternelle de Varan, qui vivait à Petiote, écrivit que le doyen des mineurs avait fait construire un nouveau fourneau sur le rivage. Personne ne dénicha aucun billet de cent réals parmi la vase et les algues mourantes.

Les pamuettes à lait revinrent, certaines avec des petits. Varan se souvint du goût du fromage.

Les pifres réapparurent aussi, comme à chaque automne, pour trouver leur pitance sur l'ancien fond de mer. Varan accompagna son père à la chasse ; ils passèrent la nuit sur un rocher froid avec des arbalètes et abattirent deux pifres. Ils rentrèrent victorieux : ils auraient de nouveaux vêtements et des tonnelets de viande marinée ; malheureusement, les pifres ne sont comestibles que fortement marinés, sinon ils puent trop fort.

Du matin jusqu'au soir, ils étaient accaparés par des tâches pressantes. À peine en eurent-ils terminé avec la maison, le champ et les collecteurs d'eau qu'ils durent s'occuper de l'hélice. Les câbles avaient pourri, il fallut s'en procurer de nouveaux. Le doyen Carpeau les pressait : l'hélice devait être remise en marche le plus vite possible. Après plusieurs nuits blanches, elle fut lancée pour un vol d'essai ; Varan monta au-dessus des nuages et vit le monde des montards dans l'après-saison : feuilles jaunes des piquefeuilles fanés, pierres dénudées, failles poussiéreuses. Le soleil était accablant. Il dut mettre immédiatement ses lunettes. Le Pelé se tenait sur la planche d'accostage. Il ne regardait pas Varan en face. Les mots sortaient de sa bouche goutte à goutte, comme à travers un filtre.

Ainsi débuta l'entre-saison.

Les brumes s'épaissirent, engloutissant jusqu'à la moitié du village. Elles demeuraient suspendues au-dessus de la mer, avalant puis recrachant les barques des pêcheurs ; à la proue de chacune était fixé un poisson métallique dont la tête indiquait toujours Petiote et la nageoire de droite Croc Rond.

Les cultures atteignaient la moitié d'une hauteur d'homme.

La mère apprenait à Lilka et Toska à traire les pamuettes. Les gamines trop pressées et maladroites récoltaient des coups de griffes dans les jambes et parfois des coups de bec au front. Elles rechignaient à la tâche. Et la mère les menaça même du ceinturon.

Varan tournait en cercle, poussant le levier, le regard fixé au sol. Combien de milliers de cercles avait-il déjà parcourus au cours de sa vie en tendant le ressort du mécanisme de lancement ? Et son père ?

Leurs pas avaient creusé une ornière lisse et plate. Remonter le ressort ne représentait pas un labeur si difficile, mais l'ennui de cette tâche était accablant ; parfois, après avoir tourné en rond pendant plusieurs heures, il s'endormait les yeux ouverts. Lui apparaissaient alors de blancs palais surgissant des eaux, d'étranges oiseaux sur des radeaux de bois et parfois aussi, il lui semblait survoler la mer sur le dos d'un ailama...

Il fallait se rendre en haut tous les jours. Les montards réclamaient de l'eau douce. Les fondus avaient besoin de combustible ; l'hélice permettait de remonter les algues humides et les bouts de bois flottants pour les faire sécher au soleil avant de les redescendre, soigneusement enveloppés dans des morceaux de toile imperméable pour les répartir sous la surveillance du doyen Carpeau qui, fort naturellement, s'en appropriait la moitié.

On tournait le ressort nuit et jour. Le doyen avait ordonné que les jeunes hommes du village le remontent à tour de rôle ; ils arrivaient toujours à plusieurs, histoire de se tenir compagnie. Ils avaient les mêmes sujets de conversation, ou plutôt un seul et même grand sujet : les gains de chacun durant la saison.

Cette année ne se distinguait en rien des précédentes, et pourtant tout était différent.

Varan était tenu à l'écart par ses camarades. Ou peut-être était-ce une simple impression. On murmurait au village qu'il avait passé presque une demi-saison au cachot. Lui-même en avait peut-être l'impression, mais à dire vrai, son incarcération avait duré à peine plus d'une semaine.

Et toutes ces questions formulées avec une expression doucereusement compatissante : comment était-ce là-bas ? Avait-il vu des brigands ? Et des assassins ? Et ces sourires empreints de compréhension. Le garçon avait voulu gagner plus, ce sont des choses qui arrivent. Avertir les brigands ou distraire l'attention d'un marchand au moment opportun, ou rendre quelque autre menu service, inoffensif en apparence... Généralement, il est vrai, c'étaient des jeunes débarqués des îles voisines, de Petiote par exemple, qui acceptaient ce genre de travail. Qu'un fondu de Croc Rond soit pris pour complicité, c'était extrêmement rare, sans doute était-ce pour cette raison qu'on l'avait relâché...

C'est ainsi que Varan imaginait les conversations de ses voisins et amis ; il n'éprouvait pas la moindre envie de se justifier et ne voulait voir personne.

Ce matin-là, son père était monté avec l'hélice. Les garçons du village ne venaient jamais avant midi. Varan tournait seul le ressort.

Nila était restée en haut. Qu'y faisait-elle, en quoi consistait son service, Varan n'y pensait pas. Il imaginait la vie des montards dans l'entre-saison comme un très long banc dans une grotte richement décorée. Les montards y demeuraient assis à se regarder les uns les autres. De temps en temps, ils rendaient visite à leurs voisins en empruntant un tunnel orné de pierres précieuses. Parfois, très rarement, ils recevaient des envoyés de l'Empereur qui arrivaient en équipage volant, bien fermé pour les protéger du soleil dévastateur. Hommes et femmes avaient le visage voilé pour éviter de se brûler la peau par inadvertance en mettant le nez dehors. Bien entendu, le prince et son entourage passaient leur temps plus agréablement, ils avaient des musiciens et des conteurs d'histoires à leur service... Et puis ils lisaient des livres : on disait qu'il y en avait plusieurs dizaines dans la réserve impériale.

Tout en s'efforçant de ne pas penser à Nila, Varan se remémorait le mage Lér... machin chose qui ne semblait pas se plaire à Croc Rond. L'avait-on envoyé là en punition d'une faute ?

Les nuages gris se mirent à tournoyer au-dessus de sa tête, formant des arabesques. L'hélice était de retour. Varan bloqua le levier, essuya la sueur de son front et se prépara à accueillir son père.

La nacelle émergea ; parfois, c'était l'occasion d'entrapercevoir un coin de ciel, mais pas aujourd'hui. Les rotors de l'hélice, grands et petits, égrenèrent des fragments de brume. Le creux percé dans les nuages se cicatrisa rapidement. La nacelle heurta la plateforme d'atterrissage faite de sable et d'algues pourries.

Le visage du père était très calme et pâle, comme sous l'effet d'une douleur.

– Tu es blessé ?

Le père secoua la tête.

– Mais qu'est-ce que tu as ?

Zagor sortit de la nacelle. Prit les outres vides. L'eau de pluie coulait sur son visage, d'un blanc de marbre dans l'encadrement noir de sa capuche.

– On te demande en haut.

Les pales de l'hélice se souvenaient encore du vol et tardaient à s'apaiser. Les gouttes de pluie étaient déviées sous l'effet d'un vent inhabituel dans le fond.

155

– Si on me demande, je monterai, dit Varan.

Son père le regarda de biais et se dirigea vers les collecteurs d'eau en traînant les outres. Varan le rattrapa.

– Mais que me veulent-ils ? Qu'ont-ils dit ?

Zagor secoua la tête sans le regarder.

– Ils exigent que tu montes sans tarder, voilà ce qu'ils m'ont dit. Aujourd'hui même.

Varan se força à rire.

– Ils ne savent donc pas que le ressort...

– Ils enverront quelqu'un te chercher, dit le père en ouvrant le couvercle du collecteur. Sans doute un garde... Il vaudrait peut-être mieux...

Il hésita.

– Quoi donc ? demanda Varan à voix basse.

– Une barque, dit le père, toujours sans le regarder. Prends une barque... On ne te retrouvera pas dans le brouillard. Va n'importe où, à Petiote par exemple. Il paraît qu'on peut se cacher dans les mines... Pour toute la vie.

Varan en eut des frissons dans le dos. Les paroles de son père semblaient surgies d'une autre vie. Ou de quelque cauchemar. Il se souvint de cet homme dont Nila lui avait parlé, qui s'était longtemps caché dans les grottes et avait peut-être vu Shouou.

– Tu penses que j'ai quelque chose à me reprocher ?

Son père le regarda, son visage se fronça comme une outre vide. Il détourna à nouveau le regard.

– Quelle différence... S'ils envoient la garde te chercher...

– Mais ils m'ont relâché !

– Parce que tu ne risquais pas de disparaître. Ils savent que tu es bloqué ici. Mais avec le brouillard...

– Tu veux que je reste caché toute ma vie dans le brouillard ?

Son père baissa la tête et s'éloigna. Varan resta là longtemps, immobile, à contempler l'eau de pluie qui coulait dans la gouttière.

Un petit ailama gris était debout sur la berge, à piétiner nerveusement. Enfants et adultes délaissèrent leurs travaux pour s'attrouper autour en large cercle, sans oser se rapprocher.

L'ailama secouait avec dégoût les algues collées à ses pattes griffues, tendant et détendant leurs palmures jaunes. Il hérissait ses plumes et agitait les ailes, faisant jaillir un éventail de gouttes. À côté, lui tournant le dos, se tenait un montard en uniforme noir et argent de garde. Il attendait on ne sait quoi, les bras croisés sur la poitrine. Son visage était voilé d'un tissu en maille métallique. De la vapeur blanche s'en échappait au rythme de son souffle oppressé.

Il ne voit rien, pensa Varan. *Il vient seulement de quitter la lumière aveuglante du soleil... Il a l'impression d'être plongé dans les ténèbres. Quoi de plus simple que de l'assommer. De m'emparer de l'ailama...*

Seul Shouou peut inspirer des pensées de ce genre. L'ailama n'obéirait jamais à un étranger et, dans le meilleur des cas, le ferait tomber en pleine mer. Dans le pire des cas... attaquer un garde faisait partie des crimes les plus graves. Aussi grave que le brigandage ou la fabrication de fausse monnaie.

Les gens s'écartèrent en silence à l'approche de Varan, comme en proie à un sentiment où le rejet se mêlait à la peur.

– Je suis là, dit-il, à quelques pas de l'oiseau.

Le garde tourna la tête et releva enfin la grille qui dissimulait son visage.

Varan en resta sans voix.

– Salut, dit Sa Puissance le mage impérial en souriant du coin de la bouche. Tu montes avec moi ?

L'ailama était vieux et sans doute à moitié invalide. Il portait une triple selle ; Varan avait déjà remarqué que les gardes patrouillent toujours à trois. Il n'y avait pas d'étriers, les pieds glissaient contre ses flancs couverts de plumes.

Le cercle des curieux s'élargit, certains s'accroupirent par mesure de prudence en se voilant le visage des mains. L'oiseau courut en direction de la mer, secouant Varan dans tous les sens au point qu'il oublia toute convenance et agrippa fermement les épaules du mage. Arrivé au bord de l'eau, l'oiseau ne s'arrêta pas, battant des ailes avec une sorte de colère ; une nuée d'éclabous-

158

sures se mêla à la pluie. Puis les ailes ne touchèrent plus l'eau. L'ailama avait pris son envol, montant plus haut à chaque battement. Varan, tour à tour pressé contre la selle et soudain comme en apesanteur, avait l'estomac dans la gorge.

L'ailama obliqua brusquement, l'aile droite tendue vers le bas et la gauche vers le ciel. Il sembla à Varan qu'il allait tomber. Cherchant fébrilement un appui pour ses pieds, il vit le village, une mosaïque de gens sur la plage, la mer lisse sous les gouttelettes de pluie, les barques, les maisons et les rues, les caniveaux et les collecteurs d'eau. Et aussitôt, tout disparut sous le brouillard.

Varan retint son souffle.

Dans un silence absolu – sans le hurlement du vent ni le bruit de l'hélice – l'ailama émergea des nuages et Varan ferma les yeux. Ses lunettes se trouvaient dans sa poche de poitrine, mais impossible de les prendre : il avait besoin de ses deux mains pour agripper le mage.

Le soleil lui perçait la peau, mordait ses yeux à travers ses paupières. Varan inclina la tête, regrettant d'être aveugle. Les ailamas peuvent monter beaucoup plus haut que l'hélice. Mais il n'aurait le temps de rien voir.

Sa respiration devint difficile et la tête lui tourna. Le mage cria quelque chose qu'il ne put saisir.

La selle s'inclina à nouveau. Il comprit qu'il allait

tomber et que cette fois la mort était inévitable. L'ailama poussa un cri d'une voix de basse impérieuse et des cris identiques lui répondirent d'en bas.

Un choc soudain projeta Varan contre le dos dur du mage. Une lumière chaude était posée sur son visage, comme une paume incandescente.

– On est arrivés, tu peux desserrer les doigts.

Quelle humiliation si je n'y parviens pas sans aide, se dit Varan. Il réunit toutes ses forces pour décoller les mains du mage, le poussant même un peu au passage. Puis ses doigts encore raides plongèrent dans sa poche pour prendre ses lunettes.

Il y voyait difficilement. Un cercle d'un rouge tirant sur le noir obturait sa vision, il arrivait à distinguer du coin de l'œil une plateforme de pierre sous les pattes de l'ailama, et le bord de cette plateforme ouvrant sur le ciel, et les rochers, très loin en contrebas.

– C'est la tour, expliqua le mage en descendant de sa selle grâce aux courroies qui formaient une échelle. Regarde bien où tu mets les pieds.

– Il n'y a pas d'air, dit Varan avec effort.

– Les montards aussi ont du mal à respirer quand ils descendent dans les basses terres.

Varan tâta du pied l'échelle sur le flanc de l'ailama et descendit en s'emmêlant dans les plumes. Il s'assit sur une pierre brûlante. Mais le vent qui frôla ses joues était glacé.

– Rentre à la maison, ordonna le mage à l'oiseau.

Varan se boucha les oreilles car le battement des ailes l'assourdit, déchaînant un véritable ouragan.

– Suis-moi. Il y a une trappe.

– Acajou. Bois de rose. Palissandre. Genévrier. Noyer. Chêne. Poirier. Châtaignier...

Varan était couché sur le parquet et suivait du doigt le relief tiède des nervures. Des arbres qui avaient poussé pendant des dizaines d'années.

– On peut marcher un jour, une nuit, puis un autre jour, et même une centaine de jours sans voir la mer. Tu ne pourras même pas la voir à vol d'oiseau. Il n'y a que des lacs et des rivières... Sais-tu ce qu'est une rivière ?

– De l'eau courante. Les radeliers m'en ont parlé.

– Ce que vous apportent les radeliers n'est que du mauvais bois de chauffage.

– Ça nous suffit largement.

– Moi, j'aime les objets en bois. Sur le continent, tous les meubles sont en bois.

– C'est pour les gens riches.

– Mais non, pour les pauvres aussi.

– C'est bien ce que je dis. Sur le continent, tous les gens sont riches.

Dans l'entre-saison, la tour était très différente. Les fenêtres vitrées étaient fermées et voilées d'un filet argenté qui protégeait du soleil. Un courant d'air l'agitait ; des ombres et des reflets jouaient sur les panneaux de bois. Un feu brûlait dans la cheminée.

161

– Je pensais qu'il faisait toujours chaud en haut dans l'entre-saison.

– Il fait froid. Terriblement froid. Et le soleil brûle. Si tu restes sans protection, tu gèles et tu grilles en même temps... Mais ça vaut tout de même mieux qu'une pluie continue.

– On s'habitue à la pluie.

– On s'habitue à tout, constata Léréala... truc chose après un silence, et il sembla à Varan qu'il ne parlait pas du tout de la pluie, que ses paroles avaient un sens très différent.

Leur conversation dura plusieurs heures. Elle tournait en cercles, comme s'ils remontaient le ressort de l'hélice ou escaladaient l'escalier en spirale de la tour. Ils parlèrent d'un tas de sujets passionnants avant d'y revenir de nouveau, répétant les mêmes mots, comme pour bien les savourer.

– Parfois, nous passions par des terres vivantes, dit le mage.

Varan savait déjà qu'il n'avait pas de père ou qu'en tout cas il ne souhaitait pas en parler. Qu'il avait passé son enfance avec sa mère à mener une vie nomade. Il avait vu sinon le monde entier, du moins une bonne partie.

– Figure-toi, un champ vivant qui te donne quatre récoltes par an sans grand effort... mais il faut que des os humains y soient enterrés. Ceux d'un homme, d'une femme ou d'un enfant, peu importe. Et tout le monde trouve ça parfaitement normal, comme vous considérez parfaitement normal le changement de saison...

– Ce n'est pas la même chose, protesta Varan.

– Peut-être, convint le mage. Ou une forêt vivante. Elle est très gentille, mais de temps à autre, elle entre comme qui dirait en rut, alors elle se met en marche. À la recherche... d'une autre forêt. Je ne sais pas au juste si les forêts ont un sexe, mais quand deux forêts se rencontrent, je te jure que c'est terrible. Si des gens se trouvent sur leur chemin, ils fuient sans attendre, abandonnant tout, maisons et bétail...

– C'est impossible. Tu te moques de moi.

– Parole d'honneur ! s'exclama le mage, les yeux brillants de sincérité. Et ce n'est rien encore. Dans ces régions, il se passe des choses encore plus extraordinaires. Vas-y un jour, et tu verras par toi-même...

Ils demeurèrent silencieux un long moment.

– Et ta respiration, ça va ? demanda le mage.

– On s'habitue à tout, répondit Varan avec un léger sourire.

– Je te pose la question parce que nous allons bientôt repartir à dos d'oiseau. Le laps de temps entre le déclin du soleil et la tombée de la nuit est très bref.

– Mais tu peux allumer du feu. Je n'arrive pas à comprendre ce que tu es capable de faire au juste et ce qui t'est impossible.

Le mage sourit tristement.

– Tu sais, de gros livres ont été écrits là-dessus. Des

tas de sages passent leur vie entière à essayer de comprendre ce qu'un mage peut ou ne peut pas accomplir.

– Lé-réala-ruun...

– Ne te casse pas la tête, mon vrai nom, c'est Lumen... Mais mes amis m'appellent... m'appelaient Pérégrin.

– Je ne comprends pas très bien, dit prudemment Varan.

– Pas la peine de comprendre, trancha le mage. Si tu m'appelles Pérégrin, ce sera plus facile pour toi et plus simple pour moi. Voilà tout.

Ils montèrent des planans, oiseaux relativement petits, capables de prendre leur vol uniquement en se laissant choir d'une hauteur. Le soleil effleura la crête des nuages, inondant leur blanche splendeur de rouge et d'or. Varan contempla ce spectacle en retenant son souffle, fasciné au point qu'il n'eut pas le temps d'avoir peur lorsque son planan tomba comme une pierre.

Puis il redressa son vol, se couchant sur un courant d'air chaud, étendant ses ailes immobiles. À côté, légèrement en retrait, volait le planan de Pérégrin.

Maintenant, Varan voyait clair. Il volait aussi librement que s'il était en train de nager et contemplait Croc Rond d'en haut sans le reconnaître.

Où étaient la verdure, les fourrés de piquefeuilles? Les velourettes qui recouvraient les pierres les plus dures d'un épais tapis luisant? Des falaises, des failles, des rochers arides. Et à la place de la mer, du vide. Les

splendeurs sous-marines étaient à nu comme un sque-
lette. Ce qui était si vivant et si beau semblait déplaisant
et artificiel.

Le planan de Pérégrin plongea sous une corniche et
cessa d'être visible. Serrant les dents, Varan fit tourner
sa monture pour le suivre.

Pour se poser sur une surface verticale, il suffisait aux
planans d'une aspérité minuscule. Regardant autour de
lui, Varan se vit dans un monde inversé : les sommets de
rochers pointaient vers le bas où seul le ciel était visible.
À la vue de cet abîme, Varan éprouva un malaise. Tu as
beau savoir que tu plonges dans une mer sans fond,
constater l'absence de fond de tes propres yeux, c'est
différent.

Le vent poursuivait le travail de l'eau : il rongeait les
pierres, sifflait dans les brèches, léchait les dépôts de
sel. Pérégrin dit quelque chose, mais Varan ne distingua
ses paroles que lorsqu'il les répéta :

– ... une poche dans les rochers... inaccessible durant
la saison... regarde bien, tu devrais reconnaître l'endroit...

S'efforçant de respirer profondément et régulièrement, Varan glissa de sa selle. Il chercha longtemps où
poser le pied. Flottait une odeur d'algues. Sur les pierres
sombres, les mollusques mouraient sans eau dans leurs
coquilles closes. Soudain, il entendit sa propre voix :

– Ce n'est pas ici.

– Où donc, alors ?

– Nous sommes au niveau de la troisième arche... Il faut trouver le jardin de pierres. C'est par là-bas.

Varan agita la main.

– C'est loin ? On y va en volant ?

Les planans tombèrent dans l'abîme l'un après l'autre. La sensation de chute était familière à Varan, mais n'en était pas moins désagréable. Une seconde avant de percuter les rochers, les oiseaux déplièrent leurs ailes et montèrent en flèche au zénith. *L'Empereur en est témoin,* se dit Varan, *c'est incroyable : de tels exploits de voltige, avec un cavalier sur le dos, comment font-ils pour ne pas se briser l'échine ? Il doit y avoir de la magie là-dessous...*

Les planans replongèrent sous la corniche et se posèrent. Varan observa longuement les alentours, essayant de reconnaître les lieux. Puis, les ayant identifiés, il fit la grimace.

– Non, il faut repartir.

– À dos d'oiseau ?

– On n'y arrivera pas. Essayons plutôt de grimper.

– Tu crois que c'est possible ?

– Je ne sais pas...

Le mage progressait le premier, suivi par Varan ; de pierre en pierre, ils montaient. Le vent emportait des bribes de conversation, les sons heurtaient les rochers et volaient en éclats. Il semblait à Varan que ses paroles, reflétées par l'écho, touchaient ses oreilles avant même qu'il ait le temps de les prononcer.

– Des terriers...

– Ne touche pas aux algues, elles ne supporteront pas ton poids...

– Ici, c'est trop lisse, il faut prendre plus à droite.

– Tu vois le niveau de la mer?

– Shouou...

– Qu'est-ce qu'il y a?

– Je me suis coupé... Il y a plein de coquillages...

Parvenus au «jardin», tous deux s'immobilisèrent sur une étroite corniche. Varan avait le visage contre le rocher et Pérégrin se tenait dos à la falaise.

– Tu ne sais pas voler? demanda Varan d'une voix à peine audible.

– Non, répondit le mage après un instant de réflexion. Je peux tenir sans appui... quelques secondes. On ne peut pas appeler ça «voler». Si tu veux savoir ce qui nous arrivera en cas de chute...

– Je pensais que tu pouvais voler, avoua Varan. Je pensais que tu allais descendre en volant et trouver la cache.

Le mage examinait sa paume. La profonde entaille près du pouce était déjà presque cicatrisée.

– Ceux qui ont caché l'argent ne savent pas voler non plus. Nous allons fixer une corde et je descendrai.

Varan regarda en bas. À travers les failles entre les rochers on voyait le ciel renversé, un tapis de nuages gris et blancs.

– Tu es trop téméraire pour quelqu'un qui ne sait pas voler.

Pérégrin sourit.

– C'est un compliment ou un avertissement ?

Varan émit un petit rire nerveux. Sous ce vent assidu, il commençait d'éprouver des élancements et des démangeaisons dans les oreilles.

– En saison, les courants ne sont jamais violents, marmonna pensivement le mage.

Varan hocha la tête.

– Oui, mais la nuit l'île aspire l'eau par-dessous. Pour la rejeter durant la journée. Là où il y a de grands tunnels intérieurs, le courant devient plus sensible. Et juste en dessous de l'endroit où nous sommes s'étend le Ver d'Ouest, c'est un tunnel, pas très long, mais tout de même...

– La cache est peut-être dans le Ver ?

– Il n'existe aucun moyen d'y accéder. Dans le temps, il y avait des bouchons d'air, on pouvait y plonger en saison, des garçons m'ont raconté. Puis il y a eu des éboulements, des fissures... l'air est parti.

– Et dans l'entre-saison ?

Varan haussa les épaules.

– Je suis un fondu. Dans l'entre-saison, j'ai d'autres occupations.

– Oui, c'est vrai, dit Pérégrin d'une voix distraite.

Varan le vit descendre pour accéder à une autre corniche. Chercher une entaille pour enfoncer un piton de fer, chuchoter quelques mots au-dessus du piton : sans doute une formule magique, pour renforcer sa solidité.

– Mets-en deux, dit Varan.

– Hein, quoi ?

– Il faut deux points de fixation. Ou même plus, de préférence. Mais deux, c'est le minimum.

– Alors, aide-moi.

Varan mesura du regard la distance jusqu'à la pierre la plus proche. Sauta, glissa, perdit l'équilibre, arracha une touffe d'algues sèches. Couvert de sueurs froides, il se figea, dos au mur, écoutant les hurlements du vent en contrebas. Sa vue s'obscurcissait de nouveau : il manquait d'air.

Une créature aux pattes multiples surgit d'une faille au-dessus de lui, fila sans bruit le long de la paroi verticale, lâcha une crotte blanche : pas sur sa tête, heureusement. Arracha un coquillage et réintégra sa tanière où des craquements se firent bientôt entendre.

– Dans le cul de Shouou, jura Varan.

Le mage laissa tomber l'extrémité de la corde.

– Bon, j'y vais.

Varan trouva la force de hocher la tête.

Pérégrin glissa adroitement vers le bas. Jusqu'au dernier moment, Varan avait refusé de croire qu'il oserait le faire. Sa tête disparut, puis sa main écorchée à l'index orné d'une bague. Varan surmonta son vertige et se rapprocha de l'endroit où il avait entamé sa descente.

Quelque part en bas, le vent était en train de jouer

169

avec lui. La corde frottait contre la pierre, une belle corde bien épaisse. Bientôt les fibres céderaient l'une après l'autre, la corde s'effilocherait, telle une fleur hideuse. Et finirait par se rompre. La gorge de Varan se serra.

Le prince était-il au courant de leur équipée ? Certainement que oui. Sa Puissance aurait pu emmener une dizaine de gardes et envoyer l'un d'eux chercher la cache. Mais il avait préféré descendre lui-même.

Des taches de soleil rampaient sur les rochers et la pénombre ambiante paraissait encore plus sombre. Varan recula, écartant son visage du doigt brûlant qui pointait à travers une trouée de la falaise. Le mage continuait peut-être à nourrir des soupçons à son égard. Et si cette expédition avait pour seul but de l'amener à se trahir d'une façon ou d'une autre ?

Il prit appui aussi solidement qu'il put et regarda en bas.

La corde, si épaisse vue de près, devenait plus fine au fur et à mesure qu'elle descendait ; à son extrémité aussi subtile qu'un fil de toile d'araignée pendait une silhouette minuscule − et si légère. Le vent la faisait virevolter à sa guise et même si elle était en train de remonter, sa progression était lente et hésitante.

Peut-être sa magie l'aide-t-elle, pensa Varan. *Il y a tant de choses que je n'ai pas eu le temps de lui demander... À propos des forêts, des routes, et de ce souterrain où sont assis les mages pourvus de queues... Et de ce qui s'est passé entre Nila et lui l'autre soir. Bien sûr, je sais qu'il ne s'est rien passé du tout. Mais je voudrais qu'il me le dise lui-même. Qu'il ait l'air étonné. Qu'il m'éclate de rire au visage. Et je comprendrai enfin à quel point j'ai été stupide.*

Il s'assit sur la corniche, cala ses pieds contre un rocher, prit la corde et se mit à tirer de toutes ses forces.

– Il n'y a qu'un mur nu, dit Pérégrin.

Il respirait avec peine. Il était évident qu'il ne savait pas voler. Et aussi qu'il avait surestimé ses forces en descendant le long de cette corde.

– Et le vent souffle si fort...

– Nous devons absolument trouver cette cache? demanda prudemment Varan.

– *Je* dois absolument trouver cette cache, rectifia Pérégrin sans le regarder. Si je ne la trouve pas, il se peut très bien que...

Il se tut.

– Les mages impériaux peuvent-ils avoir peur? demanda Varan à mi-voix.

Pérégrin fit la grimace en acquiesçant.

– Je ne peux pas parler au nom de tous les mages...

Le vent soufflait. Les algues sèches bougeaient, évoquant parfois la barbe du doyen Carpeau et parfois les cheveux de cette morte que la mer avait rejetée l'an dernier dans le potager de son père. Varan avait évité de regarder son visage, mais il se souvenait de ses cheveux.

– Peut-être qu'on devrait s'y prendre autrement? Il y

171

a quantité de grottes par ici. Certaines toutes petites...
Et aussi des failles, des puits. Il faut chercher une ouverture.

Pérégrin réfléchit.

– La mer a effacé les odeurs humaines, dit-il enfin.
Si c'était une grotte ordinaire... Même au bout de plusieurs mois, voire de plusieurs années, l'odeur demeure
perceptible. Surtout l'odeur de quelqu'un qui dissimule
un trésor. Il est excité, nerveux, il craint d'être découvert. Je l'aurais senti.

– C'est donc vrai : tu peux sortir sur le balcon, renifler le vent et sentir tout ce que les gens pensent ?

– Pas tout. Uniquement les sentiments les plus violents. La peur, la haine... l'amour.

Varan scrutait son visage qui paraissait très fatigué
en ce moment, et nettement moins jeune. Les yeux gris
étaient enfoncés dans leurs orbites ; on ne pouvait plus
distinguer leur expression. Les lèvres étaient gercées.

– Et moi, quelle est mon odeur ? demanda Varan.

Le mage le regarda et sourit légèrement.

– Celle de la curiosité. Avec un soupçon de peur. Mais
la curiosité est la plus forte.

– Je peux te poser une question ?

– Essaye toujours.

– Quel âge as-tu ?

Pérégrin secoua la tête.

– Eh bien... ça dépend comment on compte.
Redemande-le-moi un autre jour.

Une ombre éteignit une tache de soleil l'espace d'une seconde. Puis la tache voisine. Puis une autre encore. Un grand oiseau tournoyait autour de l'île. Un ailama.

– On nous cherche, annonça Varan.

– Qu'ils cherchent donc. Essayons de suivre ton plan et d'explorer les trous environnants. La chance nous sourira peut-être.

Varan le regarda.

– Tu ne penses tout de même pas que *je sais* où est la cache?

– Ce serait bien plus simple si tu le savais, marmonna le mage.

L'air s'assombrissait.

Ils progressaient de pierre en pierre, risquant à tout moment de tomber. Varan se demanda plus d'une fois combien durerait la chute libre jusqu'au village. Il aurait sans doute le temps de revoir sinon sa vie entière, du moins les moments les plus déplaisants.

Ils découvraient sur la falaise des failles sombres apparemment sans fond et le mage y jetait des cailloux qui se mettaient à luire d'une lumière vive, au mépris des lois de la nature; ils tombaient, éclairant les parois visqueuses, les fissures et les recoins et s'éteignaient souvent avant d'avoir achevé leur course. Une fois, ils virent le cadavre d'un grand animal marin que Varan ne put identifier.

Il faisait de plus en plus sombre.

– Nos planans ne vont pas s'envoler?

173

– Ils sont dressés à attendre longtemps. Une fois, un planan a été oublié par son maître sur un rocher et il est mort de faim.

– Tu plaisantes ?

– Je plaisante. Ils attendront jusqu'à la tombée de la nuit, puis ils reviendront vers leurs mangeoires ; pour le maître oiseleur, ce sera un signal d'alarme.

– Je n'ai pas peur.

– Je sais. Moi non plus. Mais je suis fatigué. À propos, comment respires-tu ?

– Difficilement.

– Je comprends... Bientôt, tu regagneras le fond. Pour cultiver des navottes et tourner le ressort de ton hélice. Tu es un étrange personnage. Quelqu'un qui relie le monde du haut au monde du bas. Un passeur...

Varan regarda le mage avec inquiétude. Il lui sembla qu'il délirait.

– Ce n'est rien.

Pérégrin passa sa main sur son visage.

– Rien du tout... Ce trou-là, nous l'avons déjà inspecté. Tu vois, j'ai laissé une marque. Essayons plus à gauche. On peut monter sur ce rocher ?

Il ne restait guère qu'une demi-heure jusqu'à la tombée de la nuit quand le caillou lumineux éclaira un semblant de marches.

Aucun des deux garçons ne prononça la moindre parole, mais ils échangèrent un regard.

– Il faut descendre, dit Pérégrin.

– Laisse-moi faire.

Le mage le dévisagea.

– Je suis plus robuste, précisa Varan pour justifier son insolence.

– Bon, vas-y.

Ils fixèrent la corde.

– Je vais essayer de t'éclairer, promit le mage.

L'obscurité était inconfortable, mais elle n'avait rien d'effrayant. Varan descendit, les jambes contre la paroi. Des étincelles volaient vers lui, et leurs lueurs parcouraient la grotte.

– Il y a un escalier, dit Varan parvenu au fond. J'y vais ?

– Vas-y.

La voix du mage lui parut très basse, l'écho la répéta une centaine de fois, la faisant rebondir d'un mur à l'autre.

– Mais surtout... Ne touche... à rien... Contente-toi... de regarder.

– D'accord.

Une touffe d'algues sèches enflammées tomba d'en haut, tourbillonnant comme un papillon. Cette torche improvisée brûlait sans se consumer. Lorsqu'elle atterrit au fond, il fit assez clair pour que Varan distingue les marches basses de l'escalier de pierre qui menait à un passage.

– J'y vais, dit-il à tout hasard.

La boule d'algues incandescentes se mit à rouler derrière lui, comme poussée par le vent. Varan s'arrêta, et elle en fit autant.

– C'est drôlement pratique.

Le goulet était si étroit que même le maigre Varan aurait été forcé de s'y couler de biais. Mais il n'essaya pas, et se contenta d'y glisser prudemment la tête.

La boule de feu se montra plus téméraire. Franchissant le seuil, elle roula dans le tunnel. Il restait encore des flaques d'eau par endroits. Et dans un coin traînait le cadavre enflé d'un poisson.

– Oh, s'exclama Varan.

La boule de feu s'arrêta devant un coffre de pierre au couvercle fendu. La fente brillait d'une lueur arc-en-ciel et sur le gros cadenas de fer était gravé en grosses lettres : «Petiote. Maître Sosn à la gloire de l'Empereur.» Et plus bas, en lettres plus petites : «Tu es mort.»

Varan s'immobilisa, n'ayant pas la force de détourner les yeux.

La boule de feu explosa, faisant jaillir des tiges calcinées et malodorantes. Un instant avant l'explosion, Varan eut le temps de voir les lettres fuser du cadenas, tels de furtifs vermisseaux de fer.

Sans plus rien voir que les veines rouges de ses propres paupières, Varan recula brusquement. L'Empereur le protégeait : sans déraper ni trébucher, il trouva immédiatement la corde, s'y agrippa et fut tiré vers le haut avec une énergie inattendue.

Il manquait d'air. Sa vue s'était assombrie et ces nouvelles ténèbres étaient bien plus épaisses que celles du souterrain.

Il ne sentait plus ses doigts. Une main fine lui saisit le poignet.

Varan tira son sauveur vers le bas.

Il vit Pérégrin basculer par-dessus le bord du puits, la corde se rompit. Dans l'ouverture claire surgirent des pieds chaussés de cuir de poisson...

« Tu es mort », prononça une voix.

La chute se ralentit. Et Varan sentit qu'on le hissait à nouveau.

La lumière se rapprocha. Varan vit au-dessus de lui un visage blanc aux yeux minuscules, profondément enfoncés dans leurs orbites.

Une secousse le projeta par-dessus le bord du trou. Il faillit glisser dans la faille voisine. S'accrochant des mains et des pieds, il parvint à s'immobiliser. Le vent gémissait. C'était le seul bruit audible.

– Tu m'as menti. Tu sais voler.

Ils étaient assis sur la corniche de pierre. Comme Pérégrin l'avait prédit, les planans avaient fui à peine la nuit tombée. Les fidèles oiseaux leur avaient laissé en souvenir deux tas de crottes malodorantes. Varan s'assit sans manifester de dégoût, mais le mage tint d'abord à jeter ce cadeau indésirable.

L'obscurité devenait plus profonde. La pierre chauffée par le soleil diffusait sa chaleur.

– Ne raconte pas n'importe quoi, protesta faiblement le mage. Je peux tenir en l'air quelques secondes, une minute au plus. À vrai dire, je n'ai jamais rencontré un mage capable de voler sans l'aide d'un oiseau ou d'un objet magique.

Il s'inclina pour cracher dans le vide. Son crachat luisait d'une clarté trouble et hésitante. Le vent s'était apaisé, et l'étincelle tomba presque à pic pour s'éteindre parmi les nuages.

– J'ai la bouche sèche, se plaignit Pérégrin.

– Je pourrais cracher, mais je ne saurai jamais le faire de cette manière.

– Le maître oiselier ne prendra aucune initiative, il va courir chez le prince qui soit le recevra soit le fera attendre jusqu'au matin. Et même s'il le reçoit, il perdra une demi-heure à feindre une crise de colère. La colère dissimule très bien la panique.

– De quoi aurait-il peur ?

Pérégrin se gratta le bout du nez.

– Le prince de Croc Rond et moi, nous avons des rapports compliqués. Mais il répond de ma vie sur sa tête.

– Devant qui ?

Pérégrin lui adressa un regard surpris et Varan se mordit la langue. Le mage se pencha à nouveau au-dessus de la faille et cracha son signal lumineux.

Quelque chose bruissait et craquait au fond des brèches. Des yeux brillants apparurent dans le noir, clignèrent avant de s'éteindre. Le silence. Puis un bruit de sable qui s'égrène.

– Demain, je reviendrai avec des gardes, grommela Pérégrin. Tu as dit que le couvercle était fendu ?

– Une grosse fissure. On voyait la monnaie briller à travers.

– Je me demande qui est derrière ça... Dis-moi le nom de quelque chose d'acide.

– Des navottes fermentées.

– Je n'en ai jamais mangé.

– Du vinaigre.

– Oui, c'est mieux.

Ce crachat brilla plus fort que le précédent.

– Il ne te reste plus d'eau du tout, dit Varan.

Le mage secoua sa gourde vide.

– Non, je veux dire à l'intérieur de toi. Tu devrais peut-être...

– C'est une idée, s'exclama le mage.

Il l'entendit bouger et le perdit totalement de vue dans le noir. Soudain, un jet de feu liquide coula de la falaise, lançant des lueurs bleues et vertes.

– Oh, s'exclama Varan.

Mais le jet s'épuisa très vite.

– Tu as raison, je n'ai plus d'eau, constata tristement le mage. Ni à l'intérieur ni à l'extérieur. Et ils n'ont pas l'air pressés de me chercher.

Varan se sentit légèrement vexé qu'il ait dit «me

chercher » au lieu de « nous chercher ». Mais d'un autre côté, il avait raison : dans les hautes terres, il n'y avait pas grand monde qui puisse s'inquiéter de son sort.

– Ils ne peuvent tout de même pas nous laisser là ! s'indigna Varan.

Le mage acquiesça peut-être. Varan ne voyait plus rien. À part deux yeux verts surgis d'une fente, qui se rapprochèrent et disparurent rapidement.

– Ce sont des crules, dit Pérégrin. Les âmes des criminels.

– Comment ça ?

– En réalité, ce sont juste des animaux. Mais assez bizarres. Ils se mangent souvent entre eux. Ils vivent en famille. Le mâle, la femelle et les petits. Puis un beau jour, comme ça, sans raison apparente, la femelle bouffe son mâle et toute sa portée. Ou alors c'est le mâle qui dévore les autres. Ou l'un des petits, devenu grand, qui liquide papa et maman, ses frères et ses sœurs.

– Quelle horreur.

– C'est pour ça que leur population n'augmente pas. Sans diminuer pour autant. Il paraît que le nombre de criminels sur terre reste toujours le même. Dès qu'on en pend un, un autre naît. Au pays des Marais, c'est très mauvais signe quand un enfant naît le jour d'une exécution. Ces enfants-là, dès qu'ils deviennent adultes, on essaye de les faire partir le plus loin possible. Dans la Dispersion, ils n'exécutent jamais les criminels.

– Et qu'est-ce qu'ils en font ?

– Ils les enferment en prison jusqu'à la fin de leurs jours.

Varan frissonna.

– Alors ils sont obligés de les surveiller pendant des années...

– Personne ne les surveille. Leur prison est immense, c'est comme une ville sous la ville. Mais elle n'a qu'une seule entrée. Et ça fait cent ans qu'un grand crocheteur y est enraciné.

– Un quoi?

– Un crocheteur, c'est une espèce de ver. Avec un trou devant, un trou derrière et des crochets osseux sur les côtés pour saisir sa proie et ramper. Il rampe vite, aussi bien sur terre que parmi les rochers. Et tant qu'il rampe, c'est juste un prédateur, qui dérobe un mouton de temps à autre. Mais s'il reste bloqué quelque part... c'est rare mais ça arrive... des racines se mettent à lui pousser à la place des crochets, sous l'effet de la faim. On ne peut plus le faire bouger de place.

– Et tu as vu ce crocheteur?

– De mes yeux vu! affirma sérieusement Pérégrin. Ils en ont un à l'entrée de leur prison. Il se nourrit d'eau et de substances qu'il aspire dans la terre. Ce n'est plus un prédateur, mais une plante. Sauf qu'il a encore sa bouche et aussi un orifice de l'autre côté. Entre les deux, c'est rien que du vide. On lui fait avaler le condamné. Ce n'est pas très agréable, mais ça ne fait pas mal. Il traverse le crocheteur de part en part et ressort par-derrière parfaitement indemne. Sans aucun moyen de retourner en arrière. Ce que le crocheteur avale circule uniquement dans un sens, jamais dans l'autre.

– Par Shouou... murmura Varan.

– Qu'est-ce que tu veux... Il y a bien des miracles en ce monde, mais tous sont loin d'être sympathiques.

Les yeux brillaient désormais au-dessus de leurs têtes. Apparemment, le crule, si c'en était un, se déplaçait aisément sur les rochers.

– Il ne va pas nous sauter dessus ?

– Non... Aucun risque.

– Tu pourrais le faire partir ?

Pérégrin claqua des doigts. Les yeux disparurent.

– Tu dois être un mage très puissant, dit Varan après un silence.

Pérégrin ne répondit pas.

– J'ai entendu dire qu'on naît mage. Je veux dire que dès la naissance...

– Je t'ai déjà raconté cette histoire il y a longtemps, ou plutôt j'ai essayé de te la raconter. Celle de l'Âtrier, du maître des cheminées. Ce vagabond qui ne passe jamais deux nuits sous le même toit.

– Ah oui... dit Varan d'un ton hésitant.

Sur le continent où les routes sont si longues, aussi longues que les nervures des arbres, on peut se permettre le luxe de vivre en vagabond.

– Il n'a pas de nom. Pas de patrie. Pas de famille. Il va de maison en maison, de village en village... Et dans la maison où il allume un feu règnent à jamais la paix et la félicité, tant que les murs restent debout. Même au bout de deux siècles. J'en ai vu, de ces maisons. De vraies ruines, mais on les repeint, on les retape, on leur met des renforts pour éviter qu'elles ne s'écroulent, alors que ce serait beaucoup plus simple d'en construire de nouvelles.

– Et la paix et la félicité y règnent vraiment ? demanda Varan d'un air de doute.

– Figure-toi que oui.

– Et qu'est-ce que ça lui coûterait d'allumer du feu dans toutes les maisons, l'une après l'autre ?

Le mage rit doucement.

– Il n'écoute jamais les conseils de personne. Personne ne sait comment il choisit l'endroit où il va passer la nuit. Si seulement il choisissait les maisons des gens bons, travailleurs, doués de diverses qualités, ou alors malheureux et qui auraient vraiment besoin qu'on les aide. Mais non. Le messager du feu peut frapper à n'importe quelle porte.

– Et on ne le chasse pas ? Si quelqu'un le chasse, il peut sans doute le punir, lui envoyer la foudre...

Le mage éclata de rire.

– Mais non, quelle idée ! Il n'arrive rien de particulier à ceux qui le chassent. Ni en mal ni en bien. D'ailleurs, on le chasse assez souvent. À une époque où l'on parlait beaucoup de lui, la rumeur était devenue si forte que Shouou sait combien de vagabonds demandaient un abri pour la nuit et allumaient le feu d'un air

183

mystérieux. Des imposteurs. Tout le monde en a eu assez, alors...

Varan réfléchit.

– Mais pourquoi n'a-t-il pas un signe de reconnaissance ? Qui permette de l'identifier ?

– Une étoile sur le front ? ironisa le mage.

– Pourquoi pas ? marmonna Varan, vexé. C'est une simple légende ? Ou la vérité ? Si tu as vu les maisons qu'il a visitées...

– J'ai vu bien des choses, soupira Pérégrin. Possible que ces gens aient obtenu leur bonheur d'une autre manière. Ou peut-être qu'ils n'étaient pas heureux en réalité, qu'ils voulaient épater leurs voisins en inventant des histoires... Nomme-moi encore un truc acide.

– Du lait de pamuette aigre.

– Je n'en ai jamais bu. Vous avez des plats peu ragoûtants dans la région... Bon, je vais encore penser à du vinaigre.

Une longue minute s'écoula avant qu'une faible lueur, à peine visible, ne tombe de la corniche.

– Je suis vidé, soupira le mage. Je crois qu'on devrait dormir.

– Et se réveiller à mi-chemin du fond ?

Le mage rit.

– On peut se coller à la falaise. Il y a un moyen...

– Je n'ai pas sommeil, dit Varan. J'ai soif.

– Moi aussi.

– Tu ne pourrais pas faire apparaître de l'eau par magie?

– Là maintenant? Non, je ne pourrais pas.

Ils restèrent silencieux quelques minutes.

– Je ne t'ai pas dit le plus important, prononça Pérégrin à voix basse. Dans la maison où l'Âtrier construit une cheminée de ses propres mains... naît un mage.

– Tu veux dire, souffla Varan après un instant de réflexion, qu'aucun mage ne naît jamais ailleurs? Ni dans les palais ni...

– Uniquement s'il construit un âtre. Dans un palais ou dans une chaumière, peu importe.

– Et toi...

– Moi aussi. Tous les mages. C'est pourquoi nous sommes si peu nombreux.

– Il y a donc aussi des mages parmi les fondus?

– Là où voyage le Feu errant, il n'y a ni fondus ni montards. La terre est plate... comme une table. Et il n'y a pas de mer.

– Oui, tu m'as déjà raconté. Mais il y a des lacs et des rivières...

– Des routes...

– Et des arbres qui poussent jusqu'au ciel.

– Oui, si tu as la chance d'entrer dans une vraie forêt.

– Je veux y aller!

– Mais pour toi, c'est trop tard, objecta sérieusement Pérégrin. Tu es déjà né.

Ils rirent ensemble. Mais soudain, le rire de Varan

185

s'interrompit : il lui sembla que quelqu'un le regardait de derrière le rocher le plus proche.

– Ce truc qui était sur le cadenas...

– Le garde-fou ?

– Ça disait : « Tu es mort. »

Varan eut un haut-le-corps au souvenir des lettres rampantes.

– Oui, c'est moche. Celui qui a laissé cette cache n'était pas un plaisantin. N'est pas un plaisantin. Je ne pense pas qu'il soit mort... Il est trop habile pour ça. Mais bien sûr, un accident est toujours possible. Comme cette pierre tombée sur le couvercle. À dire vrai, Varan, si le couvercle avait été intact et si le garde-fou avait fonctionné à pleine puissance...

– Que m'aurait-il fait ? demanda Varan avec une curiosité maladive.

– Rien d'extraordinaire. Tu serais mort de peur. Les cadavres des chercheurs de trésors victimes d'un arrêt du cœur produisent une forte impression sur ceux qui arrivent après eux. Rien qu'à voir leurs visages... Parfois, le garde-fou a pourri depuis un siècle, mais le trésor est toujours là sans que personne n'ose y toucher.

– C'est moi qui ai voulu y aller, rappela Varan après une longue pause.

Il avait cru percevoir des affres de remords dans la voix du mage.

– Vous autres fondus avez une sacrée conscience morale, remarqua le mage. En principe, t'envoyer inspecter l'endroit le premier était une décision logique. Et il était clair que la cache était endommagée et le garde-fou également...

Un craquement monta du fond de la montagne, suivi d'un bruit d'éboulement. Puis à nouveau le silence.

– Pourquoi restes-tu silencieux ?

– Pour rien, dit Varan d'un ton sourd.

– Il ne faut pas t'habituer à moi, dit Pérégrin d'une voix soudain changée, froide et distante. Tu imagines avoir trouvé un nouveau copain ?

Un courant d'air tiède souffla par les failles. Au loin cria un oiseau, puis encore et encore. Le mage Léréala-ruun leva sa main au doigt bagué. Un rayon rouge jaillit, s'éteignit, puis se ralluma, indiquant le chemin aux gardes.

– Qui es-tu, toi ?

L'uniforme d'argent brillait si fort au soleil que les verres fumés de ses lunettes n'étaient d'aucun secours.

– Un fondu.

– Et qu'est-ce que tu fabriques en haut ?

– Je suis hélicier. Je transporte des algues sèches. Et de l'eau.

– Et pourquoi traînes-tu sans rien faire ?

Les gardes s'ennuyaient. Il n'en restait qu'une poignée sur l'île. Leurs collègues étaient partis, laissant quelques malchanceux garder des rochers dénudés où les seules distractions disponibles se résumaient aux jeux de cartes et à deux ou trois filles de joie aux attraits douteux.

– On m'a fait venir sur ordre personnel du prince, déclara insolemment Varan. Je remplis une mission pour Sa Puissance le mage impérial.

– Hein ?!

– Vous pouvez vérifier si ça vous chante, proposa Varan.

Les gardes estimèrent qu'il était plus prudent de s'en abstenir. L'un d'eux voulut donner un coup de pied aux fesses à Varan, par mesure de rétorsion, mais il l'évita habilement.

Déserté, Croc Rond avait quelque chose d'effrayant. Un îlot chauve, desséché, pitoyable et si petit ; en grimpant sur une hauteur, on pouvait le voir tout entier, d'une rive à l'autre. Des pierres blanches, de rares étendues de terre craquelée, un ciel brûlant, un vent glacé... Là où se trouvaient plusieurs quartiers de résidences d'été, tout était lisse et vide, seuls des pitons de tentes oubliés rouillaient çà et là. Varan essaya de retrouver l'endroit où se trouvait la taverne de son père, mais sans succès.

Les maisons de pierre des montards étaient concentrées au centre de l'île, dos à dos, comme une poignée de soldats survivants prêts à résister jusqu'au dernier souffle. Le palais du prince qui en saison disparaissait presque sous les bosquets de coquetus et de piquefeuilles n'était finalement pas si grand ni si impressionnant.

La tour, en revanche, n'avait pas changé le moins du monde : l'habitation du mage ne se souciait pas des saisons, elle contemplait toujours le ciel, et un très grand ailama d'une blancheur aveuglante était justement en train de se poser à son sommet.

Varan baissa la tête et cligna des yeux. Lunettes ou pas, un fondu ne devrait pas regarder le ciel si longtemps. Avec une telle lumière, même trois paires de verres fumés ne seraient pas suffisantes. Et qu'avait-il à faire de l'identité du visiteur du mage ou de la raison de sa visite ? Mais cet ailama n'appartenait pas au prince. Il avait déjà visité l'oisellerie locale : quatre oiseaux plus petits pour les patrouilles et un plus grand destiné aux messagers, mais dont la robe présentait un défaut : ses rémiges étaient noires.

Le cavalier venait donc de la capitale. Ils allaient probablement parler du coffre rempli de faux billets.

Varan frissonnait légèrement : il n'avait pas dormi de la nuit et, pire, n'avait rien mangé depuis la veille. À l'aube, on l'avait conduit à l'embarcadère où travaillaient quelques fondus de sa connaissance : ils retournaient les algues mouillées étendues au soleil, ramassaient les sèches, réparaient les planches. Varan apprit que son père était venu en hélice la veille au soir, avait posé des questions sur lui, était même allé voir le doyen de port, mais sans rien apprendre ni rien obtenir. Il avait promis de revenir le lendemain dans l'après-midi.

– Il ne remonte pas l'hélice à fond, commenta d'un ton critique un jeune ouvrier dont Varan avait oublié le nom. Il s'accroche de justesse, alors que les pales ralentissent déjà... Les arrimeurs disent qu'il est trop pressé. Un jour, il va rater l'accostage, casser l'embarcadère et briser l'appareil, par Shouou, c'est moi qui vous le dis...

Une bagarre faillit éclater. L'ouvrier ne comprit pas la raison de la colère de Varan, que ses camarades maîtrisèrent et raisonnèrent par des paroles peu amènes, lui ordonnant de rester tranquille en attendant l'arrivée de l'hélice. Ils ne lui proposèrent pas de manger, mais grâce à l'Empereur, il trouva un tonneau plein d'eau avec une timbale fixée par une chaîne.

Varan, depuis longtemps fatigué du port avec son labyrinthe de renfoncements malodorants, ses remises exiguës et ses employés hautains, ne voulut pas rester assis à ne rien faire. En réalité, son père ne risquait pas de revenir avant ce soir, au plus tôt, même en ne remontant le ressort qu'à moitié... Varan renouvela soigneusement la couche de suie sur ses lunettes et partit, sous le soleil.

La route pierreuse montait avant de descendre brusquement : on aurait dit qu'elle plongeait directement derrière l'horizon. Les yeux mi-clos, Varan imagina qu'il était en train de voyager : quelle sensation agréable, marcher de l'aube jusqu'au couchant et se réjouir que la route n'ait pas de fin.

Il parcourut une centaine de pas et s'arrêta au sommet. Il contemplait le bout du monde : une couche de nuages en contrebas. La route descendait et s'interrompait juste au bord du gouffre au-dessus duquel était suspendue une lanterne servant d'avertissement. De jour, elle était éteinte et fumait.

Et si je sautais ? se dit soudain Varan. *Plonger du bord de la falaise comme on plonge dans la mer... Transpercer les nuages. Voir l'espace d'un instant le fond illuminé de soleil. Être définitivement délivré de toutes les déceptions.*

Ses propres pensées l'horrifièrent. Sans doute une conséquence de la faim et d'une nuit sans sommeil, et aussi de son manque d'assurance : il n'arrivait pas à se décider à approcher les demeures des montards. La saison efface les différences sociales, mais l'entre-saison creuse un abîme entre le monde d'en haut et le monde d'en bas. Nila était à moitié montarde ; on pouvait donc considérer que Varan avait rêvé les événements de l'été : les serpentaires, les grottes, l'odeur des algues sèches. La saison en était responsable, qui inspire des songes singuliers.

L'aile rouge et jaune d'un papillon, coincée sous un éclat de vase en argile, battait au vent, comme vivante. Varan souleva l'éclat et prit l'aile entre ses paumes qui se couvrirent de poussière colorée. Aussitôt envolée en nuage évanescent. Il ne resta à Varan qu'une espèce de chiffon grisâtre, transparent par endroits.

Il lâcha l'aile et elle prit son dernier envol, presque beau et solennel.

191

Varan s'essuya les mains avec une touffe d'herbes velourettes brunâtres, miraculeusement préservée dans une faille. Peut-être pourrait-il trouver un prétexte ? Après tout, il était porteur d'un secret et, fort heureusement, il n'avait pas promis de le garder. Il avait volé à dos d'ailama, puis à dos de planan, il avait écouté les récits du mage impérial, il avait trouvé la cache de faux billets et échappé de justesse au sort de protection... (À cet endroit de sa réflexion, Varan eut un haut-le-corps. « Tu es mort »... Quel ignoble procédé.)

Ce serait stupide et injustifiable si, obligé de passer une journée entière en haut sans rien faire, il n'essayait pas de voir Nila et de lui raconter les dernières nouvelles. Il soupira, épousseta ses paumes une nouvelle fois, essuya les larmes qui coulaient de ses yeux malgré ses lunettes et se dirigea vers le cœur de l'île où se dressaient les demeures construites en des temps immémoriaux en assemblant des blocs rocheux de dimensions variées.

« Il n'y a rien de pire que les serviteurs qui vivent en haut », disait son père. Varan ne les croisait pas souvent, mais chaque rencontre venait confirmer cette sage opinion. « Je suis un montard de souche », pouvait-on lire sur le front de chacun de ces individus. « Peu importe si mon travail consiste à vider les pots de chambre du neveu du prince, et si mon père et mon grand-père en faisaient autant avant moi. J'ai grandi sous le soleil et toi tu caches tes yeux derrière des verres sombres, tu n'oses pas me regarder en face, pas plus que tu n'oses contempler l'astre qui m'a vu naître. »

– Va-t'en de là, fondu, sinon j'appelle la garde !

– Que viens-tu faire ici, crapaud ? Tu veux goûter au Boyau ?

– Je cherche une jeune fille du nom de Nila, répétait Varan d'une voix mécanique. Elle travaille au palais...

– Pauvre sot ! Tu imagines qu'on va te laisser entrer au palais ? Retourne chez toi !

Devant le portail du palais se trouvait un réservoir où nageaient deux salineaux. Varan s'en rapprocha discrètement ; les deux poissons, un grand et un petit, étaient particulièrement laids. Leurs corps informes étaient couverts d'une croûte de sel ; les salineaux étaient l'un des biens les plus précieux du prince : ils avaient le pouvoir de transformer l'eau de mer en eau douce d'une pureté parfaite, à raison d'environ un verre par jour. Le père du prince actuel les avait reçus en cadeau, presque cent ans avant la naissance de Varan ; mais depuis aucun pêcheur ni aucun voyageur n'avait pu augmenter ce trésor. D'ailleurs, personne ne savait au juste d'où provenaient ces poissons. Les fondus s'en réjouissaient : qui sait comment auraient évolué les relations entre les gens d'en haut et ceux d'en bas si les montards avaient pu se procurer de l'eau douce sans l'aide des réservoirs des fondus.

Un pont bossu menait au portail, se reflétant joliment dans le bassin circulaire.

– Hé toi! cria le garde en levant sa pique. Écarte-toi de là!

Varan se hâta d'obtempérer. Avec sa chance habituelle, ils risquaient de l'accuser de tentative d'attentat sur les précieux poissons et de saisir ce prétexte pour le pendre enfin.

Son estomac gargouillait de plus en plus vigoureusement. Varan retourna au port, s'enfouit dans un tas d'algues sèches et dormit jusqu'au coucher du soleil, jusqu'au moment où on le réveilla en le secouant par l'épaule. C'était son père, éperdu de joie, au point d'en devenir bavard; apparemment, il n'arrivait pas à croire à son bonheur : son fils tant de fois perdu lui était à nouveau rendu sain et sauf.

Varan demeurait silencieux. Ce qu'il aurait pu raconter à Nila avec force détails merveilleux aurait fait figure d'invention stupide s'il en avait fait part à son père. Prenant sur leurs dos deux sacs d'algues (ils ne pesaient pas lourd, mais il était difficile de garder l'équilibre, le vent menaçant de les emporter), ils empruntèrent l'un après l'autre la planche de l'embarcadère pour fixer leur charge aux crochets de la nacelle; ils chargèrent en plusieurs fois huit sacs d'algues et quatre sacs de sel sec et encore tiède.

Son père manquait de souffle. Varan quant à lui s'était habitué à l'air des montards.

Le soleil disparaissait derrière le bord des nuages. Éclairés de biais, on aurait dit un vrai paysage avec ses montagnes et ses grottes, ses arbres et ses habitants ; même Varan qui avait si souvent touché les nuées les contempla, fasciné. Était-ce là le pays où les montards partent après leur mort ?

– Rentrons, dit son père en lui posant la main sur l'épaule. Ta mère est morte d'inquiétude. Elle n'a pas dormi de la nuit. Rentrons.

Varan hocha la tête. Il n'avait plus rien à faire en haut. Il se sentait un peu honteux de n'avoir pas songé un seul instant à sa mère. L'arrimeur Tracasse agita la main pour confirmer le départ ; son père monta le premier, vérifia les fixations et fit signe à Varan.

– L'Empereur soit avec nous. Nous sommes au maximum de charge, mais descendre n'est pas monter... Allons-y, fils.

Varan enjamba le bord de la nacelle et regarda une dernière fois le port : les planches de l'embarcadère pareilles à des doigts écartés, les trous noirs des remises, deux arrimeurs assis au bord de la corniche de pierre, jambes pendantes, crachotant dans le vide, vu que les fondus ne font pas la différence entre pluie et crachats...

Les arrimeurs se retournèrent, remarquant quelque chose que Varan ne pouvait voir ; une seconde plus tard, Nila surgissait du corridor sombre. Varan la reconnut immédiatement, même si elle portait une robe au lieu de son pantalon habituel. Avec son chapeau à large bord rabattu sur la nuque, dont le voile clair de soirée s'agitait au vent comme une toile d'araignée déchirée, Nila avait l'air d'une vraie montarde qui vient de se réveiller sur sa couche d'algues.

– Nila !

Varan agita la main, oubliant instantanément les arrimeurs, son père et l'hélice.

L'arrimeur de garde se leva et marcha vers la jeune fille, main tendue, comme pour lui barrer le chemin. Nila aperçut Varan. L'arrimeur cria un avertissement, mais Nila courait déjà sur la planche d'accostage. Le dispositif complexe se balançait sous ses pieds ; les câbles et les crampons qui retenaient l'hélice grinçaient dangereusement.

– Arrête ! cria le père. Qu'est-ce que tu fais ? C'est interdit... Il ne faut pas...

Comme ignorante des nuages sous ses pieds, Nila courut jusqu'au milieu de la planche, et c'est là qu'elle remarqua le balancement. La planche s'agitait comme un poisson qui se débat. Elle s'arrêta et s'accroupit, s'agrippant des deux mains à la planche, enfin effrayée.

– Arrête ! cria une nouvelle fois le père. Tu...

Varan se mit à quatre pattes et, nullement soucieux d'être ridicule, rampa vers Nila. Le dispositif d'accostage bougeait toujours.

Nila le regardait d'un air ébahi, comme si une seconde paire d'oreilles lui avait poussé depuis leur dernière rencontre.

– Il ne faut pas courir ici, dit-il en lui enlaçant les épaules.

– Je vais vomir, gémit-elle d'une voix sépulcrale.

– Je t'ai cherchée, dit Varan.

Les arrimeurs criaient et juraient. Le vent emportait leurs paroles.

– Oui, on me l'a dit, marmonna Nila.

Varan la serra plus fort contre lui.

– Comment ça va ? demanda-t-elle d'une voix sourde.

– En bas ?

– De manière générale.

– Ça va... dit-il, pas très sûr d'avoir compris la question.

– Je veux dire... Tu t'ennuies de moi ?

Nila le regarda dans les yeux avec insistance.

– À ton avis ?

– Hé, cria brutalement le père. Mais qu'est-ce que vous fabriquez ?

Secoués entre terre et ciel, entre Zagor et les arrimeurs, ils s'accrochaient l'un à l'autre et à la planche.

– Et toi ? demanda Varan, sentant le délai imparti à leur conversation s'épuiser de seconde en seconde.

– Ça va.

Elle sourit faiblement, reprit son souffle ; le vent souleva le bord de son riche col en dentelle, et Varan vit le collier qui brillait de tous ses feux sur son mince cou blanc.

– Qu'est-ce que c'est ? demanda-t-il, sidéré.

Elle s'écarta si brusquement qu'elle faillit tomber dans le vide. Elle fit semblant de ne pas comprendre la question.

– De quoi parles-tu ?

– Les gemmes, dit Varan.

La planche d'accostage trembla plus fort : le père venait de sortir de la nacelle. Varan voyait bien que Nila aurait voulu rectifier son col, mais elle n'osait bouger ses mains dont la gauche tenait le bord de la planche et la droite l'épaule de Varan.

– Tout le monde en porte de semblables au service du prince ? demanda lentement Varan.

Nila se mit soudain en colère :

– Tu considères que je dois te rendre des comptes ? Tu attends que je me justifie ? Je te l'ai volé peut-être ? Tu n'es pas mon maître. Ni mon père. Va donc...

Le dépit l'aida à surmonter sa peur. Elle se redressa enfin et rebroussa chemin en vacillant, les jambes flageolantes, vers la falaise où les arrimeurs continuaient à pousser des jurons.

Le père prit Varan par le col et le remit debout.

– Vous auriez pu tomber ! Et si... Bougre d'animal, ta mère a pleuré toute l'eau de son corps. Allez, avance !

Varan alla s'asseoir dans le fond de la nacelle et enlaça ses genoux des deux mains.

Le ciel bleu était en train de s'éteindre sous le soir tombant. Les crampons d'arrimage tintèrent en s'ouvrant ; la nacelle se figea dans un silence pâmé, oscilla, puis commença à tomber. C'était le moment que Varan aimait le moins.

Le vent siffla ; l'hélice tourna sous ses assauts, étala la fleur de ses pales, et leur rugissement s'immisça dans le sifflement sinistre. L'hélice occupait l'étendue du ciel.

La chute se mua en vol.

Varan passa la journée suivante à tourner en rond pour remonter le ressort. À côté, son père se disputait avec le doyen Carpeau et deux mécaniciens de Petiote que le prince avait fait venir pour installer une seconde hélice.

– Impossible sous cet angle, criait le père, si l'appareil s'incline, on risque de se retrouver dans la mer, et Shouou ne nous en laissera plus ressortir... Il faut l'installer là.

Il pointait obstinément la falaise du doigt.

– S'il faut creuser dans la pierre, protestaient les mécaniciens, on ne s'en sortira pas tout seuls. Donne-nous des aides, doyen.

– Je n'ai pas d'aides, postillonnait Carpeau. Tout le monde travaille. Les uns sont en mer, les autres dans les champs, l'hélicier a déjà une grosse dette envers la communauté. Avec tous ces garçons qui ont tourné le ressort gratis ces derniers temps.

– Le prince a ordonné l'installation d'une seconde hélice...

– Eh bien installez-la ici, où le sol est meuble.

– Mais c'est impossible sous cet angle !

Leur conversation tournait en rond, comme Varan. Le ressort, d'abord long et mou, se resserrait progressivement, se chargeait de force agressive. Dans son enfance, Varan pensait que le ressort était vivant et s'étonnait qu'une créature aussi petite puisse dégager autant de puissance : tirer le câble, faire tourner l'hélice pour la hisser jusqu'au soleil.

D'où lui venait ce collier ? Était-ce bien le même ?

Un cadeau, sans nul doute. En haut, l'ennui règne. Les montards ont besoin de distractions et offrent des présents aux jolies filles...

Mais Nila !

La pluie tambourinait sur le capuchon de Varan. Sa silhouette délavée se reflétait sur les pierres humides.

– Mais que voulez-vous que je fasse ? criait son père d'une voix déjà enrouée. Vous voulez que j'envoie mes deux gamines pour qu'elles creusent la pierre ? Elles ne risquent pas de piocher bien profond, je vois ça d'ici : le prince en mourra de joie... Et arrête de me menacer, Carpeau ! Je suis un honnête hélicier, je n'ai rien à me reprocher. Mes champs n'ont pas encore été récoltés, si nous ne nous y mettons pas rapidement, les grains vont tomber et qui nourrira mes enfants ? Toi, peut-être ?

Varan bloqua soigneusement le levier : à l'Empereur ne plaise qu'il lâche, tout le travail serait perdu. Il s'approcha pour regarder par-dessus l'épaule du doyen l'objet de la dispute : deux marques à la craie, sur la terre et sur la pierre, à moitié effacées par la pluie. Son père voulait installer la seconde hélice en face de la première.

– Je piocherai, dit-il doucement.

Ils ne l'entendirent qu'avec un temps de retard. Comme si de rien n'était, ils continuèrent pendant trente bonnes secondes à se disputer, puis se turent simultanément et se retournèrent. Les mécaniciens le considéraient avec étonnement, Carpeau avec irritation ; le regard de son père indiquait clairement : « Tu as perdu la tête ? »

– Je veux bien piocher, répéta Varan. À condition que ce soit moi qui monte. Je peux même monter deux fois par jour.

Carpeau réagit le premier :

– Ah, je vois... Zagor, tu devrais marier ce garçon. Regarde comme il est excité. Il a une copine en haut, une fille bien roulée... Je comprends qu'il veuille travailler du manche.

Et le doyen le gratifia d'un sourire tellement salace que Varan crispa la mâchoire.

– En ce cas, la communauté devra payer, dit sombrement Zagor. J'ai besoin de lui pour travailler. Il est le seul à rapporter de l'argent dans la famille. Je suis pris par l'hélice, sa mère s'occupe des champs, et ses sœurs sont encore trop jeunes.

Ils discutèrent encore un peu, mais assez mollement. Varan reprit sa rotation. Chaque cercle le rapprochait de Nila.

201

Quant au doyen, il lui revaudrait ça plus tard. Ainsi que tout le reste.

Il peina une semaine sans redresser l'échine, ne dormant que quelques heures. Avec toujours ces maudits cailloux devant les yeux. Durant cette période, il ne monta pas une seule fois. Payé par la communauté, il ne se sentait pas en droit d'interrompre son travail, même pour une brève montée ; mais la vraie raison, c'est qu'il avait peur de manquer de temps pour voir Nila quand il serait en haut. Ou qu'elle refuse de le rencontrer. Ou pire : de lui demander encore une fois d'où venait ce collier.

Parfois, il se maudissait de son initiative. Il aurait mieux fait de tenir sa langue. Le creux s'approfondissait chaque jour, l'eau s'y accumulait. Varan écopait, allumait un feu d'huile ; lorsque la pierre était bien chauffée, il l'arrosait à nouveau, enfonçait des pitons de fer dans les failles et cognait, cognait de toutes ses forces à coups de masse.

On ne le voyait presque pas à la maison et il ne descendit sur la rive qu'une seule fois, à l'arrivée des radeliers.

La roue de bois se reflétait faiblement dans l'eau immobile embrumée de pluie. Des barques tournaient autour du radeau, les gens se renseignaient sur les prix, marchandaient, choisissaient quelques bûches ou des lots entiers ; les radeliers, rougissant sous l'effort, traînaient la marchandise jusqu'au bord du radeau et la poussaient dans l'eau, soulevant des gerbes d'écume. Les acheteurs attrapaient leur acquisition avec des crochets et la remorquaient jusqu'à la berge où s'élevaient déjà des tas grands et petits.

Varan errait parmi les villageois. Peu importait ce qu'ils penseraient de lui : en des jours comme celui-là tout s'oublie, l'amitié comme la rancœur, plus rien ne compte que le bois, résineux et tiède, dur et docile, le bois destiné aux barques, aux beaux bancs parfumés, aux jouets d'enfants, aux bijoux des femmes, et aussi aux cheminées bien sûr : l'entre-saison serait longue.

– Deux réals ? Vous l'avez eu pour pas cher. Une si belle marchandise pour deux réals...

– Il faut savoir s'y prendre, expliquait le voisin en se rengorgeant. Si le radelier voit que tu n'es pas un bon à Shouou, que tu t'y connais en bois, il baisse forcément son prix. Tu peux m'en croire, mon garçon.

Varan caressait l'écorce mouillée. Comptait les nervures. Parfois, faisant mine de regarder quelque chose, il s'inclinait et pressait la joue contre le bois parfumé, piquant, rugueux ou lisse. Ce soir, sur la berge, on allumerait un grand feu et chaque famille sacrifierait quelques bûches pour la fête. Rien de plus beau que le feu d'automne qui monte jusqu'au ciel ; les nuages s'éclaireraient par en bas et les gouttes de pluie s'évaporeraient avant d'atteindre le sol. Même les montards verraient sans doute les reflets du feu à travers la

203

couche nuageuse. Les enfants sentaient déjà l'approche des festivités, ils couraient sur le rivage, riant et poussant des cris, faisaient couler entre leurs doigts la sciure humide...

C'était le jour où l'on célébrait les mariages.

Varan n'attendrait pas le feu. Il prendrait la lanterne de son père, monterait sur la plateforme à hélice et se remettrait à creuser.

Le doyen pouvait bien rigoler tout son soûl.

L'hélice bien remontée et à pleine charge s'immobilisa trop loin du dispositif d'arrimage. Varan pressa de tout son poids sur le levier, se rapprocha, mais insuffisamment. Il parvint à jeter le grappin en visant juste. L'arrimeur en revanche échoua à saisir la nacelle avec sa gaule.

– Accroche-toi, cria-t-il.

Varan, dont l'esprit était étrangement clair malgré ses nuits d'insomnie, ne songeait qu'au risque de casser l'appareil. Agrippant l'axe de l'hélice, il attendit que les pales s'arrêtent et tira l'anneau de fer ; les pales se replièrent, mais pas jusqu'au bout. Un instant plus tard, l'hélice bascula et resta suspendue. *Tiens bon*, pensa Varan. Les forgerons de Petiote avaient juré que la chaîne était assez solide pour tirer Shouou du fond de sa tanière... *Résiste, le poids n'est pas si grand, même à pleine charge.*

L'hélice se balançait. La nacelle était couchée de biais.

L'outre d'eau attachée sur le côté avait basculé à l'intérieur et pressait Varan contre l'axe.

Le vent lui sifflait aux oreilles. Varan voyait les nuages dans le ciel renversé. Un fragment de souvenir lui revint en mémoire : le vol à dos de planan, les cavernes sans fond, l'inscription : « Tu es mort »...

Une secousse, et la nacelle se mit à remonter. Pourvu qu'ils ne cassent pas la chaîne. Dans une telle position, impossible de redresser l'appareil en cours de chute.

La nacelle s'immobilisa. Juste au-dessus de lui, il entendit des bruits et des jurons. La nacelle se balançait comme un seau vide sur l'eau. Les arrimeurs s'occupaient d'abord du fret.

Le sang lui montait à la tête. Ses lunettes glissèrent sans qu'il puisse les rattraper. Aussitôt, il ferma les yeux ; mais dans son imagination, il vit les lunettes plonger dans les nuages.

Pourvu qu'elles ne tombent pas sur la tête de mon père. Pourvu qu'il ne remarque rien, sinon il risque d'imaginer l'Empereur sait quoi. Si la monture n'est pas trop tordue, je pourrai les récupérer et remplacer les verres...

– Hé l'hélicier, tu es vivant ?

– Si j'étais mort, je serais déjà tombé, grogna Varan en remuant les lèvres avec peine.

– Et pourquoi gardes-tu les yeux fermés ?

– J'ai perdu mes lunettes.

Les arrimeurs éclatèrent de rire, mais pas méchamment. Avec sympathie.

205

– Comment as-tu fait ton compte pour rater la manœuvre ?

– L'air, c'est aussi capricieux qu'une femme.

C'était une phrase prononcée par son père un jour où il avait trop bu. Les arrimeurs trouvèrent la comparaison à leur goût :

– C'est bien vrai, ça !

– Ha, ha, ha ! L'air, c'est comme une femme !

– Allez, accroche-toi, mon garçon, tu ne vas pas rester toute ta vie la tête en bas.

Ils lui lancèrent une corde et l'aidèrent à sortir avant de remonter la nacelle. Varan demeura assis sur la planche d'accostage, les yeux toujours fermés.

– Alors, le soleil tape trop fort ?

– De jour, tous les fondus sont gris...

– Oui, mais la nuit, l'hélice est grippée à cause du froid.

– Hé, l'aveugle, comment vas-tu faire pour atteindre la terre ferme ?

– Arrête de l'asticoter... Prends-le par la main, et aide-le.

– Tu veux peut-être aussi que je l'embrasse ?

– Ce pauvre garçon a failli rendre l'âme à Shouou. Quand je l'ai vu suspendu, je me suis dit : l'hélice est perdue, et notre eau avec.

– Regarde, la fille...

– Tu n'as pas encore compris qui elle guettait ?

– Eh bien, il a fini par arriver.

– Elle vient de connaître la peur de sa vie.

– Ça, on peut le dire...

Varan, yeux fermés, était guidé des deux côtés par les arrimeurs qui le tenaient par les bras. Trois hommes de front sur la planche étroite! Il avait peur rien que d'y penser. Les arrimeurs devaient marcher à la limite du gouffre, histoire de se prouver mutuellement leur courage.

– Hé, ma jolie, cria le plus âgé. Tu as de la veine, ton copain n'est pas retombé au fond, comme il en avait l'intention... Mais qu'est-ce qui t'arrive? Tu pleures?

Varan entrouvrit les yeux pour les refermer aussitôt. Des taches rouges nageaient sous ses paupières.

Puis il sentit l'odeur de Nila.

Quelqu'un lui enlaça le cou et quelque chose de lisse et de mouillé lui toucha le visage :

– Tu... Pourquoi... Je ne veux plus que tu montes sur cette hélice...

Des larmes qui n'étaient pas les siennes coulèrent sur ses joues.

– J'ai cru... Je ne savais que penser. Pourquoi n'es-tu pas monté une seule fois? Une semaine entière...

– Tu aurais pu demander à mon père.

– Mais oui, c'est ça! J'avais peur qu'il me voie. Je le guettais cachée dans une grotte, à travers une fente.

Ils étaient assis dans une remise où des restes d'algues sèches étaient répandus sur le sol. Dans un coin s'alignaient des tonneaux de résine dont la forte odeur titillait le nez. Les arrimeurs, dans un accès de sentimentalisme, avaient assuré qu'ils se passeraient de l'aide de Varan pour le chargement.

– ... Chaque jour. Dès que je pouvais me libérer... C'est à mourir d'ennui ! Rester enfermée toute la journée... Elles ne font rien, elles passent leur temps à bavarder. Parfois, elles lisent à haute voix, mais toujours des livres stupides. Elles passent une heure à s'habiller et une heure à se faire belles, puis elles se rassemblent. Elles mangent, elles boivent, elles papotent, et finalement elles rentrent chez elles. Et elles n'arrêtent pas de me faire la leçon : les montardes doivent être comme ceci, les montardes doivent faire cela, et toi, regarde-toi, tu ne sais pas te comporter en montarde...

– Pourquoi pleures-tu ?

– Désolée. Si tu savais ce que j'ai ressenti... quand tu as basculé. L'Empereur en est témoin, j'aurais sauté à mon tour, la tête la première, pour te rejoindre.

Varan la regardait sans la reconnaître. Il découvrait une Nila très différente ; elle devait vraiment en baver en haut. Comment expliquer sinon cette tendresse fiévreuse, et cette peur dans son regard : une expression qu'il ne lui connaissait pas. Durant la saison, Nila était capable d'affronter un pouplet seul à seul armée d'un simple canif, et en riant. Jamais elle n'aurait parlé de sauter du haut de la falaise.

Mais il est vrai que durant la saison, elle ne craignait sans doute pas de le perdre.

— Nous avons fait notre feu, dit Varan.

— Ah ?

Nila lui jeta un regard où l'effroi se mêlait à l'espérance.

— Qu'est-ce que tu as ?

Elle se hâta de détourner les yeux.

— Rien. À Petiote aussi, ils l'allumeront bientôt.

— C'est vrai que tu viens ici tous les jours ?

Nila le considéra avec inquiétude, consciente de s'être trahie.

— Je croyais que tu étais avec ce type, dit Varan, vindicatif. Celui qui t'a offert le collier.

Nila rectifia son col, et Varan constata qu'elle ne l'avait pas mis.

— Pourquoi ne le portes-tu pas ? demanda-t-il avec une cruauté qui l'étonna lui-même, vous vous êtes disputés ?

Nila le regarda sans mot dire. Il détourna les yeux.

— Bon, j'arrête. Excuse-moi.

— Il a dit qu'il était ton ami, avoua soudain Nila.

— Qui ça ?

— Pérégrin.

— Comment... C'est donc lui !

— Je n'avais jamais parlé à un mage, balbutia Nila d'une voix à peine audible. Je m'imaginais... qu'ils vivaient sous terre ou qu'ils ne descendaient jamais de leurs tours. Et qu'ils avaient des queues. Des bêtises de ce genre. Tu sais, Varan, je me sens si mal ici. Et tu avais disparu. J'ai cru que tu avais trouvé une autre fille et que tu allais l'épouser... à la fête du feu.

– Tu es bête, dit tendrement Varan.

Et sans doute pour la première fois depuis qu'ils se connaissaient, il sentit à quel point elle était petite, naïve et fragile.

Nila secoua la tête.

– Comment pouvais-je savoir ? J'étais bloquée ici. Nous n'avons aucun moyen de descendre. Sinon à dos d'ailama... ou alors... d'une manière définitive.

Quelque chose dans ses yeux l'inquiéta, et même l'effraya. En dix minutes, c'était la deuxième fois que Nila parlait de suicide.

– Tu croyais que je me préparais à en épouser une autre et que c'était la raison de mon absence ?

– Et que voulais-tu que je pense ?

– Eh bien, tu aurais pu penser que j'étais en train de creuser un trou pour installer une seconde hélice, pour monter plus souvent. Chaque jour, et même parfois deux fois par jour.

– Je suis une pauvre sotte, murmura Nila.

– Mais non, dit Varan, soulagé. Il faut patienter un peu. Dès que la saison reviendra, nous pourrons nous marier. Tu n'as aucune raison de te torturer ainsi.

L'arrimeur qui jeta un œil dans la remise à la recherche de Varan tomba sur une scène touchante mais fort pudique : la fille sanglotait, mais il était clair que c'étaient des larmes de bonheur ; le jeune hélicier essayait de la consoler avec gentillesse, et même avec une certaine condescendance :

– Voyons... Épargne ton eau. Arrête de la faire couler pour rien. Sinon, je vais être obligé de remonter une outre de plus. Mais arrête, qu'est-ce que tu as ?

– Certains ont de la veine, soupira l'arrimeur Tracasse, un brave type malheureux en ménage. Allez, viens, nous avons tout chargé nous-mêmes pour te rendre service, la nacelle est remplie à bloc.

Varan sortit en se voilant les yeux, les paupières presque closes. Nila, se souvenant de son expérience, resta sur la falaise.

Sur la planche, Varan se retourna soudain.

– Et Pérégrin... que te veut-il donc ?

– Rien du tout, répondit Nila, gênée. On bavarde de temps à autre. Juste pour passer le temps.

Elle faillit demander « tu n'es pas contre ? » mais se mordit la langue à temps, telle fut du moins l'impression de Varan.

– À la grâce de l'Empereur, dit-il en se dirigeant vers l'hélice.

Il espéra de tout cœur que Nila ne le suivait pas d'un regard implorant et coupable.

Un soir, alors que le village était plongé dans l'obscurité et que seules les fenêtres des maisons luisaient faiblement, Varan guetta le doyen Carpeau qui revenait de la taverne. Il lui sauta dessus, le fit tomber et lui plongea plusieurs fois la tête dans le caniveau qui charriait les eaux usées.

Il rentra satisfait et dit à son père qu'il s'était attardé pour s'occuper de l'hélice. Ce qui était presque vrai ; depuis l'installation de la seconde machine, ils étaient obligés de travailler pratiquement en continu.

Au matin, le doyen mena une enquête serrée et ne se trompa pas sur l'identité du premier suspect.

Varan le regarda dans les yeux avec une innocence joyeuse : «que Shouou m'éructe si je mens. Je ne comprends pas de quoi vous parlez. Comment, on vous a battu ? Et combien étaient-ils donc ? Six ? Dix ? Ah, un seul... C'est bien regrettable, mais quel rapport avec moi ?»

Il avait sous-estimé la vindicte de Carpeau. Incapable de démontrer sa culpabilité, il n'avait pas l'intention d'en rester là.

Le père de Varan, convoqué chez le doyen, y resta une demi-journée, alors que le travail n'attendait pas. Varan continua à tourner le ressort. Une fois chez lui, le père ne monta pas à l'hélice mais envoya Toska pour dire à Varan de rentrer sur l'heure.

Varan devina que tout n'allait pas aussi bien qu'il l'avait espéré.

Son père l'accueillit d'une gifle, si violente qu'il fut projeté contre le mur. Il retrouva rapidement l'équilibre et, d'instinct, prit une pose menaçante. Quand il se rendit compte qu'il était en position d'attaque, c'était déjà trop tard. Genoux légèrement ployés, tête baissée, les coudes contre les côtes, il paraissait prêt à se battre avec son propre père.

Toska, témoin de la scène, se mit à glapir et Zagor la fit sortir, s'efforçant de ne pas tourner le dos à son fils ; ce détail refroidit Varan mieux que n'importe quel reproche. Il se redressa. Frotta son oreille brûlante.

– Imbécile, dit son père avec un tel désespoir dans la voix que Varan s'inquiéta pour de bon. Je n'ai qu'un fils et il faut que ce soit... une calamité ambulante.

Les épaules de Zagor s'affaissèrent, ses bras retombèrent le long du corps et Varan comprit qu'il n'avait plus l'intention de le frapper, mais ne se sentit pas soulagé pour autant.

Zagor s'assit lourdement sur le banc de bois neuf. Essuya du revers de la manche l'humidité sur la table de pierre.

– Tu savais pourtant que Carpeau était une ordure. Et maintenant, il t'en veut pour de bon.

– Il ne peut rien prouver.

Zagor le regarda avec colère.

– Il n'a pas besoin de prouver quoi que ce soit ! Maintenant, il va s'arranger pour nous pourrir la vie. Son gendre convoite depuis longtemps le poste d'hélicier... Tu n'étais pas au courant ? Tu ne veux rien savoir, tu ne vois rien, à part ta demi-montarde.

Varan serra les lèvres. Son père se leva, fit le tour de la pièce, essayant d'égaliser la fine couche de sel répandue sur le plancher, qui formait des grumeaux, mit une bûche humide dans la cheminée ; les charbons chuintèrent et la pièce se remplit de vapeur.

– Tu sais quoi ? dit-il par-dessus l'épaule. Ne disons rien à ta mère pour le moment... Tu ne peux pas rester ici. Tant que... Bon, je prendrai son gendre comme assistant. Et il te laissera tranquille. Mais en attendant, il vaut mieux que tu disparaisses pendant quelque temps... à Petiote. Je te donnerai une lettre pour ta tante. Ils ont besoin de bras, là-bas. Tu peux devenir pêcheur, à défaut de travailler dans les mines. Tu as beau être un crétin, tu es dur à la tâche.

– Je ne suis pas un crétin, protesta Varan.

– Vraiment ?

Zagor s'approcha tout près, essaya de saisir son fils par le devant de sa veste, mais le cuir de pifre humide lui glissa entre les doigts.

– Et qui va se fourrer dans tous les pétrins possibles et imaginables ? Sais-tu combien de fois ta mère a pleuré ta mort certaine ?

– Je n'irai pas à Petiote, dit Varan. Pourquoi, au nom de Shouou...

Il s'interrompit. Son père le dévisagea très longuement et très attentivement. Puis il alla se rasseoir sur le banc.

Silence.

Le feu parvint enfin à s'approprier la bûche humide et la pièce devint plus claire.

– Bon, d'accord, dit Varan. J'irai. Quand Mouilleur livrera le courrier.

Zagor leva la tête.

– Je te donnerai la barque. Tu en auras besoin à Petiote. Tu ne peux pas attendre Mouilleur. Il faut que tu partes maintenant, ce soir même, avant l'obscurité. Prends de quoi manger et puisse l'Empereur te venir en aide.

– Attends, dit Varan. Attends... Il n'y a pas le feu à la mer ! Et maman ? Et Toska et Lilka ? Et... Il faut tout de même...

Il resta immobile, bouche bée, comme s'il venait enfin de comprendre la gravité de la situation.

– Écris-lui un mot, dit Zagor sans le regarder. Je le lui transmettrai demain, quand je serai en haut.

Chapitre 5

La barque était neuve, d'un bon bois enduit de résine, et munie d'un collecteur d'eau. À la proue, un poisson en métal suspendu dans un cadre indiquait du nez la direction à suivre.

Zagor prit la précaution de donner une carte à son fils, une carte bon marché, grossièrement griffonnée sur un coquillage terne, la seule carte qu'il put trouver dans la maison, avec Croc Rond, Petiote et la silhouette du poisson métallique pour bien s'orienter. Autour, les contours approximatifs des autres îles qu'il aurait été superflu de dessiner plus précisément : hors saison, seul le postier Mouilleur s'y rendait à intervalles réguliers.

La mère de Varan accourut sur la rive, versa force larmes inutiles, l'enlaça, essaya faiblement de le retenir. Varan partit, le cœur lourd. Grâce à l'Empereur, la mer était brumeuse. Car si Varan avait aperçu le doyen Carpeau sur le quai, il aurait certainement terminé ses jours au Boyau carcéral, en châtiment d'un crime de sang commis sous les yeux des habitants du village.

La barque s'engouffra dans le brouillard, et aussitôt il se sentit mieux. Il avait l'impression de voler dans les nuages, sur le point d'apercevoir le ciel bleu et la lumière du soleil.

Varan rama pendant une demi-heure, puis s'arrêta, étendit la toile imperméable, fixa le collecteur, s'installa sur le filet roulé comme dans un nid et leva la tête, laissant la pluie refroidir son visage.

Il ne regrettait rien, et sa propre indifférence l'étonna. Son petit monde familier, la maudite hélice qu'il devait remonter des jours et des nuits durant, ses brèves rencontres avec Nila sous les yeux de tout le port, son père et sa mère, sa maison, ses sœurs, le village, les autres garçons, le doyen Carpeau, il avait suffi d'une demi-heure pour briser la chaîne de son quotidien, et Varan n'en éprouvait nulle amertume. Au contraire, il se sentit libre, soudain. De tout et de tous. Pour toujours... Ou du moins jusqu'à la saison suivante.

Il pouvait se nourrir de poisson cru.

Et grâce au collecteur, il ne mourrait pas de soif.

Pourquoi aller à Petiote ? Une rangée de fourneaux hideux sur la rive, de la fumée et de la suie, et des nuages toujours plus sombres qu'à Croc Rond. Des mineurs qui restent sous terre des mois durant. Des pêcheurs aux visages figés qui prennent l'habitude de parler tout seuls. Un fracas assourdissant, des grincements, des étincelles... Et peut-être des gens qui connaissaient bien Nila. Ses amies. Son père...

Varan était couché, jambes croisées. Il était tellement accoutumé à se démener sans cesse, comme un radelier dans sa roue, économisant la moindre minute pour remonter d'un tour supplémentaire ce satané ressort, traîner les sacs et les outres, rapprocher l'échéance de la montée suivante, qui représentait ce qu'il y avait de plus important dans sa vie... Et chaque fois, en descendant, sous le sifflement amplifié du vent autour de la nacelle, il se promettait que la prochaine fois, tout serait différent entre eux. Que tout serait à nouveau comme jadis.

Cette minute de calme, de solitude et de silence lui parut un cadeau inattendu.

Il sortit la carte. À en croire les distances indiquées, il avait parcouru le quart du chemin qui le séparait de Petiote... Nul besoin de se dépêcher. La nuit, bien sûr, il ferait froid, mais pas autant qu'en haut. Et il avait l'habitude de l'humidité.

Et s'il prenait plus à gauche et essayait de gagner Aile Grise, par exemple ?

Varan se sentit excité. Aile Grise, c'était déjà une terre étrangère. Là-bas, personne ne l'attendait, et c'était tant mieux. Il pourrait inventer n'importe quelle histoire pour expliquer sa venue. Devenir quelqu'un d'autre. Prendre un nouveau nom... Et ensuite continuer sa route, jusqu'à l'archipel des Nuits.

Mais il devait tout de même passer par Petiote et laisser une lettre à sa tante. Nila se consolerait sans doute assez vite de son départ, mais sa mère devait savoir que Varan ne s'était pas noyé et n'avait pas été dévoré par un monstre...

Un bruit très grave, à peine perceptible, roula au-dessus de l'eau. Ou peut-être sous l'eau. La barque frémit. Varan dressa l'oreille. Silence. Le brouillard mangeait les bruits.

Aucun pêcheur n'avait jamais vu Ventre, le dragon des profondeurs. Et ceux qui affirmaient l'avoir vu étaient des menteurs. Ventre, l'enfant bien-aimé de Shouou, se tenait à l'écart des îles habitées. Ventre servait à faire peur aux enfants ; cependant, quand l'obscurité s'ajoutait au brouillard, il était plus facile de croire à son existence qu'à la maison, devant la cheminée.

Varan posa deux doigts sur ses lèvres. Peu probable que ce geste tant aimé du doyen puisse l'aider, mais on ne sait jamais.

Il s'étendit lentement au fond de la barque, sous la toile cirée. Ventre pouvait bien errer dans les environs, après tout, il était aveugle et percevait seulement les mouvements et la chaleur. La barque était immobile et Varan sous sa peau de pifre ne se distinguait guère d'un gros poisson. La pluie refroidissait la barque.

Varan ferma les yeux... et revit les nervures sur le bois lisse. Elles s'élargissaient, s'étiraient en routes, non plus sur l'eau, mais sur une terre ferme et habitée...

Il revit l'hélice transpercer les nuages.

Et il s'endormit.

Au matin, le collecteur était plein d'eau de pluie. Varan but, versa le reste dans sa gourde et finit les provisions qu'il avait emportées. Il se sentait plus calme et plus libre que jamais, abstraction faite des courbatures et d'une légère crampe dans les jambes.

Il rama jusqu'à ce que les nuages gris noircissent au-dessus de sa tête. La brume se disloqua et, dans une fente, Varan vit le contour de falaises proches.

Le poisson de métal ne l'avait pas trompé.

Une couche de fumée s'étendait au-dessus de l'eau ; Varan toussa. Il n'y avait personne sur la berge, à part deux minuscules bambins et leur sœur aînée, sans doute chargée de les surveiller. La fillette jouait avec des cailloux et ne voyait rien de ce qui se passait autour d'elle. Le garçonnet le plus ferme sur ses jambes était en train de faire manger du sable à son petit frère qui se déplaçait encore à quatre pattes.

Varan attacha la barque. La fillette s'arracha enfin à son jeu et une lueur d'intérêt passa dans son regard flou :

– Qu'est-ce que tu fais ?

– Rien, dit Varan.

Sentir le sol ferme était agréable, mais à la pensée de devoir se rendre au village, de respirer de la fumée, de trouver sa tante, d'attendre qu'elle lise la lettre de son père... Varan se sentit déprimé. Sa liberté fraîchement acquise ne tenait qu'à un fil ; et si quelqu'un pendant ce temps volait sa barque ?

Juste devant le quai, il y avait une caisse en fer dépourvue de couvercle, avec l'inscription « Poste » sur son flanc rouillé. Les mineurs aiment les innovations. Varan jeta un œil à l'intérieur.

Une pile de coquillages gravés. « Cr R aux Mork Lina ta sœur attend un enfant ». « Cr R à Semeuse Maman envoie de l'argent ». « Aile Grise aux Brême j'ai du travail salut Trouch »...

La fillette continuait à le dévorer du regard, sans remarquer que ses deux petits frères étaient en train de barboter dans l'eau froide.

– Fais attention, ils vont se noyer, dit Varan.

– Mais non, ils ne risquent rien, assura la gamine, insouciante. D'où viens-tu ?

– Du ciel.

Varan indiqua du doigt les nuages noirs enfumés.

La fillette écarquilla les yeux.

– Vraiment ?

Varan trouva dans le sable un grand coquillage un peu ébréché mais sur lequel on pouvait facilement écrire.

Il prit un clou dans la barque, s'assit sur le bord du quai et traça d'une écriture petite mais bien lisible : « Cr R à l'hélicier Z ».

222

Sa main lui obéissait difficilement. Il n'avait presque rien écrit depuis qu'il avait appris ses lettres.

« Je suis vivant Je suis parti Ne craignez rien V ».

Il frotta l'inscription du doigt. Admira les nuances de la nacre. À Croc Rond, il n'y avait pas de boîte à lettres et chacun savait que Carpeau lisait le courrier avant de le transmettre.

Grand bien lui fasse.

Varan remonta dans la barque avant de se souvenir qu'il n'avait plus de provisions et que le poisson cru n'était pas une nourriture idéale, d'autant qu'il fallait d'abord le pêcher.

– Hé, demanda-t-il à la fillette, tu peux m'apporter des galettes ?

– Des galettes de navottes ? Et qu'est-ce que tu me donneras en échange ?

Varan fouilla dans la caisse pleine d'objets variés. Trouva un joli plomb en forme de goutte.

– Tiens.

La gamine fit la grimace.

– Des bouts de métal comme ça, j'en ai autant que je veux.

Varan se souvint qu'il était à Petiote où chacun connaît le prix du métal.

Après un instant d'hésitation, il sortit de sa poche ses lunettes tordues et dépourvues de verres.

– Si tu m'apportes deux galettes, elles sont à toi.

– Oh, fit la petite.

Elle partit en courant, abandonnant les deux mioches. Varan alla les prendre par le col pour les sortir de l'eau.

Il avait ramassé ses lunettes tombées mais ne les avait toujours pas réparées : depuis il utilisait celles de son père, mais gardait les siennes dans sa poche, dans l'espoir d'y remettre des verres un jour prochain, sans jamais trouver le temps de le faire. Ou peut-être craignait-il qu'elles ne lui portent malheur.

La fillette revint au bout d'un quart d'heure, rouge et essoufflée d'avoir couru, deux galettes de navottes à la main. Varan lui donna les lunettes : son dernier lien avec le monde des montards.

Tout en mastiquant, il quitta Petiote.

La caisse contenait une ligne munie de plusieurs crochets. Varan pêchait avec des miettes de galette, des mollusques, des appâts vivants. Dans le ventre d'un gros poisson, il trouva un tiers de réal et se prit à imaginer des pêches miraculeuses : si les poissons avalaient tout l'argent que les riches étrangers dilapidaient durant la saison...

Mais il ne trouva plus de pièces dans ses prises, seulement des intestins gluants avec leur contenu et quelquefois des poissons plus petits, encore intacts. Au début, Varan avait la nausée, puis il finit par s'habituer à ce régime.

Parfois, sur la mer lisse apparaissaient des récifs, habités seulement par des pifres et des pamuettes sauvages. Varan eut la chance de piller quelques nids de pifres, mais leurs œufs n'étaient guère meilleurs que le poisson cru, et il n'arriva pas à attraper une pamuette pour la traire.

Il rêvait d'une brassée d'algues sèches et d'une petite bûche qui lui auraient permis de faire du feu sur les rochers et de cuire son poisson, mais il n'avait pas le moindre combustible.

Lorsque l'obscurité tombait, Varan s'efforçait de ne faire aucun bruit et de bouger le moins possible. Plusieurs fois, au milieu de la nuit, il entendit – ou crut entendre – les cris graves de Ventre.

Il rêvait de routes, tenaillé par le désir de fuir le plus loin possible, de visiter les terres où l'on demande aux étrangers d'allumer le feu, les terres où naissent les mages. Parfois aussi il rêvait de Nila, et c'étaient des rêves pénibles. Comment avait-il pu se décider à tout abandonner ? À partir sans même essayer de se fixer en haut, de trouver sa place dans le monde des montards, de lutter pour son bonheur, non, il avait préféré prendre la fuite.

Il finit par comprendre qu'il s'était perdu.

D'après la carte, il aurait déjà dû arriver à Aile Grise, mais les jours passaient sans qu'il aperçoive un semblant d'île à l'horizon. Au début, Varan frémissait de joie au moindre rocher émergeant légèrement de la mer, puis il cessa de se réjouir. Les rochers étaient nombreux mais aucun n'était indiqué sur la carte ; d'ailleurs, était-ce bien une carte ? On pouvait s'en servir pour arriver à Petiote, mais nulle part ailleurs.

Les gencives de Varan saignaient. La barque avait heurté un récif, le jeune homme avait colmaté le trou tant bien que mal, mais l'eau filtrait malgré tout. Impossible de dormir plus de trois heures d'affilée : il fallait se lever pour écoper ; il était épuisé. Une nuit, il finit par s'endormir profondément et se réveilla en avalant de l'eau : la barque était pleine à moitié et commençait à couler.

Il écopa jusqu'à l'aube, secoué par des quintes de toux. La pluie martelait son capuchon de pifre. Varan tremblait ; à moitié somnolent, il était la proie d'étranges pensées : et si le reste de l'Empire n'existait pas ? Peut-être n'y avait-il que Croc Rond et Petiote, les autres terres étaient peut-être des mirages qui disparaissaient à peine franchie la frontière du vrai monde. L'Empereur n'existait pas, ni les mages, ou plutôt n'existait qu'un seul grand mage, penché sur sa table de jeu sur laquelle étaient posés Croc Rond et Petiote. Autour s'étendait un miroir. Et lui, Varan, n'était plus nulle part, il avait franchi la barrière invisible, et bientôt il disparaîtrait totalement pour éviter de troubler l'harmonie et la simplicité de cet univers minuscule...

Il avait la nausée, il vomissait, mais continuait à jeter sa ligne et à ramer dans la direction indiquée par le petit poisson de métal. Il avait perdu le compte des jours ; parfois, en se réveillant au milieu de la nuit, il se demandait, étonné : et si c'était déjà la veille de la saison ?

Un jour, il était assis recroquevillé en poupe, à appâter les crochets avec des morceaux de foie de poisson. La mer était si lisse qu'on avait envie de sortir de la barque pour marcher à sa surface ; puis une vague légère passa, suivie d'une autre et Varan sentit un souffle de vent sur son visage.

Il leva la tête. Dans l'entre-saison tout s'endort, la mer se fige comme une couche d'huile où s'enfoncent les gouttes de pluie. D'où venait ce vent ?

Il aspira une bouffée d'air et ne put expirer. Entre l'eau et les nuages bas, brisant la pluie, volait un ailama.

Varan savait que ces fiers oiseaux dédaignent les basses terres. Seul un cavalier expérimenté peut en des circonstances exceptionnelles forcer un ailama à voler à travers la pluie, sous la couche nuageuse.

Il ne savait que faire, crier et agiter les bras ou au contraire se coucher et rester immobile au fond de la barque. À un moment, il lui sembla que l'oiseau allait disparaître dans le brouillard ou remonter vers le soleil ; mais l'ailama vira brusquement et se dirigea droit vers lui. Il survola Varan et se posa sur l'eau, étendant sa longue queue écumeuse. La barque oscilla et Varan faillit lâcher sa ligne.

L'ailama tourna à nouveau. L'eau bouillonnait autour

de ses puissantes pattes palmées. Le cavalier surplombait la mer et regardait Varan de haut en bas. Il portait un uniforme de garde, mais son visage était découvert.

– Quelle puanteur, s'exclama le mage impérial Léréalaruun. Je t'aurais même retrouvé en pleine nuit, rien qu'à l'odeur...

Varan tenait un crochet dans la main droite et un morceau de foie de poisson dans la gauche.

– Alors, tu t'es perdu ? demanda le mage avec un sourire ironique.

Varan ne répondit pas. Le mage tapota le cou de l'ailama pour le calmer.

– Tu as avalé ta langue ? Où avais-tu l'intention d'aller, au juste ?

Varan aurait bien voulu répliquer d'un ton guilleret, en plaisantant. Mais il resta immobile, sans desserrer les lèvres.

– Tiens.

Le mage lui lança une belle galette de navotte. Varan l'attrapa, la porta à son visage et, sans avoir eu le temps de penser à rien, mordit dedans.

Du sang resta sur la galette.

– Tu es vraiment une tête brûlée, dit le mage avec une expression indéchiffrable. Allez, monte.

– La barque, murmura Varan.

– Ta vie est plus précieuse, objecta sérieusement le mage. On y va ?

Ce n'est qu'une fois descendu à tâtons par l'escalier étroit que Varan ouvrit enfin les yeux. Dès le moment où l'ailama avait déchiré les nuages jusqu'à celui où la trappe de bois s'était refermée avec un claquement au-dessus de sa tête, il avait perçu le monde par l'ouïe, l'odorat et le toucher.

Le retour avait été long et difficile. Le vent sifflait aux oreilles, l'ailama secouait avec dédain les gouttes de pluie et renâclait : ce vol dans les basses terres avait été pour lui une humiliation sans précédent. Varan se sen-tait mal ; secoué entre ciel et terre, il n'entrouvrait les paupières que rarement, l'espace d'une seconde, dans les virages les plus violents. Dans la lumière blanche cuisante, il voyait l'épaule du mage, des plumes grises pareilles à des nuages et des nuages pareils à des plumes, puis tout se confondait avec les larmes de ses yeux irrités. Le vent étalait l'humidité sur son visage, la rou-lait en gouttelettes vite emportées qui tombaient sans doute à travers les nuées, se mêlant à la pluie.

Une fois dans la pièce tapissée de bois, Varan chan-cela et s'assit sur le plancher.

– Eh bien...

Le mage marchait en rond. Varan voyait ses pieds chaussés de cuir souple.

– Tu serais mort, voyageur, tu aurais claqué dans une semaine au plus.

Du verre tinta entre ses mains. Un bruit de liquide

qui coule, la pièce se remplit d'une odeur qui n'était pas désagréable, mais si étrange que Varan se sentit inquiet.

– Je ne vais pas t'empoisonner, marmonna Léréalaruun, manifestant, une fois de plus, une perspicacité effrayante. Mais avec vos herbes locales, il faudrait plus d'un mois pour te remettre sur pied, tu excuseras ma franchise.

– Dis-moi, prononça Varan, obligeant le bout de bois qui lui tenait lieu de langue à accomplir des exercices acrobatiques, c'est encore à cause de... Ce n'est tout de même pas... pour cette affaire?

– Que veux-tu dire? demanda le mage après une pause.

Alors, Varan se força à demander franchement :

– Tu... es venu me chercher sur ordre du prince?

– De quel prince?

Il était penché au-dessus de la table et Varan ne voyait pas ses yeux.

– Le prince de Croc Rond.

– Allons donc, marmonna le mage, tu n'imagines tout de même pas que tout ce que je fais sur cette île m'est dicté par le prince et qu'il est au courant de mes moindres gestes?

– Ce n'est donc pas...

– Par Shouou, mon cher fondu, pourquoi le prince devrait-il se soucier de ta personne?

Un nuage d'étincelles jaillit des mains de Léréalaruun. L'odeur disparut.

– Le prince aurait pu décider de m'expédier à nouveau au Boyau carcéral, pour je ne sais quelle raison... Et toi, pourquoi te soucies-tu de moi?

– Excellente question.

Le mage secoua un petit flacon en bouchant le goulot avec l'index.

– As-tu jamais réfléchi au mode d'existence des habitants de Croc Rond, surtout hors saison, et à ce que ça représente pour quelqu'un venu des grandes terres de devoir y vivre?

Le liquide dans le flacon vira du bleu sombre au rose tendre.

– Tiens, Varan, avale ça. Et arrête de faire la grimace, au goût, on dirait de l'eau.

Varan avala. Tout d'abord, ses mâchoires se crispèrent, puis il se sentit nettement mieux. Même le bourdonnement qui lui obsédait les oreilles s'apaisa.

– Dans l'entre-saison, votre île est d'un ennui étonnant. Chacun se distrait comme il peut.

– Par ennui, on pousse souvent les autres à leur perte, remarqua Varan en s'essuyant les lèvres. Mais un noble montard qui sauve quelqu'un par ennui...

Le mage le considéra assez longtemps avant de sourire.

– Comment le sais-tu? Quelle sagesse pour ton âge.

Varan détourna les yeux.

– Vous vous êtes revus, dit-il.

Ce n'était ni une question ni une affirmation.

– C'est bien compréhensible, poursuivit-il. Ici, on s'ennuie tellement dans l'entre-saison. Et elle se sent si seule...

– Eh bien, si tu veux savoir, répondit le mage, c'est elle qui est venue me voir. Pas pour fuir sa solitude, figure-toi, mais pour se jeter à mes pieds et me supplier de te retrouver.

– C'est bien ce que je pensais.

– Toi aussi, tu te distrais comme tu peux : en étant jaloux. Tu l'as plaquée pour fuir Shouou sait où, mais j'ai osé lui adresser la parole en ton absence, quelle horreur ! Te voilà en proie aux affres de la jalousie.

Varan caressait du doigt les nervures du plancher.

– Qui fuyais-tu ? demanda doucement Léréalaruun.

– Je voulais voir la forêt.

– Tu l'aurais peut-être vue, dans ton délire d'agonie. Dans la direction où tu ramais si assidûment, il n'y a rien, rien que de l'eau. Pendant près d'une année de voyage en barque.

Varan resta silencieux.

Un autre, assis dans cette barque, avait pensé que Nila se consolerait dès le lendemain.

Le mage se remit à déambuler dans la pièce. Il prit sur une étagère de bois un objet qui tinta faiblement et le jeta sur les genoux de Varan. C'était une grille de garde, de minuscules anneaux de métal tissés en filet pour protéger le visage du soleil.

Le balcon rond au sommet de la tour évoquait le bord

d'un chapeau. La lourde grille chatouillait le visage et, par manque d'habitude, Varan la trouvait gênante, mais au moins n'était-il plus aveugle. Quant à Léréalaruun, il contemplait le soleil les yeux grands ouverts ; Varan en avait des frissons et se hâtait de détourner le regard, comme devant un homme qui aurait tripatouillé une blessure béante avec un couteau.

La balustrade aurait mérité d'être réparée depuis longtemps. Varan s'efforçait de ne pas prendre appui sur la pierre fissurée et mangée par les vents. Léréalaruun, quant à lui, pesait dessus de tout son ventre maigre en observant Croc Rond, nu et pitoyable. Au-dessus des toits de pierre, l'air brûlant tremblotait. Varan faisait de même sous le vent glacé.

Les narines du mage frémirent.

– Elle est chez elle. Elle sait déjà que tu es de retour. Cela vaut mieux : sa maîtresse s'inquiétait vraiment à la vue du nez enflé et des yeux rouges de sa suivante.

– Et comment sait-elle que je...

– Elle a vu l'oiseau. Figure-toi qu'elle consacre chaque minute de liberté à scruter le ciel.

Varan ne dit rien.

– Dans les basses terres, c'était une montarde, poursuivit le mage. Elle aurait dû rester... là-bas. T'épouser, saisir sa chance de faire sa vie.

– Ce n'est pas sa faute si on m'a jeté en prison, objecta Varan. Si cet argent maudit est tombé entre mes mains... et si j'ai acheté ce maudit... que tu lui as offert !

Le vent hurlait au sommet de la tour, ce qui l'obligeait à crier.

– Personne n'en voulait plus, répliqua le mage, imperturbable. Un collier mêlé à une sombre histoire, qu'on a acheté, puis rendu... Les gemmes avaient terni. Je l'ai acheté pour presque rien. J'ai ôté les gemmes du fil et je les ai laissées tremper trois jours dans du lait de pamuette, puis trois jours durant, j'ai prononcé des incantations. Désormais, ce collier lui apporte sinon le bonheur, du moins un peu d'apaisement de temps à autre.

Il fit le tour du balcon, une fois, puis une deuxième fois, poussa la porte de bois qui s'ouvrait vers l'intérieur et regagna la chambre de la tour. Varan lui emboîta le pas, comme s'ils étaient attachés l'un à l'autre.

– Elle vit en haut, poursuivit le mage comme si de rien n'était, et maintenant, c'est une fondue. Tu as remarqué la différence. Et elle a remarqué que tu l'avais remarquée. Tu t'es enfui, et elle a couru demander mon aide.

– Je ne me suis pas enfui.

Varan rejeta la grille sur sa nuque.

– J'aimerais l'emmener loin d'ici, dit doucement le mage. Elle vaut mieux que... Votre monde est en train de la détruire. Il l'a déjà détruite.

– Ce n'est pas vrai.

Le mage ne répondit pas. Il rectifia le tissu qui protégeait la fenêtre. S'assit à la table, croisa les doigts.

– J'ai vu vos prétendues cartes. Il n'y en a pas deux semblables. Croc Rond et Petiote sont à peu près bien dessinés, mais le reste est inventé ou copié d'après les inventions des autres.

– Je sais parfaitement que tu m'as sauvé, convint Varan d'un ton las. Et que sans toi, si puissant et tellement attentionné, j'aurais pourri dans la mer...

Le mage fouilla dans son coffre et en sortit un rouleau de papier – un rouleau valant au bas mot dix colliers de gemmes.

Il le déroula et le montra à Varan, d'abord à l'envers, puis en le retournant.

C'était dessiné de manière magistrale. La mer grise. En bas à droite était assise Shouou, représentée avec un savoir-faire propre à donner le frisson. En haut à gauche la mer s'achevait, les vagues demeuraient suspendues au-dessus de la rive où sur un trône sculpté siégeait l'Empereur dont le visage doré regardait en bas avec indulgence.

Entre Shouou et l'Empereur s'étendaient les îles, grandes et petites. Les hautes terres étaient soulignées de blanc, et les basses terres peintes en vert et en brun. Autour des îles, des pifres et des pamuettes posés sur l'eau, des barques et des bateaux à roues...

Le mage étala la carte sur le plancher. Varan se pencha, la bouche sèche.

Il n'y avait aucune inscription, mais il trouva Petiote grâce à son contour familier. Puis Croc Rond. Et appréhenda avec effroi l'immensité du monde où son île n'était qu'une tache minuscule.

Le vent soufflait par les fentes des fenêtres closes. Les rideaux s'agitaient. On avait l'impression que la pièce respirait.

– Comment ça, l'emmener ? demanda doucement Varan. Où ça ?

Le mage s'assit à côté de lui et s'inclina à son tour, indiqua du doigt les rivages éloignés et soupira :

– Tu as raison. Ça n'a aucun sens. Si elle tenait un peu moins à toi... Et si j'étais libre. Alors peut-être...

– Tu n'es pas libre ?

Le mage sourit tristement, se leva et replia la carte avec précaution.

– Parfois, tu te montres perspicace, et parfois on croirait un enfant. Je t'ai pourtant dit mon vrai nom.

– Je ne comprends pas, avoua Varan.

– Peut-être cela vaut-il mieux.

Le mage frotta le bout de son nez bronzé. Ses longs cheveux clairs retombaient sur ses yeux, dissimulant son regard.

– Il est temps que tu partes. Elle t'attend et s'inquiète.

Varan regarda la porte, pas la petite porte en bois qui menait au balcon, mais la large porte métallique qui conduisait à l'escalier en colimaçon.

– Non, pas par là, si tu veux éviter de t'expliquer avec les gardes. Montons, je sifflerai un planan. Tu sais où elle vit... Nila ?

C'était la première fois qu'il prononçait son nom. Sa voix changea étrangement.

Varan voulut poser une autre question, mais Léréala-ruun siffla : pas très fort, pourtant Varan en eut les oreilles bouchées. Sans l'attendre, le mage monta le petit escalier qui menait à la trappe ; un planan cria dehors. Varan n'eut d'autre choix que de lui emboîter le pas en voilant son visage, de monter en selle en évitant les plumes cinglantes et de prier l'Empereur pour ne pas tomber en vol...

Le planan tomba de la tour, serrant les ailes contre les chevilles de Varan. Des arabesques noires nageaient devant ses yeux. *Mais je ne sais pas où elle habite*, eut-il le temps de penser avant que l'oiseau noir ne redresse son vol juste au-dessus du sol.

L'hélice surplombait le quai ; l'arrimeur Pelé ancra adroitement la nacelle. Varan vit son père freiner les pales qui se replièrent et s'immobilisèrent enfin. Zagor sortit sur la planche d'un pas lourd. Ses grandes lunettes cachaient la moitié de son visage. Varan retint son souffle.

Son père chargea sur son épaule le sac postal. L'un des ouvriers du port attendit qu'il quitte la planche et qu'elle cesse d'osciller puis, prudemment, de biais, se dirigea vers la nacelle pour le déchargement.

Varan se tenait devant l'entrée de la grotte du port, dans l'ombre. Son père le dépassa sans le remarquer ou sans le reconnaître ; ce n'est qu'au bout de quelques pas qu'il trébucha soudain, s'arrêta et se retourna, après une seconde d'hésitation.

– Je me suis perdu en mer, se hâta de dire Varan. Messire le mage m'a sauvé... à dos d'ailama.

Zagor retira lentement son capuchon. Ses cheveux courts et rêches avaient presque totalement blanchi.

Nila s'approcha doucement par-derrière et s'arrêta à côté de Varan.

– Il a failli y rester. La carte était inexacte. Mais messire le mage a eu la charité de...

Et soudain, elle se jeta à genoux :

– Accordez-nous votre permission, je serai une bonne épouse, je vous le jure !

Zagor les regardait, mais les verres fumés masquaient ses yeux.

« Mon vrai nom, c'est Lumen. »

Varan se réveilla et s'assit. Ce souvenir venait de tomber sur lui comme un sac qu'il n'aurait pas rattrapé à temps.

Nila respirait profondément à côté de lui. Elle dormait d'un sommeil dépourvu de rêves.

Ils s'étaient promenés dans l'île jusqu'à en avoir les jambes coupées ; Nila avait obtenu congé pour la journée. Au soir, le vent s'était apaisé, mais après le coucher du soleil, le froid s'était fait mordant. Varan et Nila avaient gagné le port, s'étaient faufilés en douce dans une remise et s'étaient réchauffés dans un tas d'algues sèches.

Une odeur de mer. Et l'envie d'éternuer. Une conversation boiteuse, des caresses hésitantes et vite interrompues : chaque mouvement déclenchait des bruissements assourdissants dans leur couche d'algues. On aurait dit qu'un témoin se dissimulait à proximité ou que des serpents rampaient autour d'eux ; ils craignaient que le gardien n'entende et n'accoure voir ce qui se passait.

Ils s'étaient endormis côte à côte, et tout allait bien jusqu'au moment où Varan avait rêvé de ces mots :

« Mon vrai nom, c'est Lumen. »

« Les mages impériaux peuvent-ils avoir peur de quelque chose ? »

« Le prince répond de ma vie sur sa tête. »

« Si j'étais libre... »

Si seulement Varan avait eu le temps de réfléchir à ces paroles ! Mais il était constamment distrait par la peur de mourir ou de perdre Nila, la curiosité, l'amour, à nouveau la peur...

Ces maudites algues le piquaient même à travers le cuir de pifre. Nila, heureusement, avait une cape épaisse, une vraie cape de montarde...

« En bas, c'était une montarde. Et maintenant, en haut, c'est une fondue... »

Varan s'extirpa lentement du tas d'algues qui protesta en grinçant. Il se fraya un chemin à tâtons jusqu'à la sortie de la grotte ; le crime le plus grave sur le quai est d'allumer du feu près d'une remise. D'ailleurs, Varan n'avait pas de briquet sur lui. Dehors, il faisait presque clair sous le ciel constellé. Varan le contempla longuement ; les pierres chaudes refroidissaient, l'air frémissait ; on aurait dit que les étoiles clignaient de l'œil. Des étoiles énormes, menaçantes, invisibles dans les basses terres et caractéristiques de l'entre-saison.

Discrètement, rampant par moments, Varan se faufila jusqu'aux planches de l'embarcadère. Les nuages en contrebas étaient d'argent terni. Nulle trace du gardien.

Varan s'aventura sur la planche tremblante. Arrivé à l'extrémité, il s'agenouilla prudemment, puis se coucha sur le ventre, au bord de l'abîme.

Et regarda en bas.

Non, cela valait tout de même la peine de vivre. Ne serait-ce que pour regarder le gouffre inondé par la clarté des étoiles. Au fond, dans les ténèbres, la pluie tombait, tout le monde dormait... Et maman...

Varan soupira.

La planche vibrait. Varan avait l'impression de faire partie intégrante de l'île. Et du ciel. Et même des nuages.

Léréalaruun le mage impérial, alias Pérégrin pour les amis.

De son vrai nom Lumen.

Le nom de l'Empereur. Si rarement mentionné que Varan n'avait même pas sursauté en l'entendant prononcé par le jeune mage au sommet de la tour.

Varan se tourna précautionneusement. Il enfourcha la planche, faisant face à l'île. La tour s'élevait derrière le sombre amoncellement des rochers, parfaitement visible sur fond d'étoiles. Le mage était peut-être debout sur le balcon, à regarder en bas, ses fines narines frémissaient...

– Lumen, prononça Varan, uniquement avec les lèvres.

Une longue minute d'obscurité.

Un fin rayon de lumière rouge jaillit du sommet de la tour et frappa le ciel, y restant un instant suspendu avant de s'éteindre.

La mère de Nila ne daigna pas accorder audience à Varan. Il ne savait pas exactement qui elle était ni l'importance de sa position. Mais tout indiquait que c'était une personne très haut placée : le palais de pierre dans l'antichambre duquel Varan dut attendre sa fiancée le cédait à peine en splendeur à la résidence du prince. En tout cas de l'extérieur.

Personne n'avait dit « oui » à leur union, sans répondre pour autant par la négative. Varan et Nila semblaient en suspension entre les basses et les hautes terres, entre fondus et montards. En songeant à son mariage – désormais inéluctable –, Varan n'éprouvait aucune joie.

La fille au pantalon blanc brodé de cailloux multicolores, ironique et sûre d'elle-même, qui lui avait appris à chevaucher les serpentaires et l'avait guidé dans les grottes secrètes, la Nila qui l'avait choisi et conquis n'existait plus. Et ce n'étaient pas sa robe ni son chapeau à voilette qui l'avaient métamorphosée. Le mage impérial avait sans doute raison : les demi-montards, lorsqu'ils vivent en haut, subissent un changement. Comme si quelqu'un s'était amusé à croiser un pifre et un ailama : dans les basses terres, l'hybride cherche à monter, mais une fois en haut, sur les rochers mangés de vent, il a soudain le vertige et ne songe plus qu'à se réfugier en bas...

Ils avaient trouvé un abri provisoire dans une petite grotte servant de remise, un voilier aux grands mâts y attendait le début de la saison. Ils étendirent des couvertures sous la haute poupe ; Varan aurait pu dormir sur la pierre nue, mais Nila...

– Où vivrons-nous ? demandait-elle pour la cent unième fois. Impossible de rester à Croc Rond, à cause de votre doyen.

Varan ne répondait pas. Il aurait pu faire la paix avec le doyen. En battant humblement sa coulpe, en se roulant à ses pieds. Carpeau l'aurait autorisé à revenir après s'être moqué de lui à loisir. Mais Varan était-il prêt à lui lécher les bottes, après tout ce qui s'était passé ?

– Peut-être à Petiote ? proposait Nila d'une voix hésitante.

Elle lui racontait les mines aux gemmes étincelantes où la moindre flamme se reflète dans un millier de miroirs de pierre et où vit un si bel écho que les mineurs

242

chantent sans arrêt. Mais Varan se souvenait des nuages noirs, des fourneaux alignés sur la rive, du fracas et de la puanteur. Rien de plus facile que d'être engagé dans les mines, on y manquait toujours de travailleurs jeunes et vigoureux, il suffisait de le vouloir, et sa vie s'écoulerait insensiblement au rythme des coups de pioche.

Que me faut-il donc ? se demandait-il avec irritation. Tourner le ressort, charger et décharger l'hélice n'était pas beaucoup plus facile. Pour voir le ciel une fois tous les trois jours, en subissant les moqueries des arrimeurs, des douleurs dans le dos et un risque permanent. Il avait pourtant rêvé de se marier. Il avait pourtant été amoureux, imaginant sa vie future, des enfants, une maison à lui... Que restait-il de ces espérances ?

– Tu ne pourras pas vivre à Petiote, se forçait-il à répondre.

– Mais j'y ai grandi, protestait Nila avec un sourire hésitant.

– Oui, mais...

Il essayait de trouver le mot juste, ou au moins le geste juste, écartait les bras d'un air impuissant.

– Mais depuis... Maintenant, tu es une montarde.

– Alors restons ici ! insistait Nila avec fougue. J'essayerai de... te trouver une place. Restons ici !

La conversation se répétait jour après jour, avec quelques variations.

Varan avait pu descendre (en cachette) pour voir sa mère et ses sœurs et passer une nuit à la maison ; elle lui sembla humide et étouffante, il en eut mal aux os, à croire que quelque chose avait changé. Il s'était fabriqué une nouvelle paire de lunettes avant de remonter. Il n'avait pas officiellement le droit de vivre en haut, aussi devait-il se cacher et mentir. Heureusement, les gardes avaient reçu l'ordre – Varan ne sut jamais qui l'avait donné – de ne pas inquiéter l'intrus.

Mais cette situation ne pouvait durer. Il devait se faire engager au service de quelqu'un (la mère de Nila avait plus ou moins promis de le recommander), se marier et oublier tout le reste. Oublier la carte étalée sur le parquet en bois. Les vols à dos d'ailama... « Votre monde est en train de la détruire. Il l'a déjà détruite... »

Depuis le moment où Nila, foudroyée par la joie des retrouvailles, avait enfin cessé de pleurer, Varan avait cherché à revoir Léréalaruun. Il traînait à proximité de la tour, mais elle était si bien gardée qu'il n'essaya pas d'y pénétrer. Si même le juge Limace ne pouvait s'y rendre sans autorisation spéciale, que dire d'un jeune fondu en vadrouille...

Un jour, Varan croisa Limace dans une ruelle étroite. Il sursauta, se colla au mur de pierre ; le juge passa sans le reconnaître. Ou s'il l'avait reconnu, il ne crut pas utile de le montrer.

Sors sur le balcon et renifle, demandait Varan silencieusement, *devine ce que je veux. J'ai quelque chose à te dire. Mais peut-être mentais-tu en vantant ton flair miraculeux ?*

Mais au fait, que lui dirais-je ? pensait-il à la minute sui-

244

vante. *Que j'ai deviné qui il était ? J'aurais dû le comprendre depuis longtemps. Je ne veux rien obtenir de messire le mage impérial et il ne veut rien obtenir de moi. Qu'a-t-il dit au juste ?*

« Il ne faut pas t'habituer à moi. Tu imagines avoir trouvé un nouveau copain ? »

Zagor montait de l'eau, du poisson, des navottes presque journellement, car les deux hélices fonctionnaient à plein rendement. Varan l'aidait à décharger, toujours en silence. Parfois, exceptionnellement, son père lui faisait part des dernières nouvelles.

Le doyen Carpeau avait perdu toute vergogne : des hommes à lui traînaient constamment autour de la plateforme. Son gendre Roïka n'était pas un mauvais bougre et apprenait vite, mais il était d'un naturel craintif et ne ferait jamais un bon hélicier. Carpeau l'ignorait et fondait de gros espoirs sur lui. Zagor ne voulait pas dissiper ses illusions prématurément. Qu'il espère donc.

Le lendemain, il apprit que le doyen voulait voir Roïka utiliser l'hélice le plus tôt possible.

Le surlendemain, Roïka monta. Varan attendait sur le quai.

Roïka avait cinq ans de plus que lui, il était plus large d'épaules et plus lourd. L'hélice s'immobilisa au-dessus du crampon, légèrement trop à gauche ; on aurait dit que le nouvel hélicier allait s'évanouir, tant son visage était blême.

Krom, un vieil arrimeur expérimenté, rapprocha le crampon. Roïka lança le grappin, mais rata son coup.

245

La nacelle tomba sur le côté, les pales craquèrent, soudain froissées comme des feuilles sèches. Les outres suspendues du côté gauche claquèrent comme une aile, le crampon glissa, et la nacelle tomba à pic avec son chargement et son hélicier.

Tous les hommes présents sur le quai, si blasés qu'ils soient, crièrent d'une seule voix. Varan se pencha par-dessus le bord de la falaise et eut le temps d'apercevoir l'hélice morte s'enfoncer dans les nuages.

Il y eut quelques longues minutes de silence. Les arrimeurs, les ouvriers et Varan demeurèrent immobiles, fixant les uns le ciel verdâtre et les autres la couche nuageuse.

Le chef du port alla faire son rapport au prince. Celui-ci envoya en bas un garde à dos d'ailama. Quelques heures plus tard, les employés du port apprirent que l'hélice s'était écrasée, que Roïka était mort, mais que le père de Varan était indemne et que la seconde hélice n'avait pas subi de dommages.

On ignorait la réaction du doyen.

Ce soir-là, Nila pleura de nouveau. Elle voulait que Varan lui jure de ne plus remonter dans la nacelle ; mais Varan ne pouvait lui faire une telle promesse, ce qui rendait ses larmes plus amères. Varan se sentait agacé et rageait de ne pouvoir maîtriser son irritation. Il finit par laisser Nila seule dans la grotte et sortit sous les étoiles.

Il erra parmi les rochers. Observant la tour, il songeait sombrement : *Que fais-tu en ce moment ? Tu ne dors pas ?*
La tour demeurait obscure. Pas la moindre lumière.

Deux jours plus tard – Varan était déjà las d'attendre – le père monta. Il paraissait fatigué, mais pas abattu ; bien entendu, le doyen avait commencé par accuser l'hélicier Zagor de la mort de son gendre et, bien entendu, Zagor lui avait rappelé que c'était lui, Carpeau, qui avait pratiquement forcé Roïka à monter. Il avait proposé à Carpeau de monter lui-même. Ou de trouver un volontaire, maintenant que tout le village avait vu ce qui restait du pauvre Roïka. Et pour finir, il avait démissionné : que le doyen s'explique donc lui-même avec les montards au sujet de l'eau et du reste.

– Tu aurais dû voir sa tête, poursuivit le père avec une amère satisfaction. Je pense, petit Varan, que nous n'avons plus d'ennuis à attendre de ce côté-là, pour le moment du moins. Mais c'est dommage pour ce garçon... Oui, vraiment dommage pour Roïka. Maintenant, tout le monde accuse Carpeau : pourquoi as-tu obligé Varan à partir, qui donc voudra assister l'hélicier après l'accident ? Attends un peu, tu pourras peut-être revenir bientôt. Ta mère sera si contente...

Varan se força à sourire ; il imaginait la réaction de Nila.

Le soir même, sous les étoiles clignotantes, il prit soudain sa décision. Si brusquement qu'il en trébucha sur une pierre.

Nila et lui ne pouvaient vivre à Croc Rond, ni en haut ni en bas. Pas plus qu'à Petiote. Ils partiraient pour les terres lointaines. En bateau. Peu importe de quelle manière.

Varan retrouva l'endroit où il aimait s'asseoir en saison pour contempler la mer, observer les feux des bateaux et rêver. Il y faisait froid et venteux, il n'y avait pas le moindre feu. Et la mer n'était pas visible. Rien que des nuages d'argent terne. Varan s'emmitoufla dans sa veste de pifre.

Il pouvait partir avec les radeliers. Mais c'était une solution extrême. Désormais, il était assez fort pour actionner la roue, mais Nila... parmi les radeliers...

Partir durant la saison n'était pas si difficile. Il suffisait d'économiser et d'acheter des places sur un bateau pas trop luxueux. Ou de se faire engager provisoirement comme rameur en payant le passage de Nila sur son salaire.

Varan regardait les étoiles, mais c'était la carte du monde qui s'étalait devant ses yeux : la mer grise, l'Empereur en haut, Shouou en bas et, entre les deux, tant de rivages aux contours sinueux. Pareils à des nervures.

Il se retourna pour observer la tour.

Elle était sombre.

Nila se fatiguait beaucoup. On ne lui demandait pas grand-chose : apporter de menus objets, écouter attentivement, sourire au bon moment ; pourtant, elle revenait des appartements de la princesse à moitié morte, amorphe, comme engourdie.

Varan n'osa pas lui faire part de sa décision. Il se dit qu'il valait mieux attendre le matin.

Au matin, le vent hurlait dans toutes les fentes, lui rappelant que leur refuge était provisoire et que Nila bénéficiait d'un logement confortable dont l'entrée lui était interdite. Le soleil filtrait à travers les pierres, se couchait sur le sol en taches lumineuses, incitant à la grimace, et Varan eut l'impression que Nila était mécontente de lui. Qu'elle espérait autre chose de sa part, qu'il ne s'était pas montré à la hauteur, décevant ses attentes. Lui-même grimaçait, donnant à Nila des raisons de soupçonner qu'il ne l'aimait plus.

Nila partit en sanglotant et Varan se dit que la princesse serait à nouveau fâchée : avait-elle besoin d'une aussi triste mine dans sa suite ? Et surtout, il n'avait rien dit à Nila, il avait eu peur, peur qu'elle ne le prenne pour un fou.

Il fallait bien s'occuper à quelque chose. Son père était monté hier, il n'avait donc rien à faire sur le quai. Bien sûr, il aurait pu aller manger du poisson séché avec les ouvriers, bavarder avec les arrimeurs, évoquer pour la énième fois l'horrible fin de Roïka...

Varan but jusqu'à la dernière goutte l'eau que Nila avait rapportée de chez elle et sortit sous le soleil. Le chapeau à large bord, qui avait jadis appartenu à un serviteur, ombrageait parfaitement son visage : désormais, il pouvait même se promener en plein midi. Quant à ses nouvelles lunettes qui lui frottaient le nez au début, il s'y était accoutumé et ne les sentait pratiquement pas.

Varan respira le vent et regarda la tour. Juste au bon moment.

Très haut – au zénith – volait un équipage. Quatre oiseaux, une paire devant et une autre derrière, supportaient une structure légère. Varan savait que ces carrosses volants sont faits de toile, de plumes, de bois et de filaments de poissons. L'équipage était muni d'ailes triangulaires qui demeuraient immobiles, à croire que cet impressionnant engin était trop grandiose pour fournir le moindre effort, se reposant entièrement sur celui des ailamas.

L'équipage décrivit un large cercle au-dessus de la tour. Sur toute l'île, des têtes curieuses émergeaient des fenêtres et des meurtrières, certains sortaient dans les rues pour mieux voir : quel événement, des visiteurs de marque dans l'entre-saison !

Une trompette retentit du côté du palais princier. Les gardes étaient en effervescence. Les ailamas s'immobilisèrent quelques instants dans les airs avant d'entamer leur descente vers la plateforme.

250

Varan savait que cette visite n'était pas pour le prince.

Il regagna sa grotte et se coucha près du voilier. Se mêler aux curieux pour essayer d'en savoir plus n'était pas sans risque, et d'ailleurs, c'était inutile : personne ne lui dirait rien. Vu que personne ne savait rien. Un envoyé de l'Empereur venu voir messire le mage impérial... Il irait faire un tour sur le quai ce soir, au cas où quelqu'un en aurait appris un peu plus par l'intermédiaire d'un serviteur du palais.

Il se réveilla quelques heures plus tard en entendant un battement d'ailes dans son sommeil. Il se leva en sursaut, faillit se cogner contre la poupe du bateau et secoua la tête : le battement d'ailes était bien réel et le vent qui avait ouvert la porte roulait sur le sol des tourbillons de plumes et de poussière.

Varan se précipita dehors.

Un petit ailama gris était posé sur le rocher voisin. Celui qui le montait n'était pas vêtu comme un cavalier : une tunique de couleur claire, longue et large, retombant en plis. Une gemme rouge brillait à son index. Une grille de garde en argent voilait son visage.

– Monte.

Crachant des plumes, Varan monta en selle derrière lui. Alors qu'ils décollaient déjà, il se retourna : loin au nord-ouest, juste au-dessus de l'horizon, on distinguait encore quatre ailamas attelés à un équipage volant.

– Tu as soif ?

Le mage ferma étroitement les rideaux.

Varan ne refusa pas. En haut, il avait constamment envie de boire, malgré les gourdes pleines que lui apportait son père.

– Que t'es-tu fourré en tête ? Ce matin, je suis sorti prendre l'air, j'ai reniflé un bon coup : sapristi, toute l'île sentait ta décision à plein nez.

– Tu plaisantes, dit Varan en décollant la tasse métallique de ses lèvres.

Le mage sortit de derrière un paravent de tissu peint. Il avait troqué sa tunique contre un costume clair que Varan n'avait jamais vu. Propre, sec et bien repassé, évidemment.

Varan regarda autour de lui. La pièce gardait les traces d'une visite récente : deux larges coquillages avec des restes de nourriture... Un second fauteuil devant la table... Les paravents bien en place. Et un grand flacon à moitié rempli d'un liquide trouble. Interceptant le regard de Varan, le mage rangea le flacon sur une étagère.

Et puis une odeur flottait dans la pièce. Bien que le mage ait laissé toutes les fenêtres ouvertes en allant chercher Varan.

– Je peux savoir ?

– Qui c'était ? Juste un fonctionnaire. Assieds-toi. Tu as décidé de partir ? Je ne peux pas te donner ma carte, tu risques de l'abîmer ou de te faire tuer à cause d'elle. Prends un grand coquillage et fais-en une bonne copie.

Il alla fouiller dans son coffre, sortit la carte et la déplia. Au craquement du papier, un léger frisson parcourut la peau de Varan.

– Tu n'es pas l'Empereur, marmonna-t-il.

– Ah bon ? répliqua Léréalaruun d'un air amusé.

– Alors, qui es-tu, Lumen ?

Sans le regarder, le mage étala la carte sur le parquet, prit l'un des coquillages sur la table, jeta les restes de nourriture par la fenêtre, laissant un rayon de soleil pénétrer brièvement dans la pièce. Varan ferma les yeux.

– Tiens.

Il lui lança le coquillage.

– Prends un grattoir et mets-toi au travail, plutôt que de traîner à ne rien faire.

Varan prit son canif dans sa poche. S'assit par terre. Le mage se percha sur le bord de la table, jambes croisées.

– Tous les fils de tout Empereur reçoivent le même nom.

– Tu es donc... J'avais deviné.

– Quelle perspicacité.

– Désolé, dit Varan en examinant la grande pamuette dans le coin inférieur gauche de la carte. Je ne suis qu'un fondu stupide... Que veux-tu dire par « de tout Empereur » ?

– L'Empereur est immortel et le trône est éternel.

Mais le trône, comme n'importe quel meuble, doit être réparé de temps à autre. Et les empereurs se succèdent afin que l'Empereur ne meure jamais.

Varan hésita.

– On peut donc être en même temps fils de l'Empereur et mage ?

– Non, ça n'arrive jamais. Ça n'était jamais arrivé jusqu'à ma naissance. C'est mon atout et aussi ma malédiction. Pour moi, c'est soit le trône, soit... rien du tout.

– Et ta mère...

– Je préfère qu'on ne parle pas de ma mère. Tu sais, dans les palais aussi il y a des cheminées, qui sont construites par quelqu'un. Je n'ai jamais vu mon père, mais peu importe.

Varan passa la paume sur la nacre. La coquille lui renvoyait sa propre image déformée.

– Qu'est-ce que tu fais ici ?

– J'attends que mon sort se décide, répondit sèchement Lumen.

– Et qui doit en décider ?

Le mage cognait du talon contre le pied de la table et regardait la fenêtre, comme s'il pouvait voir à travers le store.

– Les héritiers sont nombreux. L'Empereur est vieux et malade. Les clans que dirigent mes frères sont en lutte depuis longtemps, une guerre dont personne ne sait rien à Croc Rond, même pas le prince. Je suis forcé de rester là, on m'a mis à l'écart, pour me sortir de ma cachette quand quelqu'un aura gagné.

– Mais tu es un mage. Pourquoi te laisses-tu faire ?

Le mage s'allongea sur la table. Quelques feuilles de papier craquèrent sous son dos.

– Ils gardent ma mère en otage.

Varan resta silencieux.

– Mes frères aussi ont des mages à leur service, marmonna Lumen, comme pour se justifier. Mais tant que je ne bouge pas, ma mère ne risque rien.

– Le prince est au courant ?

– Il se doute de beaucoup de choses... Tu ne t'es jamais demandé ce qu'un mage impérial venait faire sur votre île minuscule, totalement inutile neuf mois par an ? C'est un lieu d'exil, Varan. Ou d'isolement. Mon prédécesseur qui a si joliment décoré cette pièce était un vieux sage...

Il s'interrompit, roula sur le côté, tomba de la table, atterrit à quatre pattes, se cogna le genou et grogna de douleur.

– ... qui visiblement ne dédaignait pas de faire joujou avec la monnaie impériale. Peut-être par pure curiosité scientifique. Peut-être était-il fier de son savoir-faire. Ou peut-être l'avait-on exilé pour cette raison. Pour fabrication de fausse monnaie. Je doute que nous le sachions un jour... Tu n'as pas beaucoup de temps devant toi, il faut que la copie de la carte soit très précise et tienne compte du changement d'échelle. C'est un travail qui te prendra plus d'une journée, tu peux me croire.

– Fais semblant d'être mort.

– Comment ça ?

– Tu es un mage ! Il faut que tu trouves le moyen de mettre en scène ta propre mort. Il est indispensable qu'ils y croient. Alors, ils ne feront pas de mal à ta mère.

Lumen, alias Léréalaruun, alias Pérégrin ne répondit pas.

– Nous pourrions partir ensemble, proposa Varan, étonné de sa propre témérité. En bateau. Librement... pour aller n'importe où. Retrouver ce vagabond dont tu m'as parlé. Et lui demander...

– Quoi donc ?

– Je ne sais pas au juste, dit doucement Varan. Mais j'aurais beaucoup de questions à lui poser. Par exemple, comment choisit-il les maisons où doivent régner... la paix et le bonheur ? Et comment prend-il la décision de construire une cheminée, pour que naisse un mage ?

Ils restèrent deux bonnes minutes assis par terre, face à face, à se regarder.

– Merci... de ta confiance, dit le mage en se relevant. Faire semblant d'être mort, c'est une bonne idée. Mais ça ne marchera pas. Il faudrait que je leur présente mon cadavre en bonne et due forme pour qu'ils y croient. Et puis... si ça se trouve, c'est peut-être moi qui vais devenir Empereur. En fait, depuis six mois que je suis là, je n'arrête pas de me demander qui je suis, le futur Empereur ou un cadavre en sursis.

Il sourit faiblement.

– Tu ferais un bon hélicier, dit Varan.

Léréalaruun haussa les sourcils.

– C'est un compliment ? Merci... Il faut que tu commences à copier la carte. L'Empereur est mourant. Nous ne savons pas quand ils viendront me chercher. S'ils viennent demain, tu n'auras pas le temps de finir.

Varan avait mal aux yeux à cause de ce travail si minutieux.

Certains jours, Lumen-Pérégrin-Léréalaruun ne venait pas le chercher, alors Varan se rendait sur le quai et donnait un coup de main aux ouvriers en échange d'un gobelet d'eau ou d'une gamelle de navottes. Il écoutait les conversations. Toujours les mêmes : sur la mort du pauvre Roïka, les récoltes, les maladies des pamuettes, les rumeurs en provenance de Petiote. Personne ne parlait de l'Empereur ni de sa mort prochaine ; si Varan avait évoqué le sujet, ils auraient pensé que Shouou lui avait troublé l'esprit.

Nila attendait leur mariage. Varan n'osait toujours pas lui parler de leur voyage prochain – ou plutôt de leur fuite prochaine.

– Eh bien, ne lui dis rien, conseilla Pérégrin. Tu lui diras dans la barque, quand vous serez partis... C'est à l'homme de décider, non ?

Varan acquiesça.

Il ne demandait pas au mage de l'aider, alors qu'il aurait certainement pu reproduire la carte d'un mouvement du doigt. Conscient que ce travail, scrupuleux, exténuant, était la seule forme de magie accessible à ceux qui sont nés dans une maison munie d'une cheminée ordinaire construite par un homme ordinaire. Ses efforts pour copier la carte étaient comme un sacrifice à la mer pour que la navigation se passe bien. En effectuant d'abord le trajet sur cette surface de nacre, il avait l'impression d'en garantir l'issue favorable.

Une semaine s'était écoulée depuis la visite de l'équipage volant. Plus la fin de son labeur approchait et plus Varan travaillait lentement ; sans qu'il se l'avoue à lui-même, il retardait le moment de tracer les derniers traits. Comme s'il craignait qu'une fois la carte achevée, le monde – le monde réel, pas celui qu'il avait dessiné – ne subisse une métamorphose.

– ... Si j'en avais le temps, dit Pérégrin, je te l'enlèverais.

Il ne pouvait rester en place ; il marchait dans la pièce, feuilletait des papiers, obligeait des objets à monter jusqu'au plafond de bois ; ils y demeuraient suspendus, oscillant légèrement, comme s'ils flottaient sur l'eau.

– Je ne te laisserais pas faire, répliqua Varan sans détacher les yeux de son coquillage.

C'était faux. Si le mage impérial s'était mis en tête de séduire Nila, Varan n'était pas du tout sûr qu'elle lui aurait résisté bien longtemps.

– Ton odeur n'est pas celle de l'amour, remarqua Pérégrin après une pause.

Varan posa son canif. Il se frotta les mains et marqua un temps d'arrêt avant de regarder enfin le mage dans les yeux.

– Je l'épouserai tout de même.

Le mage hocha la tête. La cruche en pierre qui flottait en l'air depuis quelques minutes tomba et laissa une éraflure sur la marqueterie. Pérégrin recommença à marcher de long en large et au grincement du parquet, Varan se remit à l'ouvrage.

L'air crépita derrière lui, des reflets dansèrent sur les murs, les paravents, les rideaux. Il se retourna : le mage était debout, tête renversée ; entre ses paumes se débattait un serpent de feu d'un bleu violacé.

Nila se laissera séduire, songea tristement Varan.

Et soudain, il eut envie de dire : « prends-la. »

Pérégrin n'avait peut-être plus que quelques jours à vivre. C'était peut-être sa dernière chance de connaître le bonheur. Et Nila se souviendrait toute sa vie... de cette aventure magique.

Varan baissa la tête, le visage brûlant de honte ; honte de ne pouvoir maîtriser ses pensées, plus basses que les plus basses terres, que la vase la plus puante...

– Qu'est-ce que tu as ? demanda le mage – uniquement pour rassurer Varan : je n'ai pas deviné. J'ignore ce que tu penses. Je n'en ai pas la moindre idée.

– Montre-moi encore quelque chose, demanda Varan. Un éclair... Une boule de feu...

– Tout le monde réclame toujours des tours de magie, constata tristement Pérégrin. Tout le monde, même les empereurs. Comme si les mages étaient des jongleurs de foire.

– Qu'est-ce que c'est, un jongleur ?

Pérégrin fit la moue et joignit les paumes.

– Être mage, ce n'est pas accomplir des tours de passe-passe ni faire voler des objets. Ni se sentir supérieur. Ni même se sentir libre. Moi par exemple, je suis aussi captif qu'un rat dans une petite cage. Mais tu vas peut-être me demander ce qu'est un rat ?

Pérégrin soupira profondément et desserra les mains. Un papillon de feu rouge éclatant vola vers Varan. Une traîne de flammes s'étalait derrière lui, rendant flou le contour de ses ailes ; le papillon se posa sur la carte, mais le papier ne brûla pas comme on aurait pu s'y attendre. L'insecte s'immobilisa. Le feu montait au-dessus de lui telle une voile. Le papillon brûlait sans être consumé.

– Je sais ce que font les mages, dit Varan en s'écartant prudemment. J'ai entendu des tas d'histoires à ce sujet. Mais si tu comptes m'expliquer ce que ça signifie, être un mage... de toute façon, je ne pourrai jamais comprendre.

– Tu comprendras, assura Léréalaruun. Produire des anomalies dans le genre de celle-ci – il indiqua le papillon – est une chose. Lâcher dans le ciel ne serait-ce qu'un oiseau véritable... qui puisse vivre sa vie, laisser des descendants et mourir, et que ses os reposent sous une couche de mousse...

– Je ne comprends pas, marmonna Varan.

– Eh bien, contente-toi d'écouter, plus tard tu te souviendras de mes paroles. Combien de temps encore ?

Varan ne saisit pas immédiatement qu'il parlait de la carte. Il gratta de l'ongle un trait légèrement de travers.

– J'ai fini. J'ai fait du mieux que j'ai pu. J'arriverai à bon port.

– Tu y arriveras, confirma Pérégrin. Les mages apportent au monde quelque chose qui n'existait pas auparavant.

– N'importe quelle femme en est capable, répliqua Varan.

Pérégrin sourit et secoua la tête. Il joignit à nouveau les paumes.

– Les mages sont un mystère. Celui qui est à l'origine de ce mystère connaît la réponse à toutes les questions. À condition bien sûr de savoir les poser correctement.

– Ce fameux vagabond ?

– Oui... le Feu errant. Il connaît l'origine du monde. Il

sait pourquoi tout est imparfait, et aussi où vont les gens après leur mort... Il sait tout.

– Tu es sûr ? demanda Varan. Est-ce un homme ou...

Pérégrin desserra les mains. Elles étaient vides. Il prit sa respiration, comme s'il avait l'intention de dire quelque chose de très important, et soudain, il tendit l'oreille.

– Ils arrivent, lâcha-t-il à voix basse.

– Qui ça ?

– Là-bas.

D'un geste il indiqua le nord-ouest.

– Ils ont décidé de mon sort et ils arrivent pour m'informer... des détails.

– Mais qu'ont-ils décidé ? demanda Varan. Que vont-ils faire de toi ?

Pérégrin courut sur le balcon. Varan sortit ses lunettes et lui emboîta le pas ; appuyé à la balustrade, le mage exposait son visage au vent.

– Le vent souffle du sud.

– C'est mauvais signe ?

– Je ne sens rien... Sauf que la décision est prise. Mais j'ignore au profit de qui.

– C'est encore un équipage ?

– Des cavaliers. Trois ou quatre.

– Est-ce que nous devons... nous préparer à les recevoir ? demanda Varan avec inquiétude. Tu as peut-être... des armes ?

– Merci, dit Pérégrin avec un faible sourire.

– De quoi donc ?

– De m'avoir aidé à surmonter ces quelques jours. Maintenant, tu dois partir.

Varan suivit son regard : au nord-ouest, on distinguait déjà quatre points dans le ciel verdâtre.

– Je reste, dit Varan.

Sans un mot, le mage regagna la pièce ; il le suivit. Le papillon de feu était toujours posé sur l'original de la carte, près de l'archipel des Nuits. Pérégrin claqua des mains, le vent s'engouffra dans la pièce et emporta l'insecte par la porte entrouverte.

– Ferme la porte, demanda-t-il d'une voix fatiguée en s'asseyant dans un fauteuil.

Varan ferma l'accès au balcon.

– Tu te cacheras dans un coin derrière le paravent, poursuivit-il en caressant du doigt la pierre rouge de sa bague. J'irai les attendre en haut. Tu entendras. Si je dis «blanc», tu pourras sortir. Si je dis «bleu», alors... alors il faudra te cacher, sans faire le moindre bruit, jusqu'à ce qu'ils... jusqu'à ce que nous... soyons partis. Descends aussitôt de la tour, puis descends encore, dans les basses terres... Avec Nila. Et n'oublie pas la carte.

Varan écarta un coin du rideau ; les quatre points étaient suspendus dans le ciel, on pouvait déjà distinguer un mouvement régulier : le battement des ailes.

– J'y vais, dit le mage sans bouger.

– Tu as encore le temps.

Pérégrin secoua la tête.

– Non, je n'ai plus le temps. Les mages peuvent être des salauds ou des imbéciles. Il n'existe aucune loi qui fasse que ce soient les meilleurs, les plus intelligents ou les plus gentils qui naissent mages, mais le monde est attiré par eux, comme vos poissons aimantés sont attirés par Petiote... Apporter quelque chose qui n'existait pas auparavant. Je n'ai pas su le faire... Peut-être parce que le temps m'a manqué.

Il se leva. Passa derrière le paravent ; Varan entendit un bruit d'étoffe et, curieusement, un bâillement sonore. Puis Pérégrin ressortit, vêtu de sa longue tunique d'un blanc argenté. Les plis coulaient d'une épaule à l'autre, descendaient de la ceinture jusqu'aux pieds.

– Écoute... Trouve-le. Trouve-le et demande-lui comment il choisit les maisons où il allume un feu et celles où il construit un âtre. Et pourquoi les gens meurent. Et où ils vont après leur mort...

Lumen posa la main sur la rampe de l'escalier qui menait à la plateforme. Puis il se retourna :

– Et aussi pourquoi il est impossible de remonter le temps ni de l'arrêter, ne serait-ce qu'une minute. D'ici que tu le trouves, tu auras beaucoup d'autres questions à poser. Trouve-le et demande-le-lui !

La trappe s'ouvrit. Varan ferma les yeux. La trappe retomba avec un choc retentissant, coinçant le bord de la tunique, se souleva à nouveau pour le dégager.

Varan prit le coquillage avec la copie de la carte et le

rangea dans la sacoche de cuir accrochée à sa ceinture. Puis il le ressortit et le cacha sous son vêtement.

Un battement d'ailes.

Varan monta l'escalier jusqu'à la trappe, colla son oreille au bois tiède et attendit.

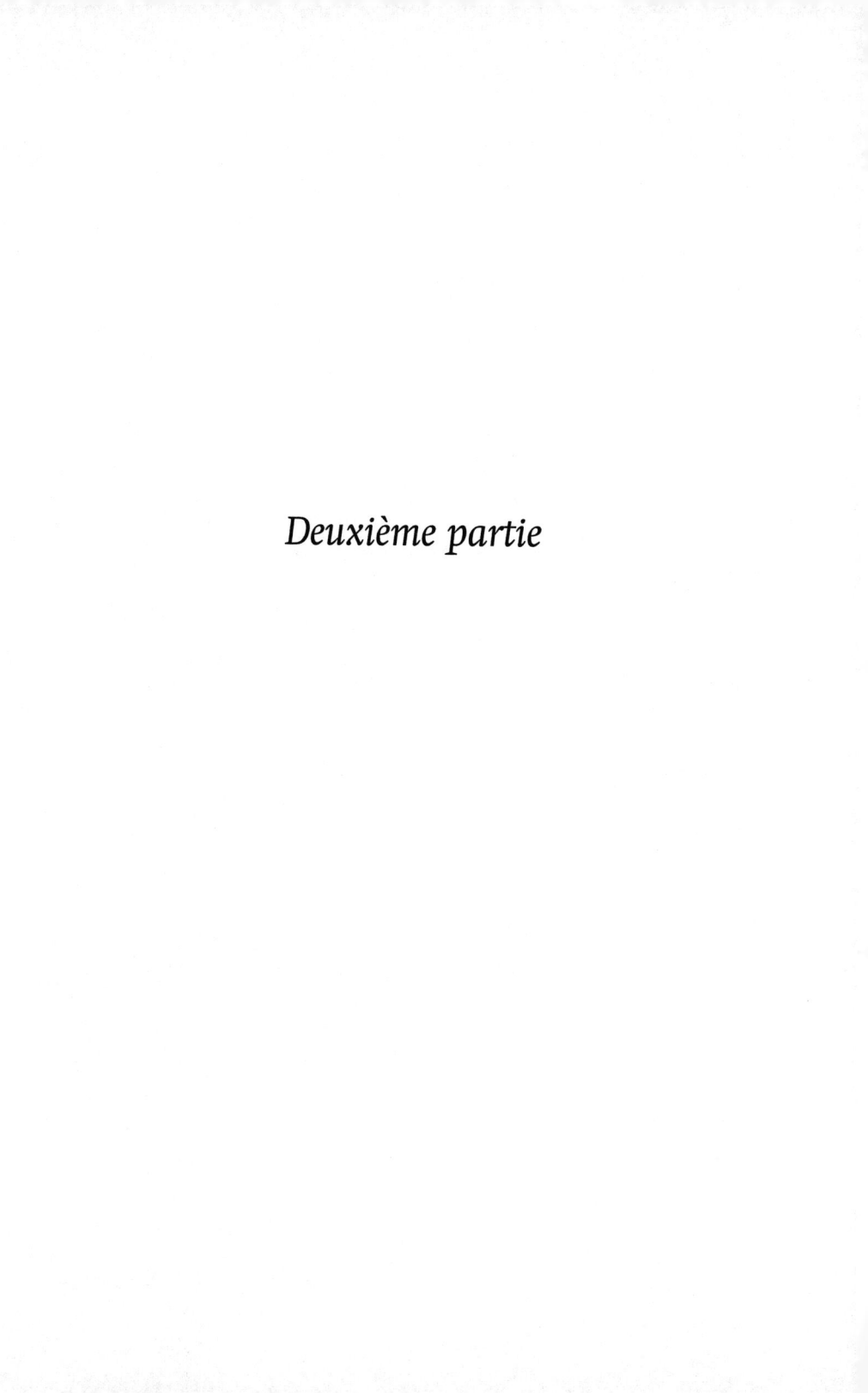

Deuxième partie

Chapitre 1

– Ici, le ciel est généralement de couleur verte. Mais aujourd'hui, il est bleu, comme durant la saison. Pas vrai, les amis ?

Varan savait que c'était un rêve. Il devait faire quelque chose, bouger, changer de position... respirer un bon coup...

Au-dessus de la couche lisse des nuages volaient quatre ailamas ; soudain, une silhouette en longue tunique claire tomba de l'un d'eux, tête en bas, s'immobilisa dans l'air, bras écartés. Les ailamas eurent le temps de faire demi-tour et Varan de penser : *Tu mentais en disant que tu ne savais pas voler.*

Mais l'homme volant chuta de son piédestal invisible, fit la culbute et disparut sous les nuages...

Varan toussa et s'assit. Tufa qui dormait à côté de lui s'agita, mécontente.

Il faisait si sombre que le ciel semblait inexistant. Et pas le moindre souffle de vent ; même au sommet de la colline où Varan et Tufa s'étaient installés pour la nuit, l'air était épais et stagnant.

Varan se leva. Deux fois par an environ, il revoyait la mort de Pérégrin en rêve et c'était généralement le prélude à des événements majeurs. Il ne savait jamais à l'avance ce que le rêve annonçait, mais une chose était sûre : il ne parviendrait pas à se rendormir.

Varan fit quelques pas pour se dégourdir les jambes. S'assit sur une pierre, posa le menton sur ses doigts croisés et essaya de s'orienter. Depuis trois jours, Tufa et lui marchaient vers le levant sans rencontrer la moindre habitation humaine. Le pouvoir de l'Empereur ne s'étendait pas sur ces territoires : difficile de contrôler un pays où les distances se mesurent en journées de marche. Les habitants du cru ne connaissaient pas d'autre unité pour calculer leurs déplacements et n'en avaient pas besoin.

Varan cligna des yeux. Non, ce n'était pas une illusion : à l'est brillait une lueur. Minuscule. Unique fragment de lumière dans le royaume de l'obscurité. À moins d'une demi-journée de marche. S'il réveillait Tufa et s'ils se mettaient en route maintenant, ils pourraient y être pour le petit déjeuner.

Mais mieux valait attendre l'aube. Au pied de la colline s'étendait une sapinière donc l'aspect ne lui disait rien qui vaille. La veille, Varan l'avait longuement examinée avant de tenir conseil avec Tufa. Et ils étaient tombés d'accord : la prudence commandait de la contourner, de préférence au matin et de préférence à bonne distance. Une pinède passe encore, mais une sapinière... Tout être doué de raison s'en tiendra éloigné.

La lumière scintillait.

Des lève-tôt. Encore deux heures avant le lever du jour. Peut-être une alerte, ou quelqu'un qui est tombé malade ?

– Nous le saurons aujourd'hui, prononça Varan à haute voix.

Tufa s'approcha sans bruit et posa son museau sur son épaule en reniflant. Son oreille devint chaude et mouillée.

– Va dormir, dit Varan. Nous avons encore le temps. Dors.

Tufa grogna.

– Je l'ai encore revu en rêve, dit Varan. Il va se passer quelque chose.

Tufa soupira avec bruit.

– Tu sais, dit Varan, on dit que les morts peuvent nous voir... Peut-être cherche-t-il à nous mettre en garde ? À nous aiguiller sur le bon chemin ? Qu'est-ce que tu en penses ? Penses-tu qu'il n'a rien d'autre à faire que s'inquiéter d'un ancien fondu inconnu de tous ?

Évidemment, Tufa ne répondit pas.

– Puisque nous sommes réveillés, marmonna Varan en lui grattant l'oreille, on pourrait peut-être manger un morceau ?

Le vent avait dissipé les nuages et s'était apaisé avant le lever du jour. Les hautes herbes chargées de rosée s'inclinaient presque jusqu'à terre. Tufa courait devant, lui frayant un chemin, et l'eau coulait sur son poil rêche et imperméable ; les herbes, libérées du poids des gouttes, se redressaient en frémissant comme si elles venaient seulement de remarquer l'arrivée du matin. La steppe sauvage, creusée de fossés et sillonnée de ruisseaux, était aussi large qu'indifférente. La sapinière, hérissant ses sommets irréguliers, vivait sur elle comme une puce minuscule sur le pelage de Tufa.

Varan regardait tour à tour à ses pieds et du côté de la sapinière. Les arbres se dressaient, presque tronc contre tronc. Un entremêlement de branches. Juste au-dessus du sol jonché d'aiguilles sèches existait un semblant de passage. Varan avait l'impression d'un vague mouvement dans cet espace dès qu'il détournait le regard.

La forêt exhalait une odeur de pourriture, et aussi quelque chose d'indéfinissable. Tufa le sentait bien plus nettement : elle s'immobilisait de temps à autre, le museau tourné vers les arbres. Alors, Varan s'arrêtait aussi. Le poil de la bestiasse se hérissait et elle paraissait attendre, puis, comme déçue, elle poussait un rugissement sonore et se remettait en marche.

– J'espère que nous ne sommes pas trop près, mar-monnait Varan.

Enfin, le soleil se leva. La sapinière resta derrière eux. En escaladant une colline oblongue, ils tombèrent sur un semblant de sentier qui les mena à un ruisseau. Ils s'installèrent pour déjeuner. Varan divisa honnêtement en deux le dernier morceau de pain de route, dur comme de la viande séchée et aussi nourrissant. Grâce à l'Empereur, l'eau douce ne manquait pas par ici. On pouvait boire autant qu'on voulait, se baigner ou rester simplement assis à regarder.

Varan observait Tufa qui marchait sur l'autre rive en reniflant. Puis, ayant visiblement pris une décision importante, la bestiasse tourna vers Varan son museau rond et poussa un rugissement d'encouragement. Après quoi, elle s'éloigna sans se soucier de la manière dont son maître allait traverser le ruisseau.

– Attends !

L'eau était très froide. Des bottes en cuir de pifre auraient été bien utiles, mais il n'y avait pas de pifres dans ces régions. Il n'y avait ni oiseaux ni animaux d'aucune sorte. Pourtant, la sapinière qu'ils avaient eu le bonheur d'éviter n'aurait certainement pas dédaigné un peu de viande fraîche.

Le soleil monta plus haut. Tufa avait mené Varan à un vrai sentier, presque une route avec des ornières étroi-tes, nettement délimitées.

La colline suivante permit de découvrir une maison

en contrebas : un grand édifice en bois aux multiples dépendances et une tour d'observation faite d'un seul tronc de pin. Derrière la maison s'étendait une forêt mixte, certainement à moitié apprivoisée. Entre maison et forêt, un beau champ bien entretenu, dont une moitié était déjà moissonnée, tandis que l'autre achevait de mûrir. Le ruisseau était coupé d'une digue, la construction sombre qui se dressait au-dessus de l'étang était sans doute un moulin. Tufa bâilla bruyamment.

– Ils vivent bien, constata Varan. Pourquoi se lèvent-ils si tôt ?

Tufa lui donna un coup de museau dans le dos pour l'inciter à se dépêcher.

– Bon, on y va, dit Varan.

Il se coucha sur le dos de Tufa, répartissant son poids le long de l'échine, trop fragile pour un cavalier assis. Tufa baissa la tête et s'élança, les tiges des herbes défilèrent devant les yeux de Varan, les restes de pain bougèrent dans son ventre à moitié vide, et son épaule blessée l'an passé se rappela à son bon souvenir.

– Il ne faut pas les effrayer, dit-il entre ses dents pour éviter de se mordre la langue. Tu t'arrêteras à mille pas de la maison, d'accord ?

Mais leur arrivée fut remarquée avant. Un enfant poussa un cri perçant au sommet de la tour.

Tufa leur faisait peur, et ils ne s'en cachaient pas. Ne voulant déranger personne, la bestiasse s'écarta et s'étendit au bord de l'étang au moulin, contemplant l'eau d'un air pensif. Bientôt, un coup de patte dans l'eau et un grognement satisfait indiquèrent à Varan qu'il y avait du poisson.

On lui demanda d'attendre une minute dans la cour. Puis on l'invita solennellement à entrer. Ils avaient éteint le feu et balayé les cendres. Un beau tas de bûches était posé au centre de la pièce.

– Nous te souhaitons des jambes solides, homme bon, et une étoile pour conduire ton voyage, dit un homme bien bâti qu'on avait scrupule à qualifier de vieillard. Fais-nous l'honneur d'allumer le feu.

Varan inclina la tête. Lentement, selon la tradition, il approcha de la cheminée. Rassembla en tas le petit bois sec, sortit de sa poche l'« étincelle » rapportée des régions côtières. Fit claquer la pierre, retint la flamme, souffla pour faire prendre le bois. Ses hôtes derrière son dos retenaient leur souffle, admiratifs : Varan savait depuis longtemps qu'à l'intérieur du continent, les « étincelles » étaient inconnues ; leurs briquets étaient lourds et peu commodes.

Les copeaux prirent feu. Varan mit la bûche, attendit quelques minutes et en ajouta une seconde. Il referma la porte de l'âtre : il s'agissait d'allumer le feu, pas de gaspiller tout le bois qu'on avait mis à sa disposition.

– Merci, homme bon, dit le maître de maison après une pause. Mets-toi à table, ta joie est notre joie.

Varan se conduisit en visiteur expérimenté. Et il était clair que son hôte savait recevoir : il ne lui demanda pas son nom et ne se nomma pas, attendant que Varan en prenne l'initiative. Des voyageurs arrivaient donc parfois jusqu'ici.

Varan s'assit à la place qu'on lui proposait. La famille commença à s'affairer, remplissant d'agitation tout le vaste espace de la pièce : les femmes mirent la table, les hommes déplacèrent les bancs, les enfants les plus âgés préparèrent de l'eau pour le lavage des mains, tandis que les plus jeunes tournaient entre leurs jambes. Tufa rugit près du lac et tous sursautèrent, y compris le chef de famille.

– Elle ne vous fera aucun mal, dit Varan.

L'hôte hocha la tête :

– Je vois que tu viens de très loin. De telles créatures ne vivent pas dans la région, à vingt jours de route.

– Elle vient des régions côtières, dit Varan.

La jeune femme qui portait une gamelle fumante tré-bucha et faillit lâcher le plat.

– Les régions côtières n'existent pas, protesta une voix enfantine mal assurée dans un coin.

– Mais si, affirma Varan. Il existe des régions côtières, et même des îles...

Les hommes échangèrent un regard.

– La dernière fois que nous avons eu de la visite,

c'était il y a six mois, dit l'hôte. Et encore, ils ne venaient pas de loin, seulement trois jours de marche : ils accompagnaient l'épouse de mon fils cadet.

Il indiqua d'un signe la plus jeune des femmes, une rousse à la peau blanche parsemée de taches de rousseur qui rougit sous le regard de Varan.

Varan sortit un paquet de son sac et le posa au bord de la table.

– C'est un envoi de vos parents, jeune dame. J'ai passé la nuit sous leur toit et ils m'ont indiqué le chemin.

Nouvelle agitation. La petite rousse faillit fondre en larmes en serrant le cadeau contre son cœur. Hors d'état de prononcer un mot, ou peut-être n'osa-t-elle pas prendre la parole ; être mariée à trois jours de route de la maison de ses parents n'est pas un sort très enviable.

Le repas commença sous les sanglots de joie de la jeune mariée. En fait, seul Varan mangeait ; les autres le regardaient, attendant qu'il soit rassasié. Après avoir fini de mâcher (c'était un gruau épais, chaud et nourrissant), il se redressa, jeta un regard circulaire, repoussa la gamelle et dit :

– Je m'appelle Varan.

Personne n'alla travailler ce matin-là : comment travailler alors qu'un voyageur vient d'arriver ?

La journée était claire. On décida de s'installer dans la cour ; toute la famille s'assit en cercle autour de Varan.

– Que voulez-vous que je raconte d'abord ?

Cette question aussi faisait partie du rituel. L'hôte, constatant une fois de plus qu'il avait affaire à un homme d'expérience, commença à l'interroger :

– Dis-moi, c'est toujours l'Empereur qui commande ?

Varan étendit les jambes avec délices.

– Oui, l'Empereur est toujours là et l'Empire aussi, sauf que le pays Forestier est en rébellion. Ils ont pour roi quelqu'un qui se fait appeler « le fils de Shouou » ; on ignore qui il est et d'où il vient ; mais les Forestiers lui font confiance et ne craignent pas l'Empereur. Forcément, dans les bois, on ne peut pas combattre à dos d'ailama...

– Les ailamas n'existent pas, marmonna le petit-fils aîné.

On lui adressa des regards expressifs, mais personne ne leva la main sur lui. Dans les Côtes du Nord, le gamin aurait déjà écopé d'une raclée mémorable. Là-bas, près du cœur de l'Empire, on respecte strictement la règle de « la langue cadette » qui donne l'impression qu'enfants et adolescents sont muets.

– Que va-t-il se passer ? Ça veut dire qu'il y aura la guerre ? demanda doucement l'hôtesse, une femme qui paraissait beaucoup plus âgée que son mari, au point qu'on aurait pu la prendre pour sa mère.

– Oui, c'est la guerre, confirma Varan. Possible que la forêt soit déjà en feu. L'Empereur a menacé de la brûler si les rebelles ne lui livraient pas le fils de Shouou mort ou vif. Mais ils ne le livreront pas, bien entendu.

Il se rejeta contre le dossier du banc et regarda le ciel. Pas un nuage. Pas une fumée. Pas un bruit. Quoi qu'il arrive ailleurs, l'écho n'en parviendrait pas jusqu'à ces lieux.

– Je veux aller à la guerre, marmonna le gamin obstiné et sa mère, une femme robuste aux cheveux noirs, l'épouse du fils aîné, lui donna une taloche, purement symbolique.

– Dis-moi, demanda le fils cadet, la sapinière qui se trouve sur la route, tu l'as passée?

– Je l'ai contournée.

– Oui, ça je m'en doute. Mais quelle est ton impression?

– Mauvaise. Elle a un sale regard...

– Avant, elle était à un jour de route, précisa le fils aîné. Cette saleté se rapproche de plus en plus. Il faut lui faire peur avec du feu, pour lui apprendre à se tenir à distance.

– Dis-moi, demanda l'hôte, que raconte-t-on au sujet de la foire?

– Elle aura lieu comme d'habitude. Au solstice. Vous pouvez déjà vous préparer.

Tout le monde parut content. Le petit-fils récalcitrant faillit lâcher une remarque, mais changea d'avis en croisant le regard de son père. La foire était un grand événement pour ces gens, presque autant qu'un mariage : une

279

fois l'an avait lieu un grand rassemblement dans un village très peuplé pour ces régions : cinquante personnes vivant au même endroit ! La foire durait une semaine ; non seulement on y vendait et on y achetait, mais on y échangeait les nouvelles, c'est là qu'on se rendait pour mettre ses enfants en apprentissage et c'est là que se décidaient les futures unions.

La plus jeune des belles-filles, dont le visage était couvert de taches rouges sous l'effet de l'émotion, voulait depuis longtemps poser une question. Pendant que les hommes discutaient de la foire, Varan se tourna vers elle :

– Vos parents vont bien. Leur santé est bonne. Le champ est fertile. Votre frère compte se marier l'an prochain. Je ne pourrai pas leur transmettre de cadeau en retour, ma route va plus loin, vers l'est...

Tout le monde se tut soudain. Varan ne comprit pas pourquoi la conversation s'était interrompue subitement ni pourquoi on le regardait avec étonnement et effroi.

– À l'est d'ici, ce n'est pas... dit l'hôte après un silence, ... pas tranquille du tout. Je voulais justement te demander si les gens étaient au courant, mais si tu vas vers l'est, ça veut dire qu'ils ne savent pas encore.

Le regard de Varan alla d'un visage à l'autre.

– De quoi s'agit-il ? D'une forêt sauvage ? Ou d'un champ ?

– Pire, avoua l'hôte. D'un homme.

– Un homme ne peut pas être si terrible.

L'hôte se leva lourdement.

– Viens, je vais te montrer.

Dès qu'ils s'éloignèrent de quelques pas, tout le monde se remit à discuter à mi-voix, il entendit les mots « sapinière », « foire » et « guerre ». L'hôte conduisit Varan jusqu'à l'escalier de la tour d'observation.

– Tu n'as pas le vertige ? La tour est haute.

Varan sourit.

– Non.

– Alors monte.

Il s'écarta pour le laisser passer.

– Elle ne résistera pas au poids de deux hommes. Quand tu seras au sommet, regarde à l'est. Puis nous en reparlerons si tu veux.

Varan monta. Non seulement la tour n'aurait pas supporté le poids de deux adultes, mais elle supportait difficilement celui d'un seul. C'étaient toujours des enfants qui montaient la garde. Il devinait l'identité de celui qui l'avait vu arriver.

Tufa était restée au bord de l'étang et dormait paisiblement, roulée en boule devant un petit tas de têtes de poisson. Varan se dit qu'elle devait être vraiment repue pour dédaigner les têtes. Mais elle ne manquerait pas de les manger à son réveil.

Dans la partie non encore moissonnée du champ, les épis s'agitaient, et le vent n'y était pour rien, car il n'y avait pas le moindre souffle d'air. Les épis bougeaient en cercles concentriques, dans un sens puis dans l'autre : le champ était nerveux, sans raison apparente. Il s'inquiétait peut-être que personne ne soit venu le moissonner ce matin.

Devant la forêt, Varan distingua un amoncellement de bûches. La famille ne manquait pas de bois de chauffage. La forêt devait être bien apprivoisée. À moins qu'ils ne soient parvenus à conclure un accord ?

Varan monta plus haut. Du point de vue des habitants qui vivaient depuis l'enfance parmi des collines basses, la tour de guet était effectivement située à une hauteur impressionnante : dix fois la taille d'un homme. L'escalier de bois ne ressemblait pas aux marches de pierre qu'il montait jadis pour accéder à la plateforme de l'hélice, mais la mémoire de ses muscles lui envoya des images à moitié effacées : la pluie... le poids des sacs postaux sur son épaule... son père vérifiant le ressort de lancement.

Je ne sais même pas si mes parents sont toujours vivants, songea Varan. *Je ne connais pas les enfants de Lilka et de Toska. Ils me croient mort, c'est certain. Après tant d'années...*

Il se souvint de Nila sur le quai, cherchant à le convaincre de ne pas partir on ne sait où, de rester à Croc Rond. Elle pleurait et la pluie barbouillait les larmes sur son visage... Les souvenirs de Varan s'interrompirent, car à l'est, derrière la colline la plus proche, lui apparut une plaine gris brun.

Varan monta encore en l'observant.

Sans conteste, il y avait eu des champs de ce côté. On en devinait encore les contours – les champs, on ne sait pourquoi, préfèrent toujours les formes rectangulaires. Et aussi une forêt, vaste et vieille. On voyait encore les troncs. Du moins ce qui en restait.

Varan plissa les paupières et regretta de ne pas avoir de longue-vue. Il s'en était procuré une à Nez de Guêpe, mais l'avait noyée durant une tempête et n'avait pu en racheter une nouvelle : dans les Côtes du Nord, elles étaient hors de prix.

Une rangée de pierres. Un bâtiment, ou plutôt des ruines. Apparemment inhabitées. Pas d'autres maisons, ni de cabanes ni le moindre signe de présence humaine. À part cette terre morte...

– Ça ne donne pas envie de le rencontrer, marmonna Varan.

Il observa les alentours. La steppe somnolente s'étendait sous la lumière du soleil, un ruisseau miroitait. Plus loin on voyait la masse sombre de la sapinière que les deux frères espéraient effrayer en faisant du feu. Restait à savoir qui ferait vraiment peur à qui.

L'hôte l'attendait en bas. Voir Varan descendre sans la moindre moiteur au front ni aucun signe de vertige lui inspira un regain de respect.

– Un mage ? demanda Varan en indiquant l'est d'un signe de tête.

L'hôte réfléchit avant de répondre.

– Un assassin, rectifia-t-il enfin. Nous rendions visite

à ces champs dans le temps. C'est mon beau-père qui vivait là-bas. Il avait construit une maison de pierre qu'il qualifiait de château. Ses champs étaient beaux, bien fertiles et doux de caractère, ils apportaient trois récoltes par an. La forêt, il est vrai, était un peu sauvage, mais assez fréquentable. Une bonne forêt. Mon beau-père est devenu veuf, il a marié ses filles. Puis il est mort. Nous l'avons enterré sous un champ, comme il convient. La maison est restée à l'abandon parce qu'elle était trop loin. Mais il y a un an... Le petit Mika accourt un soir et dit qu'il a vu un feu. Je n'ai pas voulu croire le gamin, je suis monté moi-même. Et je l'ai vu aussi. Qui est-il et d'où vient-il ? Nous n'en savons rien.

L'hôte reprit sa respiration.

– J'ai envoyé mes garçons en reconnaissance... Vous autres, dans l'Empire, vous avez de la chance. Dès que vous avez un problème, vous écrivez à l'Empereur et la garde arrive. Chez nous, il en va autrement. Chacun doit se défendre par ses propres moyens.

Il regarda autour de lui pour vérifier que personne ne l'entendait.

– Je pense que nous serons bientôt forcés de partir. De tout abandonner et d'aller ailleurs.

– Que vous veut-il donc ? demanda Varan, étonné.

– Il tue, dit l'hôte en hochant tristement la tête. De plus en plus près. S'il n'y avait pas les femmes et les

mioches, nous pourrions peut-être l'attirer et... le sup-
primer. Les mages ne sont tout de même pas immortels.

Il était clair que l'hôte ne croyait pas lui-même à ces
plans chimériques.

– Mais par où est-il venu ?

– Une chose est sûre, il n'est pas passé par chez nous.
Soit il est venu de l'est, soit... il paraît que les mages
savent voler ?

– Non, dit Varan.

L'hôte le considéra d'un air soupçonneux.

– Comment le sais-tu ?

Vers midi, la famille se souvint du pain qu'il fallait
cuire, du champ à moissonner et des autres travaux
courants. Varan rendit visite à Tufa au bord de l'étang.

Les têtes de poisson avaient disparu, seules quelques
écailles restaient collées aux feuilles de bardane et
brillaient au soleil. Tufa frappa l'herbe froissée de sa
queue et Varan constata qu'elle n'était pas aussi calme
qu'elle voulait le paraître.

– Je sais, dit-il en posant la main sur la nuque rêche
de la bestiasse. Nous l'avons enfin trouvé. Mais je ne
sais pas si nous devons nous en réjouir.

Tufa agita à nouveau la queue, assurant qu'ils avaient
tout de même des raisons d'être contents.

Les roseaux craquèrent de l'autre côté de l'étang.
Tufa bougea paresseusement une oreille. Des chuchote-
ments et des rires fusèrent des roseaux et quelqu'un

souffla d'une petite voix effrayée et admirative : «Tu as vu sa gueule ! »

Tufa rugit. Les roseaux se refermèrent. Tout redevint silencieux.

– Tu devrais l'attacher, remarqua une voix derrière Varan. À cause des enfants...

La belle-fille aînée le regardait derrière le coin du hangar à bois, pâle et concentrée, prête à courir au moindre signe de danger et à crier pour donner l'alarme.

Tufa ferma les yeux et se coucha comme un sac aux pieds de Varan.

– Vous n'êtes pas d'ici, dit Varan.

La femme recula légèrement.

– Ça fait dix ans que je vis ici...

– Mais avant, vous viviez beaucoup plus loin.

– Oui, reconnut la femme après une hésitation. À vingt jours de marche.

– Oh, dit Varan.

La femme se décida à sortir de derrière le hangar et même à esquisser un pas dans sa direction.

– Ce n'est pas à vous de vous en étonner. Vous qui venez des Côtes. Comment avez-vous vu que je n'étais pas d'ici ?

– Les gens d'ici n'ont pas peur des voyageurs ni de ceux qui les accompagnent.

– Ah... Je n'y avais pas pensé.

– Mais vos enfants le savent déjà. Ils sont moins

effrayés que curieux. C'est votre champ, non ? Et votre étang ? Et la forêt aussi est à vous ?

– La forêt est seulement pour le vieux, dit la femme. Il est le seul à s'entendre avec elle. Elle laisse les enfants entrer pour se promener... Mais c'est tout.

– Avez-vous jamais vu des brigands attaquer une ferme comme la vôtre dans la steppe ?

– Non, grâce à l'Empereur.

– Eh bien moi, je l'ai vu. Sauf que ce n'était pas une forêt mais un marais qui se trouvait à proximité. Les fermiers aimaient beaucoup les baies des marais. Ils en avaient des baquets entiers sous glace...

– Et les brigands ?

– Ils étaient trois. Le marais était vaste. Alors...

– Il les a engloutis ?

– Je n'avais encore jamais vu un marais poursuivre une proie.

– Impossible, dit la femme d'un ton de reproche. Un marais ne peut courir après personne, il est trop lent. Je vous ai cru, alors que vous me racontiez des blagues. Ce n'est pas bien !

Elle lui tourna le dos et s'éloigna. Tufa soupira.

– Si quelqu'un venait te voir, remarqua Varan à mi-voix, pour te dire : ton fiancé vit à vingt jours de marche, fais tes bagages... Que lui dirais-tu, hein, Tufa ?

La bestiasse ne répondit pas.

– Oui, bien sûr, il est passé par ici, assura l'hôte.

287

Au soir, les nuages se concentraient. Le vent s'était levé, on entendait partout des bruissements et des voix. En provenance de la steppe. Du champ. De l'étang. Et sur tous ces soupirs et ces plaintes pesait, tantôt proche, tantôt éloigné, le rugissement sourd du bois.

Les enfants dormaient ou faisaient semblant. Les adultes s'étaient hâtés de finir leurs travaux. Varan et son hôte étaient assis sur le banc devant la maison. L'hôte fumait, sa pipe rougeoyait de temps à autre.

– J'étais encore jeune. Ce sont mes parents qui ont construit cette maison, levé le champ, installé la digue et tout le reste. Nous étions quatre enfants, mais l'une de mes petites sœurs est morte, son corps repose sous le champ... À l'époque, nous avions des voisins. Là où se trouve la sapinière, ils avaient un champ et une maison. Un voyageur est arrivé, comme tu l'as décrit : d'âge moyen, le crâne légèrement dégarni, avec un bâton. Il ne s'est pas arrêté chez les voisins, il est venu demander l'hospitalité à mes parents. Nous l'avons invité à allumer le feu selon les règles, comme on l'a fait avec toi... Alors il l'a allumé.

L'hôte se tut et le rougeoiement de sa pipe devint plus vif.

– Peut-être n'était-ce pas lui ? demanda Varan.

Le bruit du vent couvrit la fin de sa phrase, mais l'hôte s'attendait à la question.

– Nos voisins... une terrible histoire. Ils étaient travailleurs, mais n'avaient pas d'enfants. Ils sont allés à la foire... Le temps a passé et ils ont eu un fils. Le père en sautait presque de joie. Puis il a eu des doutes. Et s'est mis en tête que l'enfant n'était pas de lui. Vrai ou pas, il a tué le petit et l'a enterré sous son champ. Après ça, le champ est devenu comme fou. Sa femme est partie. Et il est mort. La maison est tombée en ruines, et maintenant, il y a cette sapinière. Tandis que chez nous...

Il baissa légèrement la voix.

– Quand j'étais jeune, ma femme était à faire peur, comme... ton animal. Rien ne lui plaisait. Et quant à moi, je ne l'aimais pas du tout. Mais depuis le jour où il est venu allumer le feu, tout s'est arrangé. J'apprécie ma femme, bien qu'elle soit très vieille maintenant. Et elle aussi m'apprécie. Et nos enfants... Mes garçons voulaient choisir eux-mêmes leurs épouses. Mais je ne les ai pas laissés faire, j'ai décidé pour eux. Au début, il y a eu des cris et des larmes, mais maintenant, ils s'entendent tous à merveille ! Et les enfants sont en parfaite santé. Le champ est fécond. Nous vivons bien. Si seulement il n'y avait pas...

L'hôte se tut et secoua la tête d'un air accablé.

– Notre maison est heureuse, elle porte la marque du vagabond. Mais nous allons devoir l'abandonner. Ce mage, qu'il soit donc... Il causera notre perte. Ce n'est pas encore pour aujourd'hui, mais il finira par nous avoir, je le sens. Quand la foire aura lieu, il faudra y emmener les enfants et les placer en apprentissage. Le plus loin possible. Tu viendras à la foire avec nous ?

L'hôte posa la question comme en passant, mais Varan comprit parfaitement : un homme solide, en bonne santé, c'était un sac de marchandises supplémentaire ; dans cette région vallonnée, on transportait les marchandises à dos d'homme.

– Non, dit-il avec regret. Ma route me conduit à l'est.

L'hôte faillit lâcher sa pipe.

– Tu risques de le rencontrer. Et même si tu ne le rencontres pas, comment voyageras-tu sur des terres mortes ? Tout est mort par là-bas.

– Il n'a pas pu détruire la steppe entière.

– Qui sait...

L'hôte soupira et se tut pour longtemps. La porte s'ouvrit sans bruit et l'hôtesse sortit sur le seuil.

– Vous rentrez vous coucher ? Varan pourra dormir sur le coffre.

– On arrive, répondit l'hôte. Juste le temps de finir ma pipe.

La porte se referma.

– Dis-moi, demanda Varan. Quand il a allumé le feu, l'un des vôtres a-t-il deviné que c'était lui ? Est-ce que tu l'as senti ?

– Difficile de se souvenir. J'ai compris par la suite, en y repensant... C'était il y a si longtemps.

– Il y a longtemps... marmonna Varan, sans dissimuler sa déception.

La lumière s'éteignit. Varan cessa de voir son interlocuteur.

– Tu crois sans doute, dit l'hôte, que tu arriveras un jour chez quelqu'un et qu'on te dira : il est passé hier, il est reparti dans cette direction. Et que tu le rattraperas en route. Tu crois que tu pourras le rattraper ?

– Oui.

L'hôte soupira à nouveau.

– Tu n'y arriveras pas. C'est impossible, tu comprends ? Toi, tu marches comme tout le monde, tu vas d'un endroit à l'autre. Mais lui, il ne se déplace pas à la manière des gens normaux. Il apparaît et disparaît, tantôt ici, tantôt dans les Côtes, tantôt dans la capitale, sous le nez de l'Empereur... À ton avis, l'Empereur fera plier les Forestiers ou ils arriveront à s'en sortir ?

– Je n'en sais rien, dit Varan. Au début, quand je posais des questions sur lui, on me regardait comme un cinglé. On me répondait : il n'existe pas, c'est un conte pour les enfants...

– Un conte ?

– Mais oui. Toi, tu sais qu'il existe. Mais eux, ils n'y croient plus. Il n'est pas passé chez eux depuis des centaines d'années.

– Où ça, « chez eux » ?

– Peu importe, c'est loin d'ici... Les Combes rouges, tu en as entendu parler ?

– Non.

– Tant mieux. En plusieurs siècles, pas un seul mage n'y est né. Mais du point de vue des habitants, tout va bien, leur terre est fertile.

Varan s'interrompit.

La pipe de l'hôte s'était éteinte. Il était temps d'aller dormir, mais ils tardaient à se lever.

– Tu devrais te marier, dit enfin l'hôte. Construire une maison. Apprivoiser un champ. Par ici, on accueille bien le voyageur, qui est comme un cadeau du ciel... Mais tu n'es plus un gamin, pas vrai ? Tu ne peux pas passer ta vie à errer de par le monde. Il faudra bien te coucher un jour. Et tu ne te coucheras pas sous ton champ, mais dans des marécages étrangers... Au nom de quoi ?

Varan sourit.

– Tu crois que je ne le trouverai jamais ?

L'hôte se leva.

– Allons dormir... Tu es fatigué, pas vrai ? Et moi aussi... Tu sais quoi ? Fais un vœu pour cette nuit. Et agis selon ton rêve. Si tu rêves par exemple que tu vas à la foire et que tu y rencontres une gentille fille, belle et travailleuse... Le sommeil porte conseil et dans cette maison, tous les rêves ont un sens.

Écoutant son marmonnement étouffé, Varan entra dans l'obscurité chaude et parfumée d'herbes de la maison heureuse.

Il rêvait que l'hélice s'était figée en plein ciel, que les pales s'étaient repliées et que la chute était imminente.

Il rêvait de Nila montée sur un ailama. Nila tournait en cercles autour de lui, l'entourant de courants d'air, et lui criait quelque chose, mais il n'arrivait pas à distinguer ses paroles.

Il avait hâte de tomber, car rester ainsi suspendu sans bouger était insupportable. Mais il savait que lorsque le vent se mettrait à hurler autour de la nacelle, sa dernière chance de comprendre ce que Nila voulait lui dire serait perdue à jamais.

Il se réveilla au bruit des rafales et comprit aussitôt que personne ne dormait dans la maison. Le vent rugissait dans la cheminée, dehors le champ gémissait, la forêt hurlait, étouffant la voix de la steppe. Cette tempête avait quelque chose de surnaturel, d'excessif : le temps se gâte parfois dans ces régions, mais ce n'est pas une raison suffisante pour crier ainsi de peur.

Il descendit du coffre sur lequel il dormait. S'approcha de la fenêtre voilée d'un rideau opaque et l'écarta légèrement.

Le ciel était couvert de nuages, presque aussi épais que dans les basses terres. Des reflets bleus jouaient parmi les nimbus sombres aux bords déchiquetés.

Un orage ?

Quelqu'un derrière lui ouvrit brusquement le rideau. Varan reconnut son hôte.

Un enfant se mit à pleurer à l'étage.

Les fils étaient déjà en train de s'habiller en jurant et en se cognant dans la pénombre. Quelqu'un alluma une bougie, Varan vit le visage pâle mais en apparence très calme de l'hôtesse. La belle-fille aînée était là aussi, un enfant dans les bras, et la flamme tremblante se reflétait en fleurs de lumière dans ses grands yeux.

— Que se passe-t-il ? demanda doucement Varan.

L'hôte émit un grognement en guise de réponse.

Quand ils ouvrirent la porte, elle faillit être arrachée. L'hôte se retourna pour crier à sa femme :

— Referme-la, vite, avec le tisonnier !

Varan regarda autour de lui, cherchant Tufa.

Le vent soufflait de partout. Deux grands cyclones gris et trapus s'élevaient dans la steppe. Le champ ne s'agitait plus en vagues : les épis non moissonnés étaient pressés contre le sol. Le champ couchait ses épis comme Tufa ses oreilles (elle venait d'apparaître derrière le hangar).

L'hôte et ses deux fils s'étaient immobilisés au centre de la cour, dos à dos, ils regardaient autour d'eux, s'interrogeant visiblement sur la conduite à suivre. Varan courut vers la tour de guet ; si quelqu'un lui cria un avertissement, il ne l'entendit pas.

La tour se balançait et craquait. Impossible de monter au sommet : il serait emporté avec l'escalier. Mais il suffisait de jeter un coup d'œil derrière la colline, à l'est.

Tufa se mit à hurler, couvrant le bruit du vent. Qu'avait ressenti Pérégrin en descendant dans l'abîme à la recherche du trésor de fausse monnaie, secoué au bout de sa corde, tournoyant et risquant de s'écraser contre la falaise ?

Varan s'arrêta, collant à l'escalier de tout son corps. À l'est, au-dessus de la colline, les lueurs bleues étaient plus vives. Du château invisible dans l'obscurité montait une chaîne de boules blanches et bleues, qu'on aurait crues enfilées sur un fil. Comme un collier de gemmes gigantesques volant dans le ciel.

Ce « collier » se dirigeait droit vers Varan.

La tour oscilla, et il faillit tomber. Il se planta une écharde dans la main en se précipitant en bas, suppliant le vieux tronc d'arbre de tenir bon et de ne pas choir tout de suite. La tour daigna l'écouter et ne s'écroula qu'au moment où il était à une hauteur d'homme du sol.

Il fit un bond de côté ; la tour percuta le coin du hangar et se brisa en deux.

– Attention ! cria Varan.

Heureusement, personne ne fut blessé.

– Je te croyais déjà mort, dit le fils cadet de l'hôte.

– C'est incroyable... J'ai vu des feux là-bas. Comme un collier de perles. Une espèce de chaîne.

Il faisait des gestes avec les mains, ne sachant comment décrire sa vision. Les trois hommes le regardaient comme des pêcheurs observant un monstre marin.

– Qu'est-ce que ça signifie ? demanda Varan.

Ils ne répondirent pas. Le ciel au-dessus de la colline brillait d'une lueur bleue. Les nuages bas reflétaient la lumière.

– Qu'allons-nous faire ? demanda à nouveau Varan.

– Peut-être que ça tombera avant d'arriver jusqu'à nous, comme l'autre fois ? hasarda le fils cadet sans s'adresser à personne.

– Le champ, dit le père.

Varan n'entendit pas ses paroles mais les devina au mouvement des lèvres.

– Appelez les femmes... Il faut emmener les enfants le plus loin possible.

Mais ils venaient déjà de sortir avec leur mère, la femme aux cheveux noirs ; elle tenait le plus jeune dans ses bras et traînait les autres presque de force, dans l'obscurité de la steppe, en direction de l'ouest. *Mais par là-bas, il y a la sapinière*, se dit Varan. La femme se retourna une seconde, et il vit briller ses dents et le blanc de ses yeux immenses.

La petite rousse la rattrapait déjà, un coffre dans une main et un oreiller dans l'autre. Elle avait sans doute saisi les premiers objets venus.

– Peut-être que ça n'arrivera pas jusqu'ici, répéta le fils cadet d'une voix remplie de désespoir.

– Allume du feu ! cria son père avec colère.

Une chaîne de feux blancs et bleus montait déjà au-dessus de la colline, vision grandiose et fascinante.

Tufa, la courageuse Tufa, était inquiète. Quant au champ, il était en pleine crise d'hystérie. À cent pas de distance, on sentait la terre se convulser sous les épis.

Le feu s'étalait sur l'étoupe imprégnée de résine. Le vent emportait la fumée. L'hôtesse rampait à genoux dans le champ, caressait les épis couchés. Varan crut d'abord qu'elle moissonnait, en toute hâte, dans le noir. Puis il comprit qu'elle essayait de calmer le champ en lui parlant ; elle chantonnait quelque chose au bruit du vent, assurant sans doute que tout irait bien.

La chaîne blanc et bleu se rapprochait, volant à contrevent. Les boules de feu brillaient plus vivement sous les rafales. Entre elles et le champ brûlait une fosse pleine de résine, tout le monde courait, se transmettant des flambeaux. Les premières « perles » s'alourdissaient, semblaient perdre leur énergie et descendaient vers le sol. Entre-temps, une seconde chaîne avait surgi derrière la colline, suivie d'une troisième.

Comme des colliers de gemmes.

Chaque gemme a un nom et n'obéit qu'à son maître. Chaque gemme est vivante...

« Ne t'en va pas. Ne m'abandonne pas. Ne t'en va pas, tu ne trouveras rien... Tu ne seras jamais heureux. Ne t'en va pas... »

Varan secoua la tête. Sa volonté faiblit, il eut envie de

s'asseoir et de se prendre la tête à deux mains ; il vit les fils de l'hôte porter les mains à leur visage d'un même geste, puis l'aîné, dans un sursaut d'énergie, rejeta de ses épaules un poids invisible, tandis que le cadet se voûtait, comme écrasé. L'aîné fit un pas vers lui, malgré la résistance de l'air devenu visqueux, leva légèrement la main et lui asséna une taloche. Le cadet chancela, happa l'air de la bouche et contempla Varan comme s'il le voyait pour la première fois. Puis il regarda ce qui se trouvait derrière Varan.

Varan se retourna.

Le premier « collier » n'arrivait pas jusqu'au champ. Perdant des forces ou cherchant un endroit où se poser, il descendait de plus en plus bas, les boules brûlaient d'un feu froid et somnolent, et leur clignotement obéissait à un rythme insaisissable, qui pouvait rendre fou. Varan voulait détourner les yeux sans y parvenir.

La terre se mit à trembler. La steppe, si vaste et indifférente, craignait pour la vie de son moindre brin d'herbe.

Le « collier » se posa. Toutes les gemmes de feu touchèrent terre simultanément et un anneau de flammes jaillit vers le ciel, vert pâle comme de la morve et hérissé de pointes comme une herse.

La terre fut secouée si violemment que tout le monde faillit tomber. Tufa hurla et s'enfuit vers l'ouest. Varan perdit l'équilibre et mit un genou au sol. Un hangar s'effondra, soulevant un nuage de poussière, mais personne ne se retourna. Les regards convergeaient vers l'est.

Les flammes vertes s'apaisèrent. Le vent tournoya au-dessus d'elles en tornade compacte, visible même dans le noir. Varan retint son souffle : ça sentait le brûlé. Une puanteur terrible.

L'hôte fit quelques pas en avant en brandissant son flambeau au bout de sa longue torche. Varan, après une hésitation, alla se placer à côté de lui.

Un nouveau collier arrivait, plus court et plus léger que le premier ; il s'attarda au-dessus de la brûlure fumante, puis poursuivit son chemin, perdant lentement – très lentement – de la hauteur.

Varan comprit que son voyage était dépourvu de sens. Que sa vie était perdue et qu'il n'avait plus rien à attendre, sinon des malheurs. Pérégrin s'était moqué de lui en lui demandant de chercher dans l'immensité des terres un vagabond inventé. Après la mort, les gens ne vont nulle part. Après la mort, personne n'existe plus...

Le coup qu'il reçut le fit voir trouble. Il tomba à genoux en lâchant sa torche et se fit mal en se cognant contre une pierre. L'hôte qui l'avait frappé se tenait au-dessus de lui ; il le regardait avec des yeux exorbités en criant quelque chose. Varan ne comprenait pas un mot, mais ce n'était pas nécessaire. Il se releva et ramassa la torche.

Le deuxième collier tomba à cent pas du champ. La secousse fit trébucher tout le monde. La terre se fissura. Le feu vert pâle émettait de la chaleur mais presque pas de lumière ; au contraire, les flambeaux faiblissaient dans la lueur brumeuse et vacillante. Se retournant, Varan vit l'hôtesse ramper dans le champ sans lever la tête et caresser les épis, enfouissant presque son visage dans la terre convulsée. Il était clair que même si le collier suivant atteignait le champ, elle ne partirait pas.

Le troisième collier chuta très loin, plus loin que le premier. Les flammes vertes jaillirent et retombèrent. Le vent tournoya. Varan ne comprenait pas ce que ces gens attendaient ni de quelle manière ils espéraient se défendre.

Le quatrième collier se rapprocha presque en droite ligne. Un cinquième suivait déjà.

Un cri de femme retentit derrière lui. L'hôte se retourna brusquement ; sans quitter des yeux la menace toujours plus proche, la belle-fille aînée levait son flambeau vers le ciel d'une main tremblante et proférait des imprécations qui étaient peut-être des prières.

Le visage tendu de l'hôte se relâcha brusquement, ses lèvres devinrent pendantes et ses yeux se perdirent dans le vague. Secouant la tête comme en signe de dénégation, il tomba lourdement à terre, serrant encore son flambeau dans la main droite et pressant la gauche contre son visage.

Varan lui asséna un coup au front.

L'homme sursauta, le contempla d'un air ébahi ; puis se releva. Varan suivit son regard.

Le collier était tout proche.

Dans chaque perle tremblotait une flamme. Varan crut voir des poissons de feu dans les perles bleues, qui collaient leurs museaux ronds aux parois transparentes. Dans les blanches, des faces hideuses ricanaient et le narguaient de leurs langues bifides. Varan les contemplait, conscient que son courage l'abandonnait. En se battant pour ce champ qui n'était pas le sien, il risquait non seulement sa vie, mais quelque chose de plus. L'hélicier le plus fou doit parfois faire preuve d'une sage lâcheté.

Le collier descendait droit sur eux. La femme cria à nouveau, quelqu'un se mit à courir.

Alors, l'hôte bondit en l'air, indiquant les étoiles invisibles de sa torche, dont la flamme monta vers une boule bleue mais s'éteignit à deux doigts de sa cible, mangée par une rafale.

L'hôte tomba. Le collier descendit encore.

– Brûle-les, criait l'hôte. Brûle-les !

Cette fois non plus, Varan n'entendit pas ses paroles, mais il vit ses lèvres et l'expression de ses yeux.

Varan leva sa torche et toucha la boule bleue presque sans effort, un instant après y avoir aperçu le visage de Nila, déformé comme celui d'une noyée.

La boule éclata dans un jaillissement d'étincelles brûlantes.

Avec un cri de douleur, Varan tomba et se protégea la tête des mains. Sous lui, la terre était agitée de soubresauts. Des cailloux et des touffes d'herbes tombaient sur lui, tandis que le ciel éclatait et crépitait. Puis tout s'apaisa, plus une seule lueur, uniquement les reflets de la fosse remplie de résine en feu.

Difficile de respirer sous terre. Varan s'extirpa de l'éboulement ; l'hôte courait vers la forêt, ou plutôt croyait courir : en réalité il se traînait, s'appuyant sur sa torche comme sur une canne.

– Va-t'en, criait-il. Va-t'en !

Varan regarda autour de lui. Le champ était indemne : l'hôtesse rampait toujours frénétiquement parmi les épis, les caressant, les calmant, prodiguant des promesses. La belle-fille aînée était allée s'agenouiller à côté d'elle. Sa torche était éteinte. Elle regardait fixement Varan.

Le cinquième collier était en train de descendre à proximité de la forêt. En bas l'attendait le feu solitaire d'une torche.

– Va-t'en ! criait l'hôte.

Varan regardait le collier et attendait avec résignation un nouveau soubresaut de la terre blessée, mais la flamme de la torche bondit et Varan vit les boules éclater les unes après les autres et s'éteindre dans un jaillissement d'étincelles vertes.

La belle-fille aînée cria, couvrant le rugissement de la tempête et le craquement du feu.

Varan jeta un coup d'œil à l'est. Le ciel au-dessus des collines resta sombre, plus de « colliers » volants.

Il se leva et s'approcha de la fosse pour allumer une nouvelle torche. Quelqu'un était recroquevillé sur le sol. Varan se pencha. C'était le fils cadet et il était vivant.

L'hôtesse rampa vers sa belle-fille étendue par terre. Lui secoua légèrement l'épaule. La femme gémit.

Trébuchant sur chaque motte de terre, Varan se dirigea vers la forêt. À mi-chemin, il aida l'hôte à se relever ; il était très affaibli, ses lèvres étaient pendantes et son regard était plus que vieux : sénile. À l'est, plus rien ne bougeait.

– Il est vivant, dit-il. Comme toi et moi. Allons l'aider.

La forêt bruissait. Varan n'aurait su dire ce qui prédominait dans ce bruissement : la menace ou la peur.

Après un silence, l'hôte dit soudain d'une voix forte :

– Elle ne le laissait pas entrer ! Sauf quand il était petit, pour ramasser des baies.

Varan ne comprit pas tout de suite qu'il parlait de la forêt et de son fils aîné qui l'avait protégée.

– Tu ne voulais pas le laisser entrer ! cria l'hôte, s'adressant cette fois au mur d'arbres faiblement éclairé par la torche... Tu...

Varan trébucha. Un corps était étendu à ses pieds.

Le vieil homme faillit s'écrouler à son tour, mais le corps bougea, se retourna sur le dos et se mit à gémir.

Ils accueillirent le matin parmi les ruines.

La maison, construite solidement, avec amour, n'avait pas résisté aux convulsions de la terre massacrée. Une fissure l'avait brisée en deux. L'angle ouest s'était effondré. Les murs restants se dressaient de travers.

Le matin était froid. Les enfants dormaient sous un amoncellement de couvertures. La belle-fille rousse avait allumé un feu dans la cour, l'avait entouré de briques et préparait du gruau dans la torpeur générale.

L'hôtesse ne quittait pas son champ. Elle coupait les épis avec une serpe en chantant pour la centième fois la même chanson.

Le fils aîné, qui avait vaincu le dernier collier à l'orée de la forêt, sirotait de l'eau chaude dans une timbale en bois. Sa femme essayait de lui badigeonner le visage avec une pommade censée cicatriser les brûlures, mais il grimaçait, détournait la tête et la conjurait de le laisser tranquille.

Seul l'hôte semblait garder un certain optimisme.

– Nous avons réussi, répéta-t-il pour la dixième fois en regardant ses mains brûlées. Maintenant, ce fumier a perdu sa force pour un bon moment. Nous aurons le temps de moissonner une deuxième récolte.

Une perspective à si court terme ne réjouissait personne. Le fils cadet s'était réfugié dans la seule pièce qui subsistait et, recroquevillé sur un banc, faisait mine de souffrir plus que les autres. Varan comprenait ce qu'il devait ressentir : personne ne s'était trouvé près de lui au moment critique pour lui donner une taloche, il avait perdu courage à la vue des boules de feu et se méprisait de s'être montré lâche. Peut-être n'était-ce pas la première fois.

Au lever du soleil, les nuages se dissipèrent. Tufa revint ; à la différence du fils cadet, elle n'éprouvait pas le moindre remords : au contraire, elle se réjouissait bruyamment que cette terrible nuit ait pris fin et que terre et ciel n'aient pas changé de places.

On ne prêtait pratiquement plus attention à sa présence.

– Ce salaud a perdu sa force pour longtemps, répétait l'hôte.

Varan soupçonnait que le vieillard – il semblait très vieux désormais – se trompait. Rien n'empêcherait l'habitant des ruines derrière la colline de renouveler son attaque la nuit suivante. Ou celle d'après. Même s'il ne parvenait pas à brûler le champ, la terre serait si fissurée que toute vie deviendrait impossible en ce lieu.

Les enfants se réveillèrent, virent ce qui restait de la maison et, au lieu de prendre peur, commencèrent à jouer. Le plus âgé faillit achever de détruire les ruines en grimpant dans le grenier.

L'hôte apporta personnellement une assiette de gruau bien chaud à Varan. Il inclina la tête.

– L'Empereur nous a envoyé un bon visiteur, au moment voulu, à l'heure critique... Tu veux toujours continuer vers l'est ? Ou as-tu changé d'avis ?

– Après ce qui s'est passé, je tiens plus que jamais à mon itinéraire, dit Varan en plongeant sa cuiller dans le gruau doré.

L'hôte demeura longtemps silencieux en le regardant manger. Puis il demanda avec un petit rire hésitant :

– Tu plaisantes ?

La forêt se tenait immobile, seuls les sommets des pins se permettaient un bruissement continu et inquiet. Sous les pins poussaient des bouleaux, indices de paix, mais il y avait aussi des sapins, et c'était mauvais signe.

L'hôte ouvrait la marche et la large hache sur son épaule brillait ouvertement, de manière provocante. Le fils aîné le suivait, une scie à la main. Varan fermait le cortège.

La forêt attendait. Son calme avait quelque chose d'artificiel.

La manœuvre est un peu trop insolente, se dit Varan en rectifiant le rouleau de corde sur son épaule. Peu probable que la forêt se montre reconnaissante. On pouvait seulement compter sur sa peur : ébranlée par cette nuit, elle hésitait sans doute sur la conduite à tenir.

Si Pérégrin était avec nous, pensa Varan, *il aurait trouvé le moyen d'éteindre ces colliers à distance. Si Pérégrin était avec nous, je n'aurais jamais vu cette image obsédante, qui revient sans cesse devant mes yeux.* Le visage de Nila, bleu et enflé, pareil à celui d'une noyée...

Elle est vivante, se répéta Varan. *Vivante et heureuse... en tout cas plus heureuse qu'elle ne l'aurait été avec moi. Dans une autre vie, je suis resté et je passe sans cesse ma colère sur elle, pour m'avoir empêché de partir en quête de forêts.*

En voici une, justement. Rien à voir bien sûr avec celle du pays Forestier, totalement dépourvue de conscience, dont les frondaisons montent jusqu'au ciel et qui n'est qu'un amoncellement d'arbres. Mais que cette forêt le veuille ou non, on doit lui prendre du bois. Construire une nouvelle maison, ça ne s'improvise pas.

Une forêt peut-elle avoir des visions ?

Lorsque les boules de feu bleues et blanches ont flotté jusqu'à elle, a-t-elle vu aussi des images effrayantes, comme Varan et ses hôtes ? Quel cauchemar peut hanter une forêt ? Celui d'un incendie ?

Varan sourit subrepticement. Quoi de plus stupide que prêter des peurs humaines à une forêt ?

Une clairière s'ouvrait, encadrée de buissons de baies hérissés d'épines. L'hôte s'arrêta au centre, prit la hache qu'il portait sur l'épaule et s'y appuya.

– Nous sommes venus te demander du bois, dit-il d'une voix revêche. Tu sais que tu as une dette... Tu m'entends ?

Silence.

Après les forêts côtières pleines de gazouillis d'oiseaux où l'on ne pouvait pas faire un pas sans marcher sur quelque bestiole, Varan s'était d'abord senti effrayé par le silence des prés et des bois de cette région. Pas un oiseau, pas un insecte. Même pas une mouche.

Puis il avait fini par s'habituer.

Les minutes passaient. L'hôte silencieux ne bougeait pas, son fils regardait le sol, Varan préféra ne pas rappeler sa présence.

Les branches bougèrent. Les sommets des arbres frémirent.

L'hôte saisit Varan par la manche ; il eut juste le temps de faire un bond de côté. Un grand pin, droit comme un cierge, s'abattit en travers de la clairière avec un fracas assourdissant, écrasant les buissons, il rebondit, puis retomba en frémissant.

– Merci, dit lentement l'hôte quand le bruit de la chute s'apaisa.

– Encore un poil, et il nous aurait assommés, fit le fils avec un rire nerveux.

– Maître, dit le vieillard en se retournant vers Varan, regarde et dis-nous si le bois convient ?

Les deux fils étaient affreusement jaloux : eux aussi étaient parfaitement capables de travailler le bois, la pierre et le métal. Varan ne cherchait nullement à démontrer sa supériorité, mais il ne voulait pas non plus voir le travail gâché par quelque erreur.

– Où as-tu appris tout cela ? demandait la belle-fille aînée, et ses joues rosissaient.

Varan haussait les épaules. À peine arrivé sur le continent, il s'était engagé comme apprenti chez un menuisier, lui expliquant naïvement que ce qu'il aimait le plus au monde, c'était travailler le bois, respirer l'odeur des copeaux et caresser du doigt les nervures des planches. Le menuisier, amusé, s'était dit que ce garçon était un peu simplet, mais il avait accepté de l'engager et ne l'avait pas regretté. Visitant les grandes cités où les artisans étaient nombreux, Varan, déjà maître menuisier et maître charpentier, avait appris par pure curiosité à cuire des briques, tailler la pierre et forger le fer ; mais il n'avait pas eu le temps d'atteindre le sommet de l'art en ces domaines. Le bois demeurait sa passion. Les volets ouvragés, les tables et les chaises, les berceaux sans risque d'échardes, les bûches pour les fondations, les manches de hache et les barques, il prenait toutes les commandes et tout lui réussissait.

– Le bois convient ? demanda le vieillard.

Varan examina le tronc et le tapota, attendant à chaque seconde qu'un second arbre lui tombe sur la tête.

– Bien, dit-il enfin.

Il se tourna vers la forêt :

– Nous le prenons.

Ils scièrent les bûches sur place dans la clairière, puis les traînèrent jusqu'à l'orée où Tufa leur apporta son aide ; elle refusait obstinément de pénétrer dans la forêt, mais accepta volontiers de transporter le bois.

Varan indiqua comment il fallait le sécher.

Il fallut déblayer les ruines. Dans la partie préservée de la maison, on installa un abri pour les enfants et les femmes. Le vieux bois terni servit à dresser un auvent contre la pluie.

Les enfants les plus âgés aidèrent leurs parents à mélanger l'argile. Varan se retenait de donner des conseils, mais les fils étaient malgré tout jaloux de son savoir-faire.

La nuit, ils montaient la garde à tour de rôle en observant l'est. Le ciel demeurait sombre. Le vent se conduisait comme n'importe quel vent : il changeait de direction et de force mais ne tournait pas sur place et ne disparaissait pas brutalement.

Peu à peu, tout le monde s'était calmé. Ils s'assuraient mutuellement que le mage derrière la colline ne pensait plus à leur champ, qu'il avait surpassé ses forces en essayant de tuer toute la steppe d'un coup ou s'était enfin trouvé un passe-temps plus intéressant. Ils n'attendaient plus d'autres calamités ou faisaient mine de ne plus en attendre.

Le champ était malade. Tout le grain encore en épis au moment de l'attaque était amer, tout juste mangeable. Les femmes avaient peine à se départager entre le champ et les ruines, alors que la foire approchait et que la rater revenait à sombrer dans une misère totale.

– Allez-y, dit un jour Varan, prenant l'hôte à part. Tufa et moi, nous monterons la garde.

Le vieil homme le regarda d'un air étrange.

– Si... s'il recommence, vous ne pourrez plus vivre ici. La terre est déjà... toute ridée et creusée. Le champ est à peine vivant. Je ne sais pas si j'arriverai à le repousser si jamais... mais j'emmènerai les femmes et je sauverai les enfants, ça je vous le promets.

– Tu les emmèneras... dit l'hôte avec un soupir. Oui... Mon aîné pense que tu as des vues sur sa femme.

– Par l'Empereur, s'exclama Varan d'une voix légèrement plus irritée qu'il n'aurait voulu, et que pense-t-il encore ? Que je veux dévorer ses enfants ? Ou que je suis de mèche avec l'autre, là-bas ?

Il indiqua l'est d'un signe de tête. L'hôte sourit faiblement.

– Ne sois pas fâché. Ce qui est sûr, c'est que tu as tapé dans l'œil de ma belle-fille. La cheminée est brisée, vois-tu. L'âtre où il a jadis allumé son feu. Et désormais... Ne sois pas fâché. Ce n'est pas toi qui es en cause.

– Je peux partir, proposa sèchement Varan. Je peux partir aujourd'hui même.

– Sans toi, nous aurons du mal à nous en sortir, avoua l'hôte. Mais... essaye au moins de ne pas rester trop près d'elle.

311

– J'essayerai, promit Varan.

Il savait parfaitement que le vieil homme n'inventait rien et que son fils avait des raisons d'être inquiet. Cette robuste femme aux cheveux noirs, cette mère de quatre enfants, sentait ses genoux faiblir en entendant sa voix. C'était étrange, gênant, irritant, et flatteur. Varan aussi remarquait la grâce paresseuse de ses gestes, la lourdeur de sa chevelure, ses yeux noirs brillants où passait un effroi implorant lorsque leurs regards se croisaient par mégarde.

Le soir, ils parlaient de la foire, toujours sur les mêmes thèmes : qui s'y rendrait, qui porterait quoi, ce qu'il faudrait acheter et combien de temps durerait leur absence. L'aîné des enfants attendait le départ avec impatience et crainte : on avait décidé de le mettre en apprentissage. Sa sœur voulait l'accompagner, mais on refusait de la prendre : elle marchait trop lentement et ne pourrait pas porter grand-chose.

Le fils aîné avait apparemment posé une condition : ne pas laisser sa femme avec Varan. Celui-ci ayant refusé d'aller à la foire, il était entendu que la belle-fille aînée serait du voyage. Elle semblait d'accord, mais un jour avant le départ elle fit tomber par mégarde un billot de bois sur son pied. Le pied enfla et il ne fut plus question pour elle de partir. La seconde belle-fille dut partir à sa place ; elle ne demandait pas mieux : en chemin, il était prévu de passer une nuit dans la maison de ses parents.

La veille du départ, l'hôte, son fils aîné et Varan se retrouvèrent au bord de l'étang en partie asséché (la digue s'était brisée durant l'attaque, on venait seulement de la réparer).

– Jure par le nom de celui que tu cherches, exigea le vieillard.

– J'ignore son nom.

– Alors jure : « Que je ne trouve jamais celui que je cherche si je touche à ta femme. »

L'hôte indiqua son fils d'un geste.

– Jure-le-lui.

– Que je ne trouve jamais celui que je cherche, répéta lentement Varan, si je touche à ta femme...

Et il ajouta à mi-voix :

– Arrêtez de vous ronger les sangs, bonnes gens. Je ne suis tout de même pas un monstre.

Ils partirent à l'aube, l'un derrière l'autre. Les trois hommes avec des ballots, la femme avec un grand sac sur l'épaule et le gamin avec un sac plus petit. Le garçonnet se retournait souvent, conscient qu'il ne reviendrait pas de sitôt. Mais son père se retournait plus souvent encore.

Varan agita la main pour leur dire au revoir. Et la belle-fille brune en fit autant ; elle se tenait à bonne distance de Varan, comme si elle avait peur de l'approcher. Ils restèrent là jusqu'au moment où l'hôtesse – elle avait promis à son fils de ne pas quitter son épouse des yeux – leur rappela qu'il fallait se remettre au travail.

Il y avait tant à faire : non seulement les mains, mais les yeux non plus n'y suffisaient pas. Même la fillette, privée de son compagnon de jeux, était occupée du matin au soir : on lui avait confié la garde des deux cadets, et souvent les hurlements perçants des bambins étaient couverts par les pleurs désespérés de leur sœur qui n'en pouvait plus.

Varan extrayait l'argile et cuisait les briques. L'étang, d'abord méfiant, s'était accoutumé à lui et ne manifestait plus sa nervosité ; il aimait que Varan lui parle. Une seule fois, la rive s'effondra sous lui, et Varan tomba dans l'eau avec une avalanche de cailloux et de boue. S'il avait été un habitant de la steppe, il se serait peut-être noyé. Mais le petit étang, même s'il avait été capable d'imaginer l'inimaginable, n'aurait jamais su se représenter le monde où Varan avait grandi.

Les fondations étaient déjà prêtes. Malgré son expérience, Varan n'avait encore jamais construit une maison entière. Or le temps passait, les froids étaient proches et il savait déjà à quoi ressemble l'hiver dans la steppe. Quand les hommes reviendraient de la foire, il ne leur resterait plus beaucoup de temps ; Varan assemblait les briques et les murs s'élevaient. Il laissa des ouvertures pour les fenêtres et commença à tailler les poutres. Il n'avait pas assez de force pour les mettre en place, mais l'hôte et ses deux fils une fois de retour, ils parviendraient à finir la maison avant l'arrivée du froid.

La femme aux cheveux noirs ne lui parlait pas, s'efforçait de l'éviter et ne levait pas les yeux pendant les repas. Mais Varan remarqua qu'elle l'observait quand il travaillait, cachée derrière les ruines du hangar. Elle l'écoutait chantonner.

Un jour, se retournant, il croisa son regard. Elle réprima à grand-peine un désir de s'enfuir : une réaction enfantine et ridicule.

Il sourit.

– On dirait que tu t'amuses, fit-elle. Comme si tu n'étais pas en train de travailler mais de jouer.

– C'est bien le cas, reconnut-il. C'est très intéressant d'empiler les briques et de voir les murs grandir. J'ai toujours aimé ça.

– Tu sais fabriquer de beaux objets en bois.

Ce n'était pas une question, mais une affirmation.

– Oui. Veux-tu que je te sculpte une broche ? Je partirai et tu la garderas. En souvenir.

Elle ne répondit pas, le fixant d'un regard qui ne cillait pas.

– Qu'est-ce qu'il y a ?

– Je voudrais que tu partes, avoua-t-elle. Et... en même temps, j'ai si peur de me réveiller un jour et de voir que tu n'es plus là.

Varan ne sut que répondre.

315

– Continue de travailler, dit-elle en se détournant. Ça ne te gêne pas si je viens parfois te regarder ?

– Non, bien sûr que non.

– Bon, il faut que j'y aille...

Et elle disparut. Il ne la vit même pas partir. Tout d'un coup, elle cessa d'être là.

Varan fit le tour de la maison inachevée. C'était l'âtre qui le préoccupait le plus. Un âtrier lui avait enseigné son métier, mais il aurait voulu que la cheminée soit non seulement solide mais belle...

Un bruit d'éclaboussures parvint de l'étang. Tufa surgit quelques instants plus tard, se mit à courir autour de lui en s'ébrouant.

– Attention, dit Varan. L'étang est capricieux. Il risque de t'engloutir.

Tufa agita la queue pour indiquer que les caprices d'un petit étang insignifiant ne l'impressionnaient pas.

– Viens, on va faire un tour. Je n'ai plus envie de travailler.

Là où s'étaient posés les colliers de feu s'étendaient des taches de terre morte. Même pas brûlée : dépourvue de vie.

Varan s'arrêta à la frontière d'une grande tache de forme ovale.

Ici aussi l'herbe poussait. Elle était même peut-être plus vive. Mais cet éclat avait quelque chose d'écœurant : comme les joues fardées d'un cadavre.

316

– Tu iras là-bas ? demanda Varan.

Tufa recula d'un pas pour signifier qu'il n'en était pas question.

– Il faudra bien, dit Varan. Toute la terre est ainsi sur son territoire. Et s'il ne vient pas à nous, nous irons à lui. Moi j'irai. Et toi ?

Tufa poussa un bref gémissement entre ses dents.

– Bon, rentrons, soupira Varan.

La steppe tremblait légèrement sous ses pieds. Au-dessus de la ferme montait la fumée d'un feu. Tufa gémit une nouvelle fois.

– Je sais, toi aussi tu en as assez du gruau. Patiente encore un peu. Dès qu'ils seront rentrés, nous partirons. Je te le promets.

– De l'eau partout ? Comment ça partout ?

– Comme le ciel. On peut dire que le ciel est partout, pas vrai ? Eh bien là-bas, l'eau aussi s'étend à perte de vue, mais on ne peut pas la boire. Elle est salée.

Les enfants dormaient. L'hôtesse tendait les mains vers le feu, son visage affichait l'expression de satisfaction obtuse de quelqu'un qui a travaillé toute la journée et a enfin gagné une minute de repos. Sa belle-fille était assise à côté d'elle, craignant de regarder Varan. Elle aussi était lasse. Ses yeux qui contemplaient les flammes brillaient d'un éclat fiévreux.

– Il n'y a pas d'arbres. Seulement des petits arbustes tordus. On ne peut pas s'en servir pour construire une maison. Toutes les maisons sont en pierre. Et le bois est amené de loin, en radeau. Une babiole comme celle-ci – il montra la broche à moitié sculptée qu'il était en train de polir du revers de sa manche – vaut très cher. En réals impériaux. Des billets ornés d'un arc-en-ciel.

– Les réals n'ont pas cours chez nous, dit l'hôtesse. Ma belle-fille ne sait même pas ce que c'est.

– C'est pour ça que le pouvoir de l'Empereur ne s'exerce pas vraiment sur vos terres. Vous ne savez même pas ce que représente ce pouvoir.

– J'ai déjà vu de la monnaie impériale, objecta doucement la belle-fille, toujours sans le regarder. Mon père... Je n'arrête pas de me demander : la guerre contre les Forestiers ne risque pas de les atteindre ?

Varan secoua la tête.

– Non. Les Forestiers doivent être vaincus à l'heure qu'il est. La guerre est finie. Du moins je suppose.

La vieille femme regarda par-dessus son épaule en direction des collines, à l'est. Puis elle se tourna vers sa belle-fille.

– Va dormir, ma jolie. Demain, je te réveillerai avant l'aube.

La femme se leva et se dirigea vers les ruines, vers la seule chambre préservée, sans se retourner une seule fois vers Varan et sans lui dire un mot.

– Arrête de lui raconter des histoires, souffla l'hôtesse à voix basse. Qu'est-ce que tu ne vas pas inventer : de l'eau pareille au ciel...

– D'accord, je ne lui raconterai plus d'histoires, promit Varan.

La foire devait être finie ; dans cinq ou six jours, sept au plus s'ils étaient très chargés, l'hôte, ses fils et sa deuxième belle-fille seraient de retour.

À l'est, le ciel restait clair durant le jour et sombre durant la nuit. Le champ se remettait peu à peu. L'hôtesse ramassait la paille, se penchant régulièrement pour toucher la terre en signe d'encouragement. Varan et Tufa allèrent voir la sapinière : elle s'était un peu rapprochée, mais ne représentait pas encore une menace.

Les murs de la nouvelle maison s'élevaient à hauteur d'homme. Varan avait refait la cheminée deux fois avant d'en être satisfait ; enfin, par une fraîche soirée, il alluma du feu.

C'est plutôt réussi, se dit-il en refermant la porte de l'âtre (la grille de fer était un héritage de l'ancienne cheminée). *Elle tire bien, et avec les briques posées en escalier, elle fait plaisir à voir.*

Il sentit une présence avant de remarquer la femme brune assise dans la pénombre.

– Il fait froid, dit Varan, ne reste pas assise par terre.

Elle se leva. S'approcha après une hésitation et s'agenouilla à quelques pas de Varan, contre la cheminée qui se réchauffait peu à peu.

– Merci, dit-elle après un long silence.

– De quoi donc?

– Tu m'as fait un cadeau.

– La broche? Ce n'est rien.

– Non. Cette cheminée. Tu y laisses un peu de toi. J'allumerai le feu...

Elle se tut brusquement, pressa son visage contre la cheminée, et resta ainsi, immobile.

Varan ne savait que dire. Tout était silencieux. On n'entendait que le craquement des bûches et, au loin, à l'extrémité du champ, la chanson lancinante de l'hôtesse qui assurait à la terre qu'elle accueillerait bientôt les semailles, qu'une nouvelle récolte se lèverait et serait moissonnée et que le cycle de vie reprendrait. Varan ne pouvait distinguer ses paroles, mais il avait fini par apprendre la teneur de toutes ses chansons.

La femme le regardait. Dans la pénombre, ses yeux reflétaient la faible lumière du ciel. Il essaya de se souvenir si quelqu'un l'avait déjà regardé de cette manière.

Sans y parvenir.

Varan se sentit faiblir. Il ne put se lever et partir comme il l'avait décidé une minute plus tôt. La femme caressait de la paume le flanc lisse de la cheminée. La tiédeur montait; dans l'air chaud, les étoiles miroitantes changeaient de forme. Il émanait de la femme une tendresse aussi palpable que le sable ou l'argile.

– J'allumerai le feu, répéta-t-elle d'une voix sourde et profonde, qui aurait pu être celle de la steppe si celle-ci avait été douée de parole. C'est déjà beaucoup. Je l'allumerai chaque jour. Chez nous, on dit qu'un voyageur dont on évoque le souvenir trouve une route sûre. Quand quelqu'un disparaît dans la forêt, on dit : personne n'a pensé à lui. Sache que tu ne te perdras pas dans la forêt. Sous chaque arbre, tu trouveras une route.

Elle se rapprocha. Ses mains caressaient toujours la cheminée.

– Tu vas te brûler, murmura-t-il.

– Je me suis déjà brûlée, répondit-elle en souriant. Là où je ne m'y attendais pas. À son retour, il me battra. C'est certain.

– C'est injuste, dit lentement Varan. Nous n'avons...

Elle ferma les yeux, pressant à nouveau son visage contre la cheminée :

– Injuste... Je vais te perdre, par rapport à cette injustice, le pire des châtiments ne représente pas grand-chose.

Ils ne s'étaient jamais touchés, même par mégarde. Leurs mains ne s'étaient pas effleurées au moment où elle lui tendait un gobelet d'eau ou une gamelle de gruau. Elle ne l'avait jamais frôlé en passant du bord de son vêtement. À table, elle ne s'asseyait jamais à côté de lui, mais toujours en face.

Il tendit la main et lui prit le poignet. La chanson de l'hôtesse s'interrompit au loin.

L'hôte, ses fils et sa belle-fille rentrèrent plus tôt que prévu : ils avaient dû marcher très vite. La rouquine, joyeuse et hâlée, commença par embrasser ses neveux. L'hôte et le fils cadet, à peine leurs ballots à terre, coururent regarder le travail de Varan ; le fils aîné s'arrêta en face de son épouse et considéra longuement son visage pâle et calme.

Il avait envie de la gifler. Il en avait très envie. Varan n'était pas loin et savait que s'il la frappait, ça finirait mal. Parce qu'alors il se sentirait forcé de frapper en retour.

Mais l'homme parvint à se maîtriser. Non par peur de Varan : il ne l'avait pas vu. Il desserra les poings. Salua sa femme d'un signe de tête et alla défaire les sacs.

Varan appela Tufa et partit dans la steppe. Il rentra seulement à l'heure du dîner.

– Merci, voyageur, répétait l'hôte dont le visage était tout ridé et crevassé sous le poids d'un sourire dont il n'avait guère l'habitude. Nous pensions geler cet hiver, mais maintenant, il ne reste plus qu'à poser les poutres et le toit, nous...

– Je ne pourrai pas vous aider, dit Varan, je pars demain.

L'hôte cessa de sourire et son visage parut aussitôt plus jeune et plus familier.

– Tu pars ? Vers l'est ?

– Oui.

L'hôte tourna la tête pour regarder les collines. Il se mordit la lèvre.

– C'est tranquille. Tu vois. Tout est calme. Il ne faudrait pas le fâcher.

– Arrête de te mentir à toi-même. Aujourd'hui, c'est calme. Mais sais-tu ce qui arrivera demain ?

– Il te tuera, répliqua l'hôte avec tristesse. Quand mes garçons sont allés voir, sais-tu ce qui les a sauvés ? La pleutrerie de mon cadet. Dès qu'il a vu un feu briller, il est tombé en faisant tomber son frère. Ils se sont enfuis à quatre pattes. Légèrement grillés, mais sains et saufs, comme tu peux le constater.

– Alors, ils ne l'ont même pas vu ?

– Qui ça ? Le mage ? Bien sûr que non. C'est toi qui as fait le tour de la terre, qui fréquentes les mages et qui manies le feu à pleines mains...

L'hôte se tut, pensif. Près des ruines, le fils aîné était en train de discuter à voix basse avec sa mère, scrutant son visage comme il avait déjà scruté celui de sa femme.

– Merci de n'être pas parti durant notre absence, dit doucement l'hôte.

– Pourquoi serais-je parti ? J'avais promis de veiller sur les femmes et les enfants.

– ... comme un voleur, poursuivait l'hôte sans l'écouter. Tout le chemin, il n'a cessé de répéter : « Quand nous reviendrons, il ne sera plus là et je la trouverai toute contente. » Cette idiote pourrait au moins faire semblant de l'aimer. Ne serait-ce qu'un peu. Avant ton arrivée, elle l'aimait pourtant. Je ne sais pas si c'était pour de bon... Peut-être est-ce à cause de l'âtre qui s'est fendu. Le bonheur ne dure donc pas toujours.

Soudain, le vieil homme se tourna vers son interlocuteur et quelque chose changea dans son regard : Varan eut l'impression que, l'espace d'un instant, il souhaita venger le mal – même involontaire – fait à son fils.

– Sais-tu ce que je pense ? Peut-être que cet homme qui a allumé le feu dans la cheminée de mes parents était juste un vagabond ordinaire ? Le bonheur est peut-être venu par hasard. Un simple coup de chance que j'aie trouvé de bonnes épouses pour mes fils et que mes petits-enfants aillent tous bien. Nous avons placé l'aîné en apprentissage chez un forgeron. Elle aurait pu demander de ses nouvelles ! C'est tout de même son enfant qu'on a confié à des étrangers...

– C'est injuste, dit doucement Varan. Elle est restée fidèle à ton fils.

– Mais elle ne l'aime pas !

– Possèdes-tu une balance pour mesurer l'amour ? Son amour pour son mari, son amour pour son fils ?

L'hôte le considéra attentivement et secoua la tête, comme s'il venait de se réveiller.

– Pars... Nous te donnerons des provisions pour le voyage. Continue ta route, si tu peux.

Il pleuvait. Et c'était bon signe. Varan laissait les gouttes couler librement sur ses tempes et son menton.

Tufa courait à ses côtés, et plus ils avançaient vers l'est, plus elle se serrait contre son maître. Une ou deux fois, elle faillit même le renverser.

Les taches de terre morte se faisaient plus nombreuses et bientôt, il devint impossible de les contourner.

Varan flatta le cou de Tufa.

– Courage, ce n'est pas dangereux, même si ça paraît répugnant au début. Allons viens.

Et il s'avança le premier sur le pré mort, vaguement abject.

La terre était plus molle et cédait sous les talons. *Je vais vomir*, pensa Varan. *Et le chemin du héros à la rencontre du méchant mage sera parsemé de vomi... Ce qui n'a d'ailleurs aucune espèce d'importance, car personne ne risque de me voir.*

Des grappes de grandes fleurs pâles se balançaient lentement, au rythme d'un faible souffle de vent. De minuscules insectes, pas plus gros que des grains de sable, tournoyaient autour. Pas une seule bestiole dans toute la steppe, et ici, il y en avait des nuées.

Tufa se pressait contre lui, pesant de tout son poids, lui faisant perdre l'équilibre et le déviant de son chemin. Tufa avait peur.

– Arrête.

Il se mit sur la pointe des pieds pour la gratter entre les oreilles.

– C'est juste de la terre crevée, ça ne mord pas. Nous avons une tâche à accomplir. Nous cherchons quelqu'un et nous le trouverons, même s'il faut pour cela aller interroger Shouou au fond de la mer... Arrête de me pousser, grosse bête !

Les insectes devenaient plus nombreux. Surmontant le bruit du vent, leur bourdonnement montait, monocorde et gluant comme tout le paysage : la terre, les fleurs, les touffes de buissons. Varan accéléra encore le pas ; au sommet de la colline, les taches de terre morte se fondirent en une étendue désolée.

Elle me regarde partir, se dit Varan, mais sans se retourner. « Je voudrais que tu partes. Mais j'ai si peur de me réveiller un jour et de voir que tu n'es plus là. » Conformément aux craintes de la femme aux cheveux noirs, il était parti à l'aube, sans réveiller personne.

Curieusement, cette pensée l'aida. En tout cas, la sensation de nausée s'apaisa en partie. Prodiguant des encouragements à Tufa, il parvint au faîte de la colline et aperçut les ruines.

Celui qui avait jadis construit cet édifice savait effectivement à quoi ressemble un château. Sans doute avait-il visité les régions côtières et avait-il observé leurs fortifications colossales ; cependant, dans la steppe déserte, les remparts sont inutiles, aussi le mur d'enceinte était-il fort modeste et sans doute purement décoratif. Toutefois, des tonnes de pierres avaient dû servir pour les tours intérieures ; Varan aperçut un long fossé au nord du château, probablement une ancienne carrière.

L'une des tours s'était écroulée et avait détruit le

mur. L'autre tenait à peine. Varan n'aurait jamais accepté d'y passer la nuit. Une petite secousse, et cette fière construction serait réduite à un tas de pierres, surtout si le nouvel occupant des lieux était en conflit avec la steppe...

Varan trébucha. Oui, bien sûr, ici, la steppe était morte. Le maître du château l'avait vaincue à mille pas à la ronde et rêvait de nouvelles victoires. Il était crucial de savoir qui avait entamé les hostilités : la steppe en détruisant un château trop lourd pour elle ? Ou le mage en projetant son premier « collier » devant sa propre demeure ?

Observer ces ruines entourées d'arbres morts n'avait rien d'agréable. Varan leva les yeux au ciel et se souvint à nouveau de la femme brune.

Une fois, ils avaient parlé de mages. Elle avait dit : « Je ne comprends pas pourquoi ce don si rare, si merveilleux et désirable peut être accordé à des salauds. Quand j'étais enfant, je rêvais d'être magicienne... Je me réfugiais dans la forêt et je me concentrais de toutes mes forces pour essayer d'accomplir un miracle. Allumer du feu par la force du regard, ou obliger mon chapeau à demeurer suspendu en l'air. Je ne jouais pas à la poupée, je n'allais pas me baigner avec les autres filles, je restais assise à essayer encore et encore. Mon père avait dit que grâce aux efforts, on parvient à tout. Mais les efforts étaient vains. Quand on est mage, c'est toujours de naissance. J'ai juste appris quelques tours, de quoi impressionner mon frère et ses copains. À quoi bon les mages s'ils sont mal intentionnés ? »

– Je n'en sais rien, dit Varan à haute voix, et Tufa bâilla nerveusement. Mais nous allons essayer de lui poser la question... Oh...

Un feu jaillit à la plus haute fenêtre de la tour survivante. Varan distingua un long ruban de feu, souple comme une écharpe, qui volait de la tour en direction de son visage. Retenant son souffle, il fit un bond de côté et le ruban de feu toucha le sol ; l'herbe se mit à fumer avec une odeur âcre, mais rien d'autre ne se produisit.

– À cet endroit de l'histoire, les deux frères se sont mis à courir, remarqua Varan en se parlant à lui-même, car Tufa était déjà loin. C'est peu réjouissant. S'il cherche à me tuer pour de bon, je ne pourrai rien faire.

Peut-être aurait-il été plus raisonnable d'écouter le vieil homme et de rebrousser chemin. Cela aurait signifié qu'il avait perdu en vain au moins six mois de sa vie, mais Varan avait l'habitude, il gaspillait les mois et les années, considérant que la vie est longue.

À nouveau, il observa les ruines. Le petit nuage de fumée échappé de la tour s'était presque dissous dans le ciel clair. Il se souvint des « colliers », de leur pesanteur mauvaise qui brise la volonté comme une brindille. *Je suis impuissant*, se dit Varan. *Comme une mouche sur une assiette. Un pauvre vermisseau...*

Avec lenteur, rassemblant ses forces pour ne pas céder définitivement à la panique, il détourna les yeux.

S'assit sur l'herbe morte. Puis s'allongea sur le dos. Et regarda le ciel en pensant à la femme brune.

En ce moment même, elle était en train de penser à lui. En ce moment même, elle était peut-être en train d'allumer la cheminée qu'il avait construite.

L'air résonna, comme un millier d'ongles grattant de l'argile sèche. Sans regarder, Varan roula de côté. Un ruban de feu brûla l'herbe à l'endroit où il se trouvait un instant plus tôt.

... Ses poignets sont si fins. Difficile de croire qu'une grande femme aussi robuste, accoutumée aux lourds travaux, ait des poignets si fins. Ce n'est pas une broche en bois qu'il aurait fallu lui offrir, mais des bracelets en argent.

À nouveau, l'air fut empli de crissements. Et à nouveau, Varan eut le temps de s'écarter. Cette fois, l'herbe ne brûla pas ; une fumée malodorante monta brièvement avant de se dissiper.

– Sors sur le balcon et renifle, murmura Varan. Ah oui, tu n'as pas de balcon... Qui sers-tu ? Personne sans doute... Tu as tort. Au service de l'Empereur, les mages sont très appréciés. Parfois, on les exécute, mais pas à cause de leur magie ; on les tue pour d'autres raisons dont nous éviterons de parler. Regarde par la fenêtre et renifle... Bientôt, je serai las de jouer avec la mort. Se laisser tuer n'a rien de bien glorieux. Tu loges dans des ruines. Sais-tu dans quel luxe vivent les mages dans les

Côtes ? Un seul équipage volant, sans l'attelage, vaut dix de tes châteaux. Sors. J'ai quelque chose à te dire. Sors.

Il ne se passa rien. Varan s'assit.

... Des bracelets d'argent ouvragé. Un jour, j'ai offert un bijou à une femme, et ça s'est très mal terminé.

Il se leva, époussetant son pantalon avec un dégoût tardif. Puis il se dirigea à grands pas vers le château.

– Un pas de plus et tu es mort.

Elle se tenait sur le seuil de la porte en ogive, les paumes jointes. Varan s'immobilisa.

Impossible de déterminer son âge. Ses longs cheveux emmêlés couvraient à moitié son visage. Le bord déchiré de sa robe sombre traînait sur le sol de pierre qui n'avait pas été balayé depuis une éternité.

– Je ne peux pas te tuer ni te blesser, dit Varan. De quoi as-tu peur ?

– La boue ne peut tuer ni blesser, répliqua-t-elle, et le coin de sa bouche se tordit. Je veux rester propre, voilà tout.

En ce cas, recouds le bord de ta robe et lave le plancher, pensa Varan. Le seul œil visible de la magicienne se rétrécit de colère derrière le voile de ses cheveux. *Tu as bon flair,* pensa Varan. *Calme-toi, tu es une bonne magicienne. Très gentille, très intelligente, très propre et ferme de caractère. Je t'admire.*

Elle le regarda avec incompréhension.

– Tout va bien, dit Varan à haute voix. Je suis venu

parler au maître de ce château. Le maître est une maîtresse. Tant mieux. J'en suis ravi.

Elle garda les paumes jointes.

– Je suis un voyageur, poursuivit Varan. Je parcours le monde... à la recherche d'un homme. Je suis venu te demander conseil. Peut-être sauras-tu où le chercher ?

Elle ne répondit pas.

Varan se permit de sourire du coin des lèvres.

– Je ne te demande pas de m'accorder un gîte pour la nuit. Je n'ai pas l'intention d'abuser de ton hospitalité. Dis-moi...

Il hésita. La magicienne réagit aussitôt, son corps se tendit et se pencha vers l'avant, elle leva légèrement ses mains jointes.

– Dis-moi...

Varan ne savait que dire. Un instant plus tôt, il s'apprêtait à l'interroger sur celui qu'il cherchait, mais voilà qu'il venait de perdre sa question, à la pensée que la femme aux cheveux noirs derrière la colline ne profiterait pas longtemps de sa cheminée neuve. Celle qui se tenait devant lui enverrait bientôt de nouveaux « colliers » vers l'ouest, et ce serait une chance si les pertes se limitaient au champ et à la maison. Sa cheminée resterait parmi les ruines, sur des terres molles et mortes, et des moucherons gluants tourbillonneraient au-dessus des fleurs...

Il se força à sourire davantage.

– Écoute, peut-être pourrais-tu cesser de me menacer ? J'ai peur de toi. Arrête de m'effrayer.

– Tu mens. Tu n'as pas moitié aussi peur que tu le devrais.

– Mais si, j'ai peur, assura Varan.

En observant ses mains, il éprouva effectivement un regain de crainte.

– Je te promets que je ne ferai pas un pas...

On aurait dit qu'elle cherchait à déchiffrer une inscription gravée sur son front.

– Il te suffit de vouloir pour augmenter ou diminuer ta peur ?

– Je t'expliquerai tout si tu me le permets. Je suis venu de loin. J'arrive des Côtes.

Elle fronça les sourcils.

– Tu mens.

– Tu es bien placée pour savoir que non ! Je suis né dans les îles.

Elle l'examinait, presque avec effroi.

– Tu ne mens pas, murmura-t-elle, et Varan perçut une nuance d'admiration dans sa voix. Non, tu ne mens pas...

Elle desserra les paumes. Ses bras retombèrent le long de son corps ; il lui fallut un effort pour les bouger. Elle arrangea ses cheveux et Varan put enfin distinguer son visage : aigu, sec, aux yeux profondément creusés.

– Tu penses que je suis laide ? Vas-y, dis-le. Tes paroles et tes pensées n'ont pas d'importance.

Sa voix semblait fatiguée soudain.

– Vas-y, parle, tu m'as déjà fait perdre beaucoup de temps. Pourquoi es-tu venu ?

– Tu ne me proposes pas de m'asseoir ?

Elle le mesura du regard.

– Tu n'es pas un mage, pourtant. D'où te vient... cette insolence ?

– Je suis un hélicier. J'étais hélicier dans mon enfance et mon adolescence. Sais-tu ce que c'est ?

Elle ne répondit pas.

– Eh bien, les gens montent dans d'étranges machines assez ridicules qui ne peuvent pas voler, mais qui volent pourtant. Dans l'entre-saison, quand l'eau descend...

– Tu ne mens pas, constata-t-elle avec méfiance. Tu sais que je peux sentir le mensonge.

– J'essaye de ne mentir à personne, gente dame. C'est plus simple.

Elle continuait à l'observer, tandis qu'il la regardait droit dans les yeux. Puis, d'un geste, elle indiqua l'ouest, derrière le dos de Varan.

– Il y a vraiment une mer, là-bas ?

– La mer est de ce côté, rectifia Varan en indiquant le nord-est d'un geste bref, avant d'ajouter : Je croyais que tu venais aussi des Côtes.

– Moi ?

Son visage se déforma ; Varan pensa qu'il avait commis une erreur et qu'il allait la payer de sa vie. Mais la magicienne s'abstint de cracher du feu, ses épaules frissonnèrent comme sous l'effet du froid, elle rectifia une nouvelle fois ses cheveux et recula à l'intérieur de la tour :

– Tu peux entrer.

Varan entra.

L'escalier en colimaçon s'était affaissé. Le vent tournoyait entre les brèches, des ruisselets de sable s'égrenaient sur les marches et la suie d'un vieil incendie maculait les murs. La magicienne marchait derrière lui sans le perdre de vue.

– Tu n'aimes pas les visites, dit Varan en jetant un regard circulaire dans la pièce ronde au plafond mansardé ; petite et sombre, elle ressemblait de manière étonnante, malgré sa laideur, à la chambre de Pérégrin sous le soleil aveuglant de l'entre-saison.

– Sais-tu pourquoi tu es encore en vie ?

Varan haussa les épaules.

– Peut-être parce que je suis venu avec de bonnes intentions ?

– Toi, de bonnes intentions ?

Ses lèvres fines esquissèrent un sourire ironique.

– Tu es trop faible pour constituer une menace... Mais là n'est pas la question. Tu es vivant parce que tu n'es pas d'ici, tu es un vagabond. Ces...

Son visage frémit de dégoût.

– Ces... mangeurs de charogne, sache que je ne les épargnerai pas.

334

Varan chercha un endroit un tant soit peu confortable. La chambre de Pérégrin était pleine d'éléments
en bois clair : panneaux, paravents, parquet, meubles ;
ici, comme dans la plus pauvre des masures des basses
terres, il n'y avait pas de bois du tout. Des murs noirs de
suie, un sol de pierre sale, une vieille peau de bête dans
un coin qui servait sans doute de lit. Pas de meubles. Le
vent s'engouffrait librement par la fenêtre béante.

– Qui traites-tu de « mangeurs de charogne » ?

– Tu es venu pour m'interroger ?

– Quand un visiteur arrive quelque part, on lui pose
des questions et on répond aux siennes. C'est la coutume
dans les Côtes, au pays Forestier, sur la Terre de Feu des
volcans et à Nez de Guêpe... Même parmi les mages.

– Tu as déjà rencontré des mages ?

– Je les recherche spécialement, expliqua Varan. J'ai
marché de longs jours durant parce qu'on m'a dit qu'un
mage vivait dans la région... Toi.

– On n'a pas pu te dire ça.

– Et pourquoi non ? Les rumeurs se répandent lentement dans la steppe, mais elles circulent malgré tout,
parfois sur de grandes distances. On m'a parlé d'un
géant noir dont les pieds ébranlent la terre. On m'a
assuré qu'il crachait du feu, qu'il était terrible dans sa
colère. Maintenant, je comprends ce qu'ils voulaient
dire.

– Quoi donc ? cria-t-elle d'une voix soudain hysté-
rique. Ah, j'ai compris : tu es un conteur... Ce sont des

gens qui croient à leurs propres mensonges. C'est pourquoi on a l'impression qu'ils disent la vérité.

Elle recula jusqu'à se retrouver dos au mur. Elle
joignit à nouveau les paumes ; sa lèvre inférieure tremblait. L'arme qui mûrissait entre ses mains osseuses la
faisait sans doute souffrir.

Varan soupira profondément.

– Je dis la vérité. Je t'ai trouvée, n'est-ce pas ? Je suis si
content de t'avoir trouvée. Si tu me tues maintenant...
ce serait dommage, pas vrai ? D'autant que tu pourras
me tuer après, quand je t'aurai tout raconté.

La magicienne baissa la tête. Ses cheveux voilèrent
totalement son visage.

Varan poursuivit d'une voix douce, lente, rythmée :

– Un jour, un homme m'a dit : les mages existent pour
apporter quelque chose de nouveau en ce monde, quelque
chose qui n'existait pas auparavant. Cet homme était un
mage, et il s'y connaissait. Il s'appelait Léréalaruun. Longtemps j'ai eu peine à retenir son nom. Maintenant, il est
mort depuis des années, mais je me souviens toujours
de lui et je ne l'oublierai jamais.

Elle hésita et baissa les mains. Varan vit quelque
chose en tomber, comme une espèce de jaune d'œuf
lumineux, qui fuma en heurtant le sol, puis s'éteignit.

– On connaît donc mon existence ? demanda-t-elle
d'une voix sourde.

– Bien sûr. Mais les gens ignorent la vérité. Les

rumeurs en se répandant au-delà de la steppe s'agrémentent d'une telle quantité de détails que...

– Et tu n'as pas craint de rencontrer un géant noir cracheur de feu ?

– Moi aussi, je sais inventer des géants. Mais je ne suis pas un conteur. Depuis des années, je cherche quelqu'un... Sais-tu que dans la steppe, dès qu'un voyageur franchit le seuil d'une maison, on lui demande d'allumer un feu dans la cheminée ?

– Ne me parle pas de ces... charognards.

Varan hocha la tête avec patience.

– Bon, je n'en parlerai pas. Je ne comprends pas ce que tu dis, mais je n'en parlerai pas. Dis-moi : là d'où tu viens, cette tradition existe-t-elle ?

Elle se décolla enfin du mur. De biais, pour éviter de lui tourner le dos, elle gagna un angle éloigné de la pièce. S'assit lourdement sur la peau pelée, croisa les jambes ; son ample jupe noire s'étala comme une méduse géante.

– Si tu *le* cherches, marmonna la magicienne, ça veut dire que tu es un imbécile ou un fou. Personne ne l'a jamais vu.

– Certains affirment l'avoir rencontré. Ou alors ce sont leurs parents ou leurs amis.

– Ils mentent.

– Te souviens-tu de la maison où tu es née ?

Elle leva la tête et le regarda de bas en haut. Varan en eut froid dans le dos : pour la première fois de cette

337

longue journée, il prit peur pour de bon. Pas la peur ordinaire d'un guerrier, qui lui commande d'être prudent et de vendre cher sa peau ; cette nouvelle sensation montait des entrailles, elle était profonde, paralysante. Dans les basses terres, on appelle ça « la peur de Shouou ».

– Je te tuerai de toute manière, promit la magicienne d'une voix faible.

– Qu'ai-je demandé de si dérangeant ?

– J'ai abandonné... J'ai laissé... Je ne te dirai rien. Tant que je n'aurai pas gagné mon pardon, tant que je n'aurai pas libéré cette terre. Ces êtres ignobles ; ils mangent ce qui pousse dans ces champs ! Ils boivent l'eau de ces sources... Sais-tu que sous chaque champ repose une victime humaine ? Sous la steppe, il y a des os, des os partout.

Lentement, comme s'il marchait sur un fil, Varan traversa la pièce. Il s'approcha de la femme en pleurs. S'accroupit sur le sol de pierre et s'assit, comme elle, en croisant les jambes.

– Je sais qu'on enterre le laboureur dans son champ, et sa femme aussi. Mais ce ne sont pas des victimes sacrifiées. Quand quelqu'un meurt, il veut...

– Tu ne comprends rien ! Quand dans cette steppe Arkimonor s'est trouvé face à Ekhronon... Arkimonor avait conclu une alliance avec Moa, mais celui-ci a rompu le traité, car il lui était indifférent de savoir qui gagnerait. Il a envoyé les lâches dans les grottes aux pierres lumineuses. Et avec les courageux, il a peuplé cette terre... Ils ont oublié qui ils étaient, ils sont là, autour de nous, mais ils ne peuvent se libérer... et moi je suis trop faible pour les délivrer tous d'un seul coup... Des milliers de milliers, aucun n'a survécu! Les corbeaux ont voilé le soleil. Maintenant, il n'y a plus d'oiseaux ni même de mouches. Cette steppe est maudite, et je lève la malédiction. Moi seule...

Soudain, elle cessa de sangloter, écarta ses cheveux, s'essuya le nez avec la manche et regarda Varan, les yeux humides, avec un calme inattendu, presque bienveillant.

– Tu penses que je suis folle?

Varan ne répondit pas.

– Moi aussi, je le pense, avoua-t-elle. Parfois, je pense que j'ai perdu la raison. Mais c'est parce que je suis seule. Totalement seule face à cette steppe. Elle est tellement immense. Et mon travail avance si lentement. J'ai réussi à conquérir une petite parcelle, à la libérer de la malédiction... Mais je manque de forces. Je n'ai rien à manger, parce que je ne me nourrirai jamais de ce qui pousse sur cette terre maudite. Et la terre libérée produit si peu, presque rien. Et toi, tu arrives et tu me poses des questions sur ma maison.

– Désolé.

– Tu penses que je délire? Tu ne sais pas qui sont Arkimonor et Ekhronon. Tu as au moins entendu parler de Moa?

– Non.

Elle fronça les sourcils.

– Tant mieux. Il y a des gens... des créatures qu'il vaut mieux ne pas connaître. Et pas la peine d'espérer : je te tuerai quoi qu'il arrive.

– Je n'espère rien.

– Tu mens.

Soudain elle sourit.

– Pour une fois, je te prends en flagrant délit de mensonge.

– Tu es là depuis longtemps ?

– Oui. Plusieurs années. Je suis encore jeune. Je vivrai assez longtemps... pour les libérer tous.

Son sourire s'éteignit lentement, comme la lanterne d'une barque qui s'éloigne.

– Tu ne me crois pas.

– Ce n'est pas que je refuse de te croire, dit Varan en essayant de trouver une pose plus confortable sur la pierre nue. Mais j'ai vu ces champs, ces bois et cette steppe. Sais-tu à quoi ressemble ta... ce que tu fais ? À un meurtre. Imagine, des rues pleines de monde, chacun vaque à ses occupations... Et soudain tu arrives avec une hache et tu te mets à trancher des têtes. Et quand ils te demandent pourquoi tu les tues, tu prétends les libérer d'une malédiction.

Varan se tut prudemment. La magicienne le regardait ; elle se balançait d'avant en arrière. Lorsqu'elle était assise, ses longs cheveux tombaient jusqu'au sol.

– Là d'où tu viens, il y a des médecins ?

– Oui.

– As-tu jamais vu un médecin sur un champ de bataille ?

– Je ne suis jamais allé à la guerre.

– Parce que tu es un lâche ?

– Non. Il y a longtemps que l'Empire n'a pas connu de grands conflits. Récemment, les Forestiers se sont rebellés. Mais c'est très loin d'ici.

Elle inclina la tête de côté.

– Écoute, peut-être parlons-nous des langues différentes ? N'est-il pas étrange que tu me comprennes, alors que tu viens de si loin ? C'est donc qu'en réalité tu ne me comprends pas. Tu parles ta langue et je forme mes propres mots à partir des sons que tu émets pour les interpréter à ma manière.

– Mais nous nous répondons.

– Non, nous ne nous répondons pas. Je te parle de Moa, tu comprends ? De celui qui a trahi Arkimonor. C'est pourtant évident. La terre, au lieu de boire les âmes des guerriers d'Ekhronon, a bu les âmes de tout le monde ! Et maintenant, ces âmes souffrent mille tourments.

– J'ai vu un champ heureux lorsqu'on prenait soin de lui.

La magicienne, épuisée, baissa les paupières.

– Oui, tu grognes dans ta langue, et j'ai l'impression que tes paroles veulent dire quelque chose. En réalité, c'est moi qui leur prête un sens et qui m'étonne que tu ne comprennes pas. Tu ne peux pas comprendre.

– Tu parlais d'un médecin, lui rappela Varan.

– Un médecin...

Elle soupira.

– Le médecin doit libérer le blessé d'un membre gravement endommagé pour qu'il puisse survivre.

– Tu me comprends parfaitement. J'ai évoqué un meurtrier et toi un médecin, il en va toujours ainsi quand l'un défend son droit de verser le sang et l'autre essaye de l'arrêter. Le premier soutient immanquablement : c'est le sang sous le scalpel du chirurgien. J'ai le droit de tuer parce que c'est mieux pour tout le monde, même pour la jambe coupée, qui de toute façon était perdue.

La tête de la magicienne retomba sur sa poitrine. Aussitôt, elle sursauta, comme quelqu'un qui craint de s'endormir.

– Tu es vraiment très seule, murmura Varan.

– À moi seule, je suis assez forte pour te tuer. Inutile d'échafauder des plans, vagabond.

– Je n'en échafaude pas. Tu es une magicienne. Une ouverture par laquelle quelque chose de nouveau entre dans le monde, quelque chose qui n'existait pas auparavant. Quoi donc ?

– La liberté.

– Et qui libères-tu ?

– Combien de fois faudra-t-il te le répéter... J'ignore

même comment tu interprètes mes paroles. Sans doute imagines-tu que je parle de foire et de marchandage. Ou de la meilleure manière de construire une cheminée dans quelque masure crasseuse...

– Veux-tu que je lave le sol ? Il y a bien de l'eau à proximité ?

Elle sourit.

– C'est bien ce que je pensais. Tu as l'impression que nous parlons de poussière, d'eau et de serpillières. Mais ça me soulage tout de même de parler. Il y a si long-temps que je n'avais parlé à personne.

– Ne t'est-il pas désagréable de vivre dans une telle saleté ?

– La saleté, c'est ce qui est à l'intérieur. J'ai vécu dans une maison illuminée de cent feux, sous les racines d'un arbre de verre. Ces arbres ne poussent pas. Ce ne sont pas des plantes, mais des cristaux. On les appelle des arbres de verre à cause de la ressemblance. Sous leurs racines, il fait clair et la joie règne. Les racines conduisent la lumière comme des tuyaux conduisent l'eau. Il fait plus clair qu'en plein soleil. Là-bas, même les petits enfants rient tout le temps. Mais on ne peut pas construire de cheminées parce que la fumée trouble les cristaux. Nous n'avions pas d'âtre. On nous apportait des pierres chaudes et de l'eau bouillante. Nous avions de nombreux serviteurs.

– C'est impossible.

– Mon seigneur était le premier conseiller du prince ! Nous avions autant de serviteurs que tu as de poux.

– Qu'est-ce qu'un pou ?

– Tu parles encore dans ta langue, soupira-t-elle.

– Tu ne peux pas être née dans une maison dépourvue d'âtre !

– Je suis née dans une niche en terre battue. Il y avait un âtre, sinon ces malheureux animaux, mes parents, seraient morts de froid. Et pour acheter du bois, ils m'ont vendue à mon seigneur.

– Ils t'ont vendue ? Tu as donc été esclave ?

– Je suis fatiguée. Tes paroles se troublent, je ne sais pas ce que veut dire « clave ».

Elle s'endormait. Elle était maigre, épuisée, beaucoup plus faible qu'elle ne voulait paraître. Une nuit d'insomnie et le choc causé par la visite de Varan avaient eu raison d'elle. De surcroît Varan était tout de même parvenu à la persuader qu'il n'était pas dangereux et que sa vie n'était pas menacée.

Il se rapprocha.

– Dis-moi, où es-tu née ? Où se trouve ce pays ? Quelle contrée dirige votre prince et où poussent ces arbres de verre ?

Avec un sanglot, elle s'allongea sur la peau, recroquevillée, les genoux contre le ventre. Ses cheveux formèrent un nuage sale autour de sa couche.

Varan attendit une minute, puis se releva.

À pas feutrés, il se dirigea vers la fenêtre. D'ici, on

voyait les sommets du bois ; la tour d'observation aurait sans doute été visible si elle ne s'était pas effondrée la nuit de l'attaque.

Varan se retourna pour observer la femme étendue. Il se souvint des boules de feu bleues et blanches, des flammes vertes et du visage déformé de Nila. La femme qui s'était endormie sur sa peau de bête pelée n'avait certainement aucune idée de son existence. Varan avait vu le reflet de son propre délire.

Il tâta son poignard, pendu à son côté sous sa veste. Un vieux poignard bien aiguisé. Adolescent, il avait tué un pifre avec ce poignard, ce qui est beaucoup plus difficile qu'égorger une femme endormie.

La ligoter n'aurait servi à rien. Elle pouvait certainement se libérer de n'importe quel lien et le tuer sans autre forme de procès. Cette femme était un serpent, un serpent venimeux.

Arrête de te mentir à toi-même, objecta une voix intérieure. *Tu ne la tueras pas dans son sommeil. Elle l'a parfaitement senti, c'est pourquoi elle s'est endormie comme si tu n'étais pas là.*

Varan fit la grimace. *Cette femme va ruiner ou tuer de nombreuses autres femmes avec leurs enfants et leurs maris, alors que je pourrais...*

Mais cela ne signifie pas pour autant que je ne vais rien faire.

Varan regarda autour de lui à la recherche d'un passage secret. Et il le trouva. Il ouvrit la porte avec la pointe de son couteau, découvrit une bougie et l'alluma avec son « étincelle ».

Il n'y avait rien dans cette pièce hormis des livres. Varan crut d'abord à des livres de magie. Mais c'étaient des histoires où il était surtout question de princesses. Varan lisait des passages au début, au milieu, sautait de page en page sans comprendre le sens de phrases pourtant familières. La magicienne n'avait peut-être pas totalement tort en évoquant un problème de langage.

Il feuilletait les livres, espérant un miracle, et le miracle eut lieu. Entre deux reliures était coincée une feuille épaisse de couleur claire. Il avait vu assez de cartes pour les reconnaître immédiatement.

Il ne chercha pas plus loin. La magicienne dormait toujours et Varan se dit qu'elle était profondément malheureuse. Une esclave qui méprisait ses propres parents...

– Je l'apporterai, dit la femme dans son sommeil, et Varan sursauta. Je te l'apporterai. Tu verras. Pure... Toute pure.

Varan descendit. Explora rapidement les ruines : tout était vide, laid, abandonné. Par endroits poussaient des épis malingres aux allures de mauvaises herbes.

Varan s'assit sur une pierre. L'herbe morte bruissait d'une voix terne. Ou peut-être se faisait-il des idées. Il déplia la feuille qui ressemblait à une lame d'écorce.

Durant ses voyages, ce sentiment ne l'avait visité que

deux fois. Trois au maximum. Le sentiment que cet univers n'était pas seulement immense, mais démesuré. Trop grand pour y retrouver celui qu'il cherchait.

Il était parvenu au bout du monde, après des centaines de journées de marche. Pour découvrir qu'au-delà, le monde ne faisait que commencer. Un monde où poussent des arbres de verre, où les princes habitent des palais souterrains dont les habitants sont toujours joyeux, mais où des jeunes filles (ou des petites filles ?) sont vendues en esclavage par leurs propres parents.

Ce monde était devant lui. Un espace blême avec des inscriptions tracées d'une plume négligente : une copie, et pas de la meilleure qualité. Le copiste n'était vraiment pas doué.

Le messager du feu était passé aussi par ce monde. Le maître de la maison détruite avait peut-être raison : il ne se déplaçait pas comme les gens ordinaires. Il apparaissait et disparaissait, tantôt ici, tantôt ailleurs, et personne ne pouvait le rattraper.

Mieux valait peut-être rebrousser chemin. Le fils aîné n'en serait pas ravi, à la différence de sa femme... Rebrousser chemin pour leur dire la vérité : seule la distance pouvait les sauver de la magicienne, folle ou non. Même en supposant qu'elle soit aussi jeune qu'elle l'affirmait – à première vue, elle ne semblait pourtant pas de la première jeunesse – elle ne vivrait pas assez longtemps pour tuer la steppe entière. Il était donc inutile de perdre son temps à achever cette maison.

Mieux valait passer l'hiver chez la famille avant de s'installer ailleurs, trouver un nouvel endroit, un nouveau champ, le plus loin possible. C'était terrible à dire, mais il n'y avait pas d'autre solution. La magicienne était en guerre contre la steppe, et toutes deux étaient puissantes. Cependant, la steppe avait plus de chance de l'emporter au final.

Comment cette femme était-elle arrivée jusqu'ici ? À pied ? À dos d'ailama ou d'un autre oiseau ? Pourquoi était-elle si seule ? Qui espérait-elle impressionner en tuant la steppe ? Son « seigneur » ? Dans sa grotte illuminée par les racines des arbres de verre. Varan aurait aimé voir ça.

Il perçut un mouvement du coin de l'œil.

Elle était debout à cinq pas. Une flamme verte crépitait entre ses paumes jointes.

– Tu es mort, dit-elle d'une voix sourde, et Varan se souvint de l'inscription sur le cadenas de fer, il y a bien longtemps.

Il la regardait dans les yeux avec un sourire désarmé, cherchant une voie de salut. Sans y parvenir : courir vers la gauche ou vers la droite, c'était du pareil au même, la magicienne était trop près.

– Tu m'as endormie.

– Mais non.

– Tu mens ! Tu m'as endormie pour me dévaliser et me tuer !

– Non.

348

– Tu m'as déjà dévalisée !

Elle regarda la carte dépliée sur les genoux de Varan.

– Ce sont les mangeurs de charogne qui t'ont envoyé ! Tu es mort.

Elle fit un pas en écartant les mains.

Une seconde avant que le feu ne jaillisse de ses paumes, un fauve velu, tous crocs dehors, bondit de derrière les ruines. Sauta sur le dos de la magicienne, la plaqua contre terre et referma ses mâchoires sur sa gorge.

Tufa ignorait la noblesse d'âme. Elle attaquait par-derrière et pouvait frapper une femme à terre. Elle était peut-être un peu lâche, mais la vie de Varan lui paraissait un enjeu suffisant pour risquer non seulement sa propre existence, mais aussi son honneur.

La magicienne n'émit pas le moindre son. Tufa non plus. D'ailleurs, une seconde plus tard, toutes deux disparurent dans un tourbillon de flammes vertes.

Chapitre 2

– Messire, des nouvelles urgentes. Messire, une lettre !

Varan décolla à grand-peine sa tête lourde de l'oreiller. Le crépitement des flammes, la lutte silencieuse, les éclaboussures vertes et brûlantes, tout semblait si réel. Il lui fallut quelques instants pour reprendre souffle et comprendre que Tufa n'était plus, que la magicienne était morte et que c'était Lika qui remuait à côté de lui ; c'était sa main qui se posait sur son épaule moite de sueur :

– Encore un mauvais rêve...

– Messire, marmonnait le serviteur derrière la porte, une lettre urgente, messire !

Il va se passer quelque chose, pensa Varan. *Et c'est tant mieux. Cela fait trop longtemps qu'il ne s'est rien passé.*

Il se leva pour enfiler une robe de chambre.

– J'ai peur, murmura Lika.

– Ce n'est rien. Dors.

Le long couloir – cent quinze pas, conformément à

son statut – était éclairé par des lampes d'une chaude couleur jaune. Il avait strictement interdit les lumières bleues ou blanches dans sa maison. L'immense tapis d'une seule pièce – la peau d'un serpent haa à long poil – paraissait doré sous l'éclairage de nuit.

– Ouvre-la, ordonna Varan au serviteur.

Celui-ci tira sur le cordon rouge et l'enveloppe de soie se divisa en deux. De nouvelles teintes se mêlèrent à la lumière du couloir : le sceau de la lettre était diapré de l'arc-en-ciel impérial. Le serviteur frémit et ses mains tremblèrent. Varan fit la moue et prit la missive.

La Sellette avait un besoin urgent de ses services. Au milieu de la nuit. Voilà tout.

– Réveille tout le monde, dit Varan avec un soupir. Je dois me laver, me raser et m'habiller comme pour un jour de fête. Sa Permanence le Pilier de l'Empereur vient de me convoquer, il faut que je monte dans son équipage dans une demi-heure... Et arrête de trembler. Tout va bien.

Bientôt, la maisonnée fut en alerte. Le bain fut rempli, les fontaines et les cascades furent mises en marche ; les bulles montantes chatouillaient sa peau, les jets d'eau fraîche lavaient le souvenir de Tufa et du feu vert. Varan avait failli raconter cette aventure à Lika à plusieurs reprises, mais quelque chose venait toujours le distraire.

Au fond du bain, à l'endroit le plus profond, se trouvaient quelques coquillages-miroirs. Varan s'était inventé une cérémonie porte-chance : se regarder dans l'un d'eux avant une affaire importante. Il plongea (la profondeur du bain atteignait cinq hauteurs d'homme), choisit le plus grand et, à la lumière des lampes disposées au fond, il vit un montard bronzé d'une quarantaine d'années avec un début de calvitie et un visage sévère. Des bulles nacrées s'échappaient de ses narines.

Il est temps, lui rappela ce visage étranger. *Tu nages depuis dix minutes et La Sellette t'attend. Non que nous ayons peur de lui, mais peut-être a-t-il vraiment besoin de l'aide d'un homme intelligent ?*

Varan sourit avec ironie à son reflet, reposa le coquillage, face miroitante vers le bas, et remonta à la surface. Les serviteurs le considéraient avec des yeux ronds. Ils le regardaient toujours ainsi lorsqu'il plongeait. Des citadins qui ne mettaient pas le nez plus loin que le deuxième cordon. Ils n'avaient jamais vu la mer, même s'ils vivaient sur la côte.

– Habillez-moi, ordonna Varan.

On le frotta avec des serviettes rêches avant de le couvrir de plusieurs couches de tissu arachnéen : un vêtement si complexe que Varan n'aurait jamais su le mettre tout seul. Ni même avec l'aide de deux serviteurs : il en fallait au moins cinq pour réussir l'opération. Cependant, cette tenue était agréable et légère, elle ne le gênait nulle part, protégeait parfaitement du chaud et du froid, n'entravait pas les mouvements et provoquait une poussée de respect chez toute personne croisant sa route.

L'équipage envoyé par La Sellette n'était qu'un fauteuil monté sur une plateforme. Un fauteuil en os de groule des cavernes, il est vrai, mais ce matériau précieux ne le rendait pas plus confortable.

Varan s'installa, croisa les jambes et toucha l'épaule du cocher qui frappa du talon le sol de la plateforme. Sous le socle de bois, on entendit des grognements et des cliquetis. Le fauteuil trembla, s'inclina l'espace d'une seconde pour se redresser aussitôt et s'élever au-dessus du sol. Les bouffreurs qui s'étaient complètement aplatis au repos venaient de reprendre leur forme active.

Le cocher frappa encore du talon. La plateforme s'ébranla et prit rapidement de la vitesse. Les carapaces des bouffreurs cliquetaient, plus doucement à droite et plus fort à gauche. À grande vitesse, ce cliquetis se fondait en un vrombissement continu et monotone.

Varan ferma les yeux. Le balancement de son siège lui rappela qu'il faisait nuit, qu'il n'avait dormi que deux heures et que la journée avait été pour le moins éprouvante. Ces satanés scribes qui travaillaient sous ses ordres l'avaient mis totalement hors de lui : ce qui aurait dû être fait depuis longtemps n'était qu'à moitié commencé, celui qui jurait avoir tout compris avait tout compris de travers, les copistes perdaient des semaines à dessiner joliment les yeux de Shouou, sans prêter attention aux petites bévues telles qu'une horizontale mal tracée ou un lac « disparu ». Varan s'était retrouvé devant un tas de copies gâchées, de comptes rendus qui n'avaient pas été analysés et de chroniques qu'on avait oublié de déchiffrer ; il aurait eu honte de s'emporter contre ses subordonnés et de menacer de les punir, sans parler de les punir pour de bon, mais il était impossible de les laisser continuer ainsi, aussi Varan était-il allé voir le service de garde pour emprunter un clapeur venimeux.

Il avait fait asseoir les copistes le long des murs de la salle de travail, s'était installé au milieu et, après un regard fatigué à la ronde, avait enlevé la muselière du clapeur.

L'impression produite fut même plus forte qu'il n'avait escompté. La plupart savaient que les clapeurs attaquent lorsqu'ils entendent un bruit soudain, aussi personne n'osa-t-il crier ; d'ailleurs, ils avaient tous la gorge trop sèche. Les uns pressèrent leurs mains contre leur bouche, les autres se recroquevillèrent, les mains contre le ventre ; tous le regardaient avec épouvante. À leurs yeux, Varan était un fou, un suicidaire prêt à mourir en emportant avec lui plusieurs dizaines de vies innocentes.

Le clapeur resta assis, observant les copistes avec ennui, levant de temps à autre vers Varan des yeux intelligents couleur rouge sombre. Ce clapeur, bien dressé par les gardes, savait parfaitement que son maître était celui qui tenait la cravache jaune avec une boule odorante au bout. Varan tapotait sa botte du bout de la cravache. Les copistes le long du mur se muaient en statues de plâtre.

Deux heures passèrent sans qu'un mot soit prononcé.

Lorsque les visages prirent une teinte verdâtre, Varan décida que la leçon avait assez duré.

– Pour chaque erreur de copie et pour chaque retard, le coupable sera enfermé dans la remise, avec lui – il indiqua le clapeur. Tout décès sera considéré comme une mort accidentelle. C'est clair?

Les copistes acquiescèrent avec enthousiasme. Que le dangereux animal n'ait mordu personne au cours de ces longues heures leur paraissait relever d'une chance imméritée. Lorsque la muselière se referma sur les mâchoires venimeuses du clapeur, les deux copistes les plus paresseux, incapables de se retenir, se congratulèrent mutuellement.

Après avoir restitué le clapeur, Varan s'était fait conduire au bord de la mer et avait longtemps nagé parmi les rochers. Le soir, la mer était devenue houleuse; roulé par les vagues, Varan s'était égratigné les coudes et les genoux. De retour chez lui, il s'était senti flasque et vide comme une peau de pifre et s'était traîné à grand-peine jusqu'à sa chambre à coucher. Lika voulait entamer une danse rituelle, mais il lui avait ordonné de laisser ces bêtises et de s'asseoir au bord du lit pour lui tenir compagnie.

Il avait reçu Lika en même temps que la maison au

couloir long de cent quinze pas. Elle n'avait plus de mémoire : un an plus tôt, un « marchand de beauté » lui avait fait boire du « lait doux », c'est ainsi qu'on appelait en jargon professionnel une potion blanche qui apportait l'oubli. Lika ignorait son vrai nom, elle ne savait plus d'où elle venait. Elle était très jeune, guère plus de dix-huit ans. Chez le « marchand de beauté », elle avait appris à danser et à obéir ; Varan voulait refuser cette jolie poupée au regard vide, mais avait compris à temps qu'en cas de refus, la jeune fille serait jetée en pâture aux bouffreurs.

Lika était restée avec lui. Le « marchand de beauté » avait bon goût : la jeune fille était aérienne et radieuse comme un jour de soleil. Varan avait fini par s'attacher à elle et avait vite constaté que, bien qu'amnésique, elle était loin d'être stupide.

Il lui parlait de contrées variées, guettant l'ombre d'une réaction, mais elle secouait la tête d'un air fautif : rien de ce que lui décrivait Varan ne lui paraissait familier. Le seul indice qui versait quelque lumière sur son passé était sa peur devant les grandes étendues d'eau. Peut-être venait-elle d'une région désertique ? Ou de la Forêt de Verre où il y avait beaucoup d'eau mais aucun lac ? Quelqu'un devait certainement la chercher et pleurer sa disparition, à moins qu'on ne l'ait déjà oubliée, comme Nila avait oublié Varan.

Lika aussi s'était attachée à lui, ce qui se traduisait surtout par sa crainte de le perdre. Lika avait appris, on ne sait comment, que l'Empereur était sévère et que ses fonctionnaires perdaient souvent leur situation et même leur tête ; chaque fois que Varan se rendait « en haut », un sentiment de panique naissait dans son regard. Que dire alors des convocations inattendues...

Varan se massa le visage. L'équipage avait dépassé depuis longtemps le quartier des fontaines dormantes où se trouvaient les demeures de l'élite et progressait sur le périphérique, une étroite ornière circulaire. La capitale impériale était une gigantesque fourmilière humaine aux nombreux étages de galeries souterraines ; les toits des maisons sur les flancs des collines et au pied des falaises étaient aussi serrés que des écailles ; un réseau de câbles et de mâts formait les « quartiers célestes ». Le palais impérial était une ville à l'intérieur de la ville et occupait entièrement – intérieur et extérieur – le seul volcan éteint de la côte. Lorsque des nuages sombres voilaient son sommet, on disait : « L'Empereur est en colère. » Quand les nuages étaient blancs, on disait : « L'Empereur pense à nous. » Aux rares moments où le sommet du volcan était clairement visible dans un ciel dégagé, on disait simplement : « Loué soit l'Empereur. »

La Sellette habitait sous la pente sud. On pouvait s'y rendre soit par les rues de la ville soit par la « voie céleste » ; le cocher avait sans doute reçu l'ordre de faire vite, car il choisit cette dernière. Varan ferma à nouveau les yeux.

On l'a oubliée, comme Nila m'a oublié.

Quel bonheur de grandir à Croc Rond en ignorant l'existence des clapeurs et des marchands de beauté. Nila n'en verra jamais. Elle a certainement une maison et un foyer, ses enfants doivent être presque adultes à l'heure qu'il est. Ils se considèrent secrètement comme des montards et attendent l'arrivée d'un monsieur monté sur un ailama blanc qui les engagera comme pages et les emmènera très loin...

Varan secoua la tête. Ses pensées tournaient en rond comme un hélicier qui remonte un ressort. Chose étrange : tant qu'il avait voyagé à la poursuite d'une légende, il n'avait pas souvent pensé à Nila. Mais quand il avait décidé de laisser tomber, de se fixer, de fonder enfin une famille, de vivre une vie sédentaire...

Se pouvait-il que la femme aux cheveux noirs se souvienne encore de lui en allumant du feu dans sa cheminée ?

Un rictus tiraillait le coin de sa bouche. La ville s'étendait à ses pieds, de l'air chaud montait des quartiers d'habitation, imprégné d'odeurs et de sons étouffés, mais les lumières étaient rares. L'Empereur ordonnait de dormir la nuit et de travailler le jour. Jouer de la musique et danser après le coucher du soleil était passible de travaux forcés. L'Empereur était sévère et tout le monde trouvait cela très bien. Ou du moins faisait semblant.

La « voie céleste », tendue de mât en mât, oscillait. Le cliquetis des carapaces sous la plateforme résonnait loin et était sans doute audible d'en bas. Plus d'un artisan, décollant la tête de l'oreiller, allait souffler à l'oreille de sa femme somnolente : « un fonctionnaire impérial doit avoir une affaire urgente à régler pour se déplacer ainsi en pleine nuit. »

Varan posa les mains sur les accoudoirs et laissa sa tête retomber sur sa poitrine.

Une vie sédentaire, comme les gens normaux...

L'esprit d'aventure et l'attrait des voyages, voilà ce qui l'avait poussé à quitter Croc Rond. Le gamin qui avait failli fuir avec les radeliers n'était pas mort à l'adolescence et avait continué de vivre dans l'homme adulte. Il lui avait fallu des années pour comprendre qu'une légende ne se touche pas du doigt et que certaines questions demeurent sans réponse : on ne peut les poser à personne, sinon à soi-même. L'esprit d'aventure avait faibli avec les années et Varan s'était trouvé un port d'attache au pays des Lacs, un endroit paisible et fertile, aussi éloigné de la mer que de la steppe.

Mais l'Empereur, ou Shouou, ou quelqu'un d'autre qui jouait avec son destin en avait décidé autrement.

Pendant quelques années, Varan avait travaillé comme instituteur dans un gros bourg ; il avait une chambre dans le bâtiment de l'école, on lui fournissait le bois de chauffage et la nourriture et tout le monde le laissait en paix. Entre les enfants et lui, il n'y avait jamais de conflits, ni de mensonges, ni d'attachement excessif : il s'acquittait consciencieusement de sa tâche et n'abusait pas du fouet. Parfois, lorsqu'il était d'humeur, il leur racontait des épisodes tirés de ses voyages, choisissant toujours les plus amusants ; les enfants avaient sans doute l'impression que ses années de pérégrinations n'étaient qu'une longue plaisanterie. Mais si l'un d'eux voulait se confier à lui, Varan s'arrangeait pour détourner doucement la conversation.

Une veuve qui habitait dans le voisinage l'accueillait volontiers chez elle et faisait souvent allusion au mariage. C'était une femme solide et d'une belle prestance ; elle avait bon cœur et Varan songeait sérieusement à l'épouser quand des cavaliers montés sur des trotteurs écailleux aux longues jambes étaient venus le chercher.

Un jeune vagabond lui avait joué ce mauvais tour. Se souvenant de ses propres nuitées à la belle étoile, Varan l'avait abrité sous son toit. Il avait cru qu'ils se ressemblaient un peu tous les deux et n'avait pu se retenir de lui montrer sa collection de cartes, pas tout bien sûr, mais une petite partie avait suffi pour que les yeux verts et rusés de son visiteur s'écarquillent de stupéfaction.

Le vagabond était parti et, quelque temps plus tard, avait été arrêté pour vol dans une grande ville. Les temps étaient troublés ; interrogé dans les règles, le vagabond avait raconté tous les épisodes dignes d'intérêt dans sa vie, y compris le « trésor » qu'un instituteur gardait dans son coffre. La Sellette, qui avait atteint sa haute position grâce à son flair exceptionnel, avait déniché la déposition du voleur dans un monceau de dossiers et avait aussitôt donné des ordres en conséquence. Par la suite, Varan avait écrit à la veuve pour lui dire qu'il était en vie et libre ; à quoi bon pleurer les vivants ?

La voie céleste descendait doucement, les panneaux routiers se balançaient sur leurs supports, légèrement phosphorescents dans le noir. Dans un passage particulièrement étroit, le cocher frappa deux fois du talon et les bouffreurs ralentirent l'allure.

La collection de cartes de Varan avait impressionné La Sellette qui en avait pourtant vu d'autres. Pour le service de l'État, Varan avait effectué une longue expédition et, à son retour, avait complété ses propres tracés de la Forêt de Verre et de ses environs. Après quoi La Sellette, toujours guidé par son flair infaillible, lui avait assuré une carrière fulgurante.

Les carapaces de bouffreurs cliquetèrent sur un sol de pierre. Pour passer le premier poste de garde, il lui suffit d'un geste impérieux. Ils marquèrent l'arrêt au deuxième et Varan leva la tête pour que le garde, qui portait un serpent apprivoisé à la ceinture, voie son visage.

Au troisième poste, il dut montrer le papier orné de l'arc-en-ciel.

L'équipage s'engouffra aussitôt sous une arche sombre et s'arrêta sur le chariot de montée quelques centaines de pas plus loin.

– Troisième ! cria le cocher.

– Cinquième ! lui répondit une voix sourde en bas.

Varan sentit une bouffée de chaleur et de fumée ; un fouet invisible claqua. La groule qui actionnait le mécanisme de montée rugit et on entendit un fracas métallique. Varan fit la moue : le bruit, l'odeur et les cris de la groule étaient l'une des raisons pour lesquelles il n'aimait pas rendre visite à La Sellette.

Le chariot de montée s'éleva lentement, dépassa deux passages latéraux, obliqua vers la droite au troisième et se retrouva dans un nouveau puits. Ici, on respirait mieux, le chariot monta encore et s'arrêta. Le cocher frappa du talon, les bouffreurs s'ébranlèrent si brusquement qu'ils faillirent renverser le siège.

– Je prie messire de me pardonner, marmonna le cocher. La femelle de gauche est très jeune et... elle est en rut, on l'a arrachée à son amoureux pour emmener Votre Grâce... Alors forcément, elle n'est pas contente.

– Transmets-lui ma sympathie la plus sincère, dit Varan sans sourire.

Le cocher le regarda bouche bée : personne ne plaisantait jamais dans ces couloirs.

À part La Sellette.

À l'angle du tunnel creusé dans la falaise se tenait un garde accompagné d'un clapeur. Varan fit signe au cocher.

– Tu peux rentrer.

– Merci, messire.

Le cocher fit tourner son équipage dans un autre

couloir, Varan le suivit des yeux : les bouffreurs ressemblaient à deux énormes vers munis d'une carapace, légèrement écrasés par la plateforme. En rut... ça alors.

Varan sourit discrètement, redressa son dos ankylosé et s'approcha du garde. Le clapeur – dépourvu de muselière – ne bougea pas.

– Sa Permanence m'a fait appeler, dit Varan en regardant les yeux blancs et aveugles du garde.

Une longue seconde s'écoula avant que le garde ne hoche la tête.

– Ah, enfin le petit Varan est là. Nous allons pouvoir le mettre aux fers et le torturer jusqu'à ce qu'il hurle comme une pamuette...

C'était peut-être une plaisanterie. Ou peut-être en avait-il vraiment l'intention. Varan attendit.

Sa Permanence le Pilier de l'Empereur s'approcha, le renifla de ses grandes narines qui ressemblaient à une seconde paire d'yeux sur son visage. Les coins de sa large bouche s'étirèrent.

– Tu as les nerfs solides, arpenteur. Des nerfs d'acier, je te les envie presque. Assieds-toi.

Varan s'assit dans un fauteuil en peau de dragon des profondeurs. Les écailles dont les nuances allaient du métal sombre au turquoise vif émirent un léger tintement cristallin.

– Tu veux manger ou boire quelque chose ? proposa La Sellette.

Varan secoua la tête.

La Sellette fit le tour de la pièce, les pans de sa robe de chambre blanche balayaient le sol jonché de papiers.

– Je vois que tu es vexé d'avoir été réveillé au milieu de la nuit. Tu t'en remettras. J'ai trois affaires à régler avec toi, c'est beaucoup, mais le matin est encore loin.

Sa Permanence s'installa en face de son visiteur, baissa les paupières et huma l'air avec un léger bruit. Cette manie agaçait toujours Varan, beaucoup plus que les promesses de torture.

– J'ai vu ton travail sur la Chaîne Lacustre, marmonna La Sellette sans ouvrir les yeux. Excellent boulot. Je ne sais pas encore s'il servira, mais c'est un bon point pour toi. Bien, la première affaire était un simple jeu... Venons-en à la deuxième. Poisson !

La silhouette du secrétaire, courbé en révérence, sembla jaillir du mur. Sans attendre les ordres, il déplia sur le sol un rouleau de papier jaunâtre et s'écarta en s'inclinant à nouveau.

– Qu'est ceci ? demanda La Sellette.

Il n'avait toujours pas ouvert les yeux ; ses narines frémissaient, comme si elles vivaient séparément sur son visage.

Varan examina la carte. Elle était dessinée avec adresse et savoir-faire, ornée d'une fleur à douze pétales représentant les directions du monde, riche en détails amoureusement ouvragés.

– C'est un faux, déclara-t-il enfin.

La Sellette ouvrit les yeux et regarda par-dessus la tête de son interlocuteur.

– Tu en es sûr ?

– Elle a été dessinée par quelqu'un qui n'a jamais dépassé ces montagnes.

Varan traça un trait du doigt au-dessus de la carte.

– Ici se trouvent les Maisons Blanches. Par là devrait figurer le début de la Forêt de Verre… Tout ce qui se situe à l'ouest de ces collines est pure invention. Ou basé sur des récits inexacts.

– C'est bien ce que je pensais, jeta La Sellette. Poisson, tu peux te retirer.

Le secrétaire roula la carte et disparut après une dernière révérence.

La Sellette demeura silencieux. Il avait refermé les yeux mais ses narines fixaient Varan, qui avait l'impression de sentir le regard de ces orifices noirs et frémissants.

La Sellette était un mage. Comparé à lui, Pérégrin qu'il croyait jadis si puissant aurait semblé un chaton devant une groule.

– La troisième affaire est très simple.

Il renversa la tête pour mieux flairer.

– Tu es accusé de haute trahison. Et de complot contre l'Empereur. Et aussi de faux et usage de faux. Quoi d'autre encore ? Mais je suppose que c'est suffisant.

Varan ne répondit pas. La Sellette sourit.

– Ah, cette fois, je t'ai eu. Tu as une odeur de combattant prêt à vendre chèrement sa peau. Du calme, petit Varan. Nous n'allons pas nous battre, en tout cas pas maintenant.

Varan resta immobile.

La Sellette tendit la main. Une feuille de papier jaillit toute seule d'une pile et sauta dans sa paume.

– Rouquin, appela Sa Permanence sans hausser le ton.

Un nouveau visiteur apparut. Il n'était pas seul, mais traînait derrière lui en la soutenant une silhouette emmaillotée de draps. La pièce s'emplit d'une odeur de sang et de vomi, un odorat ordinaire suffisait largement pour la détecter.

Rouquin – totalement chauve malgré son nom – posa l'homme emmailloté devant le fauteuil de Sa Permanence.

– Approche, mon petit Varan.

Une salive rose coulait sur le menton de l'homme qui semblait gravement blessé ou peut-être victime de magie. À moins qu'on ne l'ait soumis à la torture. Probablement les trois à la fois.

– C'est Gordin Ailes d'Or, annonça La Sellette, sans élever la voix. Notre brillant chef d'armée, le favori de l'Empereur qui avait juré de prendre vivant le nouveau « fils de Shouou » et de le ramener chargé de chaînes.

Gordin Ailes d'Or se mit à râler. Varan le regarda et détourna aussitôt les yeux.

– Tu as parfaitement raison de le plaindre, précisa

367

La Sellette, il a de très gros ennuis. Maintenant, prends ceci et dis-moi ce que c'est.

Varan saisit la feuille de papier en s'efforçant de ne pas toucher la main blême et fine. Il la déplia et l'examina à la lumière des lampes blanches et bleues qui éclairaient la pièce. Sa Permanence préférait les lumières blanches et bleues, et c'était une autre raison pour laquelle Varan n'aimait pas lui rendre visite.

– C'est une carte des Franges. C'est moi qui l'ai dessinée.

La Sellette hocha légèrement la tête.

– Parfait. Gordin, rappelez-nous donc ce qui s'est passé là-bas. Lorsque la glorieuse garde volante placée sous votre commandement s'est lancée à l'attaque du haut des airs sur ce ramassis d'insensés.

La bouche de l'homme frémit.

– Je... je suis...

– Vous êtes l'espoir de la garde impériale, sans conteste. Eh bien, que s'est-il passé ?

– Je... nous... de grands ravins...

– Vraiment ? demanda La Sellette en feignant l'étonnement. Au milieu de la plaine ?

– Des fossés...

Le menton de Gordin bougeait de droite à gauche.

– Des fossés... une embuscade.

Sa bouche se convulsa.

Varan examinait la carte. Les Franges, surnommées parfois la Coupe, étaient une vallée pierreuse hérissée d'arbustes, située en bordure du pays Forestier et entourée de trois chaînes de montagnes ; un refuge idéal pour les brigands et les rebelles. Le seul moyen d'en venir à bout était une attaque aérienne. Qui avait échoué de toute évidence. Mais la carte n'indiquait pas le moindre ravin ni le moindre fossé.

– D'après la carte, c'est de la pierre, commenta La Sellette d'un ton pensif, aussi lisse qu'un plateau de table.

– Effectivement.

– Notre glorieuse garde avait l'intention de faire sortir les rebelles de leurs cavernes, de les attirer dans un endroit dégagé et de les abattre comme des pifres. Gordin Ailes d'Or a eu l'imprudence de faire voler son escadre juste au-dessus du sol, espérant sans doute qu'à la seule vue des ailamas de combat ces misérables rebelles laisseraient tomber leurs armes. Non seulement ils n'en ont rien fait, mais au centre de la plaine, notre armée a trouvé d'immenses tranchées dissimulées derrière des buissons. Gordin, dont la présomption a, hum, quelque peu dépassé les talents militaires, ne s'est pas méfié de ces buissons : comment une embuscade aurait-elle pu se dissimuler dans de simples fourrés de feuillines ?

La Sellette marqua une pause. L'homme inerte se convulsa entre les bras de Rouquin qui le soutenait.

– Notre garde a été massacrée, mon petit Varan. Les fossés étaient pleins d'archers comme une bouffreuse est pleine de caviar. Les oiseaux sont tombés l'un après l'autre, aussi criblés que des pelotes d'épingles. La garde ailée n'existe plus : il n'y a presque pas de survivants.

Gordin poussa un râle. La bave rose se remit à couler sur son menton.

– Emmène-le, ordonna La Sellette.

Rouquin saisit le corps flasque de l'ancien chef d'armée, et quelques secondes plus tard, La Sellette et Varan se retrouvèrent à nouveau seuls dans la pièce. Avec l'odeur du sang.

– Tu as des dernières paroles à prononcer ? demanda doucement La Sellette. Avant d'aller à l'échafaud ?

Varan regagna lentement son fauteuil en peau de dragon. Lissa la carte sur son genou.

La Sellette attendait, tête renversée, gonflant ses immenses narines.

– Votre Permanence, dit Varan d'un ton mesuré, le premier à avoir dessiné les Franges était un vagabond surnommé Crochet d'Huile. Ses gribouillis se sont perdus, mais le gouverneur du pays Forestier avait pris soin d'en commander une copie. Le gouverneur de l'époque menait une lutte incessante contre les brigands cachés dans la Coupe. De temps à autre, les interrogatoires permettaient d'obtenir des descriptions topographiques assez précises, la plupart sont toujours conservées dans les archives impériales. Et aucune n'entre en contradiction avec ce que j'ai vu de mes yeux.

Les narines de La Sellette frémirent avec une vigueur accrue.

– Ma propre carte, poursuivit Varan, surmontant une soudaine faiblesse, représente la seule vérité possible. Aux franges du pays Forestier, on trouve de nombreuses cavernes où vivent les rebelles, mais elles sont toutes situées dans les collines qui bordent les chaînes montagneuses. Au centre de la vallée, il n'y a jamais eu le moindre fossé ni la moindre faille ni le plus petit ravin. C'est tout ce que je peux vous dire.

Les lampes bleues et blanches qui éclairaient les murs entouraient la pièce d'un collier de lumière blême. La Sellette se taisait, les narines fixées sur Varan.

Varan pensa soudain à Lika, angoissé à l'idée du sort qui l'attendait. *Si je me sors de cette affaire*, se dit-il, *il faudra faire quelque chose pour elle, lui prévoir un refuge au cas où ; je pourrais acheter une maison à son nom et faire établir des papiers qui prouvent qu'elle répond d'elle-même et l'autorisent à vivre aussi bien dans l'enceinte des deux cordons qu'à l'extérieur.*

La Sellette regarda Varan avec intérêt.

– Tu as bonne mémoire. Tu possèdes certaines qualités, arpenteur, c'est indéniable. Mais dis-moi : comment ces fossés ont-ils pu apparaître, s'ils n'existaient pas auparavant ? Ce pauvre Gordin a été longuement interrogé et il ne ment pas. Imagine la taille d'un ravin qui abrite une centaine d'archers ! Je n'ai pas entendu parler du moindre tremblement de terre ni d'aucune catastrophe récente dans cette région. Peut-être n'as-tu pas vu ces ravins ? Après tout, Gordin non plus ne les a pas remarqués. Derrière les herbes et les buissons.

– Et bien entendu, il n'y a pas de mages parmi les rebelles ? demanda doucement Varan.

Les yeux de La Sellette s'élargirent soudain et prirent enfin le pas sur ses narines.

– C'est une question qu'il vaut mieux éviter de soulever. Et qui te dépasse largement, arpenteur. Il est beaucoup plus simple pour la paix de tous de t'accuser de complicité avec les rebelles que d'annoncer à l'Empereur et aux dignitaires l'existence d'un mage œuvrant contre l'Empire. Un fonctionnaire corrompu, c'est assez banal. Mais un mage inconnu capable de fendre la pierre comme on rompt un pain, c'est mauvais, très mauvais.

Varan se rejeta contre le dossier du fauteuil. Le Pilier de l'Empereur savait se montrer convaincant. Il avait sans doute exposé récemment des considérations du même genre à Gordin Ailes d'Or. Un peu plus tôt dans la soirée.

– Mais si... Je dis « si » parce qu'il s'agit d'une simple supposition, si un mage se trouve parmi les rebelles, il serait préférable pour l'Empire qu'on le recherche activement.

– Serais-tu idiot, mon petit Varan ? L'Empire que je représente ne fait rien d'autre depuis des années !

Le regard de Varan passa rapidement des yeux de La Sellette à ses narines.

– La rumeur d'un mage aidant les rebelles est vieille

comme le monde ! C'est une image légendaire comme celle de l'horrible vieille qui vit sous terre et mange les enfants désobéissants ou du navire aérien qui emmène les épouses fidèles à la fête de la reine des fleurs tandis que son pont cède sous le poids des femmes adultères... Ça ne date pas d'hier. Les rebelles assurent toujours avoir un mage avec eux. Et ils y croient. Les rebelles veulent des mages. Et les mages rêvent de se rebeller. C'est pourquoi l'Empereur s'arrange pour qu'on ne les perde jamais de vue. Dans toutes les provinces et les villes, sur l'îlot le plus miteux, on construit des tours magnifiques ou on creuse des souterrains luxueusement aménagés pour y installer en grande pompe un mage impérial. Par Shouou, imagines-tu que c'est vraiment utile ? Oui, bien sûr, ils représentent l'Empire, ils sont puissants, mystérieux, inspirent crainte et respect. Mais surtout, mon cher Varan, on ne risque pas de les perdre. Le mage surveille le dirigeant local qui surveille le mage. C'est très pratique. Tu comprends ?

– Oui.

La Sellette inclina la tête de côté.

– En effet... Tu comprends beaucoup mieux que tu ne veux le montrer. Mais pourquoi est-ce que je te raconte tout ça ? Il faut que je gagne du temps. Que je justifie notre défaite et que je fasse taire les rumeurs sur l'apparition d'un mage rebelle. Acceptes-tu de te sacrifier à l'Empire et de t'avouer coupable de trahison ?

L'air frémit dans la pièce. Les lumières blanches et

bleues se mirent à parler, Varan entendait leur murmure sans distinguer les paroles. Son cœur, son foie et ses entrailles devinrent légers, comme lorsqu'on tombe de la falaise, juste avant que l'hélice ne déplie ses pales, une si longue chute...

– Non, répondit Varan étonné. Certainement pas.

La Sellette le dévisagea avec une expression indéchiffrable.

Les lumières se turent et l'air cessa de trembler. Varan secoua la tête, l'impression était la même qu'après une gueule de bois.

– Bon, dit doucement La Sellette. Si tu ne veux pas, je m'arrangerai autrement. Tu peux partir.

Varan ne bougea pas. La Sellette agita la main avec irritation.

– Allez, va rejoindre ta jolie compagne et transmets-lui mon bonjour. Et sois demain à la chancellerie à neuf heures tapantes. Maintenant, libère le plancher, j'ai encore du travail.

Varan se leva. Ses bras et ses jambes étaient engourdis et lui obéissaient difficilement. Les écailles de dragon tintèrent comme à travers une couche de coton.

– Bonne nuit, Votre Permanence.

– Va-t'en, par pitié, je ne veux plus te voir.

Varan se dirigea vers l'endroit du mur qui dissimulait une porte. Généralement, elle s'ouvrait toute seule quand on s'approchait. Les battants s'écartèrent.

Un pas. Et ce serait fini. L'air frais. Lika... Comme il

aimait la vie ! Comme il en appréciait chaque instant !
Chaque nuance du ciel, chaque bulle d'air remontant
de l'eau à la surface...

– Léréalaruun, prononça doucement La Sellette derrière son dos.

Comme s'il se parlait à lui-même.

Les battants de la porte qui venaient de s'ouvrir se
refermèrent brusquement. Varan se retrouva devant un
mur lisse.

– Léréalaruun ? répéta La Sellette comme s'il avait
peine à y croire. Tu connais ce nom, arpenteur !

Varan se retourna avec lenteur. Sa Permanence se
leva presque fébrilement de son fauteuil et traversa la
pièce pour s'immobiliser à quelques centimètres de
Varan, humant l'air avec avidité.

– Oh... oh-oh-oh... Va t'asseoir.

Varan obéit. La Sellette resta debout, sa main pâle aux
longs doigts serpentins se posa sur son épaule.

– Parle.

– J'ai grandi à Croc Rond. La personne que vous avez
mentionnée était le mage impérial de l'île.

– Un petit fondu comme toi connaissait le nom de
l'habitant de la tour ?

– Je l'ai rencontré lorsqu'il est arrivé chez nous. En
barque postale. Puis nous nous sommes revus une fois.
Quand on m'a accusé de... Bref, j'ai eu la « chance » de
découvrir un trésor de fausse monnaie que j'ai bêtement dépensé. Le mage que vous avez mentionné m'a

justifié auprès du prince en remarquant fort justement qu'un gamin de dix-sept ans est incapable de fabriquer de la fausse monnaie impériale. C'est tout.

– Qu'est-ce que tu racontes ?

Il retira sa main de l'épaule de Varan et contempla sa paume avec dégoût.

– De quelle fausse monnaie parles-tu ? À Croc Rond ?

– Le mage que vous avez mentionné...

– Appelle-le par son nom !

– J'ai toujours eu un certain mal à le prononcer, dit Varan après un silence.

La Sellette reniflait. Il marchait dans son bureau en repoussant les piles de papiers du bout de sa pantoufle. Il regardait Varan avec férocité, presque avec haine. Et se grattait les joues des deux mains, faisant apparaître des raies rouges sur sa peau blême.

– Il y avait donc une cache de fausse monnaie impériale à Croc Rond ?

– Vous le saviez déjà, Votre Permanence. J'en suis certain.

– Des coïncidences pareilles, ça n'arrive jamais.

– Quelles coïncidences ?

Le Pilier impérial renifla à nouveau. Il donna un coup de pied à un rouleau de papier récalcitrant, le faisant voler presque jusqu'au plafond.

– Tu ne me dis pas tout. Que sais-tu encore sur Léréa-laruun ?

– Je sais qu'il est mort.

– Ah oui ?

– Malheureusement.

– Comment le sais-tu ? Tu as vu son cadavre ?

– Je l'ai vu tomber d'un ailama au-dessus de la mer. Après une telle chute, il est difficile de retrouver le corps.

– Comment as-tu pu le voir ?

– J'étais en haut. C'est une longue histoire. J'avais une fiancée à moitié montarde et j'étais monté lui rendre visite. Les ailamas viennent rarement hors saison. Toute l'île l'a vu. Tout le monde l'a regardé tomber.

– C'est la vérité, dit La Sellette d'une voix sourde. Mais pas toute la vérité. Je sens quelque chose de fort intéressant dans cette histoire... J'en ai le nez qui me démange. J'aimerais te prendre et te mettre en pièces détachées pour voir ce que tu as à l'intérieur. Apprendre tout, y compris ce que tu as oublié...

Varan frémit. Dans les yeux mi-clos du Pilier impérial passa – pour s'éteindre aussitôt – une lueur jaune de folie.

– Mais ça te casserait, marmonna-t-il. Les jouets se cassent toujours quand on les démonte... Or, j'ai besoin de toi. Combien de gouverneurs du pays Forestier en cinq ans ?

– Six.

– Bravo. Et de mages ? Le mage impérial a-t-il changé ?

– Non.

– Exact. Zigbam, ce bon vieux Zigbam. Sais-tu qui

était le mage impérial de Croc Rond avant l'arrivée de Léréalaruun ?

– Qui donc ?

– Le vieux Zigbam ! Il était déjà vieux à l'époque... et déjà... Merci de me l'avoir rappelé. J'avais oublié cette histoire de fausse monnaie. Et si Zigbam... mais oui.

Le Pilier impérial déambulait en marmonnant ; il semblait avoir oublié la présence de Varan qui demeura assis, les épaules basses sous le poids d'une fatigue soudain écrasante. Tellement écrasante qu'en cet instant, si La Sellette lui avait proposé de sacrifier sa tête pour la gloire de l'Empereur, il aurait sans doute accepté. À condition que ce soit immédiat.

Les lumières blanches et bleues clignaient. Il ferma les yeux. Une étoile piquante dansait sous ses paupières : une question qu'il devait poser. Une question cruciale. Il ouvrit les lèvres avec peine.

– Votre Permanence, pourquoi vous intéressez-vous à Léréalaruun ? Pourquoi est-ce si important pour vous que je l'aie connu ? Il est mort depuis plus de vingt ans.

– Tu es encore là ? demanda La Sellette d'un air distrait.

– Votre Permanence ne m'a pas dit de partir.

– Ta présence me trouble... Un mage est mort quand son corps a été identifié et inhumé dans la crypte impériale après une cérémonie adéquate. Le cadavre de cet infortuné gamin n'a jamais été retrouvé.

– Il est au fond de la mer.

378

– Bien entendu. Mais avec ce travail, on devient nerveux et méfiant. On réveille ses plus précieux collaborateurs au milieu de la nuit, on les terrorise, on menace de les torturer... Tais-toi. Je sais parfaitement que l'Empire est grand au point que les habitants de la périphérie n'ont jamais entendu parler de l'Empereur. Mais il est extrêmement rare que des mages naissent à la périphérie de l'Empire. Ne dis rien ! Je connais l'histoire de cette magicienne cinglée, c'est toi-même qui me l'as racontée. Mais ferme-la un peu, au moins un instant. Celui que tu cherchais... Tu sais, je n'ai plus de temps à te consacrer pour le moment. Rentre chez toi. Nous nous verrons demain.

Les portes s'ouvrirent.

Lika lui sauta au cou, se serra contre lui avec son nez humide et fondit en larmes. *Se peut-il qu'elle m'aime ?* pensa Varan en passant les doigts dans ses longs cheveux blonds. *Mais c'est vrai qu'après ce qu'on lui a fait, je suis le seul à voir encore en elle un être humain. Je pourrais être aussi vieux que la mer et aussi laid que La Sellette, elle sangloterait tout de même de joie de me voir revenir...*

– Mais pourquoi pleures-tu ? demanda-t-il d'un ton acariâtre. Je travaille, c'est tout. Plutôt que verser des larmes, allons donc nager.

Il ordonna de brancher toutes les fontaines et les cascades. L'eau de mer se déploya en plumes et en fleurs salées, et Varan se sentit revivre. Il plongea jusqu'au fond lisse et blanc, remonta à la surface un coquillage-miroir :

– Tu vois, tu es la plus belle.

Lika le regarda, et soudain, Varan comprit quel effet cela faisait de lire les pensées d'autrui. En cet instant, Lika se disait que sans sa beauté exceptionnelle, elle serait restée chez elle avec ses parents, se serait tranquillement mariée et n'aurait jamais goûté au « lait doux ».

Varan n'avait plus envie de se baigner.

Il s'habilla et déjeuna, ou plutôt ordonna qu'on l'habille et qu'on lui serve à manger. Puis il se rendit à la chancellerie et s'étonna grandement de trouver tous les copistes à leur poste, chacun accomplissant sa tâche en silence, avec la concentration adéquate. L'entrevue de cette nuit lui avait fait oublier l'épisode du clapeur, mais ses subordonnés s'en souvenaient parfaitement. Le papier bruissait, les porte-mines grinçaient légèrement, et pas une tête ne se levait pour bayer aux nuées ni pour échanger des clins d'œil avec son voisin.

J'y suis sans doute allé un peu fort, se dit Varan avec remords.

Il resta quelque temps dans son bureau à faire les cent pas, puis se rendit chez un fonctionnaire de sa connaissance, chargé de gérer les quartiers d'artisans de la capitale.

– Je ne comprends pas, dit-il après que Varan, avec une moue gênée, eut exposé sa demande. Tu veux t'en débarrasser ? La mettre à la rue ?

380

– Non, dit Varan. Ce que je veux, c'est qu'elle ne risque pas d'être jetée en pâture aux bouffreurs au cas où je mourrais de manière imprévue.

– Ah... Oui, je vois... Tu as l'intention de mourir de manière imprévue?

– Bien sûr que non, mais... Tu n'as pas oublié pour qui je travaille?

Le visage du fonctionnaire s'assombrit, et il jeta nerveusement un coup d'œil à la porte.

– Tu vas le faire, oui ou non?

– J'essayerai.

Varan le remercia et, une fois dehors, comprit enfin que ses paroles avaient été mal interprétées. Lorsqu'il avait mentionné « celui pour qui il travaillait », le fonctionnaire avait cru à une menace, alors que Varan voulait seulement lui rappeler que sa vie ne tenait qu'à un fil.

Les quartiers des fonctionnaires étaient situés en surface et Varan décida de marcher un peu à ciel ouvert plutôt que de faire les cent pas dans le couloir tapissé de fourrure de serpent.

Moins d'une minute plus tard, on le rattrapa.

La plateforme d'envol surplombait la ville, une saillie rocheuse la rendait invisible d'en bas. Un équipage volant prêt à partir l'y attendait, l'immobilité des ailamas attelés aux quatre coins n'était troublée que par le frémissement de leurs plumes ébouriffées par le vent.

Un homme en longue cape déambulait à côté. Un capuchon voilait son regard, ne laissant apparaître que ses larges narines.

– Le temps presse, déclara La Sellette. Écoute-moi attentivement. Premièrement, tu vas te rendre au pays Forestier avec une lettre pour le gouverneur et une autre lettre pour le mage. La troisième lettre t'est destinée, tu la liras en cours de route. Si le vieux Zigbam est en affaires avec le fils de Shouou...

Les narines de La Sellette frémirent.

– Je pourrais te donner un murmureur. C'est une puce qu'on introduit dans l'oreille et qui te permet de sentir quand quelqu'un te ment. Mais un mage détecterait aussitôt sa présence.

– Il faudra que je m'infiltre parmi les rebelles ?

– Tu plaisantes ! Il serait plus simple de te pousser dès maintenant du haut de cette falaise. S'il y a un mage parmi eux, tu seras découvert immédiatement.

– Mais nous soupçonnons Zigbam, et il...

– Silence ! « Nous » ne soupçonnons personne, nous voulons seulement vérifier... une chose. Après avoir rendu visite à Zigbam et au gouverneur Forestier, tu iras à Croc Rond... Oui, à Croc Rond ! Et tu me rapporteras toutes les archives locales. Jusqu'aux notes du médecin sur les herbes qui soignent la diarrhée. Cette quatrième lettre est destinée au prince de Croc Rond. Tu peux t'abstenir de rencontrer le mage local.

– Bon, dit Varan.

– Tu feras exactement ce que je t'ai dit! cria soudain La Sellette. Je sais qu'il est inutile de te menacer de mort. Mais si tu t'acquittes correctement de ta mission, je te dirai tout ce que je sais sur le Feu errant.

– Sur... quoi?

– Pas sur quoi, mais sur qui. Sur le messager du feu, pauvre imbécile. Sur ce fameux Âtrier que tu as si long-temps cherché et que tu continues à chercher. En rêve.

Varan regarda les narines de La Sellette, qui le poussa vers l'équipage.

– Vas-y. Si tu reviens vivant, tu seras récompensé. Dépêche-toi.

L'équipage volant était un instrument de torture, spacieux et de tout confort.

L'énorme boîte était munie d'ailes triangulaires, et quand elle était portée par le vent, les ailamas pou-vaient se reposer. Peu à peu l'équipage perdait de la hauteur, les quatre chaînes se tendaient et les ailamas, plus petits et plus endurants que les animaux de selle, tiraient dessus de toutes leurs forces, les ailes triangu-laires se retournaient et l'équipage s'élevait à nouveau au-dessus des nuages.

Les montards de souche, riches et gonflés d'orgueil à en éclater, étaient sans doute accoutumés dès l'enfance à voyager de cette manière. Mais ce n'était pas le cas de Varan. Il avait la nausée. Ni le lit moelleux, ni le lavabo rempli d'eau pure, ni les amples réserves de vin et de provisions, ni le lieu d'aisances commodément disposé dans un coin ne pouvaient soulager ses souffrances.

Il était étendu sur du duvet de serpent, respirait la résine aromatique qu'une bonne âme avait mise dans le coffre à provisions, et pensait avec effroi à la lettre de La Sellette qu'il était censé lire pendant le voyage pour comprendre exactement ce que Sa Permanence attendait de lui ; mais le sol et le plafond n'arrêtaient pas de changer de place, il avait mal à la nuque et son estomac lui remontait régulièrement jusqu'à la gorge. En quel état serait-il pour rencontrer le gouverneur du pays Forestier et de quoi aurait-il l'air face au mage Zigbam ?

Sa nuit blanche se rappelait à son bon souvenir, mordant ses paupières irritées. Il aurait aimé dormir pour rattraper le sommeil perdu et abréger ce voyage éprouvant. Mais la lettre attendait sur la table ronde au rebord surélevé et pouvait contenir aussi bien sa mort qu'une promotion ou un bavardage oiseux.

Varan tira sur le ruban rouge. Les deux pans de l'enveloppe de soie s'écartèrent, et trois billets de cent réals s'en échappèrent dans un miroitement arc-en-ciel, soulevés par un courant d'air. L'espace d'un long et affreux moment, Varan eut l'impression qu'ils allaient s'envoler par la fente en dessous du rideau, mais les billets retombèrent paisiblement sur le sol.

Varan se leva pour les ramasser. Il restait une feuille dans l'enveloppe : rêche et épaisse, inapte au vol.

« Je suppose que tu m'es fidèle... »

Varan but un peu d'eau, s'étendit à nouveau et lut la lettre en luttant contre la nausée.

Ils ne se posèrent que deux ou trois fois en cours de route. Varan aurait pu rester dans son équipage, mais il sortait, blême et crispé, pour s'asseoir près du feu allumé par les cochers, écoutant leur conversation d'une oreille distraite. Les ailamas dormaient comme des statues unijambistes, tête enfouie sous leurs larges ailes. Varan contemplait les étoiles et se répétait les instructions sibyllines de La Sellette.

Il s'efforçait de ne songer qu'à Zigbam et aux Forestiers. Mais la pensée de son prochain retour à Croc Rond demeurait dans son esprit comme une barrique de poudre, soigneusement dissimulée, enveloppée d'interdits et cadenassée à triple tour.

Le but de son voyage approchait. Les ailamas volaient si bas au-dessus du bois que l'équipage effleurait presque les sommets des arbres. Varan était assis près de la fenêtre d'observation. Vue de dessus, la forêt ressemblait à des nuages, éclairés par en haut. En bas, les fondus locaux traînaient leur existence ou peut-être se réjouissaient de vivre.

Parfois, ils survolaient des clairières où l'on pouvait distinguer des potagers, des champs et des gens au travail. L'équipage volant les recouvrait de son ombre et semait partout l'agitation et même un vent de panique. C'était voulu : le gouverneur et Zigbam devaient apprendre à l'avance l'approche de leur « destin ailé » et se torturer l'esprit en se demandant quelle surprise leur préparait Sa Permanence le Pilier de l'Empereur.

Le luxe se paye cher. Lorsque l'équipage se posa sur la plateforme d'atterrissage du pays Forestier, Varan se sentait dans la peau d'un homme qui a passé trois jours la tête en bas. Le capuchon de sa cape, identique à celle de La Sellette, l'aida à dissimuler son visage vert pâle et ses yeux injectés de sang. Il descendit en s'appuyant sur les bras de serviteurs en vêtements d'apparat. La plateforme avait été récemment repeinte en hâte, la peinture n'avait pas eu le temps de sécher et les semelles de ses chaussures adhéraient à chaque pas. Les ailamas piétinaient d'un air dégoûté, des oiseliers en livrée s'affairaient autour d'eux en criant trop fort.

Lentement, Varan descendit l'escalier tournant jusqu'au palais du gouverneur. Le tapis qui menait de la porte à la salle d'apparat avait été piétiné par des pieds innombrables, depuis un bon millier d'années. Les semelles de Varan, enduites de peinture, arrachaient des boules de fils avec un grincement déplaisant.

Il n'avait plus de voix, aussi se contenta-t-il d'une brève révérence en guise de salut avant de tendre au gouverneur la lettre munie du sceau arc-en-ciel. Sa fatigue fut interprétée comme du dédain. Le gouverneur, un blondinet malingre avec une petite moustache en brosse d'un roux clair, pâlit encore plus et s'inclina légèrement plus bas que sa position ne l'y autorisait.

C'était le sixième gouverneur en cinq ans. Son prédécesseur avait été démis et croupissait peut-être encore dans un cachot de la prison impériale. Le quatrième gouverneur avait été empoisonné pendant son dîner. Le troisième avait été limogé lui aussi ; c'était bientôt au tour du moustachu d'être empoisonné, sans exclure l'éventualité d'un limogeage ni d'une flèche tirée par la fenêtre ni d'un coup de poignard dans le dos.

Le pays Forestier était ravagé par la guerre. Il y a bien des années, lorsque Varan était un vagabond qui allait de maison en maison, allumant du feu dans les cheminées conformément à la coutume, c'était une région riche et prospère où l'on chantait des chansons sur le joyeux fils de Shouou, immortel, invulnérable, venu au monde pour partager avec les autres une parcelle de son éternité. Au cours de ses pérégrinations, Varan avait même eu l'occasion de rencontrer deux fils de Shouou : l'un était un garçon d'une vingtaine d'années au visage assez primitif et le second un borgne passablement patibulaire à la tignasse poivre et sel mal lavée.

Puis les Forestiers avaient guerroyé assez longtemps : contre l'armée de l'Empereur, contre le fils de Shouou, contre les voisins et aussi entre eux. Les champs qui donnaient trois récoltes par an n'étaient plus semés. La forêt brûlait. La dynastie princière locale avait été massacrée, non sans l'aval de La Sellette. Le Pilier impérial jouait avec ses gouverneurs comme une fillette joue à la poupée, remplaçant un esclave par un autre sur le trône branlant. La révolte couvait encore, menaçant de se répandre à nouveau en incendie, bien qu'on ait déjà pendu cinq fils de Shouou sur place, sans compter les suspects emmenés à la capitale.

Le gouverneur moustachu fixait Varan d'un regard résigné de poisson mort. Après lui avoir remis la lettre, Varan demanda un bain, des huiles aromatiques et un lit pour dormir.

La baignoire était un baquet en bois où l'on pouvait s'asseoir en serrant les genoux contre le ventre. Varan ordonna qu'on lui verse de l'eau chaude, puis de l'eau froide. Il chassa les serviteurs après qu'ils l'eurent légèrement ébouillanté. Il se frictionna lui-même avec la serviette, s'enroula dans les draps et se coucha, les yeux fixés au plafond gris bleu irrégulier de l'appartement destiné aux invités de marque.

Il avait l'impression de tomber lentement et de monter à nouveau vers les nuages. À la pensée du voyage de retour, il sentait un goût âcre dans sa bouche. La lettre de La Sellette qu'il avait apprise par cœur lui apparaissait au plafond, comme tracée à l'encre magique.

Lorsqu'il s'endormit enfin, il n'y eut rien d'autre dans son rêve que la nage lente de la terre sous un battement d'ailes.

– Bénissez l'Empereur, gouverneur. Sa Permanence le Pilier impérial vous encourage à poursuivre votre action...

Le moustachu regardait Varan avec ce même regard dépourvu de vie. Il s'était vu mort tant de fois qu'un sursis supplémentaire ne pouvait ni le réjouir ni le peiner.

– Sa Permanence souhaiterait savoir si vous avez besoin d'aide pour gouverner la province et si vous avez des considérations particulières que vous souhaiteriez faire parvenir aux oreilles de l'Empereur.

Le gouverneur cligna des yeux ; le voile vitreux au travers duquel il contemplait Varan se dissipa un instant pour se reformer aussitôt.

– Voulez-vous boire quelque chose ? demanda-t-il.

Varan fit signe que non. Boire ou manger quoi que ce soit à la table du gouverneur ne faisait pas partie de ses plans.

– Il est impossible de gouverner le pays Forestier, lâcha le gouverneur d'une voix lasse. Comme les derniers événements l'ont démontré, même la garde ailée s'est révélée impuissante devant cette folie collective. Le nouveau fils de Shouou... Vous êtes au courant ?

Varan hocha la tête au souvenir de Gordin Ailes d'Or.

– Cependant, Sa Permanence peut être assuré que le Palais et la Tour du pays Forestier lui sont tout dévoués.

– Vraiment ? demanda Varan en haussant les sourcils pour marquer un étonnement extrême. La Tour aussi ?

Le moustachu le regardait dans les yeux. Il ne se laissait pas abuser par le début aimable de la conversation : La Sellette avait accoutumé ses fonctionnaires à n'attendre rien de bon des équipages ailés, dont les passagers n'apportaient jamais qu'ennuis et châtiments de toutes sortes. Cependant, le regard du gouverneur exprimait plus que l'attente d'une mauvaise nouvelle.

– Votre Grâce, dit doucement Varan, vous comprenez bien que ce qui est arrivé au détachement de Gordin Ailes d'Or a peiné l'Empereur. Mais L'Empereur ne se mettra pas en colère contre vous personnellement pour ne pas avoir assez étroitement surveillé Sa Puissance le mage Zigbam.

Varan remarqua un tiraillement au coin de la bouche du gouverneur.

– Je n'irais pas vous promettre le pardon sans être certain que vous l'obtiendrez, poursuivit-il sur le ton de la confidence. Sa Puissance reçoit-il des visiteurs étranges ? Part-il souvent en promenade et reste-t-il longtemps absent ? Lui arrive-t-il de... manquer de respect à votre égard ?

Le moustachu se taisait. Varan voyait clairement désormais ce que dissimulait le voile vitreux de son regard : un sentiment de panique. La panique d'un homme qui tombe du haut d'une falaise et cherche vainement quelque chose pour s'y raccrocher.

– Sa Puissance vous a menacé ? demanda-t-il. Je sais à quel point les mages peuvent être insupportables, surtout quand personne d'autre dans les environs n'est doté du pouvoir magique. Mais de là à aider les rebelles...

L'homme sembla réfléchir pendant quelques minutes. Varan avait l'impression de voir les mouvements de sa pensée, il la sentait se débattre contre la vitre de son regard immobile.

– Avez-vous déjà rencontré Sa Puissance, le vieux Zigbam ? demanda-t-il enfin.

– Non, jamais.

Nouveau silence.

– Sa Puissance est gravement malade. Il ne se lève plus, depuis que par la grâce de Sa Permanence, je suis devenu gouverneur de cet horrible... excusez-moi... du pays Forestier. Aussi ne s'absente-t-il jamais et ne reçoit-il aucun visiteur étrange. En fait, il ne reçoit personne.

– Vous en êtes sûr ? demanda bêtement Varan.

– Absolument. Comme je vous l'ai déjà dit, c'est une province impossible à gouverner. Savez-vous comment nous collectons les impôts ? Une garde constituée d'anciens coupeurs de gorge débarque dans les villages ; comme des brigands, ils ramassent ce qui leur tombe sous la main, la moitié sert à payer leur prétendu salaire et l'autre moitié est versée au prétendu trésor. Pas étonnant que les condamnations à mort prononcées à l'encontre du «buveur de sang» se multiplient. Le buveur de sang, c'est moi, précisa-t-il avec un sourire amer qui souleva une frange de sa moustache. Ma vie ne tient qu'à mon réseau d'espions, messire

Varan. Sa Puissance Zigbam, ou plutôt Sa Faiblesse Zigbam, est entouré d'un triple cercle de gens qui le surveillent, ce qui me coûte pas mal d'efforts et d'argent, mais me permet d'affirmer solennellement que depuis six mois ce mort-vivant ne se lève plus de son lit crasseux. Au début, il avait encore l'esprit assez clair, mais ces derniers temps, il souille sa couche, si vous me pardonnez ce détail peu ragoûtant, et ne reconnaît plus personne.

Varan se taisait. Quelque chose d'indéchiffrable lui déplaisait dans le regard du gouverneur.

– Je n'ai pas prévenu la capitale parce que... vous comprenez, je suis dans une situation très difficile, messire Varan. Mais je suis dévoué à l'Empereur.

Varan était sûr qu'un mensonge se dissimulait derrière ses paroles. Il éprouvait une sensation déplaisante, comme lorsqu'on gratte du verre avec les ongles.

– J'ai peut-être commis une erreur, remarqua nerveusement le gouverneur, mais vous pouvez aller le constater vous-même, de vos propres yeux. En principe, personne n'a plus accès à la tour, mais je suppose que vous devez présenter un rapport à Sa Permanence ?

Varan hocha la tête sans quitter le moustachu des yeux.

La tour était une habitation ronde au sommet d'un immense arbre mort. L'intérieur du tronc était vide et abritait un escalier tournant. Varan, accompagné du gouverneur, monta longtemps dans l'obscurité, dans une atmosphère étouffante où la tension nerveuse était presque palpable.

Devant la chambre du mage était assis un homme, une arbalète armée sur les genoux. Le gouverneur lui adressa un signe de tête. Varan eut le temps de distinguer un visage grossier aux nombreux plis, une cicatrice au front et les yeux indifférents d'un tueur.

– Entrez, messire l'envoyé, dit le gouverneur.

Varan s'arrêta sur le seuil. La chambre ronde au plafond bas était la copie conforme de celle où Pérégrin avait vécu jadis.

Une mosaïque de différentes essences de bois, des panneaux aux murs, des paravents, des meubles ouvragés. C'était donc le vieux Zigbam qui avait décoré la tour de Croc Rond conformément à ses goûts ! Pérégrin avait débarqué sans rien, mouillé et pitoyable dans son costume clair chiffonné, avec un seul coffre rempli de papiers sous le bras. Varan n'avait d'ailleurs jamais su quels étaient ces papiers.

– Voilà, dit le gouverneur d'une voix calme (faussement calme, nota Varan). C'est ici, derrière le paravent.

Varan renifla, imitant malgré lui La Sellette. Les fenêtres étaient ouvertes et le vent remuait les rideaux. La chambre sentait les aiguilles de pin, la résine aromatique et un peu la fumée. Soit le gouverneur avait exagéré en parlant de Zigbam comme d'un mort-vivant dans un lit crasseux, soit...

S'efforçant de ne pas tourner le dos à son hôte, Varan écarta le paravent. Dans le lit aux draps propres bien qu'un peu grossiers, était allongé un vieillard, qui le fixa avec des yeux vides. Un filet de salive coulait au coin de sa bouche.

– Votre Puissance, dit Varan.

Le vieillard le regardait sans le voir.

– Je peux sortir, proposa le gouverneur. Peut-être avez-vous des questions... ou des méthodes particuliè-res...

Sa nervosité était palpable.

– Je vous serais reconnaissant si vous pouviez nous laisser, dit lentement Varan.

Le gouverneur sortit en refermant la porte. Varan examina la pièce une nouvelle fois. Cette chambre lui paraissait si familière que ce sentiment prenait presque le pas sur tout le reste. N'était-ce pas cette planche que le jeune Varan avait caressée du doigt, quand il n'avait encore jamais vu autant de bois de sa vie ? Ici, au pays Forestier, cette chambre ne paraissait pas du tout luxueuse, au contraire, elle avait quelque chose de rus-tique, mais à Croc Rond où l'arbre le plus haut ne dépasse pas la taille d'un enfant de dix ans...

Il regarda le vieillard couché.

– Zigbam...

Rien ne changea dans ses yeux vides. Varan sortit un billet orné d'un arc-en-ciel et l'approcha du visage de « Sa Faiblesse ».

– Tu le reconnais ?

Aucune réaction. Le vieillard ne reconnaissait rien. Il n'aurait pas reconnu son propre fils. Tout lui était indifférent.

Il a trouvé le moyen de s'évader définitivement, pensa Varan. *La Sellette va s'en mordre le nez. Mais avant, il passera sans doute sa colère sur moi. Et il n'aura pas entièrement tort.*

Un dernier regard circulaire.

Quelque chose clochait. Il y avait comme une fausse note dans cette pièce, un élément qu'il avait laissé échapper, une question qu'il n'avait pas posée à temps...

– Messire le gouverneur, appela-t-il à voix basse.

La porte s'entrouvrit. Le moustachu apparut sur le seuil, l'homme à l'arbalète derrière lui. *Il va me tirer dessus*, pensa Varan. *Si je dis ou fais quelque chose d'imprévu.*

– Je compatis au malheur qui frappe Sa Puissance Zigbam, déclara Varan.

Le visage du gouverneur se détendit. Mais pratiquement personne n'aurait été capable de le remarquer, à part Varan – et bien sûr La Sellette, s'il avait été présent.

Varan demanda un ailama de selle, prétextant que Sa Permanence exigerait un rapport sur la situation dans les Franges. Le gouverneur, d'abord réticent, accepta soudain avec entrain. *Il espère que je serai abattu*, se dit Varan.

L'ailama, un oiseau de petite taille sans doute mal nourri dans son enfance, ne pouvait porter qu'un seul cavalier. Son poitrail et son ventre n'étaient protégés que par une armure de cuir trouée, certainement impropre à retenir la plus légère des flèches. Mais Varan n'avait pas l'intention de se battre.

Ses talents de cavalier laissaient à désirer. L'ailama non plus n'avait pas de bonnes manières, il se dérobait et fit même une cabriole en vol dans l'espoir de le faire tomber. Varan lutta avec sa monture sous les yeux du palais et de tout le bourg et parvint enfin à la maîtriser ; renâclant encore, l'ailama prit la direction du champ de bataille où Gordin avait perdu son armée.

Happant le vent des lèvres, Varan se demandait sérieusement s'il devait rentrer à la capitale. Bien sûr, La Sellette avait couru un risque en l'envoyant aussi loin : rien de plus simple que de se perdre dans une région peuplée de rebelles. Il était dommage d'abandonner une maison avec couloir de cent quinze pas, fontaines, cascades, serviteurs et équipages de bouffreurs... mais les morts n'ont pas besoin de fontaines. La seule chose qui liait Varan à son existence confortable de fonctionnaire d'Empire, c'était la petite Lika dont il n'avait pas encore assuré l'avenir. Mais en aurait-il le temps ? Même s'il rentrait pour se présenter devant les narines avides de Sa Permanence ?

L'ailama battait nerveusement des ailes, Varan montait et descendait en agrippant les poignées de la selle.

Il dépassa le nuage vert de la forêt ; la plaine se déploya devant lui, encadrée sur trois côtés par des collines. Au centre s'étiraient des fourrés de buissons en lignes brisées : les fameux fossés devaient se trouver dessous. Varan ne croyait pas à leur origine naturelle. Ils avaient certainement été creusés par quelque cyclone magique. Un abri idéal pour une armée d'archers.

À en croire le gouverneur, au moment de la bataille Zigbam était déjà réduit à l'état de légume.

Qui prenait soin de lui ? Des serviteurs ? Des gardes-malades ? Un vieillard propre dans un lit propre. Ce n'était tout de même pas l'arbalétrier qui changeait ses draps ? Avait-on fait partir tout le monde avant la visite de Varan ?

Des bassines. Des serviettes. Des flacons remplis de potions. Tous les menus objets qui s'accumulent dans une chambre où se trouve depuis longtemps un malade, de surcroît grabataire. Ils avaient donc rangé la pièce en prévision de son arrivée ?

Comme s'il percevait ses hésitations, l'ailama fit un écart et tenta à nouveau de le désarçonner. Varan perdit le fil de sa pensée. Il lui fallut quelques minutes pour rappeler sa monture à l'ordre.

Où était l'erreur ? Et quel était le plan du gouverneur, loin d'être aussi inoffensif que La Sellette le décrivait dans ses instructions ?

Il espérait que Varan renoncerait à son idée de traîner le vieillard jusqu'à la capitale. « C'est inhumain », avait-il dit, «Zigbam mourra en cours de route.» Comme s'il n'était pas déjà mort.

Mais La Sellette était de taille à faire parler n'importe qui, même ce mort-vivant au regard vide. Peut-être ne serait-il pas fâché de le voir dans cet état.

Jadis, Pérégrin avait essayé de raconter à Varan la raison d'être des mages. Il le revoyait agitant les bras, créant des papillons de feu, cherchant péniblement les mots adéquats. À l'époque, le jeune Varan était prêt à croire que son étonnant ami et ses semblables étaient pareils à des étincelles éclairant le monde.

Mais La Sellette avait-il apporté quelque chose de nouveau ? Hormis le fait qu'il exerçait le vrai pouvoir sur l'Empire ?

Et Zigbam, qui avait fabriqué un coffre de faux billets et l'avait cadenassé avec l'inscription «Tu es mort» ? Et ce mage qui avait brisé la Coupe pour tendre un piège à Gordin Ailes d'Or ?

Varan avait vu de nombreux mages au cours de sa vie. Chaque «puissance» avait sa part de nullité et d'impotence. Ils étaient bourrés de défauts, souvent malheureux, parfois stupides. Ils savaient allumer du feu entre leurs paumes mais demeuraient des gens ordinaires, imbus d'eux-mêmes, vantards, un peu ridicules. Sauf que des flammes jaillissaient de leurs mains.

Varan survolait les Franges à bonne hauteur. Il n'avait nullement l'intention de tester l'adresse des archers rebelles. Les sentinelles le verraient sans doute et iraient faire un rapport à leur chef, le nouveau fils de Shouou. Mais ils ne risquaient pas de le toucher de si loin.

Le détachement de Gordin avait trouvé la mort en ces lieux. Il restait sans doute des traces, mais d'en haut, la vallée paraissait nette ; il aurait fallu descendre pour distinguer les détails. Varan fit faire demi-tour à sa monture, non sans mal ; il devait retourner auprès du gouverneur et prendre une décision au sujet de ce pauvre Zigbam.

L'ailama traversa un nuage bas qui baigna Varan de froid et d'humidité, comme un souvenir de son enfance. Il se souvint soudain du jour où son père l'avait emmené pour la première fois en hélice, l'hélice avait percé la couche nuageuse, et...

Il se prit la tête à deux mains et, lâchant les poignées, faillit glisser de la selle. Une pensée venait de le traverser, simple et impitoyable : quelle preuve avait-il que le vieillard allongé dans la chambre tapissée de bois était bien Zigbam ? Il ne l'avait jamais vu. Et le gouverneur lui avait demandé s'il le connaissait avant de le conduire à la tour.

L'ailama volait vers son oisellerie. Varan ne le retenait pas. Il se souvint de l'expression du gouverneur lorsqu'il avait pris sa décision : ses pensées se débattaient derrière son regard vitreux de manière presque visible.

Si je laisse entendre que j'ai compris, il m'arrivera un regrettable accident. Et si je reviens auprès de La Sellette avec

de fausses informations, mon sort sera encore plus regrettable.
Que faire ?

L'orée de la forêt était proche. L'ailama avait pris trop à gauche ; Varan voyait les collines adjacentes, un ruisseau qui descendait, des pierres blanches que survolait une nuée de petits oiseaux.

Une nuée d'oiseaux.

Varan obligea sa monture à descendre. C'était sans doute par ici que passait la frontière entre le territoire des brigands et les terres dont le gouverneur s'efforçait de garder le contrôle. Peut-être l'un des gardes blessés de Gordin n'avait-il pas eu la force de se traîner jusqu'au bourg, se dit Varan en descendant de sa selle.

Il parcourut une centaine de pas et s'arrêta. Deux jambes bottées de cuir émergeaient d'une faille entre deux rochers.

Il se rapprocha. Les oiseaux s'envolèrent ; derrière Varan, l'ailama poussa un cri nerveux.

Il s'agenouilla.

L'homme était étendu sur le ventre, comme s'il cherchait à protéger son visage des amateurs de charogne. Sa veste en cuir était trop épaisse pour les oiseaux, mais ses mains avaient déjà été dévorées. Les phalanges mises à nu étaient ornées de deux bagues : une en or avec une pierre rouge et une en argent avec une pierre noire. Varan les regarda longuement avant de prendre le corps par les épaules pour le retourner.

C'était un vieillard très âgé, maigre, le visage glabre,

son front haut était dégarni sur les tempes et ses yeux bleus gardaient un regard perçant jusque dans la mort. Varan aurait pu jurer qu'il était encore vivant deux jours plus tôt. Lorsque son équipage volant avait atterri sur la plateforme fraîchement repeinte, cet homme était encore en vie.

Varan chercha une blessure ou la trace d'un coup, du sang sur les vêtements. Rien. Le vieillard avait l'air d'être mort paisiblement dans son lit. À part les mains.

L'ailama cria une nouvelle fois, et quelque chose dans cet appel força Varan à se retourner.

Un homme était debout derrière lui sur un rocher. Il tenait une arbalète et son doigt à l'ongle cassé était posé sur la détente.

Varan se redressa lentement.

L'homme était vêtu de vert : la couleur traditionnelle des « fils de Shouou ». Varan qui remarquait toujours les détails nota le mouvement vif et gracieux de l'arbalétrier lorsqu'il sauta ou plutôt glissa de pierre en pierre. La flèche ne cessa pas un seul instant de viser sa poitrine.

Le visage de l'inconnu était masqué par un foulard vert ne laissant qu'une mince fente pour les yeux qui paraissaient gris sombre. Varan pouvait presque y distinguer son reflet.

Varan resta silencieux. Il avait l'impression que le moindre mot qu'il prononcerait diminuerait ses chances de survie.

L'arbalétrier le dévisageait. Une minute s'était écoulée depuis que leurs regards s'étaient croisés. Puisqu'il n'avait pas tiré tout de suite, Varan pouvait peut-être espérer demeurer en vie?

L'homme recula d'un pas. Il était de haute taille, bien fait et sans doute jeune. Encore un pas. La flèche était toujours pointée sur Varan. Un pas de plus...

Quelques secondes plus tard, l'ailama de Varan s'éleva au-dessus de sa tête. À en juger par son vol, l'arbalétrier savait se faire obéir. Dans un jaillissement d'air et une odeur de plumes, l'oiseau et son nouveau cavalier gagnèrent rapidement de la hauteur et disparurent dans les collines. Varan aurait juré qu'avant de disparaître, l'homme en vert s'était retourné pour le regarder une dernière fois.

Il regagna le bourg au matin suivant et fourra ses lettres de créance sous le nez des gardes. Le gouverneur avait visiblement été tiré de son lit; il s'était sans doute endormi au petit matin pour rêver de la mort tragique de l'envoyé impérial. En voyant Varan sain et sauf, il eut peine à dissimuler sa déception.

– On vous l'a volé? marmonna-t-il après avoir écouté le bref récit de Varan. Mais quelle idée de vous poser dans les Franges en risquant votre vie et votre monture? Vous étiez pourtant prévenu que l'endroit n'était pas sûr... Par l'Empereur, il est vraiment étrange que vous n'ayez pas été tué! Mais peut-être... Peut-être...

Une expression singulière passa dans son regard. Il examina Varan, totalement fasciné par sa nouvelle idée. Enfin, il redressa d'un air menaçant son menton hérissé de poils roussâtres.

– Messire l'envoyé! Sa Permanence le Pilier impérial sera certainement très intéressé d'apprendre que le rebelle qui a volé votre monture a épargné votre vie. Je me sens obligé de lui envoyer un rapport sur cet incident aujourd'hui même, c'est une affaire qui ne saurait souffrir de délai. Puis-je vous demander le but de votre incursion dans les Franges? Pourquoi vous êtes-vous posé? Tout cela est fort regrettable, messire l'envoyé, et par ces temps troublés...

Varan sortit les deux bagues de sa poche et les posa sur la table couverte d'une nappe couleur crème. Le gouverneur continua de parler par inertie, comme une charrette qui dévale une pente et ne peut s'arrêter immédiatement.

– ... attendre un soutien de la capitale, la fidélité à l'Empereur passe avant tout, et il est vraiment navrant qu'un envoyé officiel...

Il se tut, les yeux fixés sur l'anneau d'or à pierre rouge et l'anneau d'argent à pierre noire, véritables chefs-d'œuvre d'orfèvrerie finement ouvragés d'ailes d'oiseau et de têtes de serpent. Les bagues étaient couvertes de sang séché, les gemmes avaient terni et ressemblaient à deux yeux morts.

– Je l'ai trouvé là-bas, dit Varan. J'ai vu les oiseaux et je suis descendu.

Le gouverneur détacha avec peine son regard de la nappe pour lever sur Varan des yeux aussi morts que les gemmes.

– Que lui est-il arrivé ? demanda Varan. Qui a pu tuer un mage ? Surtout un mage aussi puissant ?

– Je pense qu'il est mort de vieillesse, répondit le gouverneur d'une voix blanche.

– En se rendant au préalable à la frontière des Franges pour s'étendre entre les rochers ?

– Tout est possible, il était si vieux...

– Pourquoi avez-vous cherché à me tromper ?

– Je vais vous expliquer.

Le gouverneur sourit avec une sorte de soulagement.

– Je vais tout vous expliquer dans une minute.

Il quitta rapidement la pièce. Varan demeura seul dans la salle étroite. Trois portes y conduisaient et un homme montait la garde derrière chacune d'elles. Le gouverneur avait disparu derrière une portière : une quatrième issue secrète qui conduisait à son bureau.

Varan prit les bagues pour les remettre dans sa poche. Puis les sortit à nouveau. Il avait la sensation d'avoir commis une erreur. Une sensation grandissante.

La portière dissimulait un escalier qui sentait la poussière et le papier brûlé. Varan monta les marches quatre à quatre, le plus silencieusement possible ; la porte qui se trouvait au sommet de l'escalier était entrouverte et laissait passer un rai de lumière. Une erreur irréparable.

Le gouverneur était assis dans un fauteuil au centre de son bureau. Une poignée de cendres finissait de brûler dans la cheminée. Il souriait en regardant droit devant lui. Sur le plateau de table vert émeraude un petit flacon de verre fumé avait été renversé. La dernière goutte formait une petite tache ronde de couleur sombre.

– Pourquoi ? s'exclama Varan à mi-voix.

Le gouverneur le regarda d'un air joyeux :

– Quel bonheur... ne plus avoir peur de rien.

Il ferma les yeux et, avec un sourire bienheureux, sa tête retomba sur sa poitrine.

L'équipage volant décrivit un cercle au-dessus de la petite île : une falaise nue perdue parmi un océan de nuages.

Plus il se rapprochait du but, et plus ses peurs devenaient absurdes. Il se disait que Croc Rond n'existait peut-être plus. Ou pire, qu'il serait méconnaissable. Tant d'années avaient passé, il avait l'impression qu'il ne reconnaîtrait plus rien.

Mais en regardant par la fenêtre d'observation, il constata que Croc Rond était toujours pareil à lui-même ; le palais du prince et les maisons des montards n'avaient pas bougé d'un pouce : rien n'avait été construit ni détruit. Les planches d'arrimage étaient toujours là, ainsi que la tour, identique à ce qu'elle était à l'époque où il avait connu Pérégrin. La guerre, les rébellions, la famine et les violences qui avaient ravagé le pays Forestier n'avaient pas traversé la mer, épargnant l'île confite dans l'ennui de l'entre-saison.

L'équipage se posa sur la plateforme devant le palais princier. Varan, qui avait supporté plus facilement ce deuxième voyage, échangea les salutations de rigueur avec le prince de Croc Rond, pas celui qui l'avait jadis stupéfié par la longueur de ses cheveux gris, mais son fils qui ressemblait à une copie quelque peu rajeunie de son père.

La main du prince frémit en prenant la lettre de Sa Permanence. De manière presque insensible. Mais il ne la lut pas en présence de Varan.

Celui-ci fut accompagné dans les appartements du palais qu'il n'avait jamais vus. Il découvrit que les débordements de luxe qu'aimaient évoquer les fondus étaient fort modestes et anciens : des bancs de pierre couverts de coussins, des chandeliers forgés. Une odeur d'humidité se mêlait au parfum de l'encens. Les miroirs de fer reflétaient le soleil sous des angles savamment étudiés et la lumière, filtrée à travers des flacons d'eau colorée, était douce et agréable.

La princesse entra. On lui présenta l'un après l'autre les enfants princiers, puis on l'invita à se mettre à table. L'atmosphère avait quelque chose de naïvement familial, on se serait cru dans un intérieur paysan et il avait l'impression d'être redevenu un voyageur auquel on accorde l'hospitalité. Des montards commencèrent d'arriver sous divers prétextes. L'apparition de son équipage avait rompu la monotonie de l'entre-saison, personne n'avait peur, mais chacun était rongé de curiosité.

Je suis chez moi, se dit Varan sans y croire.

On l'assaillait de questions. On lui décrivait les splendeurs de Croc Rond avec force vantardises :

– Vous n'êtes jamais venu chez nous durant la saison ? Quel dommage ! Vous ne reconnaîtriez pas notre île. Tout est vert, et là où se trouvent les nuages s'étend la mer. Nous n'avons jamais de tempêtes, et il ne pleut jamais en saison. Il y a des danses, des banquets ; les divertissements les plus variés sont organisés spécialement pour nos hôtes. On peut même faire des promenades à dos d'animal marin. Vous avez déjà vu un serpentaire ?

Flattés de son attention, ils racontaient tour à tour, se retenant à grand-peine pour ne pas se couper mutuellement la parole. Ils décrivaient la luxuriance estivale des piquefeuilles et des coquetus, l'originalité des spécialités locales (« Et vous serez étonné de constater que les prix sont très raisonnables ! »). Les musiciens à l'autre bout de la table pinçaient les cordes de leurs instruments et souriaient en hochant la tête comme pour confirmer : « mais oui, tout est exactement comme ils vous le décrivent, messire l'étranger. Croc Rond est le plus bel endroit qui soit au monde. »

Varan scrutait leurs traits. Il dévisageait chaque femme qui apparaissait sur le seuil ; parfois c'étaient des montardes qu'on lui présentait, et il se levait pour les saluer d'une inclinaison de tête ; et parfois, c'étaient des servantes qu'il observait avec une attention maladive. Les servantes glissaient le long des murs, servaient de l'eau et du vin, changeaient les plats. Elles restaient dans une semi-pénombre et Varan devait faire un effort pour les distinguer. Elles allaient et venaient comme des ombres, et aucune ne présentait la moindre ressemblance avec Nila.

Puis le prince arriva. On l'invita à se mettre à table sans cérémonie particulière et à participer à la conversation. Le prince s'installa en face de Varan et se mit à manger en souriant : il se maîtrisait parfaitement, mais Varan remarqua des taches rouges sur son cou noueux presque entièrement dissimulé par un col haut.

Le prince avait lu la lettre du Pilier impérial qui exigeait la remise des archives. Il était au comble de la fureur. Ses mains étaient moites, et il les essuyait régulièrement avec une serviette brodée d'un blason émeraude.

Le repas prit fin. D'un geste nerveux, le prince invita Varan à le suivre. Ils montèrent un escalier tapissé d'algues sèches, et se retrouvèrent dans une pièce carrée à l'éclairage savamment étudié : le bureau personnel du prince.

Devant la table était assis un homme âgé en habit sombre, au cou orné d'une lourde chaîne. L'homme se leva et les salua d'une profonde révérence en retenant sa chaîne d'une main. Puis il se redressa, et Varan et lui se reconnurent.

– Juge enquêteur Blanchemoule, dit Varan avec un léger sourire, je vous salue, messire Limace.

L'ailama refusait de descendre. Il tournait la tête comme pour regarder son cavalier dans les yeux. Lui faire comprendre qu'en bas, il faisait trop humide et que c'était indigne d'un noble oiseau et d'un envoyé impérial de plonger sous les nuages.

Mais Varan insista.

Les nuages voilèrent le soleil. Les vêtements de Varan s'imprégnèrent d'eau et devinrent pesants. En bas, entre les nuées, il distingua un pan de mer grise, un bout de rive et le quai de pierre avec une barque immobile sur l'eau calme et hérissée de pluie.

L'ailama poussa un cri d'indignation. Puis il se secoua, faisant voler des jets de gouttes grises, et Varan faillit tomber de sa selle.

Les villageois se rassemblaient, abandonnant champs et cours, les enfants montraient le ciel du doigt : un ailama hors saison, quelle joie, quel événement extraordinaire.

La pluie chatouillait son visage. Il avait perdu l'habitude de respirer cet air épais et humide qui sentait le renfermé.

Il descendit de la selle par l'échelle de corde, se sentant mouillé et pitoyable. Les gens s'agglutinaient à bonne distance. Ils le regardaient, bouche bée, et personne ne le reconnaissait. Absolument personne. D'ailleurs, Varan lui-même ne reconnaissait pas grand-monde.

– Où est l'hélicier Zagor ? demanda-t-il à la ronde.

Et il serra les dents, prêt à entendre : « Il est mort » ou « Il s'est tué en tombant avec l'hélice. » Comme parfois dans ses cauchemars, sauf que cette fois, il ne pourrait pas se réveiller.

De nombreuses mains se tendirent.

– Il est là-bas. Il remonte le ressort... là-bas. Vous voulez qu'on l'appelle ?

Varan secoua la tête.

– Non. Et sa femme ?

À nouveau une longue seconde d'angoisse.

– Elle est chez elle. Où voulez-vous qu'elle soit ?

Les mains s'agitaient, les bouches s'ouvraient joyeusement.

Varan planta dans le sable le bâton à bout pointu pour indiquer à l'ailama qu'il devait attendre sans bouger. Et marcha à travers la foule ; les gens s'écartaient pour le laisser passer.

– Messire, vous voulez qu'on vous accompagne ? Pour

410

vous montrer le chemin ? proposaient des gamins nés après son départ.

Il secoua la tête sans ralentir le pas.

– Non. Laissez-moi passer.

Une femme surgit soudain de la foule, massive, aux joues rondes, vêtue d'un ample pardessus en peau de pifre. Elle s'arrêta, pâlissant à vue d'œil, pour barrer la route à Varan.

– Messire. Vous... Que leur voulez-vous ? À l'hélicier et à sa femme ? En quoi sont-ils fautifs envers le prince ? Ils font leur travail sans gêner personne. Dites franchement ce que vous voulez, messire... Au lieu d'y aller comme ça...

Elle jeta un regard à la ronde, en quête de soutien, qu'elle trouva aussitôt. Les gens se mirent à hocher la tête, des exclamations fusèrent :

– C'est bien vrai.

– Ils n'ont jamais fait de mal à personne.

– Que leur voulez-vous ?

Mais les voix manquaient d'assurance. Personne n'osait lever les yeux. La femme lui barrait toujours la route, on avait l'impression qu'elle allait écarter les bras pour essayer de le retenir.

Varan examina son visage rond et blême d'angoisse.

– Toska, murmura-t-il.

La femme sursauta. Elle le regarda dans les yeux. Secoua la tête, comme si ce geste pouvait réveiller sa mémoire.

– C'est... Qui êtes-vous, messire?

– Viens, dit Varan en la prenant par la main.

Cette fois, elle n'osa pas protester.

Ils étaient assis le long du mur, bouche bée, comme devant quelque spectacle stupéfiant. Varan marchait d'une fenêtre à l'autre pour tirer les rideaux. Les curieux agglutinés en foule compacte autour de la maison poussaient des gémissements déçus.

Il passa la main sur les bancs de pierre, la table, la cheminée. Ce contact rendait la scène plus réelle, et les inconnus qui le dévisageaient à travers l'épaisseur des ans retrouvaient peu à peu leur identité. Sa mère. Son père. Lilka et Toska, toutes deux robustes et dotées d'une ample poitrine, « bien nourries au lait de pamuette », disait-on communément des femmes de ce type. Il ne reconnaissait pas leurs maris : à l'époque de son adolescence, c'étaient encore des garnements qui jouaient sur la rive et jetaient des cailloux aux tritons. Devenus adultes et méconnaissables, ils écarquillaient les yeux, incrédules devant ce montard débarqué d'on ne sait où. Personne n'avait jamais eu un beau-frère de ce genre.

Il y avait aussi des enfants, les neveux et les nièces de Varan. Leurs regards le suivaient, collants comme des fils de résine. Les enfants étaient nombreux, il n'arrivait pas à les compter : deux adolescents identiques, les jumeaux de Toska, une fillette plus jeune qui était leur

412

sœur... ou leur cousine ? Trois ou quatre petits aux yeux brillants d'excitation. Et une jeune fille méfiante, disgracieuse, au visage étranger : elle tenait sans doute plus de son père.

– Racontez-moi, dit Varan en s'asseyant enfin à la table de pierre humide.

Personne n'osa protester, personne ne demanda qu'il raconte le premier ; son père lui fit un rapport précis, et même un peu pédant, comme s'il rendait des comptes à son supérieur.

Ils vivaient bien. Les filles s'étaient mariées, ils avaient agrandi la maison et acheté un nouveau champ. Les navottes poussaient bien, grâce à l'Empereur, les saisons rapportaient beaucoup, on ne manquait plus de bras à la maison. Il y avait désormais trois hélices au village. Restait le problème des apprentis : en cinq ans, trois de ses aides s'étaient tués en tombant. Tout ça, parce que les gamins n'avaient pas le temps d'apprendre les ficelles du métier. Ou alors, c'était le mauvais sort. Le père montait encore lui-même, mais il était déjà vieux, il avait mal au dos, ses doigts lui obéissaient mal et il avait peine à traîner les sacs. Les maris de Lilka et Toska ne voulaient pas devenir héliciers, d'ailleurs leurs femmes s'y opposaient : elles avaient trop peur. Son aide actuel, Godille, était doué, sauf qu'il buvait. Il était hardi et joyeux, l'hélice aime les gars comme lui, si seulement il n'avait pas tâté de la bouteille... Impossible de le surveiller tout le temps. S'il lui prenait la fantaisie de

413

monter ou de descendre après avoir bu, il ne resterait plus qu'à gratter ses restes sur les pierres, comme pour ses trois prédécesseurs, ce serait bien dommage.

Son père, devenu soudain bavard, lui parla des ressorts, des forgerons de Petiote qui prenaient trop cher pour leurs services et ne rendaient jamais le travail à temps, de ce que Godille avait coutume de boire et en quelle compagnie. Les enfants continuaient d'observer Varan, mais les plus jeunes commençaient à s'ennuyer. Sa mère le contemplait sans mot dire, et il s'étonnait de reconnaître son regard sur le visage d'une vieille femme.

On frappa à la porte. Varan se leva, plus hâtivement qu'il n'aurait voulu, arrêta Toska d'un geste, attendit une seconde avant d'ouvrir.

Sur le seuil se tenait un jeune gars malingre au capuchon rabattu sur les yeux, qui le regardait de bas en haut avec un sourire désarmé.

– Je suis Godille, l'apprenti... Je suis venu...

Les curieux étaient toujours rassemblés à quelques pas du perron. Ils s'agitèrent à la vue de Varan, six ou sept doigts se levèrent.

– Entre, dit Varan.

Le garçon, soupirant d'admiration, s'engouffra à l'intérieur dans un nuage de vapeur. Varan observa les visages des badauds sous leurs capuches. Elle n'était pas parmi eux. Pourquoi aurait-elle dû y être ?

Avec l'arrivée de Godille, l'espace s'était encore

rétréci. Les spectateurs étaient toujours assis le long des murs et leurs regards émerveillés empêchaient Varan de rassembler ses idées.

– On va manger ? demanda-t-il brusquement.

La scène familiale, figée comme sur un tableau, entra en mouvement. Les femmes mettaient la table. Les enfants couraient d'un coin à l'autre, incapables de maîtriser leur excitation. Le père les rappela à l'ordre d'un cri bref. Lilka et Toska firent aussitôt sortir leur marmaille, à l'exception de l'aînée, toujours assise dans son coin, qui regardait Varan avec une peur contenue.

Varan appela Godille. Le fixa dans les yeux d'un long regard glacé puisé dans l'arsenal de Sa Permanence le Pilier impérial. Le sourire charmeur qui devait le rendre irrésistible aux yeux des filles du village l'abandonna rapidement.

– Si tu bois encore, lâcha Varan d'une voix à peine audible, si j'apprends que tu as touché encore une fois à l'alcool, ne serait-ce qu'une gorgée, petit misérable... je te le déconseille, par l'Empereur.

Godille devint blême comme un nuage éclairé par la lune. Varan le planta là et alla vers son père.

– Dis-moi, demanda-t-il d'un ton presque détaché en s'asseyant à côté de lui sur le banc. Elle... Tu te souviens d'elle ? Nila... elle est toujours à Croc Rond, ou bien...

Son père le regardait sans comprendre.

– Nila, répéta Varan, se méprisant pour la soudaine

415

faiblesse de sa voix. Elle est sans doute grand-mère, à l'heure qu'il est...

Il rit nerveusement.

– Où vit-elle ?

Son père cligna des yeux, comme s'il n'avait toujours pas compris la question. Puis il détourna soudain le regard. Varan tourna la tête. Sa mère se tenait à côté de lui.

– Maman ?

– Mon petit Varan...

C'était la première fois de la journée qu'elle l'appelait ainsi.

– Nila ne vit plus... Je veux dire que... Elle est morte trois jours après ton départ. Nous ignorons de quoi... Tu ne savais donc pas.

L'ailama survolait les nuages ; ils changeaient de contours à chaque battement d'ailes ; brandies dans un geste de salut, elles s'abaissaient après une pause brève avec un bruit sifflant. Varan, légèrement rejeté en arrière, laissait le vent sécher ses cheveux, son visage et ses vêtements.

Il venait de quitter les basses terres pour n'y plus jamais revenir. L'ombre de sa monture plongeait dans le coton gris des nuées. Il vola en cercles jusqu'au coucher du soleil.

Puis il regagna l'île.

La plateforme au sommet de la tour était toujours là.

Après une brève hésitation, Varan se dit que Sa Puissance étant déjà au courant de son arrivée, il pouvait se passer de son invitation. La Sellette avait remarqué avec dédain « Tu peux t'abstenir de rencontrer le mage », mais ce n'était pas une interdiction. Or Varan éprouvait le besoin de revoir la chambre de Pérégrin où il avait jadis copié sa première carte sur un coquillage.

Puisse-t-il ne l'avoir jamais fait.

L'ailama posa lourdement sur la pierre ses pattes palmées : voilà qui revenait à frapper à la porte.

Varan descendit de selle et attacha la bride à l'escalier de corde pour indiquer à sa monture qu'elle pouvait regagner l'oisellerie ; l'ailama reprit aussitôt son vol, le heurtant presque de l'aile. Clignant les paupières sous les rafales de vent, il le suivit des yeux.

– Ah, messire l'envoyé ! Mais que faites-vous ? Je vous attends depuis ce matin, mon cher, descendez donc !

La trappe était grande ouverte. Sa Puissance en émergeait jusqu'à la taille, vêtu d'une chemise blanche au col déboutonné. À son cou épais brillait une chaîne en or de l'épaisseur d'un doigt.

– Descendez, messire l'envoyé. Je m'ennuie à mort parmi ces provinciaux. Dans l'entre-saison, c'est carrément intenable... Entrez, je vous en prie !

Le mage impérial à voix de stentor, jovial, massif comme une armoire, rentra à l'intérieur, invitant Varan à le rejoindre.

Dès qu'il eut posé un pied sur les marches, Varan

417

sentit que quelque chose n'allait pas. Une fois en bas, il regarda autour de lui, comme aveuglé. Dans l'ancienne chambre de Pérégrin, il ne restait plus trace des panneaux en bois. Les murs de marbre étaient couverts de tapisseries. Le tapis étendu au sol était troué par les pieds des fauteuils forgés. Des lustres de cristal étaient suspendus à des attaches de fer.

– C'est beau, hein ? commenta le mage, flatté de l'étonnement de son visiteur. Dans un trou pareil, ça produit son impression, pas vrai ?

– Vous avez tout transformé... je suppose ? marmonna Varan.

– Bien obligé. Après l'incendie, la tour était dans un sale état... Je ne sais pas au juste ce qui est arrivé à mon prédécesseur, mais il ne restait que des murs de pierre couverts de suie. J'ai dû me donner du mal... Les trucs en fer forgé, c'est de l'artisanat local, on les fabrique à Petiote. Vous connaissez peut-être ? Et les tapisseries viennent de Nez de Guêpe, je les ai payées en bon argent impérial. Je vous en prie, messire l'envoyé.

Il frappa dans les mains et une table surgit au centre de la pièce, couverte de victuailles ; Varan constata que les plats les plus recherchés côtoyaient une abondante nourriture paysanne. Sa Puissance souriait. Feignant l'étonnement et la joie, Varan s'installa dans le fauteuil qu'on lui offrait.

La Sellette était bien sûr au courant pour l'incendie.

Ce qui expliquait sa remarque : «Tu peux t'abstenir de rencontrer le mage»...

Nouveau claquement de mains. Une large cruche de vin s'éleva au-dessus de la table et s'inclina pour remplir les coupes.

«Tout le monde réclame des tours de magie», avait dit un jour Pérégrin. «Comme si les mages étaient des jongleurs de foire.»

Varan leva sa coupe. Hésita une seconde. Dans la maison du gouverneur du pays Forestier, il n'avait rien bu, à part l'eau de ses propres réserves.

Il retint son souffle et goûta une gorgée de vin. Comprit qu'il n'était pas empoisonné et en éprouva une sorte de déception. Le souvenir des quelques heures passées dans les basses terres se convulsa en lui comme une grenouille mourante. Avant de se figer sous le poids de sa volonté. Varan regardait les yeux bleus largement écartés de son hôte, souriait et hochait la tête.

Sa Puissance le noyait sous un flot de paroles en agitant les mains, projetait des éclairs violets au plafond. Les lustres s'illuminaient tour à tour de bleu et de jaune. Paysan par nature, le mage se réjouissait de cette rare occasion : faire cadeau de sa présence à quelqu'un qui n'avait pas encore la chance de le connaître. Partager les pensées qui lui tenaient à cœur. Se plaindre de l'ennui. Le distraire grâce à son art magique. Se vanter. Fanfaronner. Apprendre les dernières nouvelles.

Il était énorme, cet enfant jouant avec les éclairs. Il

dépassait Varan presque d'une tête et était beaucoup plus large d'épaules. Le son de sa voix faisait tressauter la vaisselle sur la table. Varan comprenait combien il devait souffrir, exilé depuis des années à Croc Rond, obligé d'enfouir en lui sa soif de plaire. Son besoin d'être au centre de l'attention générale. D'attirer des regards admiratifs.

– La cour ? Vous appelez ça une cour princière ? Il y a deux ou trois dames tout à fait charmantes, mais guère plus. Non, messire l'envoyé, s'il n'y avait pas les saisons, je serais mort de mélancolie. En saison, on rencontre des gens vraiment intéressants, des dames tellement brillantes... Et qui savent apprécier l'art de la magie, oh oui, qui savent l'apprécier pour de bon !

Sa Puissance organisait aussitôt une nouvelle parade d'objets volants.

Un fils d'épicier, pensait Varan, hochant la tête au rythme de son discours. *Si étonné de son don qu'il n'a toujours pas fini de jouer avec, malgré son âge. Sans doute le plus sympathique des mages que j'ai eu l'occasion de rencontrer... à l'exception de Pérégrin, bien sûr.*

– La puissance de la magie ! On la sous-estime grandement. Vous pouvez m'en croire. Tant de mages restent les bras croisés et se satisfont de leur pouvoir sans l'utiliser ! Moi, je considère que ce qui compte, c'est ce qu'on fait vraiment. Je soigne les gens. Bon, pour l'instant, j'arrive seulement à guérir les boutons et les verrues, mais tout est affaire de pratique. Laissez-moi le temps, c'est ce que je leur dis toujours, et grâce à la magie, on pourra transformer l'eau salée en eau douce, monter les provisions des basses terres sans utiliser ces effroyables hélices... Ressusciter les morts, voilà ce que je rêve de pouvoir faire ! Laissez-moi le temps, c'est ce que je répète à ces ignorants, et tant de choses deviendront possibles !

– Vous êtes là depuis longtemps ? demanda Varan.

Le mage se tut brusquement et regarda son interlocuteur d'un air attentif, comme si la question avait été posée dans une langue étrangère.

– Plusieurs années ? supposa Varan.

– Vingt-trois ans, dit le mage, comme s'il avait peine à y croire.

La cruche qui virevoltait à travers la pièce tomba sur le tapis et se brisa en laissant une flaque rouge.

– Eh bien, se hâta de dire Varan comme pour effacer sa bévue, en considérant les choses à grande échelle... c'est fort peu.

Les yeux de son interlocuteur avaient un air triste et désemparé.

– Messire Varan, avez-vous jamais senti... le temps couler sur vous comme du verre liquide ? Une épaisse couche de verre en fusion. Vous savez que quelques jours ont passé et soudain, ce sont des années. Des années. Avez-vous jamais connu cette impression ?

– Oui. Aujourd'hui même.

Ils restèrent silencieux.

421

Le soleil s'était couché depuis longtemps. Les rideaux s'écartèrent, découvrant le ciel où les étoiles s'allumaient lentement.

– Aujourd'hui, répéta Varan en regardant un point jaune scintiller à travers la vitre, j'ai vu le temps de mes yeux. Et autre chose qu'il est impossible de corriger.

Le mage contempla ses doigts écartés. Les éclats de la cruche se rapprochèrent pour reconstituer le récipient. La mare de vin fut absorbée par le goulot qui émit un léger hoquet.

– Impossible, confirma Sa Puissance à voix basse. Moi aussi, j'aimerais remonter le temps et retrouver... certaines choses.

– Je comprends.

Le mage demeura quelques secondes les épaules basses ; il était étrange de le voir soudain silencieux et abattu. Puis il soupira et sembla se réveiller, il se redressa et le sourire revint sur son visage.

– Et... pourquoi êtes-vous venu me voir, messire l'envoyé ?

– Je cherchais des archives, reconnut franchement Varan. Je pensais qu'il restait quelque chose... de votre prédécesseur. Je n'étais pas au courant pour l'incendie.

– Ah...

Le mage agita malicieusement le doigt en direction d'un plat qui passait en l'air à côté de lui ; une queue de poisson frit sauta dans son assiette.

– Vous savez, les gens du coin écrivent sur des coquillages, ils ne brûlent peut-être pas ?

– Celui qui était là avant vous écrivait sur du papier. Il n'était pas d'ici et il n'y est pas resté très longtemps.

Le mage eut le tact de garder le silence ; les arêtes croustillaient sous ses dents.

– Dites-moi, poursuivit Varan. À votre arrivée… quand tout était en cendres…

– C'était affreux, confirma le mage, la bouche pleine.

– Quand vous êtes entré la première fois dans cette pièce… que sentait-elle ?

Le mage avala de travers. Il poussa un grognement maladif, extirpa l'arête coincée entre ses dents et regarda Varan avec reproche.

– Ça sentait le brûlé, messire l'envoyé. C'est tout ce que je peux vous dire.

Selon la réglementation du service de garde, on était censé allumer les feux de signalisation dès le coucher du soleil. Pourtant, l'obscurité se concentrait, Croc Rond n'était plus visible, sans que personne n'allume quoi que ce soit. Enfin, une étincelle paresseuse rampa hors du bâtiment de la garde et se dirigea vers la rive en se balançant lentement.

Varan se tenait sur le balcon circulaire : la rampe avait été réparée après le sinistre, on pouvait désormais s'y accouder sans crainte. Le vent s'était apaisé vers le soir, mais le froid était de plus en plus sensible. Varan s'emmitouflait dans sa cape de voyage, encore humide après sa visite dans les basses terres. Les astres scintillaient.

Nila est morte, se répétait Varan, surveillant sa propre réaction devant cet énoncé.

Rien. Il ne ressentait rien ; tout ce qui en lui était capable d'amour et de pitié semblait s'être figé, engourdi. Jadis, il aimait se dire qu'elle l'avait oublié, s'était mariée, vivait d'une vie paisible et heureuse, qu'elle avait des enfants. À un moment, il s'était dit : elle est peut-être déjà grand-mère... Ces pensées étaient douloureuses, mais il y revenait encore et encore. Comme si cette douleur justifiait sa conduite, rachetait ce qui s'était passé le jour de son départ. Quand il avait repoussé l'embarcadère d'un coup de rame. Tandis que Nila, rouge et furieuse, lui criait : « Eh bien, pars donc. Si tu veux m'abandonner, vas-y, je n'en mourrai pas, je me trouverai quelqu'un d'autre. » Il n'avait même plus essayé de la persuader une centième fois qu'il ne voulait pas l'abandonner, mais partir avec elle. Il lui proposait une barque pour deux. Mais elle ne voulait pas de cette barque. Elle voulait se marier et vivre sur la terre ferme. En s'éloignant de la rive, il avait éprouvé un lâche soulagement : c'était fini, il n'était plus obligé d'aimer personne.

Si j'avais su, se disait Varan, *je serais resté. Je serais mort de tristesse et d'ennui au bout de quelques mois, mais je serais resté avec elle.*

Ou serais-je parti malgré tout ?

Il ignorait la réponse à cette question, et c'était le pire. Peut-être n'y avait-il pas de réponse. Ou peut-être l'Âtrier était-il seul à connaître la vérité.

Comment savoir ?

L'homme chargé d'allumer les feux parcourait la rive sans hâte. Tous les deux cents pas, sa torche s'immobilisait, faiblissait une seconde et se dédoublait : la grande flamme continuait son chemin et la petite, déposée au milieu de la nuit, s'illuminait, éclairant les rochers avoisinants. Varan savait que ce n'était qu'une torche dans la main d'un garde paresseux accomplissant un rituel prescrit par le règlement mais pratiquement inutile hors saison.

Une étincelle rampant dans les ténèbres. Pour laisser de rares feux çà et là. Un messager qui multiplie la lumière ; mais la nuit est de loin la plus forte, et les lumières nouvellement apparues ne permettent de distinguer que les pierres avoisinantes. Elles s'éteignent parfois prématurément : par manque de combustible, à cause de la suie, d'une mèche trop courte, de la négligence des gardes. Mais l'étincelle poursuit son chemin malgré tout, faisant naître de menus îlots de clarté.

– Messire l'envoyé !

Varan aurait voulu le tuer. Le mage impérial avait choisi le moment le plus inopportun pour passer la tête par la porte du balcon.

– Messire l'envoyé, vous prendrez l'escalier ? Chez

nous, ça ne se fait pas de venir à la tour par les airs, mais bien sûr vous ne pouviez pas le savoir.

Le mage se tut, sans doute parce qu'il s'était surpris à dire « chez nous ».

Varan se souvint de l'escalier tournant qu'il avait jadis escaladé en compagnie du juge Limace. Et du vieux prince qui n'avait pas eu la force d'arriver au sommet. En montant et en descendant à dos d'oiseau avec Varan, Pérégrin avait agi au mépris des coutumes locales. Peut-être était-il par nature hostile aux conventions ou peut-être l'attente de son verdict le rendait-elle indifférent à ce genre de détail.

Il regarda en bas. La masse pierreuse de l'île était parsemée de feux.

– Merci pour le dîner, Votre Puissance. Je vous serais reconnaissant de me donner une bougie.

– Mais que m'as-tu rapporté ?

La Sellette tâta avec dégoût de la pointe de sa botte un sac qui tinta faiblement.

– Les archives. Traditionnellement conservées sur des coquillages.

Le Pilier impérial contemplait les rangées de sacs entassés contre le mur. Toutes les archives de tous les fonctionnaires du prince : Varan avait décidé de prendre l'ordre au pied de la lettre et n'avait pas négligé les ordonnances médicales. Le prince de Croc Rond s'était senti humilié, acculé au mur ; *c'est ainsi que naissent les*

426

rébellions, avait pensé Varan en contemplant son visage taché de rouge sous l'effet de la colère.

– Votre Permanence... Il serait bon de renvoyer au plus vite sur l'île les archives qui ne retiendront pas votre attention.

– Tu me donnes des ordres, arpenteur ?

– J'ai grandi à Croc Rond, Votre Permanence. Les archives du tribunal conservent les descriptions des criminels et peuvent sauver des vies en saison, quand l'île est pleine de malfaiteurs et que la garde, par crainte du brigandage, arrête parfois des innocents.

Les narines de La Sellette frémirent, devenant un instant semblables à deux fleurs monstrueuses.

– Tiens donc... Le compte rendu de tes exploits se trouve quelque part dans ce tas ? Brigandage, fabrication de fausse monnaie ?

– Bien entendu.

– Je serais curieux de... commença La Sellette avant de s'interrompre. Je savais que tu reviendrais. Même si tu en as certainement douté toi-même à plusieurs reprises.

– Mon voyage au pays Forestier ne saurait être qualifié de victorieux.

Sa Permanence émit un petit rire.

– J'ai déjà envoyé un nouveau gouverneur, quelqu'un que je ne regretterai pas de perdre. De toute façon, je devrai le remplacer dans quelques mois.

Il se retourna, soulevant un courant d'air avec les pans de son habit, et se dirigea vers la table où deux bagues – d'or à pierre rouge et d'argent à pierre noire – étaient posées sur un plat en fer.

– Le gamin aussi portait une bague, dit-il, comme s'il se parlait à lui-même. La preuve du décès de Zigbam sera présentée à l'Empereur. Ça ne vaut pas un cadavre, mais c'est mieux que rien. Dommage qu'on n'ait pas pu retirer la bague de Léréalaruun.

– Cela vous préoccupe donc à ce point ?

– Oui, arpenteur. Je suis préoccupé par les mages qui disparaissent sans laisser de traces.

– Vous avez un témoin de sa mort. Moi.

– C'est parfait.

La voix de La Sellette était pleine de sarcasme.

– Vraiment parfait. Le vieux Zigbam constitue un coupable idéal. Durant son séjour à Croc Rond, il s'apprêtait à nuire à l'Empire en fabriquant de la fausse monnaie. Son transfert inopiné au pays Forestier a brouillé ses plans. Moins de trois ans plus tard apparaissait le premier « fils de Shouou ». Durant les années qui ont suivi, Zigbam a toujours soutenu les rebelles de manière plus ou moins active. Ces derniers mois, il a ouvertement adhéré à leur cause, organisant un guet-apens pour détruire le détachement de Gordin Ailes d'Or... Après quoi, il est parti se promener dans les collines et s'est couché sur des pierres pour mourir bien gentiment.

– Les serviteurs et les aides du gouverneur, les juges, l'intendant...

– Ils ont tous été interrogés, rassure-toi. On peut interpréter leurs témoignages de différentes manières : peut-être le gouverneur frayait-il avec les brigands et le mage essayait de l'en empêcher. Ou peut-être était-ce le contraire. Ou peut-être se chamaillaient-ils entre eux pour quelques miettes de pouvoir.

– S'il s'agit de présenter un rapport à l'Empereur...

– Mon cher garçon, l'Empereur a déjà lu le rapport. Il est satisfait et rassuré, il est même possible qu'il te décore d'un bouton en or.

La Sellette prit avec dégoût la bague à pierre rouge et la renifla.

– Tu as peut-être rapporté pour rien tous ces coquillages ridicules, dit-il en faisant pivoter la bague devant ses yeux. Mais on ne sait jamais. En tout cas, tu as suivi mes ordres à la lettre. Ce qui mérite reconnaissance.

Varan s'inclina en silence. La Sellette rangea les bagues dans sa poche et se tourna à nouveau vers son interlocuteur, le fixant des narines.

– Que s'est-il donc passé à Croc Rond ?

– Je l'ignore. La tour a brûlé après mon départ, peu avant l'arrivée du nouveau mage impérial.

– Non, ce que je veux savoir, c'est ce qui t'est arrivé, à toi personnellement. Tu as changé. Et j'essaye de comprendre pour quelle raison.

– J'ai appris la mort d'une jeune fille que j'aimais jadis. Nous apprenons tous tôt ou tard ce genre de nouvelle... La perspicacité de Votre Permanence ne connaît pas de limites.

– Arrête de ricaner, conseilla La Sellette à Varan, qui ne souriait pourtant pas le moins du monde. Il t'est arrivé autre chose, peut-être en rapport avec cette nouvelle ou peut-être pas.

Varan inclina la tête.

– C'est possible. Quelqu'un qui revient dans son pays natal après de nombreuses années d'absence se permet parfois certaines pensées...

– Et certaines décisions, ajouta La Sellette.

Varan s'étonna poliment :

– Des décisions ?

– Assieds-toi.

Varan s'installa dans le fauteuil en peau de dragon. Les écailles tintèrent.

– J'avais promis de te parler du Feu errant. Tu sais combien il est important pour l'Empereur de connaître le nombre de mages qui vivent dans l'Empire, ce dont ils sont capables, où ils habitent, ce qu'ils font...

– Oui, je sais.

– Et tu sais également que le Pilier impérial dirige un service spécial qui récolte les rumeurs et recherche les mages – enfants et adolescents – pour leur prodiguer l'éducation indispensable, afin qu'une fois adultes ils puissent servir l'Empire ? Ce n'est pas moi qui ai créé ce service, ni même mon prédécesseur.

– Je m'en doute.

La Sellette fit le tour de la pièce, s'empara du dernier sac de gauche et le traîna près de la table, entreprit de dénouer la ficelle, mais se cassa un ongle. Il agita la main avec irritation. Le sac sursauta et craqua aux coutures. Les archives de Croc Rond jaillirent par les fentes avec un chuintement sonore : un tas de coquillages de nacre couverts d'une fine écriture. Fêlés ou intacts. Lisses ou aux bords ébréchés.

– Si nous arrivions à mettre la main sur le messager du feu, marmonna La Sellette en examinant sa main, imagine comme notre vie en serait facilitée... Nous pourrions fabriquer des mages selon nos besoins. Ils naîtraient à point nommé, sans qu'il y en ait jamais trop ou pas assez. Nous pourrions récompenser nos éléments les plus fidèles en offrant à leurs enfants de naître mages. Il suffirait d'un tas de briques et d'un peu d'argile. Entre les mains du Feu errant, devenu le Feu sédentaire, qui vivrait comme un Empereur. Que l'Empereur me pardonne ce manque de respect. Quelques cheminées construites annuellement...

– Et les maisons heureuses ? demanda Varan. Celles où il a allumé du feu ?

– Tais-toi...

La Sellette étala soigneusement les coquillages répandus sur le sol. Marcha sur l'un d'eux par inadvertance. Le coquillage se brisa avec bruit.

– Attention, recommanda Varan.

La Sellette s'accroupit. Renifla. Passa la paume au-dessus des coquillages, en choisit un qu'il porta à ses yeux :

– Voilà qui est amusant...

Il resta longtemps silencieux. Son visage s'illuminait parfois de reflets de nacre, avant de disparaître à nouveau dans la pénombre.

Varan se taisait aussi. Le Pilier de l'Empereur fouillait l'histoire de son île, parfois ennuyeuse, parfois effrayante, l'histoire ordinaire et l'histoire cachée. Quelque part dans ce tas étaient mentionnés la naissance de son père, le mariage de ses parents, la naissance de Varan, de Lilka et de Toska. On aurait pu y trouver la requête de la communauté en faveur d'un jeune fondu qui ne pouvait en aucun cas être coupable de brigandage, car la saison est sacrée pour les habitants des basses terres. Et aussi les rapports du juge enquêteur Limace. Et l'acte de décès de Nila.

– Cette île a une vie bien singulière, remarqua enfin La Sellette. La saison... Encore la saison... Et entre deux saisons, il ne se passe rien ?

– Non, rien du tout.

La Sellette se leva. Claqua des doigts ; les coquillages répandus dans le bureau réintégrèrent le sac, et les fentes se cicatrisèrent comme des blessures.

– Votre Permanence, demanda doucement Varan, vous n'avez jamais essayé de faire bondir des boulettes de viande directement dans votre bouche ?

La Sellette sursauta et regarda Varan presque avec

432

crainte, presque avec haine ; et Varan eut peur de ce regard, comme il n'avait jamais eu peur des promesses de torture. Il eut l'impression que La Sellette allait crier : «Rouquin !», que le bourreau allait surgir de nulle part et alors, il devrait se battre, ne serait-ce que pour gagner le droit de mourir dignement.

La Sellette détourna les yeux.

– Arrête, dit-il avec un sourire amer.

Il alla s'asseoir et joignit les mains.

– Selon toi, que sont les mages ?

– Ils naissent pour élargir les frontières du monde. Ils reçoivent bien plus que leur part. Pour apporter quelque chose de nouveau, d'au-delà des limites de ce qui existe.

– Tu trouves que j'élargis les frontières du monde ?

– Non. Vous vous êtes installé dans les frontières existantes.

– Et pourquoi cela ?

– Tel est votre choix.

– Et Zigbam... Non, posons la question d'une autre manière. As-tu jamais rencontré un mage qui apportait, comme tu dis, quelque chose de nouveau ?

– J'en ai connu un qui a eu le mérite d'essayer. Et qui y serait peut-être parvenu. S'il avait vécu plus longtemps.

– Léréalaruun ?

– Oui.

La Sellette plissa son nez court, comme s'il s'apprêtait à éternuer.

– Pourquoi cette question sur les boulettes de viande ? Toi aussi, cela t'irrite quand la force magique, inexplicable, sacrée, offerte uniquement à une poignée d'élus... est utilisée pour accomplir de vulgaires tours de passe-passe ?

– Oui.

– Est-ce que ça te regarde, la manière dont chacun use de son don ?

– Non, ça ne me regarde absolument pas.

– À quoi bon alors ces questions stupides ?

– Par pure bêtise, Votre Permanence. C'était de la bêtise, rien de plus.

La Sellette renifla et sourit avec ironie.

– Tu te crois le plus malin ? Les mages naissent pour enrichir le monde. Mais en ce cas, pourquoi ne sont-ils pas tout-puissants ? Pourquoi suis-je dans l'incapacité de retrouver le Feu errant, qui me serait tellement utile ? Pourquoi ne puis-je même pas éliminer les brigands qui infestent les Franges ? Capturer tous les fils de Shouou ? Et pourquoi ai-je été incapable de...

Il s'interrompit. Se leva. Se dirigea vers le sac suivant. Sans le toucher, il l'obligea à s'ouvrir et à répandre son contenu au milieu de la pièce.

– Nous faisons voler des pierres. Nous allumons du feu par la force du regard... Tu l'ignores, bien entendu. Mais je suis né dans la Dispersion peu avant la grande sécheresse. Je m'en souviens parfaitement, malgré mon jeune âge. Mes frères riaient quand je forçais leurs souliers à danser à travers la pièce. Ils mouraient de faim en riant. Tu comprends ça?

– Non.

– Moi non plus. Que vaut mon pouvoir? Que suis-je donc censé apporter au monde si j'ai été incapable de créer un morceau de pain pour les nourrir?

– Peut-être étiez-vous trop jeune...

– Non, Varan. Le don magique est incompréhensible et mystérieux. Tu connais la limite de tes capacités et tu sais que tu ne pourras jamais les surpasser, et ça a de quoi te rendre fou. On t'appelle «Votre Puissance», mais tu es conscient à chaque seconde de ta faiblesse.

Le silence s'établit, troublé uniquement par le faible tintement des coquillages. La Sellette, accroupi, les reniflait et en parcourait certains qu'il choisissait.

Varan n'osa demander ce que sa famille était devenue quand le futur Pilier impérial, encore enfant, avait été déniché au fond de sa province et emmené pour recevoir l'«éducation adéquate». C'était assez évident. On racontait d'horribles histoires sur cette fameuse famine.

– Personne ne comprend vraiment à quel point cette vie est monstrueuse, marmonna La Sellette. Vous marchez tous au bord du gouffre avec des œillères, comme des animaux de bât. Nous autres, nous voyons le monde s'effondrer progressivement, sans pouvoir rien y changer. Nous pouvons seulement fabriquer de la monnaie impériale, lutter pour le pouvoir et montrer des tours de passe-passe.

– Votre Permanence, dit doucement Varan, avez-vous jamais essayé de créer un oiseau ? Pas un ailama, juste un petit oiseau. Qui puisse avoir des oisillons.

– Tu ne me crois pas.

– Je vous crois. Mais Léréalaruun disait que...

– C'était un gamin. Et toi aussi. Que t'a-t-il dit d'autre ?

La voix de La Sellette se fit dangereusement mielleuse. Varan reprit ses esprits.

– Il m'a montré une carte. La première carte de ma vie. Nous parlions de pays lointains et de voyages. Pour moi, confiné depuis la naissance sur un petit îlot rocailleux, c'était très important.

– Ce n'est pas tout. Il t'a parlé d'autre chose. Il t'a confié ses autres noms...

– Pérégrin.

– Comment ?

– Il préférait que je l'appelle Pérégrin.

La Sellette examinait un nouveau coquillage.

– Ah... L'enfant de sexe féminin sera confié à la garde de son père sur l'île de Petiote. L'indisposition de sa mère, Rémia, la cousine du prince de Croc Rond, sera officiellement considérée comme une maladie intestinale. Les détails de l'affaire seront tenus secrets... Tu as bien dit que ta fiancée était à moitié montarde ?

– Je l'ignorais, dit Varan après une longue pause.

– Quoi ?

– J'ignorais qu'elle était apparentée au prince.

– Il s'agit peut-être de quelqu'un d'autre. Le nom de l'enfant n'est pas indiqué.

– Montards et fondus font rarement des enfants ensemble. En tout cas dans nos îles.

La Sellette jeta le coquillage d'un geste négligent et se frotta les paumes.

– Il y a une carte sur mon bureau. Jettes-y un coup d'œil, s'il te plaît.

Varan se leva et traversa la pièce en s'efforçant de ne pas marcher sur les archives. La carte posée sur le bureau n'était pas son œuvre. Elle était brodée sur soie et représentait les provinces centrales de manière assez précise.

– Examine-la attentivement.

Varan s'inclina davantage. Des feux étaient brodés sur la carte, disséminés à travers champs et bois sans logique apparente. Un point rouge et trois petites flammes. Un travail très fin, certainement brodé à la loupe.

– Ce sont les maisons où sont nés des mages, supposa Varan.

– Oui.

– Il y avait dans chacune un âtre neuf, bâti quelque temps auparavant par un vagabond.

– Pas forcément. Dans certaines maisons, l'âtre était plus ancien, construit par quelqu'un que les maîtres de maison assuraient connaître : il avait vécu dans le

437

village voisin. Ou bien ils l'avaient employé durant un hiver.

– Mais on n'arrivait jamais à le retrouver. Il était toujours parti.

– Ou bien on affirmait qu'il était mort.

Varan leva la tête. La Sellette le contemplait par les trous noirs de ses narines.

– Votre Permanence, vous devez savoir qui a construit la cheminée de votre maison natale ?

– J'avais six ans quand on m'a emmené d'un village mourant. À l'époque, je ne pensais pas à ce genre de choses. Et plus tard, il ne restait personne à qui poser la question.

Il claqua des doigts, et les coquillages rentrèrent dans le sac.

– J'ai cherché le Feu errant, mon petit Varan. Et je ne l'ai pas cherché seul. Durant de longues années, tous les espions de l'Empire ont cherché l'Âtrier.

– Pour l'enfermer afin qu'il fabrique des mages sur commande ?

– Pour plusieurs raisons. Ici, dans ce bureau, j'ai reçu cinq ou six prétendants, ces hommes affirmaient que le bonheur et la paix régnaient éternellement dans les maisons où ils allumaient du feu. Et qu'un mage naissait là où ils bâtissaient un âtre.

– C'étaient des imposteurs ?

– Évidemment. Que de fois mes enquêteurs ont repéré sa trace ! Que d'ailamas ont perdu leurs plumes à assurer la liaison. Que de descriptions détaillées j'ai reçues, toujours différentes.

– Que voulez-vous dire ?

– Ce que tu crains d'entendre. Le Feu errant n'est qu'une métaphore, Varan. Un symbole. Un rêve. Il est agréable de penser que quelqu'un marche dans le noir et laisse des lumières. Qu'il connaît les réponses aux questions les plus fondamentales, les plus douloureuses.

Varan se souvint des feux de Croc Rond. Les coquillages avaient laissé sur le sol un peu de sable, un brin d'algue sèche, quelques fragments de nacre.

– J'aurais tant de questions à poser au messager du feu, murmura La Sellette. J'aimerais... oui. L'interroger dans les règles et apprendre pourquoi...

Une lueur de folie jaune passa dans ses yeux.

– Je doute qu'il se laisserait interroger, remarqua Varan.

– Il n'existe pas ! rugit La Sellette. Toi, moi, Léréalaruun, nous avons rêvé, voilà tout. Il n'existe pas, il n'a jamais existé, c'est une légende, tu l'as compris depuis longtemps mais tu n'oses pas te l'avouer.

– Ce n'est pas vrai.

– Varan, dit La Sellette d'une voix fatiguée. Si tu oses... me trahir, si tu t'en vas, je te préviens que... je te démonterai pièce par pièce. Tu es un excellent collaborateur et tu m'es cher, mais si tu fais ce que tu as en tête, je t'aurai prévenu. Tu m'as bien entendu ?

– Bien sûr, Votre Permanence.

Varan s'inclina profondément.

– Vous m'avez prévenu. J'ai parfaitement entendu.

La Sellette le regarda longuement. Puis il ferma les yeux.

Les portes du bureau s'ouvrirent, invitant Varan à partir.

Chapitre 3

– Laissez-moi entrer pour la nuit, homme bon.

– L'Empereur te garde. Nous manquons de place.

– Mais je vais geler.

– Va chez les voisins. Allons, va-t'en, inutile de rester là.

Varan s'éloigna.

Il n'y avait pas de vent. Du ciel bleu sombre, lentement, comme pour s'accorder un temps de réflexion, descendaient des flocons de neige. Varan avait remarqué depuis longtemps que dans ces contrées les flocons ne tombent jamais un à un mais toujours groupés, pareils à des essaims d'abeilles.

Ici, les gens construisaient des maisons de neige.

Si on lui avait dit qu'on pouvait vivre dans des maisons de neige pendant des générations, il aurait refusé d'y croire. Même après avoir parcouru la steppe, même après avoir visité la Dispersion. Les briques givrées se couvrent de suie, les maisons cessent d'être blanches pour se teinter de rouille, les murs deviennent irréguliers mais ils restent solides. On peut se mettre nu devant le feu qui brûle dans l'âtre tant il fait chaud à l'intérieur.

Varan hésita en piétinant sur place. Le bruit de la neige sous ses semelles lui parut assourdissant : le village était plongé dans un silence absolu. Des colonnes de fumée s'élevaient toutes droites vers le ciel, éclairées par en bas. Point de clôtures, seulement des congères informes, grandes ou petites, devant chaque porte. Si un individu mal intentionné s'approche, une gueule noire hérissée de crocs surgit de la congère et l'individu oublie aussitôt ses mauvaises intentions.

Le froid devenait plus vif. Marchant avec difficulté, Varan s'approcha de la porte suivante. Il s'arrêta prudemment à bonne distance de la congère et actionna la clochette de glace suspendue à une perche.

Après une longue pause, le rideau de la porte s'écarta. Un homme, torse nu, regarda dehors.

– Laissez-moi entrer pour la nuit, homme bon, dit Varan en ouvrant la bouche avec peine. Je meurs de froid.

– Entre.

Varan n'en crut pas ses oreilles.

– Qu'attends-tu ? Entre donc. Couché, Fido !

La gueule armée de crocs qui venait de pointer de la congère y rentra aussitôt.

Varan se pencha pour entrer. Après le rideau commençait la chaleur ; c'était presque comme venir au monde. Varan s'immobilisa, avide de ne pas laisser échapper le moindre instant de cette nouvelle vie sombre et chaude.

– Qui es-tu ? demanda l'homme dans la pénombre.

– Un voyageur.

– Je le vois bien. Il n'en passe pratiquement pas. Ce n'est pas une région propice pour les vagabonds. Ils meurent de froid dans la neige, les pauvres... Entre.

La maison était construite comme la coquille d'un escargot : le couloir tournait en spirale et se rétrécissait de plus en plus. À travers le mur de neige filtra brusquement une chaude lumière ambrée ; quelques pas plus loin, Varan se retrouva dans une grande pièce ronde. Au milieu se dressait la cheminée ; une bougie était posée à côté sur une estrade en bois. Une femme et deux fillettes y étaient assises, serrées les unes contre les autres. Elles étaient très légèrement vêtues, la plus jeune ne portait qu'une jupe courte.

– L'Empereur soit avec vous, je vous salue, dit Varan en s'inclinant maladroitement. J'ai failli mourir de froid.

La maison était encore plus silencieuse que la rue. Même le feu grésillait en sourdine ; il n'y avait pas de conduit, mais un trou béait au-dessus du foyer dans le haut plafond de neige, laissant voir les étoiles.

– Enlève ta fourrure, dit l'homme en s'asseyant à côté de sa femme.

La peau sur ses épaules, sa poitrine et son ventre était

d'un blanc bleuté et contrastait de manière frappante avec son visage rubicond, presque brun.

– Un instant, répondit Varan avec un sourire confus. Il faut que mes doigts se réchauffent.

– Tu as un peu gelé on dirait ? Maloucha, donne-lui donc à boire.

Varan retira enfin sa veste de fourrure, cousue d'un seul tenant avec le pantalon et les bottes. L'aînée des fillettes, en robe de toile, lui apporta une assiette creuse avec un breuvage fumant ; en reniflant la mixture, Varan pensa de nouveau à Pérégrin. « Je ne vais pas t'empoisonner, mais avec vos herbes locales, il faudrait plus d'un mois pour te remettre sur pied, tu excuseras ma franchise. »

Varan avait parfois l'impression de se souvenir de leurs conversations au mot près. Mais par moments, ses souvenirs s'embrumaient ; il ne savait plus de quoi avait l'air Croc Rond vu de la mer et était incapable de se remémorer le visage de sa mère. Sans doute parce que deux images se confondaient dans son esprit : sa mère telle qu'elle était au moment de son départ, et une vieille femme étrangère le contemplant avec tristesse et inquiétude.

– Merci. L'Empereur vous garde.

La femme sourit.

– Assieds-toi, père. Je vois que tu es un homme qui sait se conduire.

444

Varan s'assit sur le bord de l'estrade. Elle l'avait appelé
« père »... Peut-être y avait-il du givre sur sa barbe ?

On posa bientôt devant lui une gamelle remplie de
soupe épaisse. Des rondelles de graisse dorée flottaient
à la surface ; Varan mangea en célébrant chaque cuiller
comme une longue année de vie heureuse.

Les fillettes le regardaient et semblaient attendre
quelque chose. Elles échangeaient des regards, soupi-
raient bruyamment. Elles ne ressemblaient pas du tout
aux petites Lilka et Toska, qui avaient les cheveux clairs,
le visage criblé de taches de rousseur et les joues rondes ;
ces gamines-là étaient fluettes, leurs cheveux et leurs
yeux noirs. Mais Varan eut soudain l'impression que ses
sœurs se seraient comportées de la même manière, espérant quelque miracle d'un voyageur inconnu débarqué
de la nuit pour repartir bientôt.

Il se dit que Lilka et Toska n'existaient plus. Qu'il y
avait désormais à leur place deux grosses femmes déjà
vieillissantes, peut-être heureuses avec leurs enfants,
leurs maris, leurs champs de navottes, les produits de la
pêche et de la chasse au pifre. Elles n'attendaient plus la
saison le cœur serré de joie comme dans leur enfance,
mais avec lassitude et le souci de gagner plus.

– Merci, répéta-t-il en repoussant la gamelle vide.

– Tu viens de loin ? demanda l'homme en ajoutant
une bûche au feu.

– De très loin. Les îles, les Côtes, Nez de Guêpe, le

pays Forestier, la Terre de Feu, la Dispersion, la steppe, la capitale, le pays Sans Terre...

– Allons donc ! dit l'homme, incrédule.

Varan sourit.

– La vie est longue. Je ne suis jamais resté bien longtemps sur place. Deux ou trois ans au plus... et je repars.

Des essaims de flocons agglutinés faisaient irruption par le trou du toit, fondaient et se muaient en vapeur qui tombait parfois – rarement – sur les mains en grosses gouttes tièdes.

– On t'a peut-être jeté un sort ? supposa doucement la femme.

– Peut-être.

Le couple échangea un regard. Varan, enfin réchauffé, comprit soudain que ce n'était pas une simple curiosité. Ils savaient quelque chose, une histoire récente ou peut-être un récit rapporté.

Il eut de nouveau froid aux mains. Son ancienne peur se réveilla, et une supposition absurde lui vint : La Sellette était parvenu à retrouver sa trace, ici, au bout du monde. Après tant d'années passées à jouer à cache-cache. Dans un duel à mort où l'un des adversaires a tout pour lui : la magie, l'argent, des espions innombrables, des clapeurs, des ailamas et la soif de vengeance, tandis que l'autre ne peut compter que sur sa ruse et son aptitude à se perdre dans la foule.

Il avait encore vécu deux longues années dans la capitale, parmi les artisans, sous le nez du Pilier impérial. Il travaillait comme sculpteur sur bois et était même parvenu à s'enrichir. Une feinte assez primitive lui avait sans doute sauvé la vie : il avait volé un ailama de passage, originaire d'une lointaine province, et non un oiseau issu de l'oisellerie impériale. À peine éloigné de la capitale, il avait relâché sa monture et celle-ci était tout naturellement rentrée chez elle, entraînant ses poursuivants à sa suite, tandis que Varan regagnait tranquillement la fourmilière au pied du volcan et se faisait engager le soir même par un artisan. Pendant que les hommes de La Sellette le cherchaient dans les provinces, il avait laissé pousser sa barbe de telle manière que même Lika, rencontrée un jour au bazar, ne l'avait pas reconnu.

Ce jour-là, il s'était senti vraiment heureux. La seule chose qui empoisonnait sa fugue, à part la peur d'être pris, était l'avenir de Lika. Peu avant sa disparition, il s'était bruyamment mis en colère après elle, afin que ses serviteurs sachent bien qu'elle ne lui plaisait plus. La pauvre fille faisait peine à voir, mais Varan savait ce qu'il faisait. Le fonctionnaire qu'il avait consulté avait fourni des papiers à Lika et lui avait trouvé une place de femme de chambre chez une négociante qui avait bonne réputation. Varan craignait qu'après sa fuite La Sellette ne pousse l'esprit de vengeance jusqu'à faire arrêter Lika. Le jour où il l'avait croisée au bazar, saine et sauve, en marchandage avec un poissonnier, était à marquer d'une pierre blanche.

447

Cependant, les rafles se multipliaient en ville ; les gardes ne disaient pas qui ils cherchaient, mais on arrêtait surtout les hommes de l'âge et de la taille de Varan. Après réflexion, il avait décidé de quitter la capitale. Il avait plongé sous les falaises pour s'accrocher à un câble suspendu au bord d'un navire en partance. Une fois en mer, sa présence avait été remarquée et on l'avait remonté à bord. Il avait payé son passage avec l'argent emporté dans une poche spéciale, expliquant franchement sa ruse au capitaine par le souci d'éviter le contrôle de la douane.

On l'avait débarqué à Nez de Guêpe. À nouveau, il avait le ventre creux, il se sentait léger et avait l'impression d'avoir retrouvé sa jeunesse. Il pensait que l'acharnement de La Sellette à capturer à tout prix son « arpenteur » fugitif faiblirait avec le temps. Mais il sous-estimait Sa Permanence.

Varan choisissait les lieux les plus peuplés et les plus propices aux vagabonds, ne passant jamais deux nuits sous le même toit. Ses poursuivants lui collaient aux talons et lui tendaient des pièges. Que de décrets sur sa capture avait-il vus, affichés un peu partout ! Que de malheureux lui ressemblant vaguement avaient été traînés dans la capitale pour comparaître dans le bureau du Pilier impérial !

Il avait tenté de gagner le pays Forestier, pour comprendre en cours de route qu'il n'y parviendrait pas : des régiments punitifs sévissaient dans les bois. Les vagabonds étaient tous arrêtés désormais, quels que soient leur âge et leur taille. Varan s'était fait prendre en apprentissage par un cordonnier et avait vécu trois longues années en sédentaire. Il cousait et coupait le cuir, avec l'impression grandissante que le temps coulait à travers lui comme du verre gris en fusion. Impossible de retrouver le Feu errant en restant assis dans un atelier, un éventail de clous dans la bouche. Et la vie n'est pas éternelle.

Le cordonnier, très satisfait de son aide, lui avait proposé à plusieurs reprises de rester, de se marier, de devenir son associé ; Varan était parti au printemps, sans avoir pu lui expliquer ce qu'il cherchait au juste.

Il était redevenu un vagabond, posant des questions, allumant du feu dans les cheminées là où on l'invitait à le faire conformément à la coutume. Quelle que soit la puissance de La Sellette, elle n'était pas absolue. Entre Varan et lui se dressaient des montagnes et s'étendaient des steppes. L'Empire est vaste, la tradition demeure vivante et les gardes aussi sont des hommes que lassent les recherches inutiles.

Mais La Sellette n'oubliait rien. Et des envoyés avaient pu passer récemment par ce village de neige, promettant de l'argent pour la capture d'un vagabond, beaucoup d'argent pour la capture d'un vagabond barbu d'un certain âge et une somme d'argent colossale pour la capture d'un vagabond parlant de contrées lointaines...

Varan se raidit. Passer la nuit sous un toit était une nécessité : après la tombée du jour, il faisait si froid qu'on ne pouvait même plus respirer. Mais son hôte non plus n'irait nulle part pendant la nuit, il attendrait le matin. Puis on verrait bien.

– Qu'as-tu, homme bon ? demanda l'hôte. Tu te sens mal ?

Varan se força à sourire.

– Non. Je me dis que vous avez rarement la visite d'étrangers.

Nouvel échange de regards. Décidément, quelque chose clochait. Les mains avides de La Sellette avaient fini par l'atteindre et il était fort dommage que ces gens, au demeurant charmants, se soient retrouvés entre Varan et sa liberté.

– Nous avons eu un visiteur il y a deux semaines, dit la fille aînée. Venu de loin. Un type bizarre. Qui vous ressemblait. Il a demandé à allumer le feu.

– Un voyageur ? répéta bêtement Varan.

– Oui, confirma l'hôtesse. Il a dit que c'était une tradition. C'est vrai ?

– Oui, c'est vrai, marmonna Varan en regardant tour à tour les visages qui l'entouraient. Vous n'avez pas eu d'autres visites ?

– Bien sûr que non, s'exclama la fille aînée. Les gens se promènent rarement par chez nous. Mais lui, il avait l'habitude de voyager. Il avait un objet qu'il appelait « étincelle », un tout petit briquet qu'il ne faut pas battre

450

et battre encore en soufflant, il suffit de faire clic et une flamme apparaît.

Varan mit la main dans la poche de cuir pendue à sa ceinture et sortit son étincelle.

– Un objet comme celui-ci ?

– Oui ! s'exclama la fillette en bondissant d'excitation, et ses joues maigres rougirent.

– Ça vient des Côtes. Là-bas, tout le monde en a.

La plus jeune des filles ouvrit la bouche de surprise mais n'osa rien dire.

– Comment t'appelles-tu ? questionna l'hôtesse. Notre visiteur précédent, j'en ai honte maintenant, nous ne lui avons même pas demandé comment il se nommait. Nous avons parlé presque toute la nuit, il est parti au matin et c'est là que nous nous sommes aperçus que nous ignorions son nom.

– Je m'appelle Varan, dit-il en la regardant dans les yeux.

Ils clignèrent. Elle n'avait jamais entendu son nom auparavant. Et elle le trouvait amusant.

– Baran ?

– Varan.

– Ah bon. Quand tu as dit que tu étais tout le temps sur les routes, je me suis aussitôt souvenue de cet autre homme. Il nous a raconté des tas d'histoires étonnantes, il nous a parlé de mages et de sorts magiques, alors l'idée m'est venue que c'était peut-être un sort de voyager sans cesse. Qu'on vous aurait jeté, à toi et à lui ?

451

Ce n'est pas un piège, se dit Varan, avec un soupçon de doute. *Si c'est un piège, il est vraiment trop alambiqué.*

Les murs blancs brillaient de l'intérieur. Une mince couche de neige fondait et coulait pour se figer en fines stalactites de glace. La bougie se reflétait sur la surface humide ; on avait l'impression que les murs et le plafond irradiaient de la lumière. Les aiguilles de pin répandues sur le sol remplissaient la maison d'une odeur de forêt.

On entendit gratter au-dehors, un bruit de neige qu'on creuse. L'hôte regarda son épouse.

– Tu as mis la gamelle ?

– Oui, bien sûr.

Tous deux prêtèrent l'oreille. Le bruit cessa quelques instants, puis s'éloigna en direction des voisins.

– Qu'est-ce que c'est ? demanda Varan.

– Une taupe des neiges, expliqua l'hôtesse, étonnée de son ignorance. Elle nettoie les rues et les routes. Nous la nourrissons de graisse fondue pour qu'elle travaille bien. Je lui en laisse toujours dans une gamelle.

– Et si la gamelle est vide ?

– Elle pourrait nous nuire.

La femme prit la bouilloire et versa l'eau chaude dans des tasses de bois.

– L'an dernier, elle a démoli la moitié de la maison des Boissu, ils ont été punis de leur avarice.

– Ce n'était pas de l'avarice. Lounka avait oublié.

– Mais oui, c'est ça. Elle a oublié cinq fois de suite.

– Et toi... commença l'hôte, en s'irritant.

Mais il s'interrompit et se tut en soupirant. Comme ses filles avant lui, mais plus fort.

– Aujourd'hui, j'ai vu une taupe des neiges, reconnut Varan, mais je n'ai pas compris ce que c'était. J'ai juste eu le temps de m'enfuir.

– Heureusement pour toi qu'elle n'avait pas faim.

L'hôte continuait de soupirer, mais plus doucement. Sa respiration et le crépitement délicat du feu étaient les seuls bruits ambiants. Les fillettes se tenaient aussi immobiles que des statues de glace.

Varan ferma les yeux. Ces dernières années, il avait changé de tactique et ne cherchait plus les mages nouveau-nés. Quand il passait la nuit quelque part, il essayait d'abord de comprendre si les termes de paix et de bonheur convenaient aux gens qui lui accordaient l'hospitalité. Mais très vite, il avait pu constater que la notion de bonheur est si vague et celle de paix si instable que l'un et l'autre sont impossibles à définir.

– L'autre voyageur... dont vous ignorez le nom. Il était vieux ?

– Plus vieux que toi, c'est certain.

– Il n'est resté qu'une nuit ?

– Une seule... confirma l'hôte. Il nous a raconté des histoires jusqu'au matin. Nous n'avons même pas envoyé les petites au lit, tellement c'était intéressant. Il nous a parlé des deux caps, Nez de Guêpe et Crémeur, et du Seuil entre les deux. Quand l'eau recule, la mer intérieure devient tiède, elle est peu profonde et se met à fleurir. Et quand l'eau revient, la mer intérieure et la mer extérieure ne font plus qu'une et le Seuil disparaît pour laisser place au Goulot...

– Au Goulet, corrigea à voix basse l'aînée des fillettes.

– Oui... Et des gens vivent aussi là-bas, et font du commerce quand les navires passent par ce Goulot, je veux dire ce Goulet. Tu en as entendu parler ?

– Je suis allé là-bas.

– Vraiment ?

Varan poussa un soupir. À Crémeur, il avait failli être pris, cinq ans plus tôt.

– Il a donc fait le tour du monde ? C'est ce qu'il a dit ?

– Le tour de l'Empire et de la périphérie.

– Et dans quel but ? Que cherchait-il ?

L'hôtesse éclata de rire et parut aussitôt plus jeune de dix ans.

– Comment savoir ce que vous cherchez, vous autres ? Parfois, quelqu'un vit tranquillement, sans manquer de rien, mais quelque chose le pousse à partir. Alors il sort sur la route et...

Ses yeux brillèrent. Elle faillit continuer, mais regarda soudain son mari et resta silencieuse.

– Nous avions un voisin, grogna ce dernier. Lui aussi, quelque chose l'a poussé. Soi-disant qu'il voulait voir le monde. Il s'est soûlé à la foire la plus proche et il est mort gelé. En guise de monde, il n'a vu qu'un bout de route.

Nouveau silence. La cadette bâilla.

– Il est temps d'aller dormir, remarqua l'hôtesse d'un ton hésitant. Tu... Tu ne veux pas nous raconter quelque chose ?

Ils s'endormirent à l'approche du matin. Varan, couché sur une peau de chèvre de mer, épaisse et rêche, qui avait l'odeur des algues de son enfance, regardait le trou du plafond où luisaient les étoiles.

L'âtre gardait parfaitement la chaleur.

Varan avait la sensation très nette d'être proche du but. Le mystérieux voyageur était parti de cette maison deux semaines plus tôt, c'était long, mais pas si long que ça : un vagabond marche toujours à bonne allure, mais sans hâte excessive. Le but au nom duquel Varan avait abandonné Nila, et plus tard son poste de haut fonctionnaire et son couloir de cent quinze pas, offensant mortellement La Sellette au risque d'y laisser sa peau...

« Aucun vagabond ne saurait connaître le sens de la vie », avait déclaré La Sellette quelques jours avant la disparition de Varan. « Le sens de la vie se trouve au-delà des limites de la vie, alors que le vagabond fait partie de notre monde. »

Varan, tout à ses préparatifs d'évasion, n'avait pas répondu. Il sentait que les mages, habitants du monde ordinaire, portaient la marque de l'au-delà et le plus souvent ne savaient pas s'en montrer dignes. Tandis que le Feu errant était immortel, il apparaissait et disparaissait selon son bon plaisir et son enveloppe humaine n'était peut-être que l'ombre visible de quelqu'un qui se trouvait justement au-delà de la vie.

Le matin arriva. Le ciel était toujours bleu sombre, mais soudain, à travers le village, les gardiens aux dents acérées dont la moitié s'appelaient Fido se mirent à hurler et à siffler dans leurs congères.

– Déjà... marmonna l'hôtesse. Hé, les filles...

– Laisse-les dormir, protesta l'hôte d'une voix ensommeillée. On vient juste de se coucher... Après toutes ces histoires...

Les murs refroidis étaient devenus mats et la bougie allumée par l'hôtesse éclairait faiblement la pièce. L'hôte alla remettre du bois dans l'âtre.

Le ciel dans l'orifice du toit s'éclaircissait légèrement.

L'eau se mit à bouillir, une odeur écœurante de poisson monta dans la pénombre.

Varan se leva et rendit visite au lieu d'aisances situé dehors, juste devant la porte ; glacé, il mit longtemps à se réchauffer à côté de la cheminée.

– Homme bon...

L'hôte fit mine de ne pas l'entendre. Il mettait en ordre ses instruments de chasse, destinés à traquer la chèvre de mer, pour autant que Varan puisse en juger.

– Merci, Varan, dit l'hôtesse comme pour contredire son mari. Nous n'avons pas dormi cette nuit, mais tes histoires nous donneront des souvenirs pour un an au moins.

L'hôte poussa un grognement.

– Êtes-vous heureux ? demanda Varan.

L'hôte faillit lâcher sa pointe de harpon en os.

– Comment ?

L'hôtesse regardait Varan. Ses yeux ressemblaient à deux billes de verre sombre.

– Oui, dit-elle enfin.

Le postier local se gratta longuement l'aisselle. Un vagabond ? Oui, il avait emmené un vagabond jusqu'au carrefour. Et il l'y avait laissé. Un voyageur expérimenté, ça se voyait au premier coup d'œil, qui ne risquait pas de mourir gelé ni de se perdre. Où était-il parti ? Qui peut savoir ? Il y avait une auberge au carrefour, là-bas, ils savaient tout sur tout le monde.

Le postier avait envie de bavarder, il l'aurait pris bien volontiers dans son traîneau, mais avec ce temps, il n'y avait pas de courrier. En plus, les chasseurs avaient vu un tripode dans les environs. Quand la neige serait tassée et le tripode parti, il prendrait la route pour récupérer le sac postal au carrefour, la semaine prochaine peut-être, mais pas aujourd'hui, Shouou nous en garde. Si le voyageur voulait attendre, il pouvait se construire une hutte de neige et acheter du bois au postier, il aurait ainsi un abri pour quelques nuits.

– Vends-moi ton traîneau, demanda Varan.

Le postier le regarda en écarquillant les yeux, comme

si le tripode susmentionné venait de lui marcher sur le pied.

– Je suis pressé, expliqua Varan. Tu as bien un attelage ? Des traîneurs ?

– Tu veux rire, balbutia le postier. Tu n'as pas assez d'argent pour acheter mon traîneau. Je suis... payé par la communauté.

Varan sortit de sa poche secrète un billet de cinquante réals.

La maison de neige du postier n'avait jamais vu un tel arc-en-ciel. Rouge intense, turquoise, aigue-marine et jaune se reflétaient sur les murs et s'échappaient sans doute par le trou du plafond, au point que le regard du postier se fit inquiet : et si les voisins le voyaient ?

– Dis donc, le père, tu as égorgé quelqu'un, ou quoi ?

– Je l'ai gagné, imbécile. Dans la capitale, on tapisse les murs avec des billets comme celui-ci.

– Tu mens.

– Bon, j'exagère un peu, mais à peine. Alors, tu me vends ton traîneau ?

Les mains du postier tremblaient. Il essayait de jauger combien d'autres billets contenaient les poches de son visiteur et quel malheur – ou quel bonheur – pouvait en résulter pour un pauvre postier.

– Je suis pressé, répéta Varan.

– Bon, c'est d'accord.

Le traîneau de poste ne payait pas de mine, il avait l'air d'une auge, avec un tas d'aiguilles de pin en guise de siège, un rideau en peau troué et élimé. L'attelage en revanche était excellent : trois cents traîneurs attelés par vingt, capables de remorquer le traîneau à travers champs ou par la route creusée par la taupe des neiges.

Le postier hésitait, changeant d'avis à chaque minute.

– Le tripode va te dévorer, disait-il en attelant les traîneurs. C'est dommage... Ce sont de bonnes mouches, j'aurai du mal à en trouver d'autres.

– Tu les as bien achetées quelque part.

– Mais elles coûtent cher.

– Avec ce que je te paye, pense un peu à tout ce que tu pourras acheter !

– Directement dans la gueule du tripode... Écoute, et si je te rendais plutôt ton argent ?

– Eh bien, rends-le-moi.

Le postier sortait le billet, l'examinait longuement en le caressant, puis le rangeait.

– Non, on s'est mis d'accord, chose promise, chose due.

Une minute plus tard, ça recommençait :

– Mais pourquoi te hâter ? Tu resteras coincé dans les congères. Tu n'arriveras pas au carrefour d'ici à ce soir. Et le tripode...

– Rends-moi mon argent !

– Mais non, je disais ça comme ça... Pourquoi te mettre en rogne ?

Un peu plus d'une heure plus tard, Varan finit par partir.

La taupe des neiges connaissait son travail : la route filait à travers neige, profonde comme un fossé. Des murs blancs se dressaient de part et d'autre, se refermant presque au-dessus de sa tête.

– Ne pense pas à la taupe, lui avait conseillé le postier. Moi, je n'y pense jamais, et l'Empereur m'a épargné jusqu'ici. Surtout n'y pense pas, parce que quand le traîneau file et qu'elle fonce à ta rencontre, tu ne peux rien faire et c'est la fin.

Les cent premiers pas, les traîneurs prirent leur élan, leurs pattes fines aux pieds ronds laissaient d'amusantes petites traces. Puis les insectes battirent des ailes, et des courbes étranges mais d'une singulière harmonie apparurent sur la neige. La première vingtaine prit lourdement son envol, suivie de la deuxième, puis de la troisième et ainsi de suite. Un nuage oblong de mouches nacrées couleur bleu rose s'étendit au-dessus de la route, et le nez arrondi du traîneau se souleva légèrement, comme s'il voulait s'envoler lui aussi. Varan savait que le plus téméraire des traîneurs au meilleur moment de sa vie ne s'élève jamais à plus de deux hauteurs d'homme au-dessus du sol. Ceux qui montent plus haut meurent sans laisser de descendance.

Au fond de la route, il faisait sombre et la sensation était assez effrayante. *Surtout, ne pas penser à la taupe*, se dit Varan. *Pense plutôt à celui que tu vas bientôt trouver. Au voyageur que le jeune postier a récemment emmené sur ce même trajet.*

Ils s'engouffrèrent dans un tunnel : ici, la taupe était passée plus bas, sans se soucier que les voyageurs ne voient plus le ciel. Le plafond s'inclinait dangereusement et dans le noir Varan eut juste le temps d'en apercevoir le contour ; il se coucha dans le traîneau, ferma les yeux, écoutant le crissement de la neige et le doux bourdonnement des traîneurs. La taupe était passée la veille, un délai trop bref pour que le tunnel s'effondre. Du moins en principe.

Le soleil lui manquait. Il souffrait de devoir porter cette fourrure qu'il ne pouvait enlever qu'à l'intérieur d'un abri et pour peu de temps. Cela faisait si longtemps qu'il n'avait pas nagé.

Le tunnel prit fin. La profonde ornière de la route lui parut claire par contraste, presque accueillante.

Ce serait bien d'aller voir La Sellette pour lui dire : «Je l'ai vu. Je lui ai parlé. Je connais la réponse à la question que vous n'avez jamais osé poser.»

Mais il ne me croirait pas. Et me ferait tout de même subir un interrogatoire. Non, inutile d'aller voir La Sellette avec des réponses toutes prêtes ; alors que lui-même n'est jamais parvenu à trouver le Feu errant. Et a su se persuader qu'il n'existait pas.

Varan s'endormait. Le rideau troué le protégeait du vent ; la nuit était encore loin, ainsi que l'heure où le gel devient mortel et Varan, porté par trois cents mouches nacrées, pouvait se permettre un petit somme. Pérégrin était dans son rêve, il souriait et lui disait : « Tu vois bien. Tu as réussi. Je t'ai demandé de trouver le vagabond et tu l'as trouvé. »

Il tendit à Varan un collier de perles de feu bleues et blanches. Les perles se mirent à grossir, elles s'élevèrent au-dessus de l'horizon, illuminant les alentours d'une clarté légèrement bleutée, le remplissant d'une sensation de danger.

Varan se réveilla. La neige grinçait trop doucement sous le traîneau, comme hésitante. La troisième centaine de mouches le tirait encore, mais la première et la deuxième étaient descendues, touchant presque la piste.

Varan leva la tête.

Le tripode se dressait comme un arbre au bord de la route. De loin, il aurait d'ailleurs pu passer pour un arbre au tronc épais. Ses deux pieds de devant aux larges palmes écartées avaient démoli le mur neigeux et pointaient vers la piste, le pied de derrière était enfoui sous la neige.

Les traîneurs tournèrent à gauche pour éviter l'obstacle. Le traîneau heurta la paroi opposée et s'arrêta.

Le tripode poussa un gémissement plaintif. Cette faible plainte exprimait le paroxysme de la rage, de la faim et de la menace.

Varan chercha la torche au fond du traîneau et s'étonna de sa propre imprudence : la torche était enfouie sous des branches de sapin. Le tripode s'inclina au-dessus de la route et tendit vers Varan son bras unique, muni de deux doigts, longs et blancs.

Entre les doigts passa un éclair bleu.

Varan actionna son briquet. Qui ne s'alluma pas. Il convenait de pousser des cris aigus. Les sons aigus, faute d'effrayer les tripodes, les font au moins hésiter. Mais il n'avait pas de voix. À la deuxième tentative, la torche s'enflamma, répandant aussitôt lumière et chaleur.

Les éclairs entre les doigts de la créature étaient bleus et blancs. Varan se dressa et brandit la torche au-dessus de sa tête.

– Alors, tu l'as brûlé ?

La prétendue auberge était une grande maison de neige pouvant accueillir une vingtaine de voyageurs. Varan était le seul client. Serré contre l'âtre, il n'arrivait pas à se réchauffer. Le gardien du carrefour, oisif en cette période de l'année, était désireux de lui tenir compagnie et de satisfaire sa curiosité.

– Tu l'as brûlé ?

– Juste un peu, reconnut Varan. Mais je suis toujours en vie. Cent traîneurs sont morts. J'ai coupé leurs rênes et je les ai laissés sur place...

– Cent traîneurs, ce n'est pas de la crotte de pifre, remarqua le garde avec sérieux. D'où tiens-tu un tel attelage ?

– Je l'ai acheté.

– Vraiment? Tu es un riche vagabond, je n'en ai pas vu beaucoup dans ton genre.

– Tu as rencontré beaucoup de vagabonds?

– L'été, de nombreux traîneaux passent par ici, des marchands, des coursiers, des postiers... Mais là, je n'ai rien à faire et je m'ennuie.

– Il ne passe vraiment personne?

– J'ai reçu un autre voyageur il n'y a pas longtemps; pas aussi riche que toi. Le postier Thol l'a amené. Il a attendu le postier des Merines et il est reparti avec lui. Il y a une semaine.

– Une semaine!

– Oui, il n'est pas resté longtemps, six jours. Il m'a acheté du bois de chauffage pour sept nuits. Les postiers ne sortent pas leurs traîneurs par un temps pareil. Toi aussi, le tripode a failli te croquer.

Les fines stalactites de glace pendues au plafond tintaient au rythme de sa voix.

L'âtre ne brûlait qu'à moitié, les branches de sapin humides répandues sur le sol gelaient et craquaient à chaque pas comme du verre brisé.

– Les Merines, c'est où? demanda Varan.

La mer dans ces régions ressemble à un mollusque au fond de sa coquille. La couche de glace atteint plusieurs hauteurs d'homme d'épaisseur; elle s'accumule en strates blafardes, irrégulières, et ne fond jamais. L'eau reste libre malgré ses entraves, elle respire sous sa carapace, et le rythme de son existence évoque la succession des saisons et des entre-saisons.

C'était la marée basse. La route se prolongeait par un tunnel aux allures de puits percé dans la glace. Varan marchait, retenant son traîneau à deux mains. Les traîneurs rampaient sur le pavage de bois irrégulier, toujours plus bas, vers l'obscurité verdâtre.

Le puits prit fin. Le pavage s'étageait désormais en marches. Chaque son faisait écho contre la surface intérieure de la glace dont le flanc noir bouchait le ciel : le grincement du bois, le crissement des patins et des pattes de mouches, les pas... Enfin, ils touchèrent le fond. Varan prit son élan, poussant le traîneau. Deux cents traîneurs, affaiblis et mouillés, effectuèrent leur envol.

Varan brandit sa lanterne.

La glace ressemblait au plafond d'une haute salle. De gros glaçons grumeleux pendaient en grappes où fulguraient de minuscules reflets multicolores, projetant des ombres mouvantes. Il semblait à Varan qu'il volait la tête en bas au-dessus d'une forêt enneigée. Une sensation qui lui rappelait celle éprouvée dans son adolescence, quand l'hélice s'était retournée et qu'il était resté suspendu entre le ciel bleu des montards et la couche nuageuse surplombant les basses terres.

La piste était lisse et les traîneurs n'avaient pas trop d'efforts à fournir. Ici il faisait moins froid, Varan put même enlever son capuchon.

Une odeur de mer. La respirer redonnait vie à l'espoir. Une semaine plus tôt, le Feu errant était passé par là. Varan avait l'impression de serrer l'extrémité de sa piste entre ses dents, une piste fantomatique, mais qu'il ne lâcherait désormais pour rien au monde. Une semaine ! L'Âtrier était peut-être encore aux Merines, à attendre le prochain postier. Ils passent rarement en cette saison.

Les traîneurs étaient dirigés au moyen d'un harmonica. Pour leur faire signe d'avancer, on jouait deux notes aiguës. L'écho rebondissait comme une balle, encore et encore, contre le plafond de glace. Les traîneurs bourdonnaient.

Varan s'assit dans le traîneau, tâta sous ses doigts une boule dure et la porta à ses yeux : c'était une mouche morte, l'un des traîneurs qui avaient péri lors de l'affrontement avec le tripode. La nacre avait perdu son éclat, les ailes étaient carbonisées et les boules transparentes des yeux s'étaient voilées. Varan jeta avec regret la dépouille de l'insecte. Il éprouvait de la sympathie pour ces créatures si fragiles à première vue mais lourdes comme des billes de plomb et capables de remorquer un traîneau jour et nuit sans montrer de fatigue. Malheureusement, elles étaient très sensibles au feu.

Des deux côtés de la route, des balises surmontées de globes miroitants reflétaient la lumière de la lanterne.

Varan, agrippant le bord du traîneau, les regardait fuir en arrière.

Surtout ne pas perdre toutes ses questions dans la course. Et se souvenir de Pérégrin... Les mages : cela paraissait si important jadis, mais l'intérêt qu'il éprouvait pour eux avait terni peu à peu, laissant place à une certaine indifférence. Cela faisait presque dix ans qu'il n'avait pas rencontré un seul mage.

Il faillit jouer une nouvelle fois « en avant », mais se retint. Les traîneurs faisaient déjà de leur mieux, ils n'étaient plus que deux cents au lieu de trois cents et l'humidité se condensait sur leurs ailes.

Le bruit du ressac s'amplifia. La route se rapprochait de la mer. Varan réprima le désir de s'arrêter et de descendre pour la voir. Freiner l'attelage et le faire repartir demandait non seulement du temps mais des forces, avec le risque d'emmêler les courroies d'attelage.

Une lumière apparut devant lui. Varan se redressa. Quelqu'un avait allumé un feu au bord de la route. Chose assez rare sous la glace.

Le signal d'arrêt pour les traîneurs évoquait une plainte grave et apaisante. Le traîneau ralentit et les mouches descendirent vingt par vingt.

L'homme portait une fourrure identique à celle de Varan. Un court harpon de chasse à pointe d'acier était posé sur ses genoux. Il devait l'avoir pris quelques instants plus tôt ; le regard de l'inconnu était sombre et indiquait qu'il était prêt à affronter n'importe qui, étranger, tripode, voire Shouou en personne.

– Bonjour, homme bon, dit Varan sans quitter son siège. Cette route conduit jusqu'aux Merines ?

L'homme ne répondit pas. Varan remarqua à côté de lui la dépouille d'une chèvre de mer attachée avec une corde. Les chasseurs, surtout s'ils ont une prise, sont toujours méfiants, soupçonnant en chacun un amateur de viande gratuite.

– Je suis un voyageur, dit Varan en écartant les mains pour montrer qu'il n'avait pas de couteau. Je me rends aux Merines. C'est loin ?

Le chasseur desserra enfin ses lèvres minces et pâles.

– C'est tout près, vieil homme. Suis les balises, prends à droite au carrefour et tu y es.

– Tu permets que je me réchauffe ?

– Tu trouves qu'il fait froid ?

Varan sourit.

– Il ne fait pas chaud. Tu as peur d'un homme sans défense ? Tu crois que je veux manger ta chèvre ?

Le chasseur détourna le regard. Il était très jeune et à ses yeux, Varan devait avoir l'air d'un vieillard, probablement inoffensif.

– Elle a le rongeos, précisa-t-il. Va ton chemin.

– Oh, dit Varan en observant tour à tour la chèvre et le jeune homme, tu devrais la laisser. C'est un gros risque.

Mais le chasseur secoua la tête.

– Non. Il n'y a rien à manger chez moi. Je vais l'extraire.

Varan descendit de son attelage et donna la commande « repos ». Les traîneurs se rassemblèrent en essaim et se mirent à vrombir, frottant leurs ailes transparentes de leurs pattes fines.

– Tu veux un coup de main ?

L'autre le regarda avec étonnement.

– Ça ne va pas, grand-père ?

– Ne me traite pas de grand-père.

Varan s'assit près du foyer, retira ses gants et tendit les mains vers le feu vacillant.

– Je suis un voyageur, un homme d'expérience si j'ose dire...

– Toi aussi ?

Varan se retint de toute réaction brusque. Il leva la tête très lentement.

– Vous voyez souvent des voyageurs ?

– Nous en avons vu un, il y a une semaine. Très vieux. Il a passé la nuit chez nous.

– Il a allumé le feu ?

– Comment le sais-tu ?

– J'ai voyagé sur les Côtes, et dans la steppe...

Le chasseur le regarda bouche bée, oubliant d'un coup son harpon, sa chèvre et son rongeos.

– Tu mens, dit-il, comme pour se défendre. Tu n'es allé nulle part.

– Et lui? Le voyageur qui est passé avant moi? Il mentait aussi?

Le jeune homme détourna les yeux.

– Non. Lui... il ne mentait pas.

– Il est parti? Ou...

Varan retint son souffle.

– Il est parti. Il n'est resté qu'une nuit.

Le chasseur regardait à nouveau le feu.

– Avec le postier?

– Non. Avec une caravane qui doit traverser les montagnes.

– Quand ça?

– Je te l'ai déjà dit. Il y a une semaine.

Varan se leva.

– Tu as déjà extrait un rongeos?

– Non.

– Et tu avais l'intention d'essayer? Pauvre imbécile.

Le jeune homme, vexé et furieux, se mit à grommeler, mais Varan ne l'écouta pas. Il se dirigea vers la chèvre. À l'intérieur de la carcasse, sous le flanc gonflé, quelque chose remuait, avec un léger craquement. Varan grimaça de dégoût. Le Feu errant s'éloignait de plus en plus, une maudite caravane l'emportait vers les montagnes.

Non loin, la mer froide respirait et roulait des galets. Dès qu'on s'écartait du feu, la peau se couvrait de givre. Le chasseur était blanc des pieds à la tête. Varan aussi, et à la différence de ses vêtements, les poils blanchis de sa barbe ne risquaient plus de changer de couleur.

Il secoua sa manche, un poignard long et étroit glissa dans sa main. Il plongea la lame dans le feu.

Le jeune homme regardait, fasciné.

– Quel chemin a pris la caravane ?

– La grand-route.

– Et la caravane suivante part bientôt ?

– Je n'en sais rien.

– Et comment as-tu fait ton compte pour attraper une chèvre avec un rongeos ?

Le garçon baissa la tête sans répondre.

Avec un charbon éteint, Varan dessina une croix sur le flanc de la chèvre.

– Tu frapperas ici avec ton harpon quand je le dirai. Surtout, frappe fort, n'aie pas peur d'abîmer la peau. Si tu tiens à la tienne... Tu es prêt ?

Le jeune chasseur, tout pâle, prit son harpon des deux mains.

Varan remit ses gants et récupéra son couteau.

– L'Empereur nous aide.

La pointe triangulaire du harpon perça la carcasse avec un craquement suivi d'un gargouillis dont l'écho fut renvoyé par le plafond de glace.

De la plaie sanglante jaillit une méduse rouge sombre, coupole gélatineuse aux bords hérissés de lames tranchantes. Le jeune chasseur poussa un cri. La méduse se convulsa, comme dans un sursaut d'agonie. En réalité, une telle convulsion pouvait couper une main. Varan attendit que le rongeos s'ouvre à nouveau et plongea son poignard au centre.

– Il n'y aura pas d'autre caravane, dit le postier. Vas-y tout seul ou attends. Tu peux te construire une maison et d'ici à un mois, le temps se sera radouci.

– Merci, dit Varan en remontant dans son traîneau. Je n'ai pas le loisir d'attendre.

– La nuit est proche ! Tu risques de geler et tes traîneurs seront perdus...

En guise de réponse, Varan sortit l'harmonica pour jouer « en avant ».

La grand-route était une vraie route, pas un tunnel de taupe creusé dans la neige. Aux Merines, Varan avait nourri ses traîneurs de lard et de sucre. Les ailes transparentes vrombissaient avec force et assurance.

Une caravane ne va jamais vite, elle s'arrête devant chaque maison, attend les retardataires, effectue de longues haltes, renouvelle ses provisions. Celui qu'il poursuivait devait être à six jours de marche.

Quand ils s'étaient quittés, le jeune chasseur avait dit :

– Je partirais bien avec toi. L'Empereur m'en est témoin.

– Eh bien, viens, qu'est-ce qui t'en empêche ?

Étonné, il était longtemps resté silencieux, aidant Varan à remettre les courroies.

– L'autre... m'a dit de rester. Que c'était mieux de vivre dans son pays, d'avoir un chez-soi.

– À toi de décider. Si tu veux vraiment partir, tu partiras, comme moi jadis...

Les mains du jeune homme qui fixaient adroitement les traîneurs avaient ralenti leurs gestes.

– C'est que... j'ai une fiancée. Elle ne partira pas, sa mère est malade. Et d'ailleurs... une femme sur les routes, à quoi ça ressemble ?

Varan s'était soudain mis en colère. C'était plus qu'une irritation passagère : une véritable crise de fureur, froide et lucide.

– Décide. Il faut savoir ce que tu veux. Si tu rêves seulement de vagabonder, de ne rien faire et de te nourrir d'histoires, alors il vaut mieux te marier. Mais si en revanche...

Le chasseur le regardait d'un air ahuri. Il avait toujours cru qu'un vagabond, c'est justement quelqu'un qui vagabonde, qui ne fait rien et se nourrit d'histoires, il ne comprenait pas pourquoi son interlocuteur s'était soudain refermé comme une porte qui claque sans laisser la moindre fente de bienveillance.

– Tu as peur de la mort ? avait demandé Varan.

– Eh bien... Oui, je suppose, la chasse, c'est toujours... Mais si on reste sur ses gardes et si on sort son couteau à temps, comme tu l'as fait pour le rongeos...

– Je ne parle pas de ça. Oublierais-tu que tu mourras de toute manière, même si tu restes sur tes gardes ?

La conversation était dépourvue de sens.

– Le voyageur qui est passé avant moi, avait dit Varan d'une voix fatiguée, t'a conseillé de rester chez toi et de renoncer aux voyages ?

– Oui.

– C'est un homme avisé. Reste chez toi. Et je te souhaite d'être heureux en ménage.

Les traîneurs bourdonnaient. Varan se voila le visage avec le rideau troué ; les étoiles échangeaient des signes dans le ciel, bleues comme les perles d'un collier brisé.

Dans un gros bourg – un millier de toits en rondins – Varan trouva le chef de la caravane. Un homme au visage rouge et au regard lourd se reposait à l'auberge. Depuis cinq jours, comme Varan l'avait appris.

– Les réponses, ça se paye, dit l'homme sans lever la tête. Tu es prêt à payer ?

Varan posa une pièce d'argent sur la table. Les yeux du chef de caravane s'éclaircirent et il regarda enfin Varan en face.

– Hé, mais ce ne serait pas ce vagabond qu'on recherche contre récompense ?

Varan ne détourna pas le regard.

– Que veux-tu dire ?

– Ce vieux vagabond que tu veux retrouver avec ta pièce d'argent, ce ne serait pas le même qui vaut des montagnes d'or ? Ils ont fait un de ces battages autour de ce type, surtout auprès des caravaniers...

Varan se mordit la langue. Maudite impatience qui l'avait poussé à dilapider son argent. Ici ce n'était pas la capitale, et pour cinquante malheureux réals, on pouvait acheter un attelage avec trois cents traîneurs.

– C'est mon père, dit-il, scrutant les yeux jaunes du chef de caravane. Perdu dans mon enfance. Tu vas parler ou non ? Ou préfères-tu que je reprenne mon argent ?

Sa conversation avec le caravanier lui avait laissé un mauvais souvenir. Il aurait sans doute été plus raisonnable de faire le mort pendant quelque temps, mais Varan, s'accrochant à sa piste, négligea la voix de la raison. La seule précaution qu'il se permit fut de vendre son attelage et de continuer à pied, non plus par la route qui décrivait une courbe autour d'un marécage gelé, mais en coupant tout droit par une vieille digue. Quatre jours et demi de route le séparaient encore de celui qu'il cherchait depuis si longtemps.

Le marécage était beaucoup plus tiède que le reste de la région. Des bulles montaient. Varan s'accoutuma rapidement à l'odeur : il avait connu pire au cours de ses voyages. C'était juste une odeur d'animal, grand et sale, mais dépourvu de cervelle, ce qui le rendait innocent.

Une brume auréolait la boue chaude. Il n'entendait pas ses propres pas et la lanterne qu'il tenait n'éclairait qu'une bande étroite où poser le pied. *Comme si je n'étais pas encore né*, pensa Varan. *Comme si rien n'avait encore*

*commencé. Comme si rien n'allait finir. Nila ? Tant d'années
ont passé, et j'ai encore l'impression de me souvenir d'elle. Peut-
être m'attend-elle dans un lieu dont le Feu errant pourra me
parler.*

Si j'arrive à poser les bonnes questions.

Il marcha toute la nuit. À l'aube, le brouillard monta,
voilant toujours le ciel, mais découvrant la surface
bouillonnante du marécage. Les bulles gonflaient, elles
ressemblaient à des yeux glauques, exorbités pour
mieux voir l'intrus ; puis, comme incapables de supporter sa vue, elles éclataient dans un jaillissement de pus.

Les relents devenaient plus intenses. Varan se voilait
le visage avec un chiffon. Il avait hâte que la digue
prenne fin, mais elle continuait à ramper vers lui sous
le mur de brume, tel un serpent qui se déroule : un
passage étroit, glissant et peu sûr.

La digue avait pourri par endroits. Parfois, il devait
franchir des trouées en sautant. Les parties encore émer-
gentes sur lesquelles il prenait appui s'enfonçaient sous
son poids et il craignait chaque fois que les vieux troncs
d'arbres ne se dérobent.

Plus il avançait et plus il faisait chaud. Les croûtes de
glace avaient disparu et de l'herbe pointait çà et là ; les
taches irrégulières vert tendre alternant avec le vert
sombre des touffes de mousse évoquaient une carte géo-
graphique. Certaines clairières paraissaient si sûres
qu'on aurait voulu s'y étendre. Parmi la mousse s'épa-

nouissaient de grandes fleurs pâles, presque transparentes.

Les « bains chauds » étaient de plus en plus nombreux : des trous dans la vase remplis d'eau limpide d'où montait de la vapeur. Ici, ça sentait moins mauvais. Il aurait voulu s'arrêter pour se laver, et cette tentation était plus difficile à combattre que celle des clairières factices.

Puis la puanteur devint étouffante, Varan respirait par la bouche à travers ses dents serrées. Il avait l'impression que quelque chose l'attendait droit devant. Il ralentit le pas, le brouillard dévorait les bruits ; on n'entendait rien, absolument rien.

La digue s'interrompit.

La cartographie d'herbe et de mousse était déformée, déchiquetée, on aurait dit que deux porcs énormes s'étaient battus là récemment. Le bord cassé de la digue évoquait un saucisson mordu, Varan crut même voir des traces de dents monstrueuses. Il regarda autour de lui. Le marécage faisait des bulles, des bribes de brouillard erraient au-dessus du sol comme un cortège funèbre de fantômes qui auraient perdu leur corbillard depuis un millier d'années.

Plus de digue. À une dizaine de pas, le brouillard se concentrait de nouveau, la dissimulant peut-être. Elle ne pouvait avoir été détruite entièrement, c'était sans doute une brèche, un obstacle, mais pas la fin du trajet.

477

À quatre pattes, il rampa jusqu'à l'extrémité de la digue rompue, essaya de tâter le fond avec son bâton de marche. Sans trouver aucun appui : le bâton s'enfonçait dans la vase, il eut du mal à l'en extraire. Les rondins de bois oscillaient sous Varan et la surface du marécage bougeait comme de la gelée. Des ondes irrégulières rampaient à la surface. Varan les observa avec attention, puis s'immobilisa. Les vagues s'apaisèrent, tout redevint noir, immobile, désespéré.

Il se leva, agita les bras pour garder l'équilibre et sauta sur place.

Le bord de la digue émit un clappement. Les vagues ondoyèrent. Rencontrant un obstacle, elles changeaient de contours et l'objet qui se trouvait dans la vase se balançait lentement, mêlant ses formes effrayantes aux leurs.

Varan reprit son souffle et sauta à nouveau, oubliant presque toute prudence. Juste devant la digue gisait une main recroquevillée à sept doigts griffus, avec des arêtes osseuses aux articulations. Chaque doigt avait la taille d'un enfant d'un an.

Le bâton toucha la main géante qui était dure, comme couverte de chitine. À travers les remous de l'eau boueuse, Varan découvrit un poignet, puis un coude, puis ce qu'il crut être une seconde main.

La créature devait être morte depuis plusieurs semaines. Étendue dans la large brèche percée dans la digue, elle demeurait à la surface du marécage sans s'enfoncer, comme un nageur fatigué qui se repose sur le dos.

L'identité du monstre importait peu. Quant à savoir qui l'avait tué et de quelle manière... Varan aurait aimé croire qu'il était mort de vieillesse (comme le vieux Zigbam, lui souffla ironiquement sa mémoire avec la voix de La Sellette). Quoi qu'il en soit, Varan avait le choix. Rebrousser chemin, racheter son attelage (ou en louer un autre), contourner le marécage par la route et reprendre la poursuite avec plusieurs jours de retard.

Ou bien aller de l'avant.

Il donna un autre coup de bâton. La main ne frémit presque pas : elle reposait, couverte de boue, paume vers le bas. La main menait au coude, qui devait mener à l'épaule.

Quatre jours et demi le séparaient du Feu errant. S'il retournait sur ses pas, la distance serait à nouveau d'une semaine et la piste refroidie serait facile à perdre. Surtout aux carrefours très fréquentés. Surtout quand tu te méfies de chaque caravanier qui t'a peut-être déjà vendu, qui est peut-être déjà stipendié par les hommes de Sa Permanence le Pilier de l'Empereur.

Mais comment savoir si la digue continuait ou si l'affrontement des monstres l'avait détruite sur une longue distance ?

Le brouillard, loin de se dissiper, était en train de descendre.

Varan saisit son bâton plus commodément et sauta

sur l'énorme paume noire qui s'infléchit sous son poids ; le coude remonta, en revanche ; Varan bondit dessus. La peau du monstre – il n'aurait su dire si c'était de la chitine, des écailles ou une carapace – cliquetait bruyamment. Le brouillard se referma derrière lui, il ne voyait plus le bout de la digue. Toujours aucun signe d'espoir à l'horizon, uniquement le flanc du cadavre. Varan dérapa en grimpant dessus et eut grand mal à reprendre son équilibre. Pas de seconde main visible, mais une aile membraneuse, couverte de veines et de plumes agglomérées.

S'accrochant à la peau dure et ridée, Varan rampa vers l'endroit où devait se trouver la tête. Le cadavre tanguait, s'enfonçant toujours davantage, et dans la brume Varan distingua vaguement un menton pointu, presque humain, et un bec crochu largement ouvert, comme s'il criait encore. La boue dissimulait le reste.

Quand Varan atterrit sur l'aile, le bruit évoqua une épaisse toile d'araignée qui se déchire. Varan rampa à quatre pattes, trébuchant sur les os brisés, les grandes rémiges dures. L'aile prenait fin, et toujours pas de digue. Le brouillard semblait se moquer de lui, il se levait à présent très lentement, et toujours rien en vue. Uniquement une étendue de vase avec, çà et là, l'œil trouble d'une bulle.

L'aile du cadavre était le seul obstacle entre Varan et les profondeurs avides du marécage d'où l'on ne peut remonter. Il savait qu'il n'y avait plus de retour possible.

480

Il s'étendit sur le ventre et se mit à ramper, suppliant la vase d'attendre, de supporter son poids ne serait-ce qu'une minute, comme elle supportait celui du cadavre ailé.

Mais la vase ne l'écoutait pas. À la différence du cadavre, Varan bougeait en s'aidant des genoux et des coudes, et le marécage le happait tel un insecte qui s'englue dans la colle. *Idiot*, pensait Varan en s'extirpant de son emprise pour y retomber aussitôt. *Tout ça pour gagner deux jours. Cela valait-il la peine d'abandonner Nila pour mourir noyé dans la boue ?*

Cela valait-il la peine de défier La Sellette ?

Cela en valait-il la peine ?

Sa main toucha un objet dur. Le bord de la digue, brisée mais encore solide, une route sûre.

Il rampa sur les rondins et resta longtemps étendu, sans forces, pareil à une mouche enduite de miel.

Le village était construit sur une falaise tellement inclinée qu'il n'y avait presque pas de rues, mais surtout des escaliers. Toutes les façades des maisons, pareilles à des nids d'hirondelles, étaient tournées dans la même direction. Les habitants étaient méfiants et peu accueillants. Un voyageur enduit de boue des pieds à la tête n'avait aucune chance de trouver un abri pour la nuit.

Il faisait de plus en plus froid. Le grand escalier qui faisait office de rue principale se couvrait de verglas et devenait dangereux. Varan allait de porte en porte, frappait avec son bâton et reculait à bonne distance : le maître de maison apparaissait souvent sur le seuil en compagnie de son serpent de garde.

– Homme bon, laissez entrer un voyageur pour la nuit. Sinon, je vais mourir.

– Passe ton chemin.

– Je cherche...

Un sifflement menaçant. Une porte qui se referme. À un moment, Varan prit peur. Et si le Feu errant était venu dans ce village, n'avait pas trouvé de toit pour l'accueillir et était mort gelé ou s'il avait dérapé dans l'escalier, s'était brisé les os et avait péri dans le caniveau ?

– Homme bon, laissez entrer un voyageur, au moins pour quelques heures. J'ai de l'argent, je paierai.

– Passe ton chemin, espèce d'épouvantail, ou je lâche mon serpent.

– Dis-moi, à qui m'adresser ? Qui a laissé entrer un voyageur il y a trois jours ?

Le bruit d'une porte qui se referme.

Varan s'assit sur une marche. Sa fourrure était hérissée de gel, une couche de boue couvrait son visage ; avec son bâton crasseux, il faisait vraiment peur à voir. Au lieu de frapper à toutes les portes, il devait réfléchir : qu'avait fait l'Âtrier en entrant dans ce village ?

Lentement, attentif à chacun de ses pas, il descendit les marches verglacées.

Une odeur de fumée. Dans le caniveau de pierre coulait un ruisseau qui ne gelait pas et qui devait prendre sa source dans le marécage. Des feux s'allumaient çà et là aux fenêtres : des trous ronds percés dans la falaise.

Varan s'arrêta au carrefour. D'ici on voyait la falaise voisine couverte de neige et le ciel rouge du couchant. En contrebas, la pénombre régnait déjà et la vallée lointaine était auréolée de brume. Quelque part là-bas, celui à cause duquel Varan avait abandonné Nila marchait sur la route, ou roulait en compagnie d'un postier ou allumait déjà un feu dans la cheminée d'une maison accueillante.

Non, rectifia Varan, *pas à cause de lui. Mais pour connaître la vérité. Pour respecter le vœu de Pérégrin.*

Il s'assit à nouveau, et la pierre lui parut plus froide que de la glace. Tout ce qui lui semblait si important, les routes pareilles aux nervures du bois, le feu qui surgit dans l'âtre, le mage né dans une maison heureuse, avait terni, avait perdu son sens.

La course du temps est inéluctable.

Le temps.

Il était vieux. Et fatigué.

Les marches descendaient. Varan était assis, les mains entre les genoux. Le tremblement qui l'avait tourmenté toute la journée était en train de s'apaiser. Le vide se remplissait peu à peu de chaleur.

Il était fatigué et il allait enfin se réchauffer et

483

dormir. Pas besoin de demander quoi que ce soit aux habitants, il avait déjà chaud, il dormait déjà.

Des feux blancs et bleus dansaient devant son regard. Des colliers de joyaux tournant en ronde, si beaux, si vivants...

Varan ouvrit les yeux. Ses paupières étaient gonflées, pareilles à des coussins. Comprenant qu'il était en train de geler, il songea qu'il est humiliant de mourir assis. Il devait bouger. Au lieu d'attendre sans réagir.

Il rampa au bas de l'escalier en s'aidant des pieds et des mains.

Et au tournant, à l'orée du village, il vit un chemin entre les falaises : deux grosses chaînes tendues au-dessus du précipice. À côté de cette voie se dressait une maison de pierre.

Une lumière brillait à la fenêtre carrée.

– On peut dire que tu es increvable, remarqua le passeur avec une nuance d'envie qui ressemblait à de la rancœur. Il me suffit de quelques minutes pour attraper des engelures, un truc affreux. Et toi, tu as la peau aussi solide qu'un serpent, que l'Empereur me pardonne. Tes doigts bougent normalement et ton nez n'est pas gelé.

Varan était assis à une table de bois branlante. Le passeur le régalait de gruau sans beurre et d'eau bouillante au prix des meilleures auberges de la capitale. Son âpreté au gain avait sauvé Varan.

– Je n'ai plus d'argent, dit Varan quand le passeur lui proposa une nouvelle portion.

Il prononça ces mots d'une voix ferme, en le regardant dans les yeux. En réalité, plusieurs centaines de réals étaient cousus dans sa chemise, mais il ne voulait pas que le passeur charge sa conscience d'un meurtre pour cette somme relativement modeste.

– Ah je vois, dit le passeur, les mendiants sont occupés à vagabonder et les honnêtes travailleurs sont censés les nourrir gratuitement.

Varan haussa les épaules.

– Je dois être le seul voyageur à passer la nuit chez toi depuis cent ans... Et je ne suis pas un mendiant. Je t'ai bien payé.

– Le seul ? dit le passeur avec un sourire rusé. Il y a déjà un vieux type qui est passé avant toi. Il est reparti il y a trois jours. Je pourrais ouvrir un hôtel. Lui aussi il prétendait qu'il n'avait plus d'argent. Mais il a passé deux jours chez moi, il a mangé et dormi, et il n'a pas eu à s'en plaindre. À ton avis, ça vaut la peine que j'ouvre un hôtel ? Ou je risque de ne plus revoir d'autre voyageur avant cent ans ?

– Qui fais-tu donc traverser ?

– Les gens d'ici. Il y a un autre village derrière la montagne, Moussejoie ; la moitié de nos femmes viennent de là-bas et forcément, on y marie aussi nos filles. Bref, on est tous parents. Et puis on commerce, on construit, il y a beaucoup de passage ; souvent, aux moissons, je n'ai même pas le temps de souffler ni de réparer la chaîne.

– Elle est sûre, ta chaîne ?

– Aussi solide que la falaise.

– Elle ne s'est jamais cassée ?

– Il y a déjà eu des accidents. Mon voisin Glot est parti faire la fête à Moussejoie et il est revenu fin soûl. Je lui ai envoyé la banquette, mais il avait tellement bu qu'il est tombé. On n'a jamais retrouvé son corps. C'était le printemps, quand les eaux sont rapides, la rivière l'a emporté... Dis-moi, tu n'as rencontré personne sur la route ?

– Je suis venu par la digue.

– Ne me raconte pas d'histoires ! Il y a bien dix ans qu'elle s'est effondrée.

Varan entreprit de lui raconter son voyage. Quand il en arriva à la description du monstre mort, le passeur resta bouche bée de surprise.

– Et c'est comme ça que je m'en suis sorti, conclut Varan avec un soupir. Aussi, tu as raison, on ne peut plus emprunter la digue... Mais je suis passé. Et je me pose des questions. Vous n'avez même pas d'oiseaux dans la région, et les traîneurs ne montent pas bien haut sinon ils crèvent. On dit que votre ciel est lourd. Mais cette créature morte dans le marécage avait de vraies ailes, pas pour faire joli : pour voler. Où volait-elle donc ? Et si elle n'était pas d'ici, d'où est-elle venue ? J'ai beaucoup voyagé, mais je n'ai jamais entendu parler de monstres de ce genre.

Le passeur le regarda longuement, puis il se rejeta en arrière et partit d'un immense éclat de rire, au point de faire grincer le banc.

– Tu m'en raconteras tant ! lâcha-t-il. Quelle imagination ! Et moi qui ai failli te croire au début. Un monstre avec des ailes et un bec... dans le marécage. C'est une sacrée histoire. Non, décidément, je ne regrette pas que nous ayons peu de voyageurs, sinon je passerais mon temps à les écouter.

Varan ne répondit rien. Il but un peu d'eau chaude.

Et sourit.

Au matin, Varan traversa la gorge, salua le passeur de la main, rectifia son sac et entreprit de contourner la falaise par le sentier étroit, à peine visible.

Trois jours le séparaient de celui qu'il poursuivait, et cette distance n'allait pas diminuer avant de longues semaines.

Le vagabond ne s'était pas attardé à Moussejoie. Varan retrouva sa trace dans la cabane d'un berger à l'extrémité de la vallée. Le berger lui offrit également l'hospitalité. Le vagabond avait continué à pied ; Varan avait beau hâter le pas, à la tombée de la nuit – encore très froide – la distance restait la même.

Au fur et à mesure qu'ils marchaient l'un derrière l'autre, le printemps se rapprochait. À un carrefour fréquenté où convergeaient voies fluviales et pédestres, Varan faillit perdre la piste ; l'auberge locale accueillait journellement une vingtaine de voyageurs, et on lui donna deux renseignements contradictoires : le propriétaire de l'auberge assurait que l'homme correspondant à la description fournie était parti à pied en direction du sud et sa femme soutenait qu'il était monté sur un bateau pour descendre le fleuve.

Varan se précipita au port. Il dépensa beaucoup d'efforts – et d'argent – pour se renseigner sur les bateaux partis la veille. Aucun n'avait pris de passager ayant dépassé la quarantaine : des rameurs, des marchands, des ouvriers en quête de travail. Alors, il se hâta sur la route du sud et eut la chance de monter dans l'équipage d'un postier. Une chance qui faillit tourner à la déveine : dans le grand village où il débarqua, personne n'avait vu de vieux vagabond. Heureusement, le postier se souvint d'un carrefour qu'ils avaient passé sans s'arrêter où l'on pouvait tourner à droite ou à gauche. Varan y retourna à pied, jeta une pièce pour choisir la direction et se hâta à toutes jambes vers le sud-est. Cette fois, le sort lui fut favorable, il découvrit la trace du Feu errant dans une petite bourgade au bord d'un grand lac où il s'était attardé une journée entière. Ainsi, malgré les détours, il restait toujours trois jours de marche entre eux.

Le printemps arriva, avec la débâcle. Varan espérait que celui qu'il suivait s'arrêterait quelque temps dans une ville ou un village, mais le vagabond suivait la grand-route pavée sans ralentir le pas. Varan cherchait un moyen de transport, à n'importe quel prix ; mais dans la région les transports avançaient à la même allure qu'un homme à pied, voire plus lentement encore, et le courrier était acheminé une fois par mois dans une brouette. Couché dans une auberge sans trouver le sommeil (il ne pouvait plus, comme dans sa jeunesse, marcher durant une semaine sans s'accorder de repos), il imaginait un ailama, blanc, puissant et déjà sellé. Il le distinguait nettement devant lui, jusqu'à la moindre plume, jusqu'aux nœuds sur l'échelle de corde ; il se voyait l'enfourchant au matin, planant au-dessus de la route principale et des sentiers pour apercevoir vers le soir une silhouette solitaire sur le bas-côté.

Si seulement un effort de volonté avait pu suffire pour faire apparaître un ailama ! Varan songeait sérieusement à se rendre auprès du gouverneur de la province, à s'introduire sous un prétexte quelconque dans son oisellerie et à s'emparer ne serait-ce que d'un oisillon ou d'une vieille rosse mise au rancart. Mais la résidence du gouverneur local se trouvait loin à l'est et, même si Varan était parvenu par quelque miracle à se procurer une monture, la trace du vagabond se serait totalement évaporée d'ici là. Aussi ne pouvait-il compter que sur ses jambes et sur sa langue bien pendue : parler aux gens, gagner leur confiance, les interroger et, faisant la part du bavardage et de la vérité, continuer à suivre la piste.

Désormais, il savait exactement de quoi le vagabond avait l'air. Il aurait pu peindre son portrait, en dépit du fait que les gens en donnaient des descriptions différentes. Il distinguait même des détails dont les témoins ne se souvenaient pas ou qu'ils ne pouvaient connaître. Il avait presque perdu le sommeil ; la route menait au sud, le printemps à l'été. Varan marchait nuit et jour.

Les carrefours étaient devenus sa hantise. Confronté à un choix, il cédait presque au désespoir. Il ne tombait pas toujours sur des témoins prêts à indiquer le chemin pris par un voyageur chenu vêtu d'un pardessus gris. Il lui arrivait de se fourvoyer et de perdre le temps volé sur son sommeil. Il y avait toujours trois jours – parfois deux, parfois quatre – entre eux, et Varan commençait à croire que le Feu errant était ensorcelé, entouré d'une bulle de temps infranchissable, comme un château est protégé de herses, et qu'il était impossible de l'approcher à moins de deux jours, même en le poursuivant toute sa vie.

Puis la chance lui sourit.

Il s'arrêta pour la nuit dans un minuscule village fondé quelques années plus tôt. Toutes les maisons, cinq ou six, étaient neuves, les habitants jeunes et les familles nombreuses. Il y avait plus d'enfants que d'adultes. À l'automne dernier, on avait célébré plusieurs mariages et après avoir passé l'hiver chez leurs parents, les jeunes couples construisaient leurs maisons.

Il y avait bien longtemps que Varan n'avait vu de chantier aussi bruyant et joyeux. Les jeunes gens et les adolescents traînaient des rondins. Les filles pétrissaient l'argile. Une jeune mariée, qui paraissait avoir quinze ans et attendait son premier enfant, dirigeait le creusement d'un canal avec l'assurance d'un expert en fortifications. Une maison était presque prête, à part le toit, la construction de la deuxième venait de commencer et la troisième n'existait encore qu'à l'état de piquets reliés par des cordes. Varan apprit que le vieux vagabond qui avait demandé l'hospitalité trois jours plus tôt était un âtrier expérimenté et avait aidé à construire la cheminée de l'une des maisons.

– Il est parti ce matin, expliqua une autre jeune mariée, aux cheveux noirs. Le soleil était déjà haut. Nous voulions qu'il reste encore, mais il semblait pressé. À croire qu'il avait des affaires urgentes. Il a refusé de se faire payer. Nous lui avons donné du pain pour la route, et aussi des gâteaux et de la viande.

Elle semblait toute contente d'elle-même et ne remarqua pas que son interlocuteur avait pâli. Mais le visage de Varan était couvert de barbe et de poussière et ses yeux avaient cessé depuis longtemps d'être le miroir de son âme, ou alors un miroir très flou, fermé aux regards d'autrui.

Il la remercia et, comme on lui proposait de rester pour la nuit, il répondit :

– Merci. Mais je vais continuer mon chemin.

Ils s'étonnèrent et essayèrent de le faire changer d'avis. Traverser la forêt en pleine nuit était dangereux : il risquait de se rompre le cou dans le noir, et il y avait des bêtes sauvages. Mais Varan se contenta de secouer la tête en souriant.

– Laisse-moi au moins t'accompagner jusqu'au poteau, proposa un garçon robuste, le mari de la femme enceinte. Il y a un poteau dans la forêt, si on le touche pour la première fois, on peut faire un vœu. J'ai fait le vœu d'avoir un fils et ça a marché.

– Attends, et si c'est une fille ?

– C'est un fils ! Il réagit déjà à son nom. Chez nous, les femmes connaissent toujours à l'avance le sexe de l'enfant. Et dès qu'il est dans leur ventre, elles lui donnent tout de suite un nom, histoire qu'il s'habitue, pour ne pas perdre de temps.

Ils marchaient le long du sentier. Le jeune homme parlait en faisant de grands gestes. Le soleil bas éclairait les troncs rouges des pins. Des oiseaux nichaient dans les branchages, petits et agités, mais c'étaient de vrais oiseaux qui ne craignaient pas de voler haut dans le ciel.

De temps à autre, Varan songeait à l'étrange cadavre près de la digue rompue. Une bien triste fin, mourir dans un marécage quand on a des ailes. S'il en avait le temps – comme il l'espérait – il demanderait au Feu errant d'où venait cette créature dans le pays du ciel lourd et qui l'avait tuée.

– ... Je l'avais refaite trois fois. D'après mon père,

comme tu construis ta cheminée, ainsi ira ta vie. Je suis un bon travailleur, que Shouou me recrache, je sais labourer et tailler le bois et soigner les bêtes, mais pour la cheminée, pas moyen de m'en sortir. Mon père n'était pas d'accord, il disait que c'est au maître de maison de construire l'âtre. Mais quand il a vu l'œuvre de ce voyageur, que l'Empereur le bénisse... Et en un tour de main ! Un homme d'expérience, ça se voit tout de suite, maître dans son art, nous n'en avons pas de pareils dans la région. Tout le village est venu l'admirer. La maison n'est pas encore finie, mais il y fait déjà chaud, même sans toit. Un vrai maître !

Il se tut, reprenant son souffle.

– Tu as déjà vu des mages ? demanda Varan d'un ton détaché.

– Comment aurais-je pu en voir ? On n'en a pas dans le coin. Les mages vivent dans la capitale, près de l'Empereur. Bon, je sais aussi qu'il y en a un à la résidence du gouverneur...

Varan sourit.

– Ils naissent dans des maisons ordinaires, comme la tienne, qui n'a pas encore de toit.

Le garçon le considéra d'un air interrogateur.

– Non, ce n'est pas possible. Comment naissent-ils ?

– Comme tout le monde.

Le garçon éclata de rire.

– Tu m'en diras tant, grand-père. Les mages, ce sont

des mages. Ils auraient donc une enfance, eux aussi ? Et ils souilleraient leurs langes ?

– Mais oui.

Le garçon ne le crut pas, mais s'abstint de discuter. Ils arrivèrent au carrefour.

– Le chemin de droite mène à l'abri ; nous y avons dormi récemment quand nous sommes partis couper du bois. À gauche, c'est une impasse, il y a juste une cabane de chasse et une autre coupe de bois. L'âtrier est parti tout droit. Vers L'Orée, c'est un très gros village avec une foire et une auberge, et un pont qui traverse le fleuve. Il doit y passer la nuit à l'heure qu'il est. Le compère de mon voisin Ponia vit là-bas, c'est lui qui tient l'auberge. Ponia lui a dit d'y aller de sa part. C'est une bonne auberge, je m'y suis arrêté une fois.

– Attends, demanda Varan, se souvenant soudain d'un détail important. Comment s'appelait cet âtrier ? A-t-il dit son nom ?

Le visage du garçon rougit et ses oreilles virèrent lentement au cramoisi.

– Oh, par Shouou... Il s'est échiné deux jours pour nous aider et personne ne lui a posé la question. Par Shouou, quelle bande d'idiots nous sommes ! On l'appelait juste « oncle » ou « grand-père », et personne ne lui a demandé son nom ! C'est vraiment bête.

– Ne t'en fais pas, il ne s'est pas vexé, j'en suis certain.

494

– N'oublie pas de lui dire que nous lui sommes vraiment reconnaissants.

– Je le lui dirai. Si je le vois, je n'y manquerai pas.

– Pour sûr que tu le verras ! L'Orée n'est pas loin, tu y seras à l'aube si les bêtes ne te croquent pas. Il faut que tu touches le poteau et que tu fasses le vœu de traverser la forêt sain et sauf.

Le garçon sourit. L'une de ses incisives était légèrement ébréchée.

Varan regarda le poteau : une borne d'arpenteur parfaitement banale repérant la frontière de deux territoires ; marquée du numéro 57, elle portait le blason de la province et, plus bas, une silhouette gravée. Un travail grossier, Varan aurait fait cent fois mieux : un visage féminin schématique au menton rond et aux cheveux bouclés avec des trous à la place des yeux, et une main très fine aux longs doigts, comme vivante sur les seins maladroitement sculptés : c'était surprenant.

– Mais comment...

Varan toucha le bois humide, poli par de nombreux attouchements.

– Tu as fait un vœu ?

– Oui, j'ai fait un vœu. Merci, et adieu.

Et Varan partit sans se retourner.

Quand l'obscurité tomba, il alluma sa lanterne.

Les arbres projetaient des ombres mouvantes. Des yeux jaunes ou verts luisaient de temps à autre dans les fourrés. Varan marchait en agitant son bâton. Par rapport à ceux du pays Forestier, ces grands pins semblaient minuscules, quant aux fauves qui terrorisaient les paysans du coin, ils faisaient figure de bestioles inoffensives comparés à un tripode.

Varan suivait un sentier étroit et avait l'impression de traverser un pont reliant passé et avenir. Ses pieds qui avaient parcouru l'Empire d'un bout à l'autre dans les deux sens évitaient d'instinct les obstacles, contournant les pierres, enjambant les racines et sautant par-dessus les failles, tandis que Varan réfléchissait.

Il était sur le point de toucher au but qu'il avait poursuivi toute sa vie. Cela voulait-il dire que son existence allait prendre fin? N'aurait-il pas l'impression de n'avoir plus rien à atteindre?

Une créature velue et basse sur pattes à tête plate se rapprocha. Ses yeux étaient des étincelles rouges. Varan brandit son bâton. La créature s'évapora.

Varan sourit à ses pensées. Mais non, quelle idée stupide. Au contraire, après avoir rencontré le vagabond, il pourrait connaître une nouvelle vie. Et le long cauchemar qu'il avait l'habitude de considérer comme un bonheur prendrait fin. La route, les avis de recherche, ne jamais passer deux nuits sous le même toit, ce destin auquel il s'était condamné avec plaisir et enthousiasme.

«Ne m'abandonne pas», avait dit Nila. «Ne t'en va pas, tu ne trouveras rien... Tu ne seras jamais heureux. Ne t'en va pas.»

Dans les trouées du feuillage, des étoiles moins aveuglantes que dans le sud brillaient néanmoins d'un vif éclat. Varan se souvint de Nila ou, plus exactement, il se souvint de ses souvenirs oubliés. Une jeune fille qui l'embrassait dans une grotte pleine d'algues sèches au plafond orné de signes mystérieux. Une jeune fille qui n'existait plus, le temps l'avait dévorée, le temps qui continuait à ronger les minutes, les reflets du soleil sur l'eau, l'amour, les rires, la jeunesse... Nila avait disparu de sa mémoire. Et la naissance d'un enfant qui serait peut-être un mage dans un petit village perdu ne la ferait pas revenir. Personne ne se souviendrait d'elle à nouveau. Même pas Varan.

Il accéléra le pas. Il s'essoufflait un peu, son endurance n'était plus la même. Sans doute valait-il mieux chasser ces pensées : après tout, l'herbe ne pense pas à l'arrivée de l'automne ni à l'hiver qui suivra. C'était sans doute Pérégrin qui, à la veille de sa mort, avait contaminé Varan avec des désirs étranges et des idées contre nature. Sans lui, Varan aurait peut-être passé sa vie à Croc Rond, aurait eu des enfants et des petits-enfants, aurait accueilli avec joie le labeur de chaque saison, aurait acheté du bois aux radeliers à la venue de l'automne...

Il s'arrêta. L'écorce d'un pin qui se dressait au bord de la route portait une entaille. Varan pressa son visage contre le tronc et le bout de sa barbe s'englua dans la résine. Il respira l'odeur du bois comme, dans son enfance, le parfum des planches fraîchement taillées.

Deux fauves à tête plate et yeux rouges jaillirent de nulle part. Varan leva son bâton. L'un des attaquants poussa un cri grave et disparut dans le noir en boitillant, l'autre battit en retraite une minute plus tard, en adressant à Varan un regard plein de haine.

L'écorce du pin garda quelques poils gris.

Il regarda autour de lui. Des yeux blancs et bleus brillaient au loin dans le noir, mais plus d'yeux rouges en vue. Il leva plus haut la lanterne et poursuivit sa route en agitant son bâton, effarouchant les ombres projetées par les arbres.

... Non, c'était injuste de rendre Pérégrin responsable de tout. À quatorze ans, Varan avait déjà failli partir avec les radeliers, et si son père n'avait pas rameuté la communauté, il aurait probablement fini comme esclave et serait mort avant d'atteindre la vieillesse. Il avait toujours aimé ses propres désirs plus qu'il n'aimait son père, sa mère ou Nila. Et son désir le plus important était sur le point de se réaliser.

Dans quelques heures, il verrait le Feu errant. L'aube approchait.

Trois fauves à tête plate se jetèrent sur lui de trois côtés à la fois. Sans penser à rien, Varan asséna un coup de lanterne sur le crâne du premier et, s'adossant à un arbre, se mit à jouer du bâton ; la manche de sa veste craqua – il avait vendu sa fourrure depuis longtemps, en accueillant le printemps et des régions plus chaudes. Des griffes lui lacérèrent le bras. Varan poussa un cri, saisit son couteau et frappa au cou la bête qui s'accrochait à ses épaules. Son bâton rendit un bruit sourd en percutant un flanc rebondi.

La lanterne brisée s'éteignit.

À l'aube, il entra dans le village de L'Orée, légèrement éprouvé, puant le sang, un garrot au bras, mais entier et d'humeur résolue. L'auberge se trouvait à l'endroit où elle était censée être : au bord de la rivière, en face du pont. Varan frappa et on lui ouvrit immédiatement.

Les servantes, une vieille et une jeune, s'occupèrent de lui. Elles apportèrent de l'eau chaude, des pansements, de quoi manger et boire. Ici, on savait recevoir les voyageurs et on se réjouissait de leur venue.

– À travers la forêt ? En pleine nuit ? Par l'Empereur, mais les tochats auraient pu vous dévorer !

– Qui ça ?

Grâce aux servantes, Varan apprit de nombreux détails sur les mœurs de ses attaquants. Les griffes des tochats étaient toujours porteuses d'infections, aussi Varan dut-il ingurgiter une bouteille presque entière de contrepoison amer qui avait aussi une action anti-inflammatoire. Une demi-heure s'était écoulée depuis le moment où il avait franchi le seuil ; du coin de la salle où il se trouvait, Varan pouvait voir la porte. Personne n'était entré ni sorti.

– Hier, un homme s'est arrêté chez vous, dit Varan, surmontant enfin le tremblement qui s'était emparé de lui. Hier soir. Il arrivait de Boisnouveau, là où vit le compère de votre patron.

Les servantes échangèrent un regard.

– Hier ? dit l'aînée d'un ton pensif. Hier, nous n'avons reçu personne, pour autant que je me souvienne.

La jeune secoua la tête.

– Hier matin, homme bon, un voyageur est parti. Un vieil homme très gentil, qui n'a pas pris de chambre. Il a passé la nuit en bas. Il a juste commandé de la bière. Et il est reparti au matin. Mais nous n'avons eu aucun nouvel arrivant.

– C'est justement ce vieil homme qui nous a transmis le bonjour du compère du patron ! se souvint l'aînée. Il est arrivé avant-hier et il est reparti hier matin. C'est sans doute de lui que tu veux parler ?

– Non, vous devez confondre. Hier matin, celui dont je parle a quitté Boisnouveau pour se rendre chez vous. S'il était hier à Boisnouveau, il ne pouvait pas être chez vous en même temps.

Les servantes échangèrent un nouveau regard, cette fois assez chagrin.

– Si vous ne nous croyez pas, dit sévèrement l'aînée, demandez au patron. Nous, on fait juste notre travail sans tenir de registre.

Et elles s'éloignèrent, vexées.

Le patron, d'abord peu enthousiaste, s'anima sensiblement à la vue de l'argent impérial. Il rangea avec précaution les dix réals dans sa poche de ceinture.

– Oui, j'ai eu le bonjour de mon compère avant-hier soir. Ce vieil homme devait manquer d'argent, j'étais prêt à le loger gratuitement, puisqu'il venait de la part de mon compère, mais il a refusé. Il a passé la nuit à veiller, comme un jeune homme. Il a bu de la bière, et au matin il s'est levé et il est parti, tout gaillard. On peut l'envier d'avoir une telle forme à son âge. C'était hier matin, à peu près à cette heure.

– Où est-il parti?

– Au-delà du fleuve, répondit le patron après un temps de réflexion. Oui, je suis sûr qu'il est parti au-delà du fleuve: il a demandé combien coûtait le péage du pont. Au-delà du fleuve, il n'y a qu'une seule bonne route, celle qui mène à Ravines, nous y avons marié notre fille l'an dernier. Une fameuse petite ville, avec des routes pavées de pierres. C'est là-bas qu'il est parti.

Après avoir payé la chambre et le repas, Varan monta, s'écroula sur le lit grinçant et s'endormit d'un sommeil sans rêves jusqu'au matin suivant.

Il lui restait encore le faible espoir que les jeunes habitants de Boisnouveau s'étaient trompés. Tout à leur chantier, ils avaient peut-être fini par confondre les jours et les nuits, au point que « hier » leur paraissait aussi proche qu'« aujourd'hui ».

Le lendemain, il arriva à la « fameuse petite ville » et

retrouva la trace du vagabond chez une veuve qui s'ennuyait et dont les voisins disaient qu'elle se nourrissait d'histoires. Effectivement, elle accueillait volontiers les vagabonds sous son toit pour qu'ils la distraient du récit de leurs pérégrinations. Varan était sans concurrence dans ce domaine : la veuve poussait des «oh» et des «ah» en l'écoutant décrire la Terre de Feu couverte de cônes volcaniques et voilée de nuages de cendres parmi lesquels naviguent des ballons bariolés gonflés d'air chaud. Au couchant, le ciel y prend une teinte bordeaux, les volcans se détachent en silhouettes d'un bleu sombre. La terre tremble régulièrement dans la région, provoquant des failles, et la population se réfugie par villages entiers dans les nacelles d'immenses ballons multicolores.

La veuve réclamant toujours de nouvelles aventures, Varan lui parla des Côtes où se dressent des châteaux gigantesques, habités ou abandonnés, où vivent des fauves à l'épaisse fourrure qu'on appelle bestiasses, très dangereux en meutes sauvages, mais qui, une fois apprivoisés, deviennent des amis fidèles. Varan raconta avoir apprivoisé une bestiasse qui avait parcouru la moitié du monde à ses côtés avant de périr en lui sauvant la vie ; la veuve pleura sans avoir honte de ses larmes.

Elle avait accueilli un autre voyageur récemment, très intéressant lui aussi, mais qui avait raconté beaucoup moins d'histoires parce qu'il avait sommeil. Quand était-ce ? Elle avait un calendrier au mur où elle notait chaque jour, pour ne rien oublier. Quatre jours plus tôt. Un vieil homme aux cheveux blancs, avec une moustache, il avait parcouru tout l'Empire et avait l'intention de se rendre au sud-est, sur les Côtes, parce qu'il voulait revoir la mer. Elle aussi aurait aimé tout laisser tomber pour voir la mer ne serait-ce qu'une fois, mais elle avait sa boutique, ses employés, ses commandes, ses saucissons...

Varan souriait et hochait la tête en l'écoutant parler. Il avait l'impression d'être une pierre jetée du haut d'une falaise. Il tombait de plus en plus bas, sans voir le fond.

Il n'abandonna pas la poursuite, devenue sans espoir. Il continua à marcher, à poser des questions, à chercher les maisons où le vagabond s'était arrêté cinq ou six jours plus tôt ; la distance dans le temps s'accrut pour atteindre sept jours, puis resta stable, même lorsque Varan s'égarait. Il revenait sur ses pas, retrouvait la piste pour constater qu'une semaine de marche le séparait toujours du vagabond.

Une fois, au milieu de la journée, il vit un ailama dans le ciel. Dans ces régions, c'était exceptionnel, presque invraisemblable ; les paysans dans les champs levaient la tête, montraient le ciel du doigt avec étonnement et crainte. Varan interpréta la présence de l'oiseau comme un mauvais présage. Et constata bientôt qu'il ne s'était pas trompé. Dans le village où il arriva dans l'après-midi, personne n'avait vu le moindre vagabond.

Varan frappa à toutes les portes. On le prit pour un fou et on faillit le chasser à coups de bâton. Il revint au carrefour et tourna à droite pour se retrouver dans une ferme où personne ne comprit ce qu'il voulait. Quel voyageur ?

Il revit l'ailama qui cette fois volait bas, comme s'il patrouillait ou cherchait quelque chose. Varan se cacha dans un petit bosquet près de la route et n'osa pas en sortir avant que l'oiseau ne se soit éloigné.

Le soir, il alluma du feu dans un fossé, dîna d'un morceau de pain et d'eau de puits emportée dans sa gourde avant de faire le point.

Il devait retourner au village où le vagabond avait été vu pour la dernière fois, mais il se trouvait dans la direction prise par l'ailama. Il était permis de supposer que l'apparition de l'oiseau n'avait aucun lien avec les ordres de La Sellette. Sauf qu'une telle supposition relevait de l'inconscience.

Depuis tout ce temps, songea Varan en contemplant les flammes. *Il n'arrive toujours pas à jeter l'éponge. Il refuse de croire que je suis mort. Je n'ose imaginer le sort qu'il me réserve, après l'humiliation de tant d'années de recherches infructueuses.*

Il s'allongea, son sac sous sa tête et sa veste servant de couverture, et ferma les yeux. Un fleuve, des routes, des carrefours et des villages surgirent dans l'obscurité, comme dessinés sur une feuille de parchemin noir.

Le Feu errant ne voulait pas qu'on le trouve. Il sous-estimait la ténacité de Varan ; il allait attendre quelques jours, humer l'air comme un vieux renard sur le seuil de son terrier et tout recommencer depuis le début. Varan n'était pas si âgé, il avait encore le temps. Le vagabond avait peut-être menti en disant qu'il prendrait la route du sud. Ou alors il avait changé d'avis et avait choisi la direction opposée. Varan était entré dans ce village au crépuscule et avait croisé plusieurs personnes, l'une d'elles pouvait être l'Âtrier. C'était une erreur, un coup de malchance, mais ce n'était pas encore une tragédie. Un homme à pied ne saurait aller bien loin.

Il s'endormit en sachant ce qu'il allait faire le lendemain.

Au matin, il reprit la route dans l'autre sens. Personne à l'horizon. Ce n'était pas vraiment une route, d'ailleurs, plutôt un large sentier bordé d'ornières de terre rousse. Varan monta la colline en songeant au déjeuner qu'il serait bon de se procurer auprès de quelque paysanne, contre de l'argent ou des histoires, ou même pour rien. Les habitants de la région étaient accueillants et généreux, ils partageaient volontiers leur nourriture sans même vous demander votre nom.

Personne ne savait celui du Feu errant. Personne ne l'interrogeait jamais à ce sujet. Varan avait depuis longtemps cessé de s'en étonner. Cet indice étrange lui permettait de vérifier qu'il était sur la bonne piste. Mais dans la région, on n'avait pas l'habitude de demander le nom des voyageurs. Prier quelqu'un de se nommer revenait à exiger un payement, le nom était un don qu'on offrait bénévolement, sans qu'on le réclame.

Il se souvint de son passage par la grande steppe. Ils avaient une tradition assez semblable : le voyageur ne disait son nom qu'après avoir mangé. Ou ne le disait pas. Dans toutes les légendes, le vagabond est dépourvu de nom. On l'appelle l'Âtrier, le Feu errant, le messager du feu...

Essoufflé, Varan arriva au sommet de la pente. Il s'épongea le front et leva la tête.

L'ailama était suspendu au-dessus de la colline, comme un grand soleil emplumé. Exactement comme Varan l'imaginait dans ses désirs : robe gris blanc, bec crochu d'une couleur rosée, yeux jaunes et plats, une échelle de corde au flanc. Il portait trois cavaliers, dont deux en uniforme de garde. Le premier cria un ordre et toucha l'oiseau de son bâton.

L'ailama se rua sur Varan, ailes écartées, lui voilant la vue.

Il pouvait encore s'enfuir. Ou peut-être était-il déjà trop tard. Mais cela ne comptait plus désormais : l'ailama représentait un moyen sûr de rattraper l'Âtrier ; sans doute le seul moyen valable. Il ne lui vint même pas à l'esprit que deux hommes au moins se dressaient entre lui et l'oiseau convoité, deux gardes envoyés à sa poursuite.

Il recula pour laisser l'ailama se poser sur la route. Des tourbillons de poussière s'élevèrent, où tournoyaient les pétales d'une fleur blanche. Le premier garde, qui paraissait plus âgé, descendit et fit un pas vers Varan avec un sourire qui ne présageait rien de bon.

– Qui es-tu ? D'où viens-tu ? Quel est ton nom ?

Les deux autres cavaliers descendirent à leur tour, le second garde retint par la manche un homme aux habits de paysan, au visage gris blême et qui souffrait de la nausée.

L'ailama se gratta l'épaule du bec.

– Pérégrin, répondit Varan avec un sourire hésitant. Je suis du coin. Pourquoi faire peur aux honnêtes gens avec votre monstre ?

– De quel coin précisément ?

– Du village de Jauges, dit Varan sans marquer d'hésitation. La deuxième maison à partir de la grand-route, celle au toit rouge. Demandez à n'importe qui, tout le monde connaît Pérégrin.

– On va voir ça...

Le deuxième garde poussa le paysan en avant. Varan le reconnut. C'était le doyen du plus gros bourg de la région, il l'avait croisé à la foire pas plus tard qu'avant-hier.

– Qui est cet homme ? Tu le reconnais ? demanda le garde d'un ton de commandement au doyen effrayé.

– Je me sens mal.

Il tomba à quatre pattes et vomit dans l'herbe.

L'ailama observait la scène avec indifférence. Ses yeux étaient comme deux soucoupes. Varan essaya fébrilement d'extraire de ses souvenirs le nom du doyen. S'il s'adressait à lui sur un ton naturel et amical, alors peut-être...

– Allons bonnes gens, vous voyez bien qu'il est tout secoué. C'est vous qui l'avez rendu malade, il faut qu'il rentre se soigner.

Le premier garde fit un pas et saisit Varan par le col de sa veste.

– Tu as la langue bien pendue, on dirait.

Il se tourna vers son camarade.

– Demande à l'autre s'il connaît ce vieux et s'il est vraiment du coin.

D'un geste irrité, le deuxième garde planta son bâton devant l'ailama et se tourna vers le doyen :

– Hé toi, espèce de mauviette, regarde bien ce vieux type !

Le doyen leva un visage blême et grimaçant. Son regard croisa celui de Varan. L'espace d'une seconde, celui-ci crut qu'il allait prendre son parti pour se venger de ses tortionnaires ; puis les lèvres maculées de vomi bougèrent et Varan le vit prononcer : «Vaga...» sans qu'aucun son ne sorte.

Souriant encore, il frappa violemment le garde au

tibia. Celui-ci perdit l'équilibre un instant, Varan le repoussa et s'élança vers l'ailama.

Ils s'attendaient à tout : à une tentative de résistance ou de fuite, mais l'idée qu'il puisse essayer de voler leur monture dépassait de loin leur imagination. Varan arracha le bâton planté dans le sol et agrippa l'échelle de corde. On lui saisit la jambe, il envoya une ruade pour se libérer et gagna la selle en trois bonds. L'ordre d'envol était le même pour tous les oiseaux impériaux, dans la capitale, les îles et les provinces les plus éloignées. L'ailama prit son essor.

Le vent était cinglant. La terre se déroba. L'ailama s'inclina sur le côté et battit furieusement des ailes. Varan se pencha et vit l'un des gardes accroché à l'échelle de corde, suspendu très haut au-dessus du sol, qui essayait obstinément de monter.

– Shouou, cria Varan.

En bas, routes, champs et bosquets défilaient à vive allure. Varan en avait le souffle coupé. Il n'avait jamais été bon cavalier et n'avait pas volé depuis de nombreuses années.

– Descends, cria-t-il, oubliant le bâton.

L'ailama ne réagit pas. Le temps que Varan se souvienne de la commande adéquate, il survola les toits d'un village, des rues remplies de curieux, les faubourgs, une rivière, encore des champs...

Le garde escaladait l'échelle. Il était secoué dans tous les sens, mais bien décidé à monter malgré le vertige. Et

Varan le comprenait : mieux valait tomber et se rompre le cou que se présenter devant ses supérieurs en expliquant qu'on lui avait volé son ailama.

– Attends, lui cria Varan. On va descendre !

L'oiseau piqua brusquement vers le sol, et l'estomac de Varan remonta jusqu'à sa gorge. Il essaya de frapper du talon les mains du garde, mais ce dernier lui saisit la cheville et tira violemment. L'ailama perdit l'équilibre et poussa un cri de colère. Agrippé à la selle, Varan essaya de se libérer, mais le garde tirait de toutes ses forces, on avait l'impression qu'il était suspendu de tout son poids non plus à l'échelle mais à la cheville de Varan. L'ailama criait sans discontinuer, désireux de se débarrasser des deux hommes pour qu'on arrête enfin de le malmener.

Le sol était proche, Varan, qui tenait à peine en selle, ordonna à l'oiseau de remonter légèrement, mais au même moment, le garde tira à nouveau sur sa jambe, et le bâton de commande lui échappa. Tous deux s'immobilisèrent un instant, suivant sa chute des yeux. Le bâton tomba dans un étang.

L'ailama, devenu incontrôlable, se mit à tournoyer dans les airs, cherchant à faire tomber ces fous dangereux. Le garde ne tirait plus Varan par la jambe, mais essayait de grimper en selle derrière lui. Varan voulut le repousser, mais le garde le saisit par la gorge.

Ciel et terre changeaient de places.

L'ailama criait.

Tout devint sombre et Varan se retrouva suspendu à l'échelle, comme le garde avant lui. Le vent le portait, il avait l'impression de savoir voler par lui-même. Aussitôt, des souvenirs déferlèrent : l'hélice, l'humidité des nuages dont l'étendue voilait l'horizon...

Pérégrin tombant, volant à travers cette couche nuageuse. « Tu m'as menti : tu sais voler ! »

Un objet coupant lui déchira les mains. Sans doute un couteau.

L'ailama s'éloigna de lui. Il le vit monter de plus en plus haut. Le vent voulait soutenir Varan, mais n'en avait pas la force. Il tomba, sans espoir de déployer l'hélice. Sans aucun espoir.

Il tomba dans l'eau.

Chapitre 4

Les rivières ne sont jamais aussi pures. De la vase, du limon, des remous argileux. Les cours d'eau où il avait eu l'occasion de plonger étaient généralement couleur de miel et dégageaient un agréable parfum de fraîcheur, d'herbes et de feuilles. Cette eau-là n'avait pas d'odeur, en revanche elle était aussi transparente que celle de la mer. Varan voyait le fond tapissé de galets mouchetés. Des bancs de poissons, gris lorsqu'ils passaient en bas et d'un blanc argenté lorsqu'ils se rapprochaient de la surface. En tombant, Varan avait perdu conscience, mais l'eau lui avait toujours été propice depuis son enfance. L'eau voulait qu'il vive.

Il s'abandonna à elle. Le fond de la rivière était parsemé d'éclats de vaisselle en argile, de plombs de pêche, d'hameçons perdus, de trous et de souches auxquelles un filet s'était accroché. Les coupures de ses mains saignaient, on aurait dit que des nuages flous s'en échappaient, mais il y avait là tant d'eau pure que tout le sang de Varan n'aurait pu la troubler.

Il lui sembla qu'une heure entière s'était écoulée quand il comprit qu'il était en train de se noyer. L'eau entrait dans sa bouche et ses narines, remplissait sa poitrine sans devenir pour autant respirable. Il voulut remonter, mais la surface s'éloignait à chaque effort. Alors, il se mit à tousser et se réveilla.

Le sol de bois se balançait. Au-dessus de lui, à travers les fentes de la bâche de toile, les étoiles scintillaient. Le chariot roulait sans s'arrêter, et ce depuis plusieurs jours.

De loin, la cage de fer bâchée ressemblait à une carriole, comme celles qu'utilisent les comédiens itinérants. Dans ses rêves, Varan s'était déjà échappé de nombreuses fois pour s'envoler à dos d'ailama et avait pu observer la cage d'en haut : un simple chariot, sauf qu'au lieu de jongleurs aux habits bariolés, c'étaient des hommes en armes qui l'escortaient, dont l'aspect rébarbatif ne présageait aucun spectacle réjouissant.

Le garde qui avait capturé Varan avait fait preuve d'une persévérance et d'une présence d'esprit dignes de respect. Après avoir maîtrisé son ailama, il n'était pas parti seul à la recherche du vagabond, mais s'était précipité chez le gouverneur pour demander des renforts. Bientôt, toute la région grouillait de soldats et de volontaires ; la population locale fut même mobilisée pour la capture du dangereux fugitif. Varan, encore affaibli, fut pris alors qu'il se reposait au soleil dans l'herbe épaisse, mais pas très haute.

Il avait perdu le compte des jours et ignorait si la capitale était proche. Il dormait beaucoup ; on le nourrissait et on lui donnait à boire ; il avait même droit à du vin, mais on ne le laissait pas sortir de la cage, même pas pour se soulager. Les gardes avaient peur de lui et ils avaient raison ; Varan aurait immédiatement mis à profit la moindre bévue : la porte laissée ouverte, une main passée à travers les barreaux...

Mais leur prudence et leur intelligence étaient exemplaires. Leur chef − le garde que Varan avait combattu − veillait personnellement à ce qu'il n'y ait pas le moindre interstice sur les côtés de la bâche. Le prisonnier aurait eu peine à respirer sans les larges fentes sur le dessus qui lui permettaient de voir le ciel et les étoiles et de sentir l'air frais imprégné d'odeurs de printemps. La pluie aussi pénétrait à travers, mais Varan s'en réjouissait. En s'agrippant aux barreaux, il pouvait voir les sommets des arbres les plus hauts ; il ne pouvait juger de ce qui se passait alentour que d'après les bruits environnants.

Il comprit qu'ils étaient déjà sur la grand-route qui menait à la capitale. Les paroles de ses geôliers trahissaient leur nervosité en arrivant au premier cordon. Heureusement pour eux, l'un des gardes de l'escorte connaissait l'un des gardes du poste-frontière. La tension retomba. Soulevant la bâche, le chef du cordon examina Varan et remarqua d'un ton sceptique :

– On en a déjà ramené à la pelle. Je parie que celui-ci non plus n'est pas le bon. M'est avis qu'ils ne savent pas eux-mêmes ce qu'ils cherchent.

Même à travers la bâche, Varan entendit le grognement indigné du chef de l'escorte qui se retint cependant de toute remarque à haute voix.

Le bruit des roues changea : ils roulaient sur des pavés. Au bout de quelques minutes, Varan entendit les bruits de la ville : voix humaines et cris du bétail, appels des marchands, rires, crissements et claquements des semelles. À travers les ouvertures du toit, lui apparurent soudain les quartiers célestes. Il plissa les yeux, examinant l'enchevêtrement des câbles, des mâts et des escaliers ; il distingua même un équipage à bouffreurs qui rampait sur une pente raide.

Varan sourit. Le monde brisé se reconstituait : il était dit qu'il devait revoir la capitale. Il revenait pour refermer le cercle. Et pour achever sa vie.

Ils passèrent le second cordon.

Varan se souvint soudain de cette femme aux cheveux noirs pour qui il avait jadis construit une cheminée. Il n'avait pas pensé à elle durant de nombreuses années et voilà qu'à une heure peut-être de revoir La Sellette, son image lui revint en mémoire. La cheminée était-elle toujours en bon état ? Et la femme dont la chevelure avait blanchi songeait-elle à lui, comme elle l'avait promis, chaque fois qu'elle allumait du feu ?

Le palais se rapprochait. Varan se remémora les larges narines de La Sellette et frémit.

Les gardes de la capitale ne virent d'abord en lui qu'« un vagabond de plus », mais cette attitude ne dura pas. Soit que l'un des responsables du palais soit mieux informé, soit que La Sellette en personne ait donné des ordres, mais après avoir passé plusieurs heures dans l'une des cellules malodorantes destinées à la détention provisoire, Varan se vit soudain transféré dans un local spacieux et presque luxueux où il lui fut permis de se laver et même de laver ses vêtements. Varan profita de cette bonne fortune pour réclamer de quoi se raser et, pour la première fois depuis de longues années, se débarrassa de sa barbe grise. La pensée qu'il se présenterait devant le Pilier impérial non pas sale et hirsute, mais propre et rasé lui procura plus qu'un soulagement : une joie véritable.

Puis on sembla l'oublier pendant plusieurs jours. Varan interpréta ce sursis comme le début de la vengeance que La Sellette comptait lui faire subir et se força à rester calme.

Un matin, des gardiens grimaçants d'effroi vinrent le réveiller de bonne heure. On l'emmena, le transmettant de poste de garde en poste de garde, le long de couloirs éclairés de lumières bleues et blanches surveillés par des sentinelles, des clapeurs immobiles à leurs pieds ; puis on le confia à un garde aveugle qui le conduisit à travers des corridors totalement obscurs où seul un non-voyant peut s'orienter.

Varan comprit qu'il ne le menait pas au bureau familier où il avait tant de fois rencontré La Sellette. Peut-être Sa Permanence avait-il changé de refuge au cours de ces années. Ou peut-être les dangereux criminels d'État, à la différence des fonctionnaires, passaient-ils toujours par ces tunnels ténébreux.

Le garde aveugle actionna sans doute un levier avec son pied ; une dalle se souleva, ouvrant un passage. Si faible que soit la lumière qui en filtra, Varan leva la main pour se protéger les yeux. L'aveugle – il gardait son avantage – l'escorta jusqu'au tournant et le confia à d'autres gardes qui, à la différence de ceux qui avaient précédé, étaient vêtus avec apparat, presque avec faste.

Il monta, de plus en plus haut. Les escaliers succédaient aux chariots de montée. Varan ressentait une inquiétude grandissante. La Sellette n'avait tout de même pas déménagé dans les appartements de l'Empereur ?

Bientôt, il fit plus clair. Des fenêtres apparurent, protégées par des grilles ouvragées, ornées de vitraux. Il y avait des tapisseries, des vases plats en argile avec des fleurs de verre, le sol de pierre fut remplacé par un parquet en bois, puis un tapis surgit sous ses pieds. Lorsque ses souliers de marche foulèrent une douce fourrure de serpent haa, il ne put se retenir de poser une question :

– Où me conduis-tu ?

Bien évidemment, il ne reçut pas de réponse. Le garde se contenta de le toiser, imaginant sans doute que l'étrange prisonnier se moquait de lui.

Les couloirs paraissaient déserts, mais Varan sentait d'instinct qu'ils regorgeaient de pièges : des clapeurs et des serpents dressés se cachaient dans des niches derrière les tapisseries, de multiples trappes pouvaient s'ouvrir dans le sol, le plafond était criblé de grilles qui dissimulaient des pieux et des filets.

Il marchait sur la fourrure comme on marche dans l'herbe. Son chemin vers l'échafaud était terriblement long, mais peut-être cela faisait-il partie des plans de La Sellette.

Accoutumé à s'orienter facilement, il ne sut plus soudain où étaient l'est et l'ouest. Il avait l'impression de se trouver dans un immense mécanisme d'horloge : les chariots de montée ressemblaient à des rouages gigantesques, les couloirs obliquaient brusquement comme des aiguilles devenues folles, et même les forts effluves de parfum ne pouvaient masquer l'odeur de l'huile de graissage. Ils traversèrent un portail en cristal : les deux pans dentelés s'ouvrirent et se refermèrent derrière eux avec un léger tintement. Varan fit quelques pas et s'immobilisa.

Les murs et le plafond voûté étaient couverts d'une

fine mosaïque. Des fragments de coquillages en nacre, blancs, bleus, gris et roses, formaient des cartes géographiques détaillées à différentes échelles. Un rayon de lumière traversait la fenêtre étroite ; sur le bord de celle-ci se trouvait un prisme de verre, posé sur la pointe ; il tournait lentement et renvoyait le rayon réfracté qui se déplaçait de Nez de Guêpe vers la capitale ; il s'immobilisa une seconde sur le point indiquant le volcan éteint, puis rampa vers l'ouest, frémit, changea de direction pour se diriger vers le pays Forestier.

Les fragments de nacre paraissaient vivants. L'univers scintillait. Dans le temps, Varan aurait donné la moitié de sa vie pour voir une telle carte...

Dans le temps.

On le poussa légèrement, et il se souvint de l'endroit où il se trouvait et pourquoi on l'y avait conduit. Il suivit le garde. Il y avait des cartes partout, cartes des régions et des provinces, des villes, des bassins des fleuves, des chaînes de montagnes, de la steppe et des îles. Varan trébuchait sur la fourrure, regardait autour de lui et souriait comme un insensé.

Au détour du couloir se tenait un homme d'âge moyen. Ses longs cheveux touchaient ses épaules, sa tunique argentée de mage tombait en plis de son cou jusqu'à ses semelles. Le garde s'inclina très bas et eut droit en réponse à un signe de tête dédaigneux.

Le mage regardait Varan fixement, d'un air impassible. Sous ce regard, les gens perdaient généralement contenance, changeaient de visage, se hâtaient de détourner les yeux. Varan lui rendit son regard, et le mage ne put dissimuler son étonnement.

Le coin des lèvres de Varan se souleva légèrement : il lui était agréable de remporter cette petite victoire. Minuscule, il est vrai, et qui serait probablement la dernière.

Son triomphe fut bref.

– L'Empereur t'attend, vagabond, dit le mage, comme pour se venger.

Il resta satisfait de l'effet produit : le sourire de Varan s'effaça aussitôt. Les murs couverts de mosaïques vacillèrent. Les règles du jeu venaient de changer, et Varan n'avait pas eu le temps de s'y préparer.

La Sellette était donc devenu Empereur ?

Impossible.

Sans penser à rien, il franchit le seuil de la porte tournante. La salle où il se retrouva était si vaste que les murs et le plafond se perdaient dans l'obscurité. La table basse en forme de demi-lune était éclairée par un rayon de soleil rond. Un autre rayon plus modeste tombait sur la surface d'un petit bassin. L'eau frémissait, des colonnes de vapeur montaient et s'évaporaient dans une douce clarté vert turquoise. Au bord de l'eau était assis un homme qui lui tournait le dos. Il n'examinait pas des papiers comme La Sellette avait coutume de le faire et ne faisait pas mine d'être très occupé. Il se tenait immobile et contemplait l'eau et la brume montante.

Il avait de longs cheveux emmêlés, presque entièrement blancs.

– Votre... prononça Varan, mais il se tut aussitôt, en s'apercevant qu'aucun son n'avait franchi ses lèvres.

– Entre donc, dit l'homme sans se retourner.

Il avait une voix rauque, cassée, la voix d'un vieux chef de guerre qui a trop souvent crié « À l'attaque ! ».

Varan s'approcha lentement. Le contraste entre le soleil brillant au centre de la salle et l'obscurité concentrée dans les angles produisait une impression étrange : comme si des milliers d'yeux le regardaient de partout.

– Shouou, c'est vraiment toi, dit l'homme. Je n'en crois pas mes narines.

– Bien sûr que c'est moi, répondit Varan, retrouvant soudain sa voix et son calme. Mais vous, Votre Permanence... se peut-il que vous soyez devenu... Votre Grandeur ?

L'homme se retourna. Ce n'était pas La Sellette. Au lieu de narines retroussées et omniscientes, Varan vit un nez droit et assez long sur un visage pâle et âgé.

Les yeux sous les plis des paupières gonflées étaient d'un gris éteint. Un rictus tordait les lèvres pâles. Sur la tête, à moitié caché sous les cheveux, reposait un fin diadème en or.

Varan s'inclina tardivement Il se redressa et croisa le regard de l'Empereur. Qui semblait attendre une réaction.

– Votre Grandeur, dit Varan, cherchant ses mots avec difficulté. Je... je vous avais pris pour quelqu'un d'autre.

Ces seules paroles prononcées au visage de l'Empereur étaient suffisantes pour envoyer à l'échafaud un honnête citadin ou même un haut fonctionnaire. Mais l'Empereur ne parut pas irrité. Son sourire s'élargit.

Varan se tut. On l'avait conduit ici comme un prisonnier ; on lui avait accordé un honneur inimaginable pour un simple mortel. On attendait quelque chose de lui, mais il ne comprenait pas quoi.

Il se dit que le mieux était de garder le silence et d'écouter et s'inclina une nouvelle fois pour renforcer cette décision.

L'Empereur ne le quittait pas des yeux. C'était l'un de ces regards qu'on peut contempler longtemps, comme le feu ou la mer, n'était un sentiment de peur grandissante, inhabituelle, épaisse. Mais tout le monde dans la capitale sait que se retrouver devant l'Empereur est particulièrement effrayant.

– As-tu trouvé celui que tu cherchais ?

– Non.

– Dommage, dit l'Empereur. Approche.

Varan se rapprocha, réprimant le tremblement de ses genoux.

– Moi non plus, je ne l'ai pas trouvé, poursuivit l'Empereur. Parfois, j'ai l'impression qu'il n'existe pas. Il est celui que nous voulons rencontrer mais que nous ne pourrons jamais rejoindre... Une légende.

– Je l'ai suivi, dit Varan. J'ai suivi sa trace durant de nombreuses semaines.

L'Empereur cessa de sourire.

– Moi aussi, dit-il doucement. Puis j'ai découvert que c'étaient des hommes différents. Plusieurs vagabonds, ou simplement des ouvriers itinérants ; d'ailleurs, on le décrivait de manière variable, mais je ne voulais pas le remarquer. Et toi non plus.

– Il a un signe particulier. Il n'a jamais dit son nom à personne, et personne ne le lui a jamais demandé, d'ailleurs.

– Tu vois bien, s'ils l'avaient demandé, il aurait répondu.

– Personne n'y a songé.

Il ne pouvait plus parler. Il avait la gorge sèche. L'Empereur sourit à nouveau et hocha la tête.

– Mais qu'as-tu ? Tu respires la peur. Tu ne m'as donc pas reconnu ?

– Non, lâcha Varan

– Moi non plus, je ne t'aurais jamais reconnu si ton odeur n'était pas restée la même. Celle d'un jeune hélicier des îles, d'un passeur entre le monde du bas et le monde du haut. Qui aimait tant caresser les nervures du bois.

L'Empereur baissa les paupières.

Une très longue minute s'écoula. L'eau du bassin chantait doucement et la brume chatoyait.

L'Empereur joignit les paumes. La pierre rouge de sa

bague en or étincela, ses mains se crispèrent avant de s'écarter, et un papillon de feu s'éleva au-dessus de la brume, de plus en plus haut, jusqu'à se muer en étincelle à peine visible ; à une hauteur vertigineuse, il éclaira la voûte ornée d'une mosaïque colorée : un visage de femme composé de fragments de mica.

– Pérégrin, dit Varan.

Le papillon s'éteignit.

– Intérieurement, tu le surnommais La Sellette ? C'est amusant. Il avait un autre nom que je n'ai pas envie de prononcer.

Varan examinait l'homme assis devant lui. Le centre de la pièce était suffisamment éclairé. Varan voyait chaque repli de peau, chaque ride que le temps n'avait pas été seul à graver. Il est au pouvoir de l'Empereur de revêtir n'importe quel aspect, jeune ou vieux, noble, doux, majestueux. L'Empereur n'a-t-il pas un régiment de mages à son service ?

Mais celui qui se tenait là ne craignait pas de montrer son véritable visage, il n'avait pas honte de ses paupières bouffies, de sa bouche dure, de ses yeux injectés de sang. Varan tenta longuement et vainement de retrouver le souvenir de Pérégrin, jusqu'à l'instant où il y parvint enfin et fut épouvanté par l'œuvre des ans et de quelque chose qu'il n'aurait su définir.

Une seconde s'écoula et Pérégrin disparut. Devant

Varan se tenait Sa Grandeur impériale, le dieu vivant de toutes les terres habitées.

Les fines narines frémirent.

– Varan ?

Il inclina la tête.

– Je suis bien vivant, dit l'Empereur. Sa Permanence avait parfaitement raison : un mage est mort uniquement lorsque son cadavre dûment identifié repose dans la crypte avec les autres. C'est d'ailleurs là que gît le corps du Pilier impérial, et je refuserais de croire en sa résurrection.

– Mais alors, puis-je savoir sur quel ordre...

– Varan, les empereurs changent, mais l'Empereur est immortel. Certains ordres sont donnés de manière tellement insistante qu'on est forcé de les recueillir en héritage avec le trône.

– Et vous avez hérité de votre prédécesseur...

– Par droit de naissance.

– Je comprends. Vous étiez déjà dans votre droit il y a quarante ans, lorsque...

– À l'époque je n'avais rien hormis mon droit. Puis la force est venue. Sais-tu qui était le fils de Shouou ?

– J'en ai vu des dizaines...

Varan s'interrompit. L'Empereur – il n'arrivait pas à l'appeler Pérégrin – hocha la tête.

– Oui, on pendait les imposteurs, mais le fils de Shouou demeurait vivant. On prétendait que je n'existais pas, et c'était très commode : disparaître, se cacher,

526

se faire passer pour quelqu'un d'autre. Le Pilier impérial n'a pas tardé à comprendre à qui il avait affaire.

– Les Franges, dit Varan. Ces failles dans le sol.

– Ah oui, l'embuscade. C'était une cachette parfaite pour les archers.

– Sa Permanence soupçonnait Zigbam, ce vieillard que...

– Dont tu as découvert le corps dans les collines. Je sais. J'y étais.

– Comment...

– J'ai volé ton ailama, expliqua tranquillement l'Empereur. Tu te souviens ? L'homme en vert armé d'une arbalète.

Varan resta silencieux. L'Empereur sourit.

– Au fond du bassin se trouve l'entrée de ma chambre secrète, tu veux bien descendre avec moi pour parler tranquillement ?

Varan regarda la vapeur qui montait au-dessus de l'eau. Si l'Empereur était obligé de plonger chaque fois que...

– Ce n'est pas de l'eau.

Il descendit dans le bassin. Sans éclaboussures. Il leva la main : elle était sèche.

– Viens. C'est une illusion.

Varan le suivit. La substance miroitante qui imitait la surface de l'eau était agréable au toucher, fraîche et caressante. Au fond du bassin, une trappe s'ouvrit quand l'Empereur prononça un mot sifflant pour se refermer sans bruit au-dessus de leurs têtes.

Le plancher de la chambre secrète était en verre. Varan s'immobilisa : il eut l'impression que les trois mages assis autour d'une table ronde allaient lever la tête et le voir, puis il comprit que la transparence ne fonctionnait que dans un sens.

– Rien d'intéressant de ce côté-là pour le moment, remarqua l'Empereur d'un ton détaché.

Il frappa dans ses mains et Varan vit un corridor sombre nimbé d'une lueur rouge. Le garde aveugle y marchait, accompagné d'un clapeur tenu en laisse.

– Ce n'est donc pas une fenêtre ? Je pensais...

– C'est une fenêtre, au sens large du terme. Je t'observe depuis le moment où tu as franchi le deuxième cordon.

– Vraiment ?

Sans hésiter, le garde aveugle tourna à droite au car refour.

– Assieds-toi, proposa l'Empereur.

Varan détacha à grand-peine son regard de ce qui se passait sous ses pieds et jeta un coup d'œil autour de lui. La pièce ronde était éclairée par des boules bleues et blanches remplies de flammes liquides. Varan retint sa respiration un instant. L'Empereur, qui l'observait attentivement, claqua des doigts et les boules changèrent de couleur pour virer au jaune.

Varan croisa son regard. Sa nouvelle Grandeur était encore plus perspicace que La Sellette. Varan se demandait à quoi il devait s'attendre.

– Assieds-toi, insista l'Empereur.

– Je ne suis pas sûr que le protocole...

– Tu ne me fais pas confiance ? Tu ne *me* vois pas ?

Varan s'assit sur le sol qui venait de perdre sa transparence. Il n'y avait qu'un seul fauteuil dans la pièce, sombre, semblable à une souche, un entremêlement de bois dont les racines tremblèrent lorsque l'Empereur s'assit en relevant les bords de sa longue tunique argentée.

– On amène des vagabonds à la capitale. Conformément à un ordre donné il y a un millier d'années, pas avec autant d'empressement que jadis, mais on continue d'en arrêter de temps à autre. Ce n'est pas inutile : les vagabonds savent beaucoup de choses qu'on ne lit pas dans les rapports officiels.

Varan ne dit rien.

– Il y a quelques jours, je suis sorti sur le balcon comme d'habitude et j'ai humé une odeur singulière. Comme un fil différent dans l'immense écheveau. Tu sais, Varan, cette ville pue affreusement. Surtout le matin, lorsqu'ils se réveillent.

– Qui donc ?

– Les arrivistes, les boutiquiers, les avares, les rapaces, les chiffonniers. Et les mages, qui comptent plus d'arrivistes et d'esprits étriqués dans leurs rangs que tu ne saurais l'imaginer. Et parmi cette puanteur, j'ai senti ton odeur. J'ai cru que j'étais devenu fou. Pourquoi ne dis-tu rien ?

Varan baissa les yeux.

– Je n'ose parler à Votre Grandeur impériale.

Silence. L'Empereur aurait pu se lever... non, il n'avait même pas besoin de se lever. Il lui suffisait de donner un ordre à mi-voix pour que Varan soit immédiatement traîné là où il pensait se retrouver depuis le début : dans les casemates.

– Tu as peur, hélicier ?

– Ce n'est pas de la peur. C'est une vision saine et réaliste de la vie qu'on acquiert uniquement avec les années.

L'Empereur se redressa dans son fauteuil. Varan soutint son regard, non sans mal.

– Tu as en bonne partie raison, déclara avec un rictus celui qui avait jadis été Pérégrin. Je me regarde à travers tes yeux. Et c'est encore pire que se voir le matin dans un miroir.

Varan garda le silence.

– J'ai refusé d'être une carcasse de viande d'État qu'on écorche au nom de l'unité de l'Empire, expliqua l'Empereur d'un ton monocorde. Ils n'ont même pas osé m'attacher pour de bon, d'ailleurs nous volions si haut. Je me suis facilement débarrassé de la corde qui avait servi à me lier symboliquement à ma selle et j'ai sauté. Tu m'as vu.

– Et vous êtes parvenu à survivre.

– Écoute... J'ai pu ralentir ma chute juste à proximité de l'eau, mais je me suis tout de même fait très mal à l'épaule et au bras. Il y avait une barque à proximité, j'ai senti sa présence. C'était ce vieux postier qui m'avait amené à Croc Rond.

– Mouilleur.

– Oui, j'ai réussi à l'appeler. Il m'a conduit à Aile Grise. J'ai fait le nécessaire pour qu'il oublie totalement ce qui s'était passé. Je savais que celui que tu surnommais La Sellette ne croirait pas facilement à ma mort. Mais quand ses hommes sont arrivés avec leurs questions, j'étais déjà loin. La chance était avec moi, pour cette fois.

– Je vous crois.

L'Empereur croisa les doigts. La bague rouge lança une lueur et s'éteignit.

– Varan, tu ne comprends pas toi-même pourquoi je te suis tellement désagréable. Ni pourquoi je te fais peur. Pas parce que je suis l'Empereur. Mais parce que tu sais ou que du moins tu devines tout ce que j'ai fait pour parvenir jusqu'au trône.

Le sol mat redevint transparent. Varan vit les rues de la ville, la cohue, les tuyaux charriant les eaux usées, l'agitation, les enseignes, les équipages à pédales qui rappelaient la fameuse barque de Mouilleur.

– Votre Grandeur...

– Ne dis rien. J'étais porteur d'une étincelle et je l'ai

531

trahie, comme tant d'autres. J'ai perdu l'espoir de découvrir ce que les mages doivent apporter de neuf et de merveilleux à ce monde. Depuis qu'on est venu m'arrêter à Croc Rond pour m'emmener directement dans la crypte impériale, j'ai décidé d'en finir avec l'idéalisme. J'ai eu la force de survivre et de me frayer un chemin jusqu'au sommet du pouvoir. Et je t'ai envoyé chercher le Feu errant à ma place. C'est mon rêve que tu as poursuivi ta vie durant ! C'est à cause de moi que tu as quitté Croc Rond pour toujours. Tais-toi. Je sais qu'elle est morte.

Varan détourna les yeux.

– Tout ce que j'ai fait, je l'ai fait par ma propre volonté. Et elle est morte il y a si longtemps que tout le monde l'a oubliée. Même moi.

– Moi, je ne l'ai pas oubliée.

L'Empereur sourit, se redressa dans son fauteuil et soudain, ses yeux ternes devinrent plus brillants que le diadème en or au-dessus de son front. À cet instant, Varan le reconnut enfin pour de bon.

Les images déferlèrent : le monde aveuglant des montards. Les planches de l'embarcadère tremblant sous ses pieds. Et sur ses joues des larmes qui n'étaient pas les siennes.

Nila.

– Le temps, il n'est rien de plus effrayant en ce monde, dit Varan. Nous y sommes trop habitués. Nous craignons la guerre, la faim, les maladies. Mais le temps est bien pire que les épidémies et les batailles, nous sommes impuissants à le combattre. Impossible de signer la paix avec lui ni de lui trouver un remède. Ni de l'obliger à couler en sens inverse. Le temps, ce sont les ténèbres absolues, et quand on y a perdu quelque chose, un souvenir, un jour heureux ou une personne, on ne saurait les retrouver.

L'Empereur – Lumen, Pérégrin, Léréalaruun – le regardait avec attention. Ses lèvres bougeaient en silence, mais Varan ne put rien y lire.

À travers le sol transparent on voyait désormais la mer. Le port de la capitale avec ses quais, ses tours de chargement, ses crochets et ses chaînes, des cris muets, un fracas inaudible, des bateaux à rames, des navires à aubes, des voiliers et, à l'écart des quais, d'immenses plumes qui se balançaient sur l'eau et des enfants nus qui se balançaient sur ces plumes.

– Pardonne-moi, Pérégrin, dit Varan.

L'Empereur tenta à nouveau de sourire, mais ne put produire qu'un rictus. Son regard s'éteignit.

– Sa Permanence l'ancien Pilier impérial a tué ma mère. Lorsque je me sens triste, je descends dans la crypte pour contempler son visage étonné. Il a sensiblement pourri ces dernières années, mais l'étonnement de notre ultime rencontre n'a toujours pas disparu. Veux-tu le voir ?

– Non.

– De mon côté, cela m'a surpris de découvrir que tu le

servais et que tu étais monté si haut dans la hiérarchie des fonctionnaires. J'ai sérieusement failli t'abattre.

– Et pourquoi...

– Parce qu'elle t'avait aimé. Peut-être pour cette raison.

– Serais-tu sentimental ? demanda Varan.

L'Empereur haussa les sourcils.

– Non. À propos, si ça t'intéresse, c'est moi qui ai tué Zigbam. Il m'avait reconnu. Je l'ai attiré dans les collines et je l'ai tué.

– De quelle manière ?

– Tu tiens vraiment à connaître les détails ?

– Zigbam était un mage puissant.

– Toute puissance a ses faiblesses.

– Et le gouverneur ?

– Quel gouverneur ?

– Le gouverneur du pays Forestier, il a tellement pris peur lorsque j'ai retrouvé le corps de Zigbam qu'il s'est hâté de mourir à son tour en refusant de s'expliquer.

– Il n'arrivait pas à choisir son camp. Il dansait une valse-hésitation. Mais lorsqu'il a appris que les sommes substantielles qu'il recevait depuis un an, en principe de la communauté des marchands, lui étaient en réalité versées par le fils de Shouou, il a paniqué et a couru demander conseil à Zigbam qui, ravi de sa confiance, a décidé de le dénoncer au Pilier impérial. Mais c'est là que Zigbam est mort et que tu es arrivé en inspection. La mort de Zigbam aurait fatalement entraîné une enquête. Le gouverneur a eu raison de se suicider. C'était une sage décision.

– Et qui occupe les fonctions de Sa Permanence le Pilier impérial ?

– Personne, répondit l'Empereur d'un ton sarcastique. Je n'ai pas besoin de sellette, je tiens tout seul, en tout cas pour l'instant. Mais c'est un poste que je peux te proposer. Si tu veux.

Varan se demanda s'il plaisantait. Dans les yeux éteints de son interlocuteur, il était impossible de lire quoi que ce soit.

– Peut-être pourrai-je sortir vivant du palais ? supposa-t-il d'un ton mal assuré.

Les épaules de Lumen s'affaissèrent et les coins de sa bouche se muèrent en sillons ; ils descendaient des ailes de son nez pour diviser son visage en trois.

– Et où iras-tu ?

Varan ne répondit pas.

– Tu as l'intention de vagabonder à nouveau à la poursuite de quelqu'un qui n'existe pas ? À ton âge...

– Une nuit, j'ai vu allumer les feux de signalisation à Croc Rond. Un homme marchait avec un flambeau de lumière en lumière.

– J'ai observé ce spectacle des centaines de fois. C'est une excellente distraction pour les mages qui s'ennuient, et qui n'a aucun sens caché. Où veux-tu aller ?

Peu à peu, le sol redevenait opaque. L'éclat des lampes jaunes s'intensifiait.

– Le repas est prêt à être servi en haut, dit Lumen. J'espère que tu ne vas pas prendre la mouche si je te propose de partager l'ordinaire de l'Empereur ?

Varan nagea longtemps parmi les rochers du rivage. La mer semblait être l'unique élément qui n'avait que faire du temps ; elle continuait à monter et à descendre. Loin, à Croc Rond, c'était la saison, l'eau avait couvert le seuil rocheux entre Nez de Guêpe et Crémeur, le transformant en passage que traversaient de nombreux navires marchands. La mer intérieure était agitée et Varan se laissait porter par les vagues, puis il plongea, pas très profond car il n'était plus si jeune, et trouva la moitié d'un coquillage qu'il n'avait jamais vu.

Aussi coloré que la plus vive des fleurs. Les taches turquoise, aigue-marine, rouges et jaunes formaient un dessin pareil à l'aile d'un papillon géant. Ce mollusque avait dû arriver de contrées lointaines accroché au fond d'un bateau, on l'avait raclé avec les autres, sa coquille s'était brisée et il avait servi de pâture aux poissons.

Varan examina longuement la coquille, laissant le soleil jouer sur la nacre. Puis il la laissa tomber dans l'eau.

Dans les rochers l'attendent des serviteurs, une escorte, un équipage à bouffreurs et même un médecin attaché à sa personne. Durant ses années de vagabondages, il a perdu l'habitude d'un tel traitement. Des révérences, des génuflexions, des regards obséquieux, de la nourriture grasse et sucrée, du confort ramollissant.

«Où iras-tu?» Effectivement, pourquoi partir? La baie est là, il peut nager et plonger, se promener, voler et finir sa vie difficile dans le confort et le luxe. Les carapaces des bouffreurs grognent sourdement, le fauteuil se balance, des gardes armés l'accompagnent. Tous ceux qui le croisent s'inclinent, n'osant regarder en face ce puissant personnage. Il ne voit plus que des têtes et des cous.

Hier, l'Empereur lui a montré son ballon. Le ballon s'est élevé au-dessus de la ville à une hauteur inaccessible, même aux ailamas. La toile reflétait le ciel, ce qui rendait le ballon invisible. D'en bas, on ne pouvait distinguer qu'un point flou : un oiseau peut-être? Ou un nuage? Ou une poussière dans l'œil.

Au milieu du ciel personne ne pouvait les entendre. Le silence régnait et il faisait très froid.

– Empereur et mage en une seule personne. Pourquoi ne veux-tu rien changer?

– Où ça?

D'un large geste, Varan indiqua la ville colossale qui s'étageait en contrebas, la mer bleu d'émeraude, les navires aux voiles multicolores, les montagnes couvertes de forêts et couronnées de neige et la ligne de l'horizon, si lointaine que le monde semblait rond.

Sa Grandeur étira sa large bouche aux plis durs :

– Tu veux parler de lois justes et sages? Pour alléger

les impôts, défendre les déshérités, rendre les tribunaux plus justes, assurer le bonheur de tous ?

Il y avait un tel sarcasme dans sa voix que Varan baissa les yeux.

– Je suis déjà vieux. Et je ne suis pas si naïf.

– Tu es plus que naïf. On dirait un enfant. L'Empereur fait partie de ce monde tel qu'il est, il ne pèse guère plus qu'un caillou dans la balance. Et aucun empereur n'a jamais rien apporté qui vienne d'*au-delà* des limites. Pourtant, un mage se doit de le faire. C'est pour cela qu'il naît. C'est pour cela qu'il vit. Si je pouvais, j'irais dans les maisons où les petits mages morveux que les services de l'État n'ont pas encore récupérés mangent leur bouillie ou fabriquent des lance-pierres, je les prendrais par le col et je leur demanderais : comprends-tu pourquoi tu existes ? Pas pour accomplir des tours de passe-passe, pas pour te sentir supérieur aux autres ni même pour le pouvoir. Je cognerais du doigt contre leur tempe en répétant : réfléchis, petit mage. Pense à ce que tu es et à ce que tu dois...

L'énorme ballon refroidissait et descendait lentement. À travers les parois transparentes, Varan voyait tourbillonner des filets de vapeur ; pas la vapeur ordinaire qui compose les nuages, mais une dangereuse et perfide vapeur grise, capturée pour servir l'Empereur.

– Je me suis dépensé tout entier pour parvenir au trône, j'ai piétiné mon don magique comme on marche sur un câble tendu au-dessus d'un gouffre.

L'Empereur sourit.

– Mais même si j'avais vécu toute ma vie en haillons, à tenter de comprendre le sens de mon don, j'aurais sans doute échoué à surmonter le temps. La vieillesse. La mort. Aujourd'hui, je peux au moins te proposer de passer tes dernières années dans la paix et la joie. Et surtout, tu ne seras plus seul.

Et il ajouta tout bas après un silence :

– Ni moi non plus.

Ils étaient debout sur le balcon étroit. La ville s'étendait à leurs pieds et les lumières s'éteignaient rapidement : l'heure approchait où tous les loyaux sujets de l'Empire doivent dormir pour bien se reposer avant les travaux du lendemain.

– Comme à Croc Rond, remarqua doucement l'Empereur.

– Sauf que c'est le contraire, murmura Varan. Elles s'éteignent.

Les quartiers célestes se balançaient dangereusement : un vent frais soufflait de la mer avec violence, presque un vent de tempête.

– Tu sais, dit Varan, je suis très heureux que tu sois en vie.

L'Empereur se tourna vers lui.

– C'est vrai? Ça fait au moins une personne capable de s'en réjouir...

– Laisse-moi partir.

L'Empereur soupira profondément et resta longtemps silencieux avant de répondre.

– Tu crois savoir comment il convient de vivre ? Moi aussi, je croyais le savoir. Mais à l'époque je n'étais qu'un gamin. À ton âge, tu devrais te montrer plus raisonnable.

– J'ai passé de longues années à le chercher. Parce que j'étais jeune et que j'aimais voyager. Parce que rien ne me retenait nulle part. Parce que tu m'avais dit un jour de partir à sa recherche.

Pérégrin ne répondit pas.

– Puis j'en ai eu assez, poursuivit Varan. Je pensais avoir renoncé. J'ai laissé la vie décider pour moi. Et la vie m'a ramené à Croc Rond.

Les narines de Pérégrin frémirent.

– Alors, j'ai repris ma quête. Et ce n'était plus par simple caprice. Sans doute ne parviendrai-je jamais à le trouver. Mais j'ai l'impression d'être dans une coquille, d'être attaché ou emmailloté, j'ai l'impression qu'il suffirait d'un élan pour me libérer. Je sais que ce n'est qu'une illusion. Mais je ne peux m'empêcher de vouloir le chercher encore. Pardonne-moi.

Lumen se pencha au-dessus de la rampe. Il renifla l'air où Varan ne percevait rien d'autre qu'une légère odeur de fumée.

– Le soir, ils espèrent, remarqua l'Empereur, comme s'il se parlait à lui-même.

– Pourquoi le soir ?

– Tu devrais plutôt demander ce qu'ils espèrent.

– Le bonheur, bien sûr. Tout le monde voudrait être heureux. Même toi.

– Varan.

Les yeux de celui qui avait été Pérégrin devinrent presque bleus, et purs comme jadis à Croc Rond.

– J'étais si content de t'avoir retrouvé.

– Mais maintenant, laisse-moi partir.

– J'ai besoin de toi. Tu es le dernier fil qui me relie... à quelque chose qui n'existe plus.

La ville ne dormait pas encore, mais les bougies étaient déjà éteintes. Elle semblait aux aguets, en attente de quelque chose. Le silence régnait.

– Tu ne m'as pas dit pourquoi ils espèrent plus au soir tombant, marmonna Varan.

– N'est-ce pas évident ? Ils se mettent au lit avec leurs femmes et espèrent la naissance d'un héritier... ou d'une gentille petite fille.

– Ou d'un mage.

– Et que leurs enfants connaîtront enfin ce bonheur qu'ils n'ont pas connu. Qu'as-tu dit ?

– J'ai dit : ils espèrent peut-être la naissance d'un mage.

L'Empereur éclata de rire. La sentinelle en faction au bord du balcon frémit et se mit au garde-à-vous en entendant ce rire. Même Varan en fut effrayé.

L'Empereur Lumen cessa brusquement de rire. Il se pencha au-dessus de la ville assombrie.

– Laisse-moi partir, répéta Varan.

L'Empereur resta silencieux.

Sur fond de ciel nocturne patrouillaient des ailamas, presque sans battre des ailes.

Épilogue

Il escalada la colline et s'arrêta, étonné.

Le moulin, l'étang et la forêt étaient toujours là. Tout le reste avait changé : au lieu d'une seule maison, il y avait là un petit village, et au lieu d'un seul champ, une mosaïque de champs et de potagers. Une tour de pierre munie d'une cloche remplaçait l'ancienne tour de guet en bois.

La cloche sonna : pas un signal d'alarme, mais un avertissement.

Varan descendit dans la vallée.

Des enfants le regardaient par-dessus les haies. Des enfants aux cheveux et aux yeux noirs. Il y avait aussi une fillette rousse et un garçonnet aux yeux verts et aux cheveux couleur de paille.

Un homme d'âge moyen, trapu et très large d'épaules, sortit à la rencontre de Varan. Il agitait un lourd bâton de fer d'un air détaché. Varan s'arrêta en examinant son visage.

– Qui es-tu, homme bon ? demanda-t-il en jouant avec son arme. Qu'est-ce qui t'amène ?

– Je suis un voyageur, dit Varan.

Il s'éclaircit la gorge. En entendant la voix de l'homme, il avait compris pourquoi son visage au teint brunâtre et aux pommettes hautes lui semblait familier : il lui rappelait la femme qui avait promis de penser à lui en allumant du feu.

– Je suis un voyageur. Accordez-moi un abri pour la nuit, bonnes gens. Je peux coucher dans un hangar ou dans la grange. Il va bientôt pleuvoir.

Tous deux observèrent le ciel puis se regardèrent à nouveau.

– Oui, il va pleuvoir, confirma l'homme après un bref silence. Eh bien, entre donc, si tu viens avec des intentions honorables. La place ne manque pas pour t'accueillir.

Varan lui emboîta le pas et se retrouva dans la seule rue du village. Elle n'était pas très longue, mais ce n'en était pas moins une vraie rue bordée de maisons semblables les unes aux autres et neuves, à l'exception d'une seule, ancienne mais bien entretenue, aux murs blanchis et dont le toit avait été refait récemment.

Une fumée montait de la cheminée.

– Nous sommes tous parents ici, dit l'homme. Ma mère vivait dans cette maison. Il y a moins d'un mois qu'elle repose sous le champ. Elle est morte en travaillant et on l'a enterrée sur place. Le vieux champ l'aimait beaucoup... Et il continue à l'aimer.

Varan regarda la maison.

– Et maintenant, nous y avons installé nos jeunes mariés. Mon fils et son épouse. Ils n'ont pas encore d'enfants. Ils t'accueilleront peut-être. Mon fils est parti dans la forêt, mais ma belle-fille est chez elle.

– Fauvette! appela-t-il par la porte entrouverte.

– Oui?

Une jeune femme sortit sur le seuil, aux cheveux très blonds, au visage dépourvu de sourcils, fine comme un brin d'herbe et très respectueuse.

– Oui, père?

– C'est un voyageur. Acceptes-tu de l'accueillir sous ton toit?

La jeune femme considéra le vieil homme inconnu, puis son beau-père et sourit légèrement.

– Bien sûr, comment ne pas l'accueillir dans une maison comme la nôtre? Il faut le laisser entrer, c'est la coutume.

– Tu as raison. Mais... euh...

Il murmura quelque chose à l'oreille de la jeune femme, en s'arrangeant pour que Varan ne l'entende pas.

Le vent se mit à souffler. La pluie approchait, et elle promettait d'être violente.

La jeune femme ouvrit grand la porte.

– Entrez, grand-père. Nous ne sommes pas bien riches,

mais le gruau sera bientôt prêt. Mon mari est parti dans la forêt de bon matin. Je l'attends.

Varan s'arrêta au milieu de la pièce. Un son étrangement aigu s'amplifiait dans ses oreilles, comme le chant d'un moustique ou une sonnerie lointaine. Son cœur battait lourdement. Il examina la grille de la cheminée, vieille mais soigneusement nettoyée. Les briques disposées en escalier. La jeune femme rapprocha un tabouret.

– Asseyez-vous, grand-père. Je reviens. Il faut que vous allumiez le feu dans l'âtre, c'est la coutume.

Varan la vit s'affairer. Retirer du feu la marmite pleine de gruau qui mijotait.

– La grand-mère de ton mari est donc morte récemment ? demanda-t-il d'une voix soudain rauque.

Une voix de vieillard.

La jeune femme soupira.

– Oui. Elle était bonne. Elle est morte comme elle a vécu, facilement. En beauté.

– Comment peut-on mourir en beauté ?

La jeune femme rougit ; sa peau claire ne lui laissait aucune chance de dissimuler sa confusion.

– Eh bien, elle...

Varan regardait ses lèvres bouger. Cette mince jeune femme blonde ne ressemblait pas le moins du monde à l'ancienne maîtresse de cette maison, robuste, aux cheveux et aux yeux noirs.

C'était sans doute une bonne chose qu'il ne l'ait pas revue. Qu'il ne l'ait pas vue vieille.

«Cette cheminée. Tu y as laissé une partie de toi-même. J'allumerai le feu...»

Elle avait depuis longtemps oublié ses paroles de jadis, ses petits-enfants étaient devenus adultes. Elle n'aurait pas à faire semblant de se souvenir de lui et il n'aurait pas à dissimuler à quel point il était seul. Une unique fois, il lui avait tenu le poignet. Il n'avait pas pensé à elle durant de si nombreuses années. Pourquoi était-il revenu en ces lieux, maintenant qu'il était vraiment vieux et qu'il n'avait plus nulle part où aller?

«Tu vas te brûler. Je me suis déjà brûlée. Là où je ne m'y attendais pas. Cette cheminée...»

Varan sursauta.

– Cette cheminée! disait la jeune femme. Vous voyez cette cheminée?

Varan hocha la tête sans comprendre où elle voulait en venir.

– Un homme l'a construite, il y a bien longtemps. Un vagabond. Dans la maison où il allume le feu, le bonheur règne à jamais. La paix et le bonheur. Vous comprenez?

En parlant, elle éteignait le feu, rajoutait du petit bois, cherchait le briquet sur l'étagère.

– Voilà. C'est de là que vient la tradition.

Varan prit le briquet, oubliant sa fidèle étincelle qui se trouvait dans sa poche. Le battit une fois, deux fois et le bois s'enflamma enfin.

Dehors, la pluie se mit à tomber, martelant le toit. La jeune femme se précipita vers la fenêtre.

– Mais où est-il ? Il va être trempé. Et ce bois, il a peur de l'orage, vous savez. Le bois, pas mon mari. Mais que fait-il donc ?

– La paix et le bonheur règnent dans cette maison ? demanda Varan.

– Oh oui ! Les grands-parents de mon mari y ont vécu très heureux. Alors que dans leur jeunesse, il paraît qu'ils se disputaient souvent. Mais quand mon beau-père s'est marié, ça s'est arrangé. Mon mari est né ici. Mon mari, c'est un vrai trésor. Mais où... Ah !

Elle courut vers la porte.

– Le voilà enfin, grâce à l'Empereur.

En entendant mentionner l'Empereur, Varan sur-sauta légèrement.

La porte s'ouvrit, un jeune homme aux cheveux noirs d'une vingtaine d'années entra, mouillé et joyeux, dans un souffle de vent, auréolé d'une odeur de pluie.

– Fauvette !

Il souleva sa femme presque jusqu'au plafond. L'embrassa sans la laisser placer un mot. Se secoua. Les gouttes d'eau s'envolèrent de son vêtement et s'évapo-rèrent dans l'air, s'élevant en brume. Sa veste devenait sèche à vue d'œil. Ses cheveux séchaient aussi : ils se hérissèrent, et des petits éclairs jaillirent sur sa tête.

– Mikhas ! cria la jeune femme avec des larmes dans la voix.

Suivant son regard, le jeune homme se retourna lentement et vit qu'ils n'étaient pas seuls.

– Oh.

Il sourit, d'un sourire tellement familier que Varan en eut le frisson.

– Bon... Surtout ne dites pas à mon père ce que vous avez vu. Il a tellement peur que...

– C'est une veste spéciale, s'exclama la jeune femme en se plaçant devant son mari. Elle résiste à l'eau. Parce qu'elle est en peau de triton.

Le jeune homme lui jeta un coup d'œil étonné et pouffa de rire.

– Quelle comploteuse... Bon, bon, d'accord. C'est une veste en peau de triton.

La jeune femme regardait Varan avec une telle épouvante qu'il eut pitié d'elle.

– Je ne dirai rien à personne, murmura-t-il.

Elle refusait de le croire. Son mari souriait, comme pour s'excuser.

Varan s'éclaircit la gorge, sans trop de succès. Il avait presque perdu la voix.

– Je ne le dirai à personne. Je vous le jure.

Il hésita.

– Je vous le jure... par l'Empereur.

L'homme enlaça sa femme. Essuya ses larmes prêtes à couler.

– Arrête. Quand on jure par l'Empereur, c'est un vrai serment, on ne peut pas le rompre.

Il retira sa veste sèche, la jeta sur le coffre. S'assit, étirant ses longues jambes chaussées de bottes neuves et propres.

– Tout ça, c'est à cause de l'âtre, vous savez? C'est l'Âtrier Errant qui l'a construit. Le Vagabond. Le vrai. Là où il construit une cheminée, il y a toujours un mage qui finit par naître, on n'y peut rien. À mon avis, ce n'est pas si mal!

Il joignit les paumes.

La jeune femme s'accrocha à son bras, suppliante.

– Non, pas maintenant.

Il l'attira à lui et, après avoir jeté un regard au visiteur, l'embrassa sur les lèvres.

La cheminée se réchauffait lentement. L'air frémissait au-dessus de la grille. Varan pressa la joue contre les briques chaudes et ferma les yeux.

La pluie tambourinait contre le toit. Un éclair jaillit. Les champs frémissaient de peur et la terre tremblait légèrement.

Le jeune homme aux cheveux noirs riait en enlaçant sa femme par les épaules. Sur sa main était posé, ailes déployées, un papillon de feu rouge.

D'autres livres

wiz
Albin Michel

Artur BALDER, *Le Secret de la pierre occulte*
Clive BARKER, *Abarat, tome 1*
Clive BARKER, *Abarat, tome 2 Jours de lumière, nuits de guerre*
Fabrice COLIN, *La Malédiction d'Old Haven*
Fabrice COLIN, *Le Maître des dragons*
Fabrice COLIN, *Bal de Givre à New York*
Neil GAIMAN, *Coraline*
Neil GAIMAN, *L'Étrange Vie de Nobody Owens*
Neil GAIMAN, *Odd et les géants de glace*
Hervé JUBERT, *Le Palais des Mirages*
Hervé JUBERT, *Blanche ou la triple contrainte de l'Enfer*
Hervé JUBERT, *Blanche et l'Œil du grand khan*
Hervé JUBERT, *Blanche et le Vampire de Paris*
Silvana DE MARI, *Le Dernier Elfe*
Silvana DE MARI, *Le Dernier Orc*
Rick RIORDAN, *Percy Jackson, Le Voleur de foudre*
Rick RIORDAN, *Percy Jackson, La Mer des Monstres*
Rick RIORDAN, *Percy Jackson, Le Sort du Titan*
Rick RIORDAN, *Percy Jackson, La Bataille du Labyrinthe*
Rick RIORDAN, *Percy Jackson, Le Dernier Olympien*
Rick RIORDAN, *La Pyramide rouge*
Rick RIORDAN, *Le Trône de Feu*
Rick RIORDAN, *Héros de l'Olympe, Le Héros perdu*
Rick RIORDAN, *Héros de l'Olympe, Le Fils de Neptune*
Angie SAGE, *Magyk, Livre Un*
Angie SAGE, *Magyk, Livre Deux : Le Grand Vol*
Angie SAGE, *Magyk, Livre Trois : La Reine maudite*
Angie SAGE, *Magyk, Livre Quatre : La Quête*
Angie SAGE, *Magyk, Livre Cinq : Le Sortilege*
Angie SAGE, *Magyk, Livre Six : La Ténèbre*
Angie SAGE, *Magyk Book*

Jonathan STROUD, *La Trilogie de Bartiméus I. L'Amulette de Samarcande*
Jonathan STROUD, *La Trilogie de Bartiméus II. L'Œil du golem*
Jonathan STROUD, *La Trilogie de Bartiméus III. La Porte de Ptolémée*
Jonathan STROUD, *Les Héros de la vallée*
Jeanette WINTERSON, *L'Horloge du temps*

www.wiz.fr
Logo Wiz : Cédric Gatillon

Composition IGS-CP
Impression CPI Bussière en octobre 2012
à Saint-Amand-Montrond (Cher)
Éditions Albin Michel
22, rue Huyghens, 75014 Paris

ISBN : 978-2-226-24355-3
ISSN : 1637-0236
N° d'édition : 17671/01. – N° d'impression : 123563/4.
Dépôt légal : novembre 2012.
Loi n° 49-956 du 16 juillet 1949 sur les publications destinées à la jeunesse.
Imprimé en France.